Excalibur

Herausgegeben von
Melissa Andersson
und
Gerd Rottenecker

Jane Welchs *Runenzauber-Saga* bei Excalibur:

1. Die Drachenfestung (70133)
2. Das Auge des Druiden (70134)
3. Die Nebel von Farona (70135)
4. Der Drachenstein (70136)
5. Das Schwert der Morrigwen (70137)
6. Der See der Tränen (70138)
7. Der Kreis von Abalone (70149)
8. Das Jenseitstor (70150)
9. Das Blut der Wölfe (70151)
10. Der Bann des Barden (70180)
11. Im Land des Greifs (70181)
12. Der Herr der Schatten (70182)

Jane Welch

RUNENZAUBER
XI

Im Land des Greifs

Ins Deutsche übertragen von
Jörn Ingwersen

Knaur

Die englische Originalausgabe erschien 2000
unter dem Titel »The Lord of Necrönd, Part 1«
bei Simon & Schuster/Earthlight, London

Besuchen Sie uns im Internet:
www.droemer-weltbild.de

Deutsche Erstveröffentlichung 8/2000

Umschlagkonzeption: Melissa Andersson
Umschlaggestaltung: Agentur Zero, München
Umschlagillustration: Geoff Taylor, »Fall of the Kingdoms II«
Lektorat: Ralf Reiter
Satz: Ventura Publisher im Verlag
Druck und Bindung: Clausen & Bosse, Leck
Printed in Germany
ISBN 3-426-70181-2

2 4 5 3 1

KARTE

NAHENDE EISDECKE
VAALAKA
DIE NOMADENSTEPPE
DAS HORN VON VAAL-PEOR
SOMMER FLÜSSE
DRACHEN WÜSTE
DIE DREI SCHWARZEN TEUFEL
LANDES-GRENZEN
GRENZEN DER BARONIEN
STRASSEN, WEGE UND PÄSSE
BARONIE VON TORRA ALTA
KEILER WALD
TORRA ALTA
BARONIE VON JOTUNN
GUT JOTUNN
SILBERFLUSS
BARONIE VON NATTARDA
BARONIE VON OVISSIA
HIRSCH WALD
WIGLAFS LANDSITZ
BLENHAM
FARONA
GRANHAM
DER DORS
BELBIDIA
BARONIE VON FARONSHIRE
BARONIE VON PISCERA
BARONIE VON QUERTOS
ISTHMUS
GORTA
BARONIE VON CALDEA
ILDROS
TARTRA
NEBELKÜSTE
HESPERA
DER HAKEN
DIE FERNE INSEL
DER KAMM VON OPHIDIA
CABALLISCHE
DER SPIESS
OPHIDIA
TOTE GÖTTER

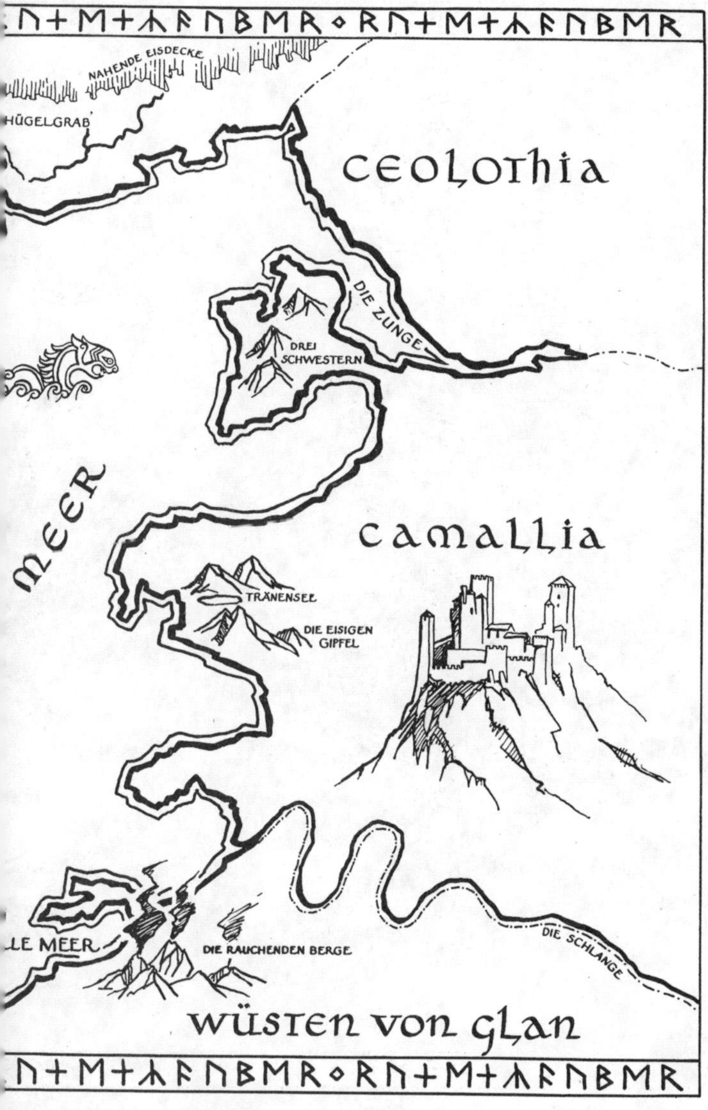
NAHENDE EISDECKE
HÜGELGRAB
CEOLOTHIA
DIE ZUNGE
DREI SCHWESTERN
MEER
CAMALLIA
TRÄNENSEE
DIE EISIGEN GIPFEL
LE MEER
DIE RAUCHENDEN BERGE
DIE SCHLANGE
WÜSTEN VON GLAN

Prolog

Ein Handel, sagst du?« Nachdenklich sah Tartarsus aus dem hohen Turmfenster mit Blick über die Wälder von Rye Errish. »Es gibt keinen Handel für die Toten. Ihr seid hier in der Anderwelt und werdet gemartert, bis ihr freiwillig in den segensreichen Annwyn weiterzieht, wo jedermann wiedergeboren wird.«

»Ihr müßt mit mir einen Handel eingehen! Sie müssen leiden, ganz wie ich gelitten habe! Bis sie nicht in tiefstem Elend darniederliegen, werde ich allem Schmerz widerstehen, den Ihr mir zufügt. Ich will mein letztes Leben nicht ziehen lassen, bis ich endlich lauthals über ihren Schmerz und ihre Verzweiflung gelacht habe.« Der Gefangene riß am Strick, mit dem er an den Stuhl gefesselt war.

»Dann wird Eure Folter weitergehen.« Tartarsus wandte sich um, so daß der Sonnenschein vom Fenster her grell in seine gelben Augen fiel.

Bückend sammelte er die Stahlbänder, Schrauben und Spangen vom Boden auf, nachdem er dem Wolfsmann alles von der haarigen Schnauze gerissen hatte, damit er sprechen konnte. Am eisernen Ring der Kopfspange waren zwei Stahlplatten befestigt, die man Menschen auf die Augen drücken konnte. Durch die Mitte der beiden Platten war jeweils eine dicke Schraube gedreht. Die Schrauben waren von braunem Blut und gallertigem Gewebe überzogen, zu dunklen Klumpen getrocknet.

Tartarsus fuhr fort. »Saille mag deine Augen zwar geheilt haben, aber ich kann sie wieder ausstechen lassen ... immer und immer wieder. Die Folter in Rye Errish ist genial. Man kann leiden bis zum Tod, immer und immer wieder.«

Er lachte über die Niederträchtigkeit.

Das Wesen, das einst ein Mensch, doch nun fast schon gänzlich ein Wolf war, nickte schwach vor Schmerz und ließ seinen Kopf gegen den dicken Lehnstuhl sinken. »Beendet meine Marter, und ich will Euch Rubine bringen. Ich will Euren ganzen Turm mit Sonnenradrubinen füllen, Tartarsus, so wie diesem hier.«

Unbeholfen griff der Wolfsmann in seine Brusttasche, und mit kurzen, unnatürlich krummen Fingern, die schon pelzig waren, zog er einen leuchtend roten Rubin hervor, hielt ihn in die Höhe und zeigte sein strahlend gelbes Herz vor.

Der neuernannte Oberförster riß seinen Blick vom Fenster los, fixierte den Rubin, und das Leuchten in seinen Augen pulsierte vor Begeisterung beim Anblick der Gemme. Fast ohne zu atmen schwebte er über den Boden des Jagdturmes, der einst Talorcan gehört hatte, bevor dieser in Ungnade gefallen war, und beugte sich über den Wolfsmann.

Tartarsus nahm den Rubin, und seine Augen quollen vor Begeisterung hervor, während er den leuchtenden Stein bewunderte. »Ein Funken Sonne in seinem Herzen, ein seltener Zauber, der den meinen stärkt.« Er warf seinen Kopf in den Nacken, und ein schneidender Ton drang aus seinem Mund, bis der Weinkrug auf dem kleinen Tisch neben dem Wolfsmann in tausend Stücke zersprang. Er lachte, und mit starker, sehniger Hand packte er den Wolfsmann und hob ihn vom Stuhl. »Gib ihn mir! Tu, was du sagst, und fülle mir den Turm mit Rubinen.«

Der Wolfsmann schluckte schwer, versuchte, sich nichts anmerken zu lassen. Seine Schlacht war schon gewonnen. »Wenn Ihr Rubine wollt, müßt Ihr mir Eure obere Turmkammer überlassen und die Freiheit, zu kommen und zu gehen, wie ich will. Rubine sind nicht über Nacht zu beschaffen. Da gibt es manches Rad, das zu bewegen wäre«, sagte er so seidig er konnte, ohne jedoch das Knurren aus seiner wölfischen Kehle verbergen zu können.

Der Förster nickte. »Das ließe sich einrichten ... wenn auch natürlich im geheimen. Der Hohe Kreis würde es nie erlauben, und er darf nicht erfahren, daß meine Macht so weit reicht. Diese Narren haben schon über Rye Errish geherrscht, als der erste Mensch aus seiner Höhle kroch ... und sie haben schlecht regiert. Nur weil die Ratsleute so hübsche Flügel haben, halten sie sich den Förstern für überlegen. Ha! Talorcan hatte recht. Sie sind keine guten Herrscher. Ich werde die Macht an mich reißen. Er liebte schöne Frauen, ich dagegen kann Rubine haben!« Er leckte über die Gemme in seiner Hand. »Ihr dürft meine Gemächer nutzen.«

»Und die Spange? Keine Folter mehr?«

Tartarsus setzte den Wolfsmann ab und nickte. »Solange du mir die Rubine bringst. Du weißt eine Möglichkeit, sie zu beschaffen?« fragte er und leckte gierig mit der Zunge über seine Lippen.

Der Wolfsmann lachte und zeigte einen Ring an seinem Finger vor. Der Förster sah ihn sich genauer an und bemerkte drei Haare, welche um den Ring geflochten waren. »Das ist nur ein Ring. Ich sehe keine Zauberkraft darin.«

Der Wolfsmann sah ihn mit schiefem Grinsen an. »In der Tat. Der Ring ist nichts, doch die Haare sind viel. Sie wurden einem genommen, der nach wie vor durch die Welt der Lebenden streift und ein mächtiges Artefakt bei sich trägt, mit dem die Kanäle der Magie zu lenken sind, welche die Welten aneinander binden. Durch diese dünnen Fädchen dringe ich in seine Träume und mache ihn mir dienstbar. Eine wenig verläßliche Methode, wie ich einräumen muß, doch das habe ich berücksichtigt. Als ich zuletzt die Kluft zwischen den Welten überquert habe, bin ich weder ihm noch seiner kostbaren Macht gefolgt. Denn ich habe etwas anderes gefunden: ein Artefakt, das die Priesterin weggeworfen hat, als sie vor den Inquisitoren des Königs floh. Jeder Mensch, dessen Lebensatem darin gefangen ist, wird mir die Kraft verleihen, die Kluft zu überwinden.«

Tartarsus zuckte mit den Schultern. »Fülle mir den Turm mit Rubinen an«, warnte er, »sonst verfüttere ich dich an die Wilden, und all dein sinnloses Mühen und deine Rachefeldzüge versinken in Vergessenheit, ganz wie deine jämmerliche Seele.«

Der Wolfsmann verneigte sich. »Ich will Euch nicht enttäuschen.« Ruckartig warf er seinen Kopf in den Nacken, hielt seinen Ring von sich und stieß das einsame Heulen eines Wolfes aus, dessen Echo durch die Kanäle der Magie hallte, um den Frieden der Welt zu stören. »Tartarsus, warte! Da wäre noch etwas.«

»Mehr? Du verlangst noch mehr?« sagte der Oberförster mit hochmütiger Verachtung.

»Allerdings. Ihr wollt doch die Rubine, oder nicht? Der Hohe Kreis hat Talorcan grausam gestraft, und selbiges wird man mit Euch tun, wenn Ihr Euch mit ihrer Macht nicht messen könnt.« Der Wolfsmann neigte seinen Kopf und warf ihm ein verschlagenes, häßliches Lächeln zu. »Meine Seele sehnt sich nach Vergnügung. Laßt mich die Folterkammer von Abalone sehen. Dort ist jemand, an dessen Leid ich mich laben will.«

Mißtrauisch nickte Tartarsus. »Wenn du die Kammern betreten willst, mußt du dich der Folter unterziehen, da der Hohe Kreis sonst argwöhnt, daß ich mit dir einen Handel abgeschlossen habe. Ist es das wert, die Qualen einer Seele zu erschauen, wenn du gleichzeitig selbst dafür leiden mußt?«

»O ja, das ist es! Tausendmal! Ich muß ihren Schmerz sehen!« sagte der Wolfsmann wie außer sich.

»Dann komm. Für mich ist es nicht von Belang.«

Tartarsus übergab ihn einem seiner Handlanger mit detaillierten Instruktionen, wie er in den Kammern tief unter der Burg von Abalone gepeinigt werden sollte.

Der Wolfsmann wurde über den mit Fett verschmierten Boden der qualmerstickten Halle geführt, bahnte sich einen Weg zwischen den sich windenden Leibern, bis er zu jener elenden Seele kam, nach der er suchte. Hier erlaubte man ihm stehenzubleiben, während er freudig den Duft von sengendem Fleisch und vergossenem Blut einatmete.

»Morrigwen, du alte Vettel«, sagte er leise und labte sich an ihrem Schmerz.

Langsam öffnete die Frau ihre Augen und blickte mit einer Ahnung des Erkennens zu ihm auf.

»Du sollst wissen, daß ich mich an deinem Schmerz erfreue und alles tun will, dir deine Liebsten zu bringen, damit sie sich zu dir gesellen«, knurrte er, bevor der Förster ihn zu einem Eisenstuhl schleppte.

Ganz in der Nähe wurden Schürhaken in die glühenden Kohlen des Feuers gelegt, damit man sie ihm in die Augen bohren konnte. Doch ganz der Anweisung gemäß wartete der Förster und ließ dem Wolfsmann Zeit, die Folterqualen der Greisin zu betrachten.

Ein grünberockter Förster, der in der Hitze von den Feuern schwitzte, stellte sich breitbeinig über ihren ausgemergelten Leib und sah mitleidslos auf sie herab. »Alte Frau, deine Zeit ist um. Zieh weiter! Laß los! Glückseligkeit erwartet dich. Dein neues Leben wartet.«

Was sie sah, war rot umrandet. Benommen blickte sie zu der verschwommenen Gestalt auf, die über ihr aufragte, und rang darum, jenen innersten Teil ihres Selbst, der von ihrem Leib getrennt war, wiederzufinden. Sie mußte sich vom Schmerz trennen, jenem unerträglichen Schmerz. Dennoch mußte sie ihn ertragen. Sie mußte heimkehren. Sie waren zu jung, zu unschuldig, zu närrisch, waren der Sache allein nicht gewachsen.

Übers Schreien war sie nun hinaus. Sie wußte nicht, wie lange sie geschrien hatte. Waren es Tage? Waren es Wochen? Waren es Monate? Alles war eine rohe Verknüpfung von Schmerz.

Kalt starrte sie in die gelben Augen ihres Peinigers. »Du elender Narr!« Die Worte blubberten aus ihrem blutigen Mund. »Ich muß zum Hohen Kreis. Ich muß mit Nuin sprechen. Sie zumindest muß verstehen, daß wir eine neue Jungfrau brauchen. Der Glaube an ...« Ihr Kopf ruckte seitwärts, ihre Worte wurden zu einem gequälten Schrei, als der Förster ihren Leib anstieß und eine Stelle suchte, die noch unversehrt war. Die Spitze eines Spießes, wie man ihn dafür benutzen mochte, ein Stück Fleisch zum Braten aufzuspießen, bohrte sich in ihre Ohrmuschel.

»Weib, schließe dich dem Marsch der Seelen durch den Wald an.«

»Niemals!« kreischte sie. Es gab keinen Grund für eine Antwort, aber es machte ihr Mut. Sie brauchte Mut. Schon hatte man ihr die Niere herausgeschnitten und dem Mann gegenüber gewaltsam in den Mund gezwängt. Sie kannte die üble Folter, zu der man hier in der Lage war. Niemals verlor sie ihre Angst. Keine der armen Seelen, die hier unten in den Kerkern der Anderwelt gefangen waren, war jemals ohne Angst.

Ihr Kopf wurde von einer Spange gehalten, und sie konnte nur stöhnen und zittern. Ein kleiner Hammer tippte ans Ende des Spießes, bis die Spitze ihr Trommelfell im Inneren des Ohrs berührte. Der Schmerz war derart bohrend, daß sie den Schrei einatmete, der leise in ihr hallte, als der grelle Blitz von Schmerz ihr Hirn durchzuckte. Sie wußten genau, was ihr das meiste Leid verursachte. Krämpfe schüttelten ihren Körper.

Doch sie wollte aushalten. Brid brauchte sie. Das hilflose kleine Kind, das sie so gut unterrichtet hatte, das Mädchen, welches seine Unsicherheit unter dem Deckmantel der Kompetenz verbarg, das so hart daran gearbeitet hatte, jene höhere Ebene zu erreichen, die von einer Hohepriesterin erwartet wurde, brauchte sie verzweifelt. Sie würde Brid niemals enttäuschen.

Schmerz durchschnitt ihr Hirn.

»Gib auf. Laß los, und alles wird noch gut. Liebe erwartet dich. Glückseligkeit erwartet dich.«

»Niemals!«

Der Spieß wurde gedreht. Schmerz bohrte sich durch ihren ganzen Leib, bis die Gnade der Finsternis endlich ihren Geist umfing. Zwar wußten die Förster, wie man größtmöglichen Schmerz zufügen konnte, während ihre Schützlinge dennoch bei Bewußtsein blieben, doch Morrigwens Selbstbeherrschung war zuviel für sie. In ihren hundertfünfzehn Jahren auf der Erde hatte sie gelernt, jenen Zustand der Trance herzustellen, jene innere Welt jenseits des Fleisches heraufzubeschwören, wo ihr Körper von ihrer Seele zu trennen war. Dorthin zog sie sich nun zurück.

Viel Schmerz hatte sie auf diese Weise ertragen und wußte, daß jene um sie ihre Folterqualen auf ähnliche Weise überlebten, indem sie auf die innere Kraft zurückgriffen, welche die Förster derart verwirrte und der Grund war, wieso sie den menschlichen Geist niemals vollkommen dominieren würden.

Sie schwamm in Finsternis. Ein Lichterband wirbelte und tanzte durch die Leere. Alles war Denken, kühl und abstrakt. Es gab für sie Wichtigeres, als Teil des Kreislaufes zu sein. Die ganze Kraft des Bewußtseins, das auf ewig um Leben, Tod und Wiedergeburt kreiste, war entscheidend wichtiger als ihre eigene Rolle darin ... und diese Narren hatten eine Möglichkeit gefunden, den Fluß des Lebens zu stören. So jung, so ernst, so entschlossen, Gutes zu tun und die Anerkennung dafür zu bekommen. Darum ging es, dachte sie, als sie sich weiter in jene Tiefe der Gedanken zurückzog und dort jene süße Linderung von Schmerzen fand.

Die Große Mutter hatte recht daran getan, sinnierte Morrigwen, dafür zu sorgen, daß es drei Frauen waren, die auf Erden in ihrem Namen sprachen. Männer waren zu sehr auf Ruhm und Ehre erpicht. Sie waren gefährlich. Der Beweis war überall um sie herum in den Kerkern von Abalone zu sehen. So wenige Frauen, jedoch so viele Männer bäumten sich gegen den Kreislauf des Lebens auf. Sie wußte, daß es nicht daran lag, daß die Frauen den Schmerz nicht ertragen konnten. Keineswegs. Schmerz zu ertragen war keine Frage der Körperkraft, sondern ein Geisteszustand.

Der Spieß wurde herausgezogen, und Farbe kehrte in ihr Denken zurück. Die Aufmerksamkeit des gelbäugigen Försters war abgelenkt. Plötzliche Stille legte sich über den Gestank der Kammer. Selbst die heulenden Schreie der erniedrigten Seelen verstummten. Eine Seele war eingetreten, eine neue Seele, jemand von großer Bedeutung.

Tartarsus schwang sich von der Zuschauergalerie hinab und starrte sie an. Die zuckenden, knisternden Feuer sanken ein, drückten sich an ihre Glut wie tobende Tiger, wenn die bloße Anwesenheit ihres Bändigers sie züchtigte, als die Seele näher kam. Klein und elfengleich mochte der Mann sein, doch er besaß ungeheure Ausstrahlung.

»Talorcan!« grüßte Tartarsus ihn mit höhnischer Wärme.

KAPITEL 1

Caspar schlang seine Arme um May, zog ihren Kopf an seine Brust und beugte sich schützend über sie. Die Wände bebten. Brocken von Mauerwerk fielen von den Bögen über ihnen und prallten schmerzhaft an seinem krummen Rücken ab.

»Bring uns fort von hier«, flehte das Mädchen.

»Das werde ich, keine Sorge«, sagte Caspar tapfer, aber er hatte keine Vorstellung davon, wie sie aus den geheimen Hallen unter dem alten Palast von Castaguard entkommen konnten, in denen sie gefangen waren.

Der Boden unter seinen Füßen zitterte, und Runa, die junge, weiße Wölfin, heulte, als sich Gips von der gewölbten Decke löste und auf ihren Rücken fiel. Sie drückte sich eng an May, als erstickender Staub vom Boden aufwehte.

Caspar blinzelte, versuchte, die anderen durch die Staubwolke zu erkennen und betete darum, daß sie sicher unter den ausgebreiteten Armen des großen Steinwichts saßen.

»Perren!« rief er und versuchte, die mächtige Gestalt der felsengleichen Kreatur zu erkennen, die den doppelten Umfang eines Menschen und eine graue, borkenähnliche Haut von granitener Farbe hatte.

»Spar!« Perrens rumpelnder Schrei antwortete ihm, gefolgt vom aufgeregten Japsen Trunds, Caspars stämmigem Terrier, und wildem Kreischen seines Pferdes, was laut in dem Gewölbe hallte. Der Junge stieß einen Seufzer der Erleichterung aus. Der Staub legte sich, und jetzt konnte er die anderen sehen. Ursula, Reyna, Elergian und Fern kauerten allesamt Perren zu Füßen. »Wir müssen hier raus, bevor wir noch alle erschlagen werden!« rief Caspar.

Wie sollte er, ein Belbidianer, ein Fremder im feuchten Land Ceolothia, einen Ausweg aus diesem Labyrinth von einer Stadt finden? Im stillen und ohne echte Bosheit verfluchte er May dafür, daß sie die Ereignisse in Gang gesetzt hatte, die ihn dazu veranlaßt hatten, sein Kommando auf Torra Alta zu vernachlässigen, um sie zu retten, wofür Vaalaka und halb Ceolothia zu durchqueren waren. Nun saßen sie tief unten im Palast fest, versteckten sich vor dem Sklaventreiber und dessen aufgebrachten Männern, welche die Stadt dort oben durchsuchten.

Wieder bebte der Boden. Ein Block vom Mauerwerk, der sich über ihnen von einem Bogen gelöst hatte, landete nur ein paar Daumenbreit neben Fern. Der bibbernde Faun, der beinahe wie ein dürrer, spitzbäuchiger Zwerg aussah, warf seine Arme um Ursula. Mit staubbedeckten, grauen Gliedern stand das Sklavenmädchen ganz ruhig da, aber ihre Augen waren vor Angst weit aufgerissen.

»Wohin?« fragte Caspar dringend in die Runde.

»Nicht tiefer!« Der Steinwicht schien außer sich. Caspar konnte es nicht glauben. Nie zuvor hatte Perren Furcht gezeigt, nicht einmal angesichts des Schlundwurms. »Sie kommen!« Perrens graue Haut wurde kalkweiß, und seinen riesigen, runden Kopf hielt er starr aufrecht.

»Wer kommt?« wollte Caspar wissen, breitete die Arme schützend um May und zuckte zusammen, als ihm ein Stein an den Kopf schlug.

Mit geducktem Kopf lief ihm das Sklavenmädchen durch die Halle entgegen. »Ihr blutet, Meister.« Sie zupfte an Caspars ausgestrecktem Arm, und der Junge fing den bohrenden Blick auf, den sie mit May tauschte und der, wenn nicht von Feindseligkeit, so doch zumindest von tiefsitzendem Argwohn kündete.

Caspar ignorierte die beiden jungen Frauen und wandte sich statt dessen Reyna und ihrem ältlichen Magier Elergian zu. Mit ihren uralten Weisheiten wüßten sie doch sicher einen Fluchtweg. Als sie gemeinsam unter Perren kauerten, sorgte sich Reyna um ihr ungeborenes Kind, während Elergian sein Bestes gab, sie zu beschützen. Zwar hatte Reyna ihre Lebensmitte schon erreicht, dennoch war sie schwanger und behauptete, sie erwarte einen Jungen, den rechtmäßigen Erben der weiten, reichen Länder Ceolothias. Schwach und hinfällig sah sie in den Armen des Magiers aus.

Bestürzt sah sich Elergian im Schutt und dem rieselnden Staub um. »Das Pferd kann nur auf demselben Weg zurück, den wir gekommen sind, und dann über die Kanalwege zur Stadt hinaus. Mamluc und vielleicht noch viele andere Sklaventreiber dürften inzwischen mit der Suche nach uns beschäftigt sein, doch zu Pferd könnte einer schnell genug sein, ihnen zu entkommen. Der Rest muß durch die Kammern der Bediensteten und von dort aus durch den Palast. Dorthin gelangt man von hier aus durch die Weinkeller.« Er nickte zu einer Bogentür rechts von einem riesenhaften Kamin hinüber.

Caspar nickte. »Und Ihr?«

Elergian nickte zu einer Tür im hinteren Teil der Kammer. »Es wäre das Beste, wenn wir uns trennen. In kleinen Gruppen fallen wir weniger auf. Reyna und ich nehmen die Tunnel zu den Minen von Kalanazir, wo man uns am wenigsten erwarten würde. Wir wissen von geheimen Gängen und Kammern innerhalb der Minen, und von dort aus werden wir Gefolgsleute für unsere gemeinsame Sache sammeln.«

Eilig schätzte Caspar seine Möglichkeiten ein, dann sprach er mit Entschlossenheit. »Fern, du mußt Feuerschweif nehmen. Ich muß bei May bleiben, und deshalb wirst du das Pferd reiten.«

Trotz der erschreckenden Dringlichkeit ihrer Lage schmerzte es ihn, Fern Feuerschweif zu überlassen. Der reinrassige Oriaxianer war inzwischen von den Giften genesen, die ihn das Leben gekostet hätten, wäre da nicht Reynas heilendes Trinoxia gewesen, und Caspar konnte nur darum beten, daß Fern in der Lage war, den schnaubenden, stampfenden Hengst zu bändigen. Doch der Faun war dem Pferd ergeben, und er hatte keine Wahl.

Da er selbst noch halb ein Tier war, bewies Fern ein tiefes Verständnis für die Kreatur. In seinem letzten Leben war er ein Reh gewesen, doch zum Zeitpunkt seines Todes hatte er sich gewünscht, sein nächstes Leben als Mensch zu verbringen. Ein solcher Wunsch bestimmte, welche körperliche Gestalt Seelen bei ihrer Wiedergeburt annahmen, und als Caspar ihm zum ersten Mal begegnet war, befand sich der Faun noch in den frühen, schmerzlichen Stadien dieser Metamorphose. Da Fern den Wechsel in die Anderwelt nie gänzlich vollzogen hatte, war er in einem Übergangsstadium in die Welt der Lebenden zurückgekehrt, doch nun war er mehr Mensch als Tier.

Der Faun zuckte mit seiner Nase in Caspars Richtung und blickte auf, als wollte er etwas dagegen einwenden, doch dann sagte er: »Kann ich die Satteltaschen mit dem Getreide nehmen?«

»Ja, meinetwegen!« rief Caspar aufgeregt. »Nur spute dich. Wir treffen uns jenseits der Ostmauer draußen vor der Stadt. Viel Glück!« Er wandte sich den anderen zu. »Je weniger von uns durch den Palast schleichen müssen, desto besser. So erregen wir weniger Verdacht. Ursula, du mußt bei Reyna bleiben. Dein Aussehen und deine Kleider unterscheiden dich zu sehr von den Ceolothianern, und du kannst ihr sicher helfen.«

»Aber, Meister …«, wandte Ursula ein.

Caspar hob eine Hand, um sie zum Schweigen zu bringen. »Tu, was ich dir sage. Wir haben keine Zeit zum Streiten.« Er sprach barsch, doch er hatte eine schwere Aufgabe zu bewältigen und konnte nicht zulassen, daß irgend jemand seine Mission gefährdete. Er mußte sich des Necrönds entledigen und es für alle Zeiten unerreichbar für die Menschen verstecken. Je weniger Leute am Ende bei ihm wären, desto besser.

Wieder bebte die Erde, Reyna stöhnte ängstlich und legte ihre Hände um den mächtig geschwollenen Bauch. Elergian sprang auf und wischte riesige Vorhänge aus staubigen Spinnweben beiseite, in denen die alten Hallen erstickten, auf dem Weg zu jener Tür, von der er behauptete, daß dort die Weinkeller lägen. Mit angestrengtem Ächzen zog er sie auf und winkte Caspar hindurch.

»Lauf, Spar! Schnell!« drängte er. »Schnell hinaus. Du bringst meiner Reyna Gefahr. Lauf!« Mitgefühl sprach aus der Stimme des Magiers, doch auch eine Ungeduld, die deutlich machte, daß er sich gegen jeden wenden würde, der Reynas Wohlergehen bedrohte.

Caspar zögerte. Noch immer flehte Ursula darum, daß er sie mit sich nähme, und einen Augenblick lang konnte er nicht klar denken. Perrens große Faust klammerte sich um sein Handgelenk und riß ihn nach vorn. »Dummer Mensch, beweg dich!«

Caspar blieb keine Zeit für einen Abschied. Er hoffte, Reyna würde wissen, daß er ihr alles Gute wünschte. Er wünschte, das Kind in ihrem Bauch möge lebendig geboren werden und sie selbst in ihrem fortgeschrittenen Alter die schwere Niederkunft gut überstehen. Es konnte nicht schaden, so dachte er, wenn der König von Ceolothia gestürzt und durch ein uraltes Geschlecht ersetzt würde, dessen Recht auf das wohlhabende Königreich ihm vor so vielen Jahren schon entwendet worden war. Er betete darum, sie möge stark genug sein, diese dreizehnte Schwangerschaft zu überleben und damit den Fluch zu durchbrechen, der sie und ihre Töchter im Exil gefangenhielt. Sie war von starkem Willen, da gab es keinen Zweifel, aber obwohl sie ständig ihre stärkende Arznei Trinoxia einnahm, war ihr Körper doch der einer alternden Frau.

»Hinaus mit euch«, drängte Reyna, als er ihr einen letzten Blick zuwarf. »Ich lenke sie auf uns. Lauft schnell hinfort! Sorgt euch nicht um uns. Meine Zeit ist nun gekommen. Ich will die Sklaven von Kalanazir aufbringen und für meine Sache einen.«

Mit einer knisternden Fackel in der Hand zwängte sich Perren als erster durch die Tür. Mit Mays Handgelenk fest in seiner Faust und Runa und Trund auf seinen Fersen stürzte Caspar ihm nach. Er war froh, daß er das Necrönd, das in der silbernen Schatulle um seinen Hals hing, fort von Reyna, Elergian und Ursula brachte. Nun würde er sie nicht mehr gefährden. Abgesehen von Perren, der geschworen hatte, ihm bei seiner Suche zu helfen, wollte er nur May mitnehmen.

Er wollte ostwärts fliehen, und sobald er für die Menschen nicht mehr zu erreichen wäre, wollte er sich dieses fürchterlichen, machtvollen Artefakts entledigen, damit nie wieder Seelen jener toten Tiere, welche in die Anderwelt verbannt waren, gerufen werden konnten, auf daß sie auf Erden wandelten. Er sehnte sich danach, ihr unablässiges Klagen zum Schweigen zu bringen, ihr Geschrei und

Gebrüll, das über die Kluft der Welten flutete und die Barriere zwischen Leben und Tod durchbrach.

Er rannte schnell und zerrte May gewundene Treppen hinauf. Sie atmete schwer, ihre Hand heiß in der seinen, und ihre leichten Schritte tappten auf dem harten Stein. Bald merkte er, daß auch hinter ihm Schritte laut wurden, und er sah sich um und erblickte Ursula, die ihnen auf den Fersen war.

»Kehr um«, befahl er, blieb stehen, stellte sich ihr gegenüber und ließ May einen Moment zu Atem zu kommen. Ursula dagegen war kaum atemlos. Trotzig starrte sie ihn an, und ihre dunklen Augen schienen im trüben Licht noch schwärzer. Caspar betrachtete ihr rabenschwarzes Haar, das an ihrem ausgeprägten Unterkiefer kurz geschnitten war, die Tierfelle, die ihre schlanken, braungebrannten Glieder kaum verhüllten, und die drei geheimnisvollen Tätowierungen auf der weichen Haut oben an ihrem linken Arm. Ihre Augen kündeten von hartem Leben, doch wenigstens hatte er sie vor Mamluc gerettet. »Ich habe dir gesagt, daß du bei Reyna bleiben sollst.«

»Aber sagt mir doch, wohin Ihr wollt!« Besitzergreifend klammerte sie sich an ihn.

Er machte ihre Finger von sich los. »Östlich vom grünen Meer, von dem du mir erzählt hast. Ich muß die Meere überqueren.«

»Aber Ihr werdet niemals wiederkommen«, sagte sie bestürzt. »Vergeßt nicht: Ich habe meine Kindheit an der Ostküste von Oriaxia verlebt, an die der unerforschte Ozean von Tethys rollt. Kein Schiff, das je ostwärts gesegelt ist, ist heimgekehrt. Es gibt keinen Weg zurück. Die Winde wehen auf dem Tethys stetig westwärts. Verlaßt mich nicht.«

»Geh wieder zu Reyna. Dort kannst du leben!« befahl er ihr erneut.

Sie lächelte und schüttelte den Kopf. »Meister, ich darf Euch nicht verlassen«, widersprach sie ihm.

Caspar hatte keine Zeit zu streiten. Die Hallen mit den feuchten Wänden waren finster, und ihre Schritte tappten auf den steinernen Stufen. Die Grundmauern des Palastes waren nicht so stabil, wie sie hätten sein sollen, und das Grundwasser, das aus den Kanälen sickerte, bahnte sich einen Weg durchs Mauerwerk und tropfte zu Boden.

»Die Große Mutter wird sich alles wiederholen«, sagte Perren mit großer Gewißheit und schritt auf eine verwitterte Tür zu. »Was immer ihr Oberflächenkreaturen Ihr auch antun mögt, sie wird sich doch holen, was ihr gehört. Die Tränen vom Himmel spülen die Knochen wieder in ihren Leib zurück!«

Das mächtige, klobige Wesen, das nicht größer als ein Mensch, aber doppelt so breit war, neigte sich ein wenig in seiner Mitte und warf sein ganzes Gewicht gegen die Tür, so daß die feuchten Bohlen aus ihren rostigen Bolzen und Angeln brachen. Er warf die Tür mit geballter Faust beiseite, und im Licht der flackernden Fackel sahen sie vor sich einen niedrigen Raum voll riesengroßer Fässer. Dahinter, durch einen Bogen, sah Caspar die unverkennbare Helligkeit von Tageslicht, das eine Treppe herabfiel.

Schon wollte Caspar zu der Treppe rennen, aber er wich zurück und schob May hinter sich. Der Boden vor ihm wölbte sich, Risse in den Fliesen brachen auf. Runa, die weiße Wölfin, stieß ein tiefes Knurren aus, das einem das Blut gefrieren ließ, während sich Trund das Fell sträubte und er knurrend hinter Caspars Beinen stand.

Keuchend standen die anderen neben dem Jungen und starrten allesamt entsetzt dorthin. Caspar wußte, daß er nur falsche Entscheidungen getroffen hatte. Solange er der Hüter des Necrönd war, stellte er für alle eine Gefahr dar, auch für May, die er von Herzen liebte.

»Trund, bei Fuß! Bleib bei May! Geht zu Reyna zurück, ihr alle«, schrie er und rannte. Der Boden unter seinen Füßen bebte, doch er lief weiter und hörte noch Ursulas lautstarken Protest.

»Nein, Meister, nein!«

Eines der großen Weinfässer erhob sich in die Luft und krachte auf den bebenden Boden. Es brach auf, so daß es plötzlich nach Hefe roch und sich hellrote Flüssigkeit über den Boden ergoß. Irgend etwas huschte schnell durch Caspars Blickfeld, aber er konzentrierte sich nur auf eines ... die Stufen am anderen Ende des niedrigen Kellers. Er verlor den Halt und taumelte, stützte sich mit einer Hand. Eine Sekunde lang sah er in einen immer breiter werdenden Spalt im Boden. Ein Auge glitzerte im Dunkel, und eine Hakenklaue schlug nach ihm. Er wußte nicht, was es war, doch er wollte nicht warten, bis er es herausfand.

Er sank auf die Knie, dann rappelte er sich auf und rannte durch das ohrenbetäubende Krachen von berstendem Fels. Die Schreie der anderen schnitten durchs Getöse.

»Meister, nein! Kommt zurück!« kreischte Ursula.

»Verlaß mich nicht ... nicht jetzt!« Mays verzweifelter Schrei ließ ihn einen Blick über seine Schulter werfen, und wieder stolperte er, weil er nicht nach vorn sah. Zu seinem Erstaunen hatte Trund seinen Befehl befolgt und stand ihr zur Seite, eine Kugel aus zornigen Muskeln, die gegen diese Kreaturen dort unter dem Boden anbellte und -knurrte. Es überraschte ihn nicht, daß Runa, die May stets ergeben war, auf der anderen Seite stand, ihr schlanker Leib gespannt und bereit, alles anzuspringen, was sie angreifen wollte.

Die Kreaturen, vor denen sich Perren offenbar fürchtete,

waren keineswegs riesenhaft, sondern nur halb so groß wie ein Mensch, behaart und bucklig, mit riesigen Augen, so daß sie wie seltsame Säuglinge wirkten. Einige wenige interessierten sich für ihn, und der Rest stellte sich dem Steinwicht, der die beiden Frauen hinter sich schob.

Caspar warf eine Faust in die Luft, und es blitzte silbern in seiner Hand. »Das hier sucht ihr!« schrie er, wohl wissend, daß das Necrönd diese Kreaturen auf ihn lenken würde. Es waren Gnome, so vermutete er und ahnte noch immer nicht, wieso Perren diese kleinen, pelzigen Höhlenbewohner fürchtete.

Sie umschwärmten ihn wie Motten das Licht, und ihre großen Augen blitzten grün. Für den Bruchteil einer Sekunde starrte er sie an, fragte sich, wie derart kleine, lächerlich wirkende Wesen es schaffen konnten, Steinfußböden zu durchstoßen, dann wandte er sich um und rannte. Ihre Schritte folgten ihm, trippelten und scharrten wie Ratten hinter ihm die Steinstufen hinauf. Sie suchten ihn. Sie wollten das Druiden-Ei, das man unter seinem alten Namen Necrönd kannte.

Seit der Erste Druide den Lebensodem der wilden Tiere der Legenden im Ei gefangen und sie so in die Anderwelt verbannt hatte, waren die weniger gefährlichen Tiere eine Zeitlang frei über die Erde gezogen. Doch als der Mensch wuchs, was Kraft und List anging, zogen sie sich in die dunkleren Reiche der Erde zurück, wo sie halb vergessen lauerten, ihre Wunden leckten und die Menschheit verfluchten. Nun jagten sie Caspar und wollten die Macht, die sie im Namen der wachsenden Zivilisation des Menschen vertrieben hatte.

Die Stufen vor ihm teilten sich in zwei Gänge, und Caspar hatte keine Ahnung, wohin er sich wenden sollte. Nachdem er schon zu lange gezögert hatte, kam er zu dem

Schluß, daß die rechte Treppe schmaler war und in stillere Räume führte. Instinktiv wählte er jenen Weg.

Doch wie Ratten, die einem überfluteten Kanal entflohen, waren ihm die Gnome bald auf den Fersen. Eine Tür! Er sah eine Tür. Er riß an dem runden Griff herum, trat nach der ersten dieser Kreaturen aus, die nach ihm greifen wollten. Die dürren Leiber sanken unter seinen Hieben in sich zusammen, wurden von Nachfolgenden niedergetrampelt. Der Riegel war verrostet. Wild klapperte er daran herum und gab sich alle Mühe, auf den Beinen zu bleiben.

Sollte er das Necrönd nehmen und ein Untier rufen, das ihn schützen konnte? In seiner Verzweiflung stürzte er sich auf diesen Gedanken, doch etwas in ihm warnte ihn, es nicht zu tun. Er war müde, und bei all dem Chaos um ihn konnte er nicht sicher sein, ob er die Kontrolle darüber behalten würde. In seiner Not hatte er einmal Kapuzenwölfe gerufen, um die eindringenden Vaalaker von der Burg seines Vaters zu vertreiben, und drei Jahre später hatten sich diese Wölfe zu einer Plage vermehrt. Er wußte, daß er das Necrönd nie wieder für sich nutzen durfte.

Die Tür gab nach, und er stürzte hindurch auf weitere Stufen, die sich nach oben schraubten. Er warf die Tür ins Schloß, klemmte die Arme mehrerer Gnome ein und stürmte die Treppe hinauf, hechtete über die Stufen, daß seine Muskeln vor Mühe brannten, mit Beinen wie Blei. Sein Atem keuchte aus dem hämmernden Brustkorb, und ihm war ganz benommen zumute.

Bald holte ihn ein Gnom ein und klammerte sich an seine Beine. Er fuhr herum, packte ihn und schleuderte ihn den anderen entgegen. Diese purzelten die Treppe hinunter, landeten in einem wirren Haufen rudernder Gliedmaßen und würden sicher eine Weile brauchen, bis sie sich entfleddert hatten. Caspar hatte seine liebe Mühe, die Beine für jede Stufe hoch genug zu heben.

Das war nicht Rechtens. Irgend etwas zog ihn nieder. Er hatte das seltsame Gefühl, als wäre es das Druiden-Ei selbst, das ihn nicht entkommen lassen wollte.

Die rauhen Steinwände wurden feines Mauerwerk, dann Gips, kalkweiß gestrichen. Ein Gnom holte ihn ein und krallte sich um seinen Unterschenkel. Er stampfte ihm mit dem anderen Stiefel auf den Kopf und taumelte voran. Durch seinen keuchenden Atem konnte er Frauen schreien hören. Ein offener Durchgang auf der Treppe führte ihn in einen Korridor, und er wählte die erste Tür, schaffte es, sich durchzuzwängen und ein halbes Dutzend dieser kleinen Biester abzuwehren, bis er die Tür hinter sich schließen und verriegeln konnte. Nur noch drei der elenden Biester klammerten sich an ihn.

Offenbar hatten sie keine Sprache, sondern kreischten mit dünnem, heiserem Ton, während sie an ihm hochkletterten und auf seinen Hals einhackten. Verzweifelt versuchte er, sie abzuschütteln. Einer biß ihn, und lange Zähne bohrten sich tief in sein Fleisch. Während sich ein anderer noch an seine Hand klammerte, schaffte er sich den dritten vom Hals und fühlte mit einigem Ekel, wie dessen Fleisch in seinem Griff zerriß. Da sprang ihm der erste an die Kehle, so daß Zähne ihm die Haut durchstießen.

Mit einem Messerhieb durchstach er den Leib. Beine und Hüften fielen herab, doch die obere Hälfte krallte sich nach wie vor an ihn, während wässriges Blut und faulig stinkendes Gedärm aus seinem Bauch glitt. Es dauerte eine ganze Minute, bis er es geschafft hatte, die Zähne zu öffnen, nadelspitz wie jene der kleinen Wölfin. Glücklicherweise hatten die Zähne Haut und Sehnen durchbohrt und keine wichtige Ader getroffen.

Die Tür hielt dem Ansturm stand; Caspar seufzte erleichtert und bedachte, was er nun tun wollte. Er befand sich in einer langen Galerie und vermutete, daß er tief im Herzen des Palastes war. Die Diener würden ihm wahrscheinlich keinerlei Beachtung schenken, bei allem Aufruhr, den er draußen hören konnte. Es klang, als tobte eine wildgewordene Ochsenherde durch die Stadt.

Auf Zehenspitzen schlich er in eine üppige Halle, deren holzvertäfelte Wände mit Teppichen behängt waren. Weich fühlte sich der Boden an. Überrascht sah er auf seine Füße. Geflochtene Teppiche! Er hatte gehört, daß einige der prunkvolleren Paläste in den Ländern ums Caballische Meer wollene Teppich am Boden liegen hatten, aber er fragte sich, ob das wohl praktisch war. Matten aus Stroh und Reet hatten ihnen in den Hallen von Torra Alta stets gute Dienste geleistet.

Von der Tür zum Vorzimmer hörte man Stimmen. Er versteckte sich hinter der Tür und warf einen Blick hinaus. Diener in langen Roben standen da, wandten ihm die Rükken zu, preßten ihre Gesichter an ein verglastes Fenster. Die Frauen unter ihnen sangen wie außer sich. Caspar war mit der Sprache Ceolothias nicht sonderlich vertraut, doch er verstand, daß sie zu ihrem Gott des Neuen Glaubens um Schutz vor etwas beteten, was sie für ein Erdbeben hielten.

Leise, um keine Aufmerksamkeit auf sich zu ziehen, ging er zu den hohen Fenstern am anderen Ende der Galerie hinüber und sah hinaus. Überraschend wurde ihm klar, wie hoch hinauf er gestiegen war. Unter ihm wich die Stadt Castaguard zurück und tauchte in die dunkle Höhlung um den Fuß des schwarzen Turms.

Erhitzt nach all den Anstrengungen, wurde ihm bei dem, was er dort sah, doch kalt zumute. Er war sicher, daß er keine solchen Kreaturen aus der Anderwelt gerufen hatte, und er konnte sich nicht erklären, woher dieses weite Meer geisterhafter Wesen kommen sollte, die am Fuß des Turmes aus der Erde drangen. Deshalb also bebte die Erde und Perren hatte Angst. Wie hatte er nur glauben können, daß der sich vor Gnomen fürchtete?

Verschwommene Erscheinungen monströser Untiere – doppelköpfige Löwen, ein Lequus, säbelzahnbewehrte Wölfe und etwas, das Caspar für riesige Kobolde hielt, nackt und sehnig – strömten aus dem schwarzen Turm. Die Wachen und Sklaventreiber ließen sie in Reih und Glied Aufstellung nehmen. Nun fürchtete sich auch Caspar. Jemand, ein anderer als er selbst, hatte Kontrolle über sie. Doch wie?

Schützend drückte er das Kästchen mit dem Necrönd gegen seine Brust, beobachtete entsetzt und ungläubig, wie die monströsen Phantome auf den Marktplatz hinaus marschierten und sich den Männern anschlossen, die bereits um den Platz Aufstellung genommen hatten. Furchtsam wichen die Sklaven zurück, aber sie waren zu diszipliniert oder fürchteten die Soldaten zu sehr, als daß sie zu fliehen versuchten. Während er das alles sah, pochte ein ekelhafter Schmerz in seinem Kopf.

Er gab sich alle Mühe, klar zu denken, trotz des Schmerzes, der sich von oben über seinen Kopf ausbreitete und ihm das Hirn verkrampfte, während er die riesige Armee dort unten sah. Da er dazu erzogen worden war, eines Tages Herr über eine Grenzfestung zu werden, wußte er instinktiv, daß diese Männer für einen Krieg zusammengetrieben wurden. Nach ihren Ketten zu urteilen, kamen manche davon aus den Sklavengruben. Andere sahen wie Stadtvolk aus, und jene, die Hippen und Heugabeln bei sich trugen, stammten zweifelsohne aus den umliegenden Dörfern.

Die Ceolothianer hatten eine Armee aufgestellt! Aus seinem gründlichen Geschichtsunterricht wußte Caspar, daß Ceolothia in den letzten tausend Jahren oft in den Krieg gezogen war, meist gegen Lonis und Salise, wenn auch nur in kleineren Disputen. Man hatte jedoch auch drei große Kriege geführt, den letzten davon zugegebenermaßen vor mehr als vierhundert Jahren, doch alle drei gegen Belbidia. Caspar kannte die Historie besonders gut, da seine Vorväter eine entscheidende Rolle in der Niederwerfung des Aggressors gespielt hatten. Sollten die Ceolothianer ein weiteres Mal gegen sein Heimatland in den Krieg ziehen, so mußte er etwas dagegen unternehmen.

Sie würden – wie alle anderen ceolothianischen Armeen vor ihnen – durch Vaalaka ziehen und sich dann südwärts wenden, um die Burg seines Vaters auf Torra Alta an der nördlichsten Grenze Belbidias anzugreifen. Doch diesmal konnte er sie aufhalten, bevor belbidianisches Blut vergossen wurde. Schuldgefühle lasteten auf seiner Seele. Sein Vater hatte ihm die Verantwortung für die Burg übertragen. Torra Alta und die junge Garnison unterstanden seinem Befehl, und wenn es auch einem höheren Zweck dienen mochte, so hatte er sie doch verlassen. Er mußte etwas unternehmen. Schließlich besaß er die Macht. Er hatte das Necrönd. Was wäre vonnöten? Schon früher hatte er Drachen gebändigt. Was konnte schwieriger sein? Seine Hand fuhr an die Brust.

Doch nein! Er hatte seiner Mutter geschworen, daß er das Necrönd nie mehr benutzen wollte! Einen solch feierlichen Eid durfte er nicht brechen, nicht einen, den er einer Hohepriesterin gegeben hatte. Es hatte ihr soviel bedeutet, und er durfte sich ihr nicht widersetzen. Keridwens Gründe waren triftig: Sie und die beiden anderen Hohepriesterinnen Brid und Morrigwen hatten ihm ausführliche Vorträge gehalten und ihn gescholten. Es schien sicher, daß ihre sämtlichen Probleme durchs Necrönd ausgelöst worden waren. Je öfter er es benutzte, desto schlimmer waren ihre Nöte geworden. Finster blickte er in die ungeheure Menge. Selbst ein Einhorn war darunter.

Das Herz schlug ihm bis zum Hals. Die Umrisse der Tiere wurden immer deutlicher, bis sie feste, farbige Gestalten waren, in dieser Welt voll ausgeformt und nun keine Phantome mehr. Aber er hatte sie nicht gerufen. Er hoffte, daß seine Mutter und die wunderschöne Brid, die das Amt der Jungfrau innehatte, und selbst Morrigwen, falls ihre Seele ihn jetzt sehen konnte, ihm seine Unschuld in dieser Sache glauben würden.

Jemand rief ihm etwas zu. Offensichtlich war er doch nicht so unverdächtig, wie er geglaubt hatte. Ein Diener hatte ihn erspäht und als Eindringling erkannt. Der Mann rief eindringlicher, aber Caspar war nicht ausreichend mit den ceolothianischen Worten vertraut, um sie zu verstehen, als man sie ihm mit wildem Zorn entgegenbrüllte. Er rannte. Rutschend kam er in einer Halle am Ende der Galerie zum Stehen, wo er einen niedrigen Bogen fand, der in einen Korridor führte, und dieser wiederum zu einer mächtigen Treppe, welche außen um einen zentralen Brunnen verlief. Die mußte doch sicher nach draußen führen. Mit der Leichtfüßigkeit der Jugend und dem sicheren Tritt eines Torra Altaners, der in den hohen Bergen geboren war, rannte er hinab.

Er konnte nicht gerade denken. Sein Kopf schmerzte, und das Necrönd fühlte sich seltsam in seiner Hand an. Es strahlte einen warmen, feuchten Puls aus, als berührte er ein lebendes Herz. Ihm wurde etwas übel, als er sich oben an den Kopf faßte und die Feuchtigkeit verletzter Haut ertastete. Er mußte rennen, aus diesem Palast hinaus, sich unter die Menge mischen, die sich in der von Panik ergriffenen Stadt drängte, wo bereits ein solches Durcheinander herrschte, daß man ihn niemals bemerken würde.

Die mächtige Treppe führte in einen Tanzsaal, und er lief zur schmalen Dienertreppe hinten in der Halle. Diese kreiselte er hinab, daß seine Hand von der Reibung am Stein der mittleren Spindel, welche die Treppe hielt, ganz heiß wurde.

Schließlich kam er an die frische Luft. Er stürmte eine Gasse entlang, die er für günstig hielt, und fand sich bald schon am Rande des zentralen Marktplatzes wieder, wo er am allerwenigsten sein wollte. Dort befanden sich zwar viele Soldaten, aber dort war auch eine große Menschenmenge versammelt, in der er untertauchen konnte, wodurch er zumindest in der Lage wäre, der wichtigsten Straße, die ostwärts zur Stadt hinausführte, zu folgen, ohne sich zu verirren. Hier war er anonym. Alle Blicke wandten sich den gähnenden Falltoren des schwarzen Turmes zu. Ein mächtiges Rumpeln wie von einer Ochsenherde in der Ferne stöhnte aus dem dunklen Schlund hervor. Er blieb stehen und starrte entsetzt hinüber.

Wachen traten vor und hielten die Spieße bereit, um sich allem zu stellen, was aus dem Eingang zu den berüchtigten Minen bersten wollte. Große schwarze Streitrösser schnaubten und rissen an ihren Gebissen, trugen Ritter in Rüstungen, welche die Straßen säumten, die vom Turm ausgingen. Die Erde bebte, und vom tiefen, rumpelnden Gebrüll zitterte die Luft.

Plötzlich war der Schlund des schwarzen Turmes von grauen Gesichtern erfüllt. Sie stolperten und blinzelten im grellen Licht. Abgemagerte Männer und Frauen taumelten auf den Platz, manche mit ausgestreckten Händen, bettelten um Gnade, andere blickten voll Entsetzen in das dunkle Maul des Turmes. Die Wachen draußen vor dem Turm kannten keine Gnade, sondern richteten ihre Armbrüste auf die Sklavenmenge und lenkten sie zur Mitte des Platzes. Die meisten der verschreckten Sklaven liefen in die Richtung, in die man sie dirigierte, andere versuchten in ihrem wahnsinnigen Entsetzen, die Reihen der Wachen zu durchbrechen. Caspar sah, wie mehrere von Armbrustbolzen getroffen und von riesigen Streitrössern zu Brei getrampelt wurden.

Er wußte, daß er fliehen sollte, konnte sich aber von dem Anblick nicht losreißen, als dreiköpfige Bären und löwenköpfige Hunde aus dem Turm hervorstürzten.

Die Wachen schrien sowohl auf belbidianisch, der meistgesprochenen Sprache am Caballischen Meer, als auch auf ceolothianisch, damit ihnen auch alle gehorchten. Mit wütenden Worten und spitzen Spießen ordneten sie die Sklaven, die aus den Minen stürmten und sich zu jenen gesellten, die sich dort bereits versammelt hatten.

Ein Wachmann donnerte: »Stehenbleiben! Sie haben Order, euch nicht zu verletzen. Wie ihr gehören auch sie zu Prinz Tudwals Armee.«

Tudwals Armee! Die Worte schnitten durch Caspars Gedanken. Das war gut. Wenn Tudwal eine Armee zusammenstellte, schienen er und Cymbeline gerettet zu sein. Alles mußte wohl gut ausgegangen sein. Sein Vater war aus Farona heimgekehrt und stellte eine Suchmannschaft für den Prinzen und die Prinzessin zusammen.

Zweifelsohne brauchte Tudwal eine Armee, um die Banditen auszurotten, die ihn und seine Schwester, die Prinzessin Cymbeline, überfallen und dann den Großteil ihrer Eskorte erschlagen hatten. Prinzessin Cymbeline war auf dem Weg gewesen, König Rewik von Belbidia zu ehelichen, und die Ceolothianer gaben der belbidianischen Eskorte die Schuld daran, daß ihre kostbare Prinzessin verschwunden war. König Dagonet hatte Rewik mit Krieg gedroht, falls seine liebreizende Tochter nicht bald unversehrt heimkehrte. Schnell schweiften Caspars Gedanken von der Politik ab, da immer mehr Untiere, inzwischen meist mächtige Kobolde, aus dem schwarzen Turm traten, der den Eingang zu den langen Tunneln in den Minen von Kalanazir darstellte.

Ein Schauer durchfuhr ihn beim Anblick der monströsen Biester, denn er fürchtete die Art und Weise, wie sie in diese Welt gekommen waren. May hatte das Druiden-Ei gefährlich lange bei sich gehabt, dennoch war es schwer zu glauben, daß sie versehentlich so viele Untiere gerufen haben könnte. Sollte er nun das Necrönd nutzen, um sie alle wieder in ihr Exil in der Anderwelt zu schicken?

Der Gedanke an May holte ihn aus jener finsteren Verwirrung, die das Druiden-Ei umfing. Von Tag zu Tag wurde das Ding lebendiger ... nicht so sehr ein träges Artefakt als etwas Lebendes mit ganz eigener Macht. Er mußte sich von diesen Leuten fernhalten, fort von allen anderen. Er mußte übers Meer und eine weite Wildnis suchen. Er wandte sich um und rannte, bahnte sich einen Weg durch die Menge.

»Du da! He, du!« hörte er eine scharfe, schrecklich bekannte Stimme.

Instinktiv wußte Caspar, daß der Schrei ihm galt. Er warf einen Blick über seine Schulter und duckte sich. Mamluc, der Sklavenhändler! Mit eingezogenem Kopf und runden Schultern stürmte er durch die Menge und lief zum östlichen Ausgang des Platzes, doch er fand sich auch dort in einem Straßengewirr wieder. Keine einzige Straße verlief geradeaus, und immer wieder stand er vor Kanälen, die ihm den Weg versperrten, oder in Straßen, die an einem Haufen von Hütten oder vor einstürzenden Häusern endeten. Müllhaufen dampften auf den Straßen. Hunde knurrten, das Fell vor Räude struppig, und Flecken von schorfiger, nackter

Haut waren unter dem verfilzten Haar zu sehen. Bald schon hatte er sich in den dunklen Gassen, die sich hinter hohen, fensterlosen Bauten wanden, hoffnungslos verirrt.

Hilflos schaute er sich um, als ein Junge zu ihm kam, dessen Gesicht so schmutzig wie seine Kleidung war. Rote Zehen ragten aus den Lumpen, mit denen seine Füße bandagiert waren.

»Der Weg zur Stadt hinaus! Wie komme ich zum Osttor?« Caspar griff in seiner Tasche nach einer Münze. Ohne überhaupt hinzusehen, warf er dem Gassenkind ein Goldstück zu.

Der Mund des Jungen klappte auf, und seine Augen leuchteten. »Ihr seid in großen Schwierigkeiten, Herr.« Selig betrachtete er die schimmernde Münze. »Folgt mir!« Er konnte nicht älter als zehn sein, hatte aber die Augen eines alten Mannes. »Hier entlang«, sagte er und führte den jungen Herrn durch ein geborstenes Tor an der Rückseite eines hohen, verfallenen Gebäudes und dort hindurch in eine dunkle Gasse jenseits davon. Caspar hörte das Klappern galoppierender Hufe auf dem Pflaster und lief neben dem Jungen her. Er hoffte, daß ihm Mamluc nicht auf den Fersen war.

»Vier Leute habe ich in dieser Woche schon vor den Sklaventreibern gerettet. Das hier ist ein guter Weg«, versicherte ihm der Junge atemlos, während sie rannten. »Da sind wir!« Die Gasse spie sie auf einen weiten, offenen Rasen zu Füßen der großen schwarzen Mauer aus, die die Stadt umfing. Abrupt blieb Caspar stehen. Über Hunderte Meter offener Rasenfläche hinweg sah er keine Möglichkeit, die schwarzen Mauern zu überwinden.

»Der Kanal!« Der Junge deutete nach links. »Er verläuft unter der Mauer durch. Ihr werdet naß werden. Die Brücke in der Mauer ist niedrig, und das Wasser steht im Augenblick sehr hoch, aber es ist der beste Weg hier heraus und so nah, wie ich Euch zum Osttor bringen kann.«

Caspar lächelte ihn dankbar an und hastete am Rande der baufälligen Häuser entlang zu jenem ummauerten Kanal hinüber. Das Wasser stank. Von dunklem, schlammigem Grau war es und voller Schutt. Er sah daran entlang bis dorthin, wo sich der Kanal unter der schwarzen Mauer hindurchdrückte. Kein Licht drang darunter hervor. Die Mauer mußte mindestens dreißig Fuß dick sein, und er hoffte, das Wasser stünde tief genug, um noch Platz zum Atmen zu haben. Er sprang die Böschung des Kanals hinab, dankbar, einen Sims zu finden, an dem er sich entlangarbeiten konnte, statt gleich ins Wasser zu fallen.

Fast war er schon an der Mauer, als er laute Stimmen und den Jungen hörte, der auf ceolothianisch etwas rief. Er mußte es nicht übersetzen können, um zu wissen, daß sich sein kleiner Helfer als Verräter entpuppte und ihm die Häscher auf den Hals hetzte. Caspar verfluchte sich für seine Gutgläubigkeit. Wann endlich würde er lernen, den Menschen nicht bedingungslos zu trauen?

Er rannte, bis er zu jenem Steinbogen gelangte, der den Kanal überspannte und die große Mauer über ihm hielt. Nicht mehr als sechs Daumenbreit war die Lücke zwischen Wasseroberfläche und Brückenunterseite. Ein Schauer ging über seinen Rücken. Er war kein guter Schwimmer.

Ein Pfeil schlug ins Wasser, ein anderer bohrte sich zu seinen Füßen in den Boden. Er vergeudete keinen Gedanken daran, sondern riß sich das Bärenfell vom Leib, hielt Saum und Kragen zusammen, um es als Ballon zu benutzen und damit Luft einzufangen, was ihm beim Schwimmen helfen würde. Er sprang hinein und schwamm zur Mitte des Kanals, wo am meisten Platz war.

Während er paddelte, hob und senkte sich sein Körper,

so daß sein Kopf an die vom Wasser abgewetzten Mauersteine stieß. Doch das Bärenfell half ihm, und er hoffte, daß es sich, solange er nur kurze Zeit im Wasser wäre, nicht vollsaugen würde. Er war dankbar, daß er May nicht mitgenommen hatte, und betete, daß Perren sie sicher zu Reyna zurückgebracht und einen anderen Fluchtweg gefunden hatte.

Hinter ihm wurden Stimmen laut. Hufe stampften auf dem Rasen. Dann hörte er ein Platschen, als noch jemand ins Wasser sprang. Caspar verdoppelte seine Anstrengungen, keuchte Luft in seine Lungen und trat wild um sich. Jemand packte ihn beim Fußgelenk. Er trat aus und traf Fleisch. Die Hände suchten nach ihm, doch offenbar waren sie nicht schnell genug, als daß sie ihn hätten fassen können. Dann hörte er vor sich einen Hund bellen. Das Herz wollte ihm in die Hosen rutschen: Sie erwarteten ihn auf der anderen Seite der Mauer.

Männer riefen etwas. Unter die aufgeregten Schreie und das wütende Bellen eines Hundes mischte sich das schmerzlich schrille Heulen irgendeines Tieres, das Caspar an seinen Lauten nicht erkennen konnte.

Er verfluchte den elenden Bengel dafür, daß er ihn verraten hatte, und schwamm weiter. Er wollte sich lieber den Gefahren stellen, die dort vor ihm lagen, als im Wasser mit seinem Verfolger zu kämpfen. Er bezweifelte, daß er im Wasser Chancen hatte.

Tageslicht fiel über ihn, und er mußte sich nicht einmal die Mühe machen, aus dem Kanal zu klettern. Jemand hakte eine Hippe unter seinen Gürtel und zog ihn heraus, daß das schwere Bärenfell an seinen Armen zerrte. Man rollte ihn auf die Erde, und er blickte an den langen, haarigen Beinen eines mächtigen Streitrosses auf. Diese Rasse kannte Caspar gut, die klaren Linien, die breite Brust. Es war ein

Fohlen von Dämon, einem der besten Zuchthengste seines Vaters, vor Jahren exportiert. Solch feine Pferde wurden auf dem schönen Boden Torra Altas großgezogen und dann in dieses finstere Land verbracht. Es war eine Tragödie!

Caspars Blick glitt aufwärts. Lange Füße in Schnürsandalen baumelten von goldfarbenen Unterschenkeln. Ein Löwenschwanz, verfärbt und mit nur wenig Haar, hing gleich daneben. Caspar sah zu Mamluc auf, dessen Schlitzaugen, das eine schwarz, das andere hellgrün, nur halb in seine Richtung sahen.

Hinter dem Sklavenhändler stand ein stämmiges, pelziges Tier mit Menschenhänden. Seine Augen leuchteten rot wie jene Augen, die er im sich wölbenden, geborstenen Boden unter dem Palast gesehen hatte.

Mamlucs Mund verzog sich zu einem Hohngrinsen, dann knurrte er die acht Männer um sich an. »Laßt ihn nicht entkommen! Haltet ihn bei diesem Mädchen!«

Caspar verlor den Mut. Er wußte, um welches Mädchen es sich handeln mußte. Bald schon schlurften drei weitere der pelzigen Viecher heran, und eines davon hielt May mit festem Griff. Caspar wußte keinen Namen für diese Wesen. Aufmerksam konzentrierte er sich auf jenes, das seine Liebste hielt. Es sah vage menschlich aus, war aber gröber gebaut, die Glieder ungeheuer dick, der Schädel schwer, mit flacher Stirn. Seine Augen wirkten friedlich, doch von tiefer Trauer erfüllt.

Caspar sah, wie seine Augen argwöhnisch zuckten. Es konnte kein Zweifel daran bestehen, daß es die Menschen haßte, und instinktiv wußte er, daß es eines jener Lebewesen aus den dunklen, feuchten Ecken der vergessenen Welt war, die das Necrönd kontrollierte, jedoch nicht in die Anderwelt verbannte. Diesmal zögerte er nicht, das Druiden-Ei in seinem Sinne einzusetzen. Er verbarg seine Hand im

Hemd und griff in das Silberkästchen an seiner Brust, in dem sich das Necrönd befand. »Los!« rief er.

Leeren Blickes sah die Kreatur ihn an und schüttelte den Kopf, packte May noch fester.

»Loslassen«, forderte Caspar erneut, nun schon in Panik. Er hatte die Kontrolle über das Ei verloren, als er dessen Macht am dringendsten benötigte, um May zu retten.

»Laßt sie los.« Caspar wandte sich Mamluc zu und sprach so vernünftig, wie er konnte. »Ihr habt keine Verwendung für sie. Laßt sie gehen und nehmt mich dafür.«

»Wir haben dich schon«, lachte Mamluc. »Und jetzt steh auf. Er will dich lebend.«

Caspar war elend und schwindlig zumute. Er schlang sein nasses Bärenfell um seine Schultern und fragte sich, wieso er nicht einfach versuchte, sich den Weg freizukämpfen. Er wußte, daß er nicht entkommen konnte, doch vielleicht konnte er einen solchen Aufruhr anzetteln, daß May damit geholfen war.

Wieder bellte ein Hund. Caspar hatte vergessen, daß er dieses Bellen schon gehört hatte, doch nun konzentrierte er sich darauf. Dasselbe Tier stieß ein tiefes Knurren aus, gefolgt von hohem Japsen, das absolut lächerlich klang. Das konnte nur Trund sein.

Er kam in Bewegung. Eine Hand griff nach seinem Gürtel, die andere nach seinem Stiefel, wo er zusätzlich ein Jagdmesser bei sich trug. Wohl wissend, daß er mit seinem Bärenfell um die Schultern nicht gut auf Mamluc zielen konnte – und Caspar war kein großartiger Experte, was Wurfmesser anging –, nahm er ein größeres Ziel in Augenschein – das Pferd. Die Klinge bohrte sich in dessen Brust, das Tier bäumte sich auf. Rückwärts stürzte es unter Schmerzensschreien auf seinen fluchenden Reiter und einen Wachmann.

Trunds feuchtes Knurren mischte sich unter das heisere Chaos. Kurz und stämmig war das Tier und besaß doch für seine Größe ein angsteinflößendes Knurren und übergroße Kiefer. Trund war faul und gerissen, aber ungeheuer stark und treu. May in Gefahr zu sehen verwandelte ihn in ein wildes Tier. Mamlucs Männer wichen zurück, doch noch standen sechs von ihnen auf den Beinen, und Caspar wußte nicht, wie er sich aus dieser Lage befreien sollte.

Die Wachen sammelten sich um Mamluc, der nach wie vor unter seinem Pferd eingeklemmt lag. Sie waren damit beschäftigt, den schreienden Sklavenhändler unter dem mächtigen Streitroß hervorzuziehen, und schienen ohne seine Anweisungen eher ratlos. Caspar nutzte die Gelegenheit. Er stürmte vor, hieb sein kurzes Messer in den Arm der pelzigen, menschenähnlichen Kreatur, die May festhielt, und entriß sie deren Händen. Mit ausgestrecktem Messer warnte er alle, auf Distanz zu bleiben, trat langsam zurück und rannte los, wobei er May hinter sich herzog.

Hufe, schnell und leicht, galoppierten ihm nach.

Verzweifelt suchte Caspar nach einem Ort, an dem er sich verstecken konnte. Der pelzige Mann mochte verletzt sein, doch er blieb ihnen auf den Fersen, wobei er eine dunkle Blutspur am Boden nachzog. Vor Mühe ächzend und hustend holte er sie langsam ein, weil May nicht schnell war. Die Röcke flatterten um ihre Beine, und sie hechelte in Panik. Die Männer schrien alle durcheinander, und Caspar hörte, daß sie ihnen folgen wollten, da sie zu ihren schnaubenden Pferden hasteten. Ihm blieben nur Sekunden, einen Plan zu ersinnen ... doch plötzlich mußte er nicht weiter.

Feuerschweif! Caspar war glücklich, ihn zu sehen. Sein feuerroter Hengst galoppierte ihnen entgegen, wobei Fern lieber an seiner Seite lief, als das Pferd zu reiten. Caspar hatte sich nicht vorstellen können, daß der Faun zu seiner Rettung kommen würde, und sicher hatte er ihm eine solche Tapferkeit nie zugetraut.

»Fern!« rief er ihm freudig zu. »Du hast es geschafft!«

Schliddernd kam Feuerschweif vor ihnen zum Stehen, daß Fern am Ende seiner Zügel baumelte. Caspar schwang May auf den Rücken seines Pferdes.

»Schaff sie hier fort!« rief der Erbe Torra Altas dem Faun noch zu.

Fern fügte sich, während May auch protestierend schrie. »Nein, ich darf dich nicht zurücklassen, Spar. Nein! Nicht nach allem, was geschehen ist.«

Ihre Worte wurden fortgerissen, und der Junge machte auf dem Absatz kehrt, um sich dem pelzigen Mann zu stellen. »Weiche zurück! Ich bin dein Herr. Gehorche mir!«

Die Kreatur zeigte keinerlei Reaktion auf Caspars Autorität, sondern rammte ihn und stieß ihn um. Es war, als würde er von einem galoppierenden Pferd überrannt, und ihm blieb die Luft weg. Er lag am Boden, mit dem Gesicht im Schlamm, und schüttelte den Kopf, um wieder zu Sinnen zu kommen. Der Pelzmann knurrte und bellte, und Blut aus seiner Wunde rann auf den Jungen herab. Bevor er noch Luft holen konnte, hielt ihn die Kreatur bereits mit einer Faust im Nacken, hob die andere, um zuzuschlagen, doch dann zögerte sie. Sie wirkte verwirrt, als wüßte sie nicht, wie man einen Menschen tötete.

Mamluc war unter seinem Pferd hervorgekrochen und humpelte ihnen entgegen, schrie seine Männer an: »Ergreift ihn!«

Dann packte irgend etwas den Tiermenschen und Caspar von hinten, riß beide von den Beinen. Der Pelzmann jaulte und ließ Caspar augenblicklich los, der nun von einer noch stärkeren Hand umfaßt war. Eine seltsam tiefe, knarrende

Stimme, halb Knurren, halb splitternder Stein, dröhnte laut in seinen Ohren.

»Perren!« Dankbar grinste er.

Der Steinwicht schob ihn zurück, und mit einem Hieb an die Schläfe warf er den Pelzmann zu Boden und hob dann Caspar mit einem Arm an.

Die Wachen donnerten ihnen entgegen, aber sie wurden durch ein Geheul von anderer Seite abgelenkt. Dürre Männer mit grauweißer Haut schwenkten Schaufeln und griffen an. Ihrer Blässe nach zu urteilen war klar, daß es sich um Sklaven aus den Minen handelte, und Caspar kam zu dem Schluß, daß Reynas Aufstand schon begonnen hatte.

Ihre Kleider waren nichts als Fetzen, und an den Unterarmen sah man schwarze Kreuze. Zwischen ihnen sah er Ursula, die einen Knüppel schwang, und mit einer für Frauen eher untypischen Freude prügelte sie auf einen der Wachmänner ein. Der Hieb mochte wild sein, aber es mangelte ihr deutlich an der Kraft ausgebildeter Soldaten, und der Wächter konnte der Wucht des Knüppels ausweichen. Caspar war sehr erleichtert, als ein Sklave sie zurückzog, bevor sie Schaden nahm. Ihr Blick suchte ihn, wünschte ihm Glück, und zum Abschied hob er seine Hand.

Mit langen, fliegenden Schritten stürmte Perren Feuerschweif nach, und Caspar schlug an seine steinharte Seite. Glücklicherweise hatte Fern das Pferd ein paar Meilen vor der Stadt zum Stehen gebracht, und so dauerte es nicht lange, bis die beiden es einholten. Castaguard lag in einer flachen Senke in sanft hügeliger Landschaft südlich der Berge von Kalanazir. Im grauen Flachland am Grund der Senke stand Wasser träge in silbernen Tümpeln, welche die grauen Regenwolken spiegelten. Es gab keinen Schutz. Instinktiv strebte er den Hügeln zu, und er rief Perren und Fern, daß sie sich nordwärts wenden sollten.

Während sie flohen, wimmerte May leise, drückte ihren Kopf an Feuerschweifs Mähne, und Caspar erinnerte sich daran, wie sehr sie es haßte, den Hengst zu reiten, da er ohne Warnung bockte, scheute oder sich aufbäumte. Er selbst liebte den reinrassigen Oriaxianer, hielt ihn für den Besten seiner Rasse und freute sich an seinem wilden Wesen, doch im Gegensatz zu Brid, der Jungfrau, war May kein Pferdemensch.

Schließlich kamen sie zu vielblättrigen Weidenbäumen, die auf einen Fluß aus den Bergen hindeuteten, und machten dort Halt. Es war niemand zu sehen, der ihnen gefolgt wäre, und atemlos drehten sie sich nach der Stadt um.

»May, bist du verletzt?« fragte Caspar voll Sorge.

Perren ließ ihn los, und er sprang auf weiche, moosige Pflanzen, die am Ufer des randvollen Flusses wuchsen. Wasser rann über seine Stiefel, als er dem schlanken Mädchen mit dem kastanienbraunen Haar vom Pferd half.

Schwer sank sie in seine Arme. Sie war vor Angst ganz verkrampft. Schluchzend klammerte sie sich an ihn, und Caspar fragte sich nicht zum ersten Mal, woher sie den Mut genommen hatte, das Necrönd zu stehlen und sich auf eigene Faust nach Ceolothia durchzuschlagen. Es war außergewöhnlich.

»Diese Kreatur«, wollte Caspar erklären. »Dieser haarige Mann ...«

»Dieser Troll«, warf Perren ein.

»Es war kein Troll. Trolle habe ich in Vaalaka gesehen«, wandte Caspar ein. »Wesen, die eher von der Größe eines Ochsen sind, mit lederner Haut und Schweineborsten.«

Geduldig sah Perren ihn an. »Ein ceolothianischer Troll.«

»Wie dem auch sei ... wir haben Mamluc abgehängt«, sagte Caspar erleichtert mit Blick über die Ebene.

Perren zuckte mit den Schultern. »Für den Augenblick,

aber wir sind leicht zu verfolgen. Wir müssen weiter.« Er hielt inne und sah auf das Wasser hinab, das um Mays und Caspars Füße blubberte und an seinen Zehen kitzelte, dann sah er die beiden einen langen Augenblick an und betrachtete May mit Neugier. »Ein Mädchen«, sagte er schließlich.

Caspar lachte. »Was meinst du? Natürlich ist sie ein Mädchen.«

Perren lachte. »Es muß seltsam sein, ein Mensch zu sein. Ihr habt so viele Geheimnisse voreinander.«

»Geheimnisse?« Es mißfiel Caspar, wie Perren May ansah, und plötzlich wußte er, daß es ihm noch sehr viel weniger gefallen würde, was der Steinwicht zu sagen hatte.

»Sie wird ein Mädchen gebären«, verkündete Perren.

Mays Augen wurden groß. Erschrocken sah sie aus, und als sie Caspar ansah, beinahe ängstlich.

»Du hast mir nichts davon gesagt!« sagte er langsam und kalt, zutiefst verletzt.

»Es schien mir nicht der rechte Augenblick«, räumte sie ein. »Ich ... ich«, stammelte sie.

Caspar wußte, daß sie an seine Liebe appellierte. Er schluckte seine stürmischen Empfindungen herunter, zu schockiert, um zu wissen, was er fühlte. Kaltherzig sagte er sich, daß der andere Mann tot war ... von seiner Hand gefallen. Das zumindest sollte es erträglich machen. Wer war er, daß er nach allem, was May durchgemacht hatte, über sie richten durfte? Steif zwang er sich, seine Hand auszustrecken, und nahm die ihre, ohne sie an sich zu ziehen.

»Es tut mir leid. Ich habe an dich gedacht«, sagte sie lahm.

»An mich!« Caspars Blut kochte und stieg ihm ins Gesicht, so daß er von einem Augenblick zum nächsten die Beherrschung verlor. Er stieß sie von sich und riß seine Hand hoch, um seine Miene zu verbergen, und drückte an seiner krummen Nase herum. Hal hatte sie ihm vor Jahren gebrochen, und sie erinnerte ihn daran, daß seinem jungen Onkel etwas Derartiges niemals geschehen würde. So etwas tat Hal nur anderen an. »Wie konntest du, May?« fragte er bitter.

»Ich habe versucht, dich vor dem Necrönd zu beschützen.« Nun weinte sie. »Ich dachte, wenn ich mich Amaryllis hingebe ...«

»Talorcan!« fuhr Caspar sie an. »Sein wahrer Name war Talorcan.«

»Dann eben Talorcan«, sagte sie leise und schniefte immer noch. »Ich dachte, wenn ich es täte, würde ich meiner Sehnsucht nach dir nie mehr nachgeben und dich somit nicht gefährden. Ich dachte mir, wenn ich heimkäme, nachdem ich das Ei versteckt hatte, würdest du mich vielleicht zwingen, dir zu sagen, wo ich es verborgen hätte, und so mußte ich sicherstellen, daß ich nie mehr nach Hause käme.«

Caspar verstand die Logik darin nicht. Er wußte nur, daß er Talorcan versehentlich getötet hatte, daß er ihn für denjenigen hielt, der das Necrönd gestohlen hatte. Als Wiedergutmachung hatte er dem sterbenden Förster nur dessen letzten Wunsch gewähren können. Sein Wunsch war es gewesen, daß er für May sorgte. Und jetzt wußte er, wieso. Ein schwarzes Loch aus Eifersucht bohrte sich tief in Caspars Magen. Er konnte sie nicht ansehen. Er hatte gehört, wie sie vor Talorcan ihre Liebe beteuert hatte, und wenn es auch schmerzlich gewesen sein mochte, war es doch nicht so schmerzlich wie jetzt. Sein Kind. Sie erwartete Talorcans Kind. Er liebte sie von ganzem Herzen, und das hatte sie ihm angetan.

Seine erste Liebe – Brid – hatte ihn verletzt, indem sie seine Liebe nie erwiderte. Statt dessen hatte sie nur Augen für Hal. Das hatte er schließlich hingenommen und dabei seine Liebe für May entdeckt, die ihm trotz allem zugewandt geblieben war. Er hatte zu lange damit gewartet, ihr seine Liebe zu gestehen, und nun, da er Gelegenheit dazu bekam, mußte er feststellen, daß sie sich schon einem anderen hingegeben hatte.

Sie konnten einander nicht in die Augen sehen.

Perren hustete betreten. »Ich sehe, daß ich vielleicht lieber nichts hätte sagen sollen.«

»Ich hätte es schon herausgefunden«, bellte Caspar böse. »Früher oder später. So etwas kann man nicht lange verbergen. Obwohl du soviel Anstand hättest haben können, es selbst zuzugeben.« Verbittert sah er May an.

»Ich weiß nichts davon, daß ich schwanger bin. Ich höre nur diesen Stein da sprechen. Woher willst du es wissen?« meinte sie und durchbohrte Perren mit ihrem Blick.

»Ich mag nur ein sehr junger Steinwicht sein, aber wir spüren so manches im Wasser.« Er sah auf seine Füße. »Es ist eine Gabe der Großen Mutter. Wir teilen die Gedanken aller Dinge, die durch Ihre Fluten vereint sind.«

»Was du nicht sagst!« rief May aus. Ihre Miene wandelte sich. Irgendwie schien sie sich zurückzuziehen, wobei die Hände ihren flachen Bauch umfaßten. Hochmütig wandte sich die Tochter eines Holzfällers gegen den Baronensohn. »Und du hast absolut kein Recht, mir böse zu sein.«

Die kleine Wölfin lief an ihre Seite und knurrte Caspar an, was sie nie zuvor getan hatte.

»Schscht, Runa«, sagte er beherrscht. »Ich könnte ihr niemals etwas antun.«

»Allerdings!« gab May trocken zurück. »Es wäre besser gewesen, wenn du mich mit deinem Schwert erschlagen hättest, als mich mit deiner Verachtung zu strafen. Du tust, als wärst du ohne Schuld. Ha! Der hochfahrende Caspar, den alle als die beste aller Seelen preisen. Zu Hause würde niemand solches von dir glauben. Sie würden nicht glauben, daß du mich so schlecht behandelst. Sie würden glauben, daß du in deinem Inneren ein größerer Mann wärst, nicht so ein verwöhntes, eifersüchtiges Kind. Talorcan hat für mich alles gegeben, hat sich für mich ins ewige Nichts gestürzt, und ich hatte die Macht, ihm eine Seele zu geben.«

Caspars Gewissen nagte an ihm. Sie hatte recht. In Torra Alta würde man von ihm Großherzigkeit erwarten, aber er war auch nur ein Mensch. »Einen solchen Verrat hatte ich nicht erwartet«, knurrte er sie an, und die verletzenden Worte kamen direkt aus seiner verwundeten Seele.

Ihre Augen wurden schmal, und scharf sah sie ihn an. »Du wirfst mir Verrat vor? Du, der du mich all die Jahre verschmäht hast, weil du Brid anhimmeln mußtest? Du hast erwartet, daß ich mich für dich aufspare?«

»Das ist nicht dasselbe.«

»In all den Jahren hast du gesagt, du liebst nur Brid!« schrie sie ihn an.

»Ja, aber ich bin nicht mit ihr ins Bett gegangen.«

»Nur weil sie dich dazu nicht eingeladen hat.«

Das entsprach unzweifelhaft der Wahrheit. Caspar klappte den Mund auf, um seine Antwort herauszuschreien, aber ihm wollte keine einfallen.

Triumphierend sah sie ihn an. »Da siehst du es!«

»Aber ich bin ein Mann. Das ist etwas anderes.«

»Ist es das?« fragte sie verächtlich, und ihr Blick flehte nicht mehr darum, daß er ihr verzeihen möge. Sie wandte ihm den Rücken zu, und Caspar spürte nicht nur schneidende Eifersucht, sondern auch den hohlen Schmerz der Ablehnung. Er wollte ihr verzeihen, wollte sie in seine Arme schließen und sagen, daß es ihm nichts ausmachte. Doch das tat es.

KAPITEL 2

Ceolothia lag nun viele Wochen hinter ihnen, und es wurde spät, als sie den unbewachten Paß von Salise nach Oriaxia überquerten. Die düstere Landschaft felsiger Hügel, vom Wind gedörrt, wurde zu einem Muster dunkler Dörfer und roter Gipfel im Licht der untergehenden Sonne.

Caspars Haut prickelte, je weiter sie ins Dunkel kamen. Überall ahnte er merkwürdige Bewegungen. Diese Gefühle waren ihm an sich nicht neu. Wann immer das Druiden-Ei früher in seinem Besitz gewesen war, fühlte er sich von einer unseligen Ahnung monströser Geister geplagt, doch seit er das Necrönd von May bekommen hatte, waren diese Gefühle stärker geworden.

Während ihrer Reise hatte er mehrfach auf seinem Pferd vorausreiten können, und abseits der neugierigen Blicke seiner Gefährten hatte er sich die marmorne Schale mit ihren feinen blauen Adern genauer angesehen. Entsetzt hatte er die schwarz gezackte Linie entdeckt, die es nun trübte. Wie May dem Ei einen solchen Schaden hatte zufügen können, konnte er sich nicht erklären und nur vermuten, daß der Makel die Zauberkraft verzerrte. Nachdenklich rieb er an seinem Kopf herum, der noch immer schmerzte.

Ein Schauder fuhr über seine Wirbelsäule. Er spürte den wachsenden Haß unsichtbarer Geister um ihn. Er zog seinen Umhang fester um sich und warf einen zögerlichen Blick auf May, in der Hoffnung, etwas Trost bei ihr zu finden. Sie war so wunderschön mit ihrem langen, lockigen Haar, das im Rhythmus von Perrens Schritten wippte. Bauchschmerzen vor Eifersucht sogen Caspar das Blut aus dem Kopf. Vor Übelkeit war ihm ganz flau.

May blieb nah an seiner Seite, doch so war ihm nur einsamer zumute. Im Laufe der Wochen wollte sich zwischen ihnen kein Tauwetter einstellen, und sie sprachen kaum miteinander, bis May eines Morgens aufwachte und klagte, ihr sei unerträglich übel.

»Und nun suchst du mein Mitleid?« fragte Caspar barsch und unfähig, sein Mißvergnügen zu verbergen.

»Nicht mal im Traum«, erwiderte sie heiser. Nie hatte sie ihren Keilerwald-Akzent abgelegt, der weich und hübsch wie Brids war.

Sie lief grün an, als Perren sie auf seine Schulter hob und sich für den Tagesmarsch bereit machte, aber Caspar weigerte sich, Mitleid für sie zu empfinden. Selbstverständlich war ihr übel. Schließlich war sie mit Talorcans Kind schwanger.

Mit May hoch oben auf seinen Schultern summte Perren durch das betretene Schweigen. Caspar ritt voraus, gab sich alle Mühe, unberührt zu wirken, aber er fühlte sich tatsächlich sogar von Runa verraten. Die weiße Wölfin mit den seltsam stechpalmengrünen Augen trottete nicht mehr auf seinen Fersen, sondern hielt sich näher an Perren und sah ständig zu May auf.

Der Steinwicht war schlank geworden, seit er die sichere Kinderstube in den Höhlen der östlichen Gelben Berge verlassen hatte. Sein Leben dort bot wenig Anlaß für Bewegung, doch seit sie sich auf den Weg gemacht hatten, empfand er das stete Reisen als großes Vergnügen und war so unermüdlich aufmunternd, daß sie gut vorankamen. Caspar mußte die Gangart seines lebhaften Hengstes nun nicht mehr so sehr bändigen, da er beleidigt den anderen vorausritt und Trund hinten an seinem Sattel festgezurrt hatte. Der stumpfnasige, aggressiv wirkende Terrier ermüdete schnell und konnte zu Fuß nicht mithalten.

Caspar vermutete, daß auch Trund vom Wandel in Runas Zuneigung betroffen war. Runa und der Hund waren unzertrennlich gewesen, doch von dem Moment an, als sie May gefunden hatten, war die Wölfin ihr nicht mehr von der Seite gewichen.

Beständig sah sich Caspar um, weil er sehen wollte, ob mit Runa alles in Ordnung war. Die Wölfin bedeutete ihm viel. Vor ihrem Tod hatte Morrigwen, die Greisin, Caspar erzählt, daß Runa sie zur neuen Jungfrau führen würde und so ein Fortbestehen der Trinität der Hohepriesterinnen ermöglichte. Morrigwen jedoch war gestorben, bevor eine neue Jungfrau gefunden war, und die Macht der Trinität war verloren. Die neue Jungfrau mußte ein Waisenmädchen sein, da bestimmt war, daß nur ein Kind ohne lebende Eltern das heilige Amt einnehmen durfte. Doch Runa hatte sie nur zu May geführt, die – so sie auch ein Waisenkind sein mochte – das Amt der Jungfrau nie bekleiden konnte. Er drehte sich, um nach ihr zu sehen, und warf einen finsteren Blick auf ihren wachsenden Bauch.

Er mußte sich geschlagen geben. Er hatte Morrigwen enttäuscht und mußte sich nun um seine eigene Sorge kümmern: das Necrönd. Irgendwie mußte er einen sicheren Ort finden, damit nie wieder jemand die schrecklichen Mächte rufen konnte, die es beherrschte.

Achselzuckend tat er seine Gedanken ab und blickte übers Land. Sie hatten sich durch die bewaldeten Landschaften von Lonis gearbeitet, wo sie sich mit Getreide und den süßen Pfannkuchen verproviantiert hatten, die Fern so liebte, und dann ohne Zwischenfall durch die Nordspitze von Salise. Nun lag Oriaxia vor ihnen, das Land des Ostens, das Land der Sonne. Es war heiß.

May sah müde aus und saß teilnahmslos auf den Schultern des Steinwichtes. Zwar klagte sie nicht wieder über

Übelkeit, doch sie stöhnte leise vor sich hin, und immer wieder langte Perren nach oben, um mitfühlend ihre Hand zu tätscheln.

»Ich hatte keine Ahnung von den Entbehrungen der Jugend«, rumpelte er.

»Erzähl mir noch eine Geschichte«, bettelte May. »Es hilft mir, mich abzulenken.«

»Unbedingt!« Perren war hoch erfreut und begann eine Mär von Kaninchen, die sich bis tief in die Spalten der Gelben Berge vorgearbeitet hatten. »Wie mein Ururgroßvater Lias, der Sohn des Colossus, Sohn des Rollricht und Vater von Heel, Vater von Tecton, Vater von Ham, Vater von Perren – das bin ich – sagen würde: Alle Kaninchen können selbst heute noch mit den Füßen trommeln und beherrschen den uralten Ruf der Steinwichte, um uns aus dem Schlaf zu holen. Ein Kaninchen hat eine so leise Stimme, daß man sie normalerweise nicht hört, doch unser alter Name klingt laut in unseren Ohren, so leise er auch ausgesprochen wird. Virlithos«, murmelte er.

Fast war Caspar, als spürte er ein leises Beben in der steinigen Ebene.

Der langatmigen Erzählung des Steinwichts wohnte keinerlei Handlung inne, doch sahen sie alle, wie freudig Perren von den einhundert Kaninchen sprach. In endlosen Details beschrieb er jedes, die Farbe, Größe und Anzahl der Barthaare jedes einzelnen Tieres. Caspar bestaunte das Gedächtnis des Steinwichts – oder seine Phantasie.

Perren liebte May abgöttisch. Dem eifersüchtigen Jungen war es nicht recht, wie sie sich gezielt bemühte, dem Steinwicht zu entsprechen, der nun ein breites Grinsen auf seinem riesigen, runden Gesicht zur Schau trug. Seine Augenbrauen waren noch buschiger als zuvor. Caspars Anwesenheit ignorierte sie beharrlich.

Trotz der Hitze kamen sie auf ihrem Weg ostwärts eindrucksvoll voran. Je weiter sie gelangten, desto heißer wurde es. Bald kamen sie auf eine sandige Ebene mit einzelnen, von Felsen durchzogenen Hügeln. Blaugrünes Gras wuchs in Büscheln. Bahnen aus Kies boten ihnen festen Stand, und sie konnten die Gegenden meiden, in denen die Vegetation gänzlich dem hellen Sand gewichen war. Aus der Ferne sahen die Senken aus, als seien sie von Frost bedeckt, doch aus der Nähe sah Caspar, daß es sich um Salzbetten handelte, aufgebrochen und hart unter den Füßen. Um die riesenhaften, einsamen Felsen, die wie Spielfiguren auf einem Schachbrett standen, lagen Fossilien von Hummern, Meeresschnecken und anderem Seegetier herum.

»Sollten wir sie nicht bei den Hügeln dort umrunden?« fragte May und deutete auf die roten Umrisse weit im Norden und Süden.

Caspar nickte ostwärts durch die Wüste zu den braunen Hügeln, die viel näher lagen. »Es würde ewig dauern, drum herum zu reiten, und in ein paar Stunden sind wir durch.«

Zufrieden stellte er fest, daß niemand mit ihm stritt, und so ritten sie weiter in die Wüste. Da es keinen Schutz gab, war Caspar darauf bedacht, die Ebene so schnell wie möglich zu durchqueren, bevor die Mittagshitze auf sie herniederbrannte. Sein heißblütiger Hengst schien erheblich mehr Durchhaltevermögen als selbst die Wölfin zu besitzen und erlahmte nicht in seinem stetigen Galopp. Unbelastet war auch Fern schnell und leicht auf seinen nackten, hornigen Füßen unterwegs, und Perrens Schritte waren lang und stetig.

Je weiter der Morgen jedoch dem Mittag kam, desto langsamer wurde der Steinwicht. »Es ist heiß!« keuchte er. »Ich brauche Wasser!«

Um sie war die karge Steppe öd und braun, wenn auch

offensichtlich nahrhaft genug, die Antilopenherden zu ernähren. Andere Tiere grasten in der Savanne, und schließlich sah Caspar etwas in der Ferne, das er hatte meiden wollen ... einen Löwen.

Voll Sorge sah er May an. Er war mit Berglöwen und den schlanken, büschelohrigen Luchsen seiner Heimat vertraut, aber er wußte aus dem Unterricht in seiner Kindheit, daß die Löwen der Oriaxianischen Steppe doppelt so groß waren und die Männchen voll Stolz mächtige Mähnen trugen. Sein Instinkt sagte ihm augenblicklich, daß er May beschützen sollte, und für den Bruchteil einer Sekunde vergaß er seine Eifersucht und machte halt, um auf sie und Perren zu warten. Demonstrativ sah sie in eine andere Richtung. Er trat Feuerschweif an. Was hatte er geglaubt? May brauchte ihn nicht. Perren würde sie beschützen. Um Fern mußte er sich Sorgen machen.

Hinter ihnen bewegte sich etwas. Anfangs war er nicht sicher gewesen ... schließlich lebten viele Tiere in diesem weiten, heißen Land, Tiere wie Nashorn und Büffel, über die er von Morrigwen einiges erfahren hatte, doch jetzt war er sicher, daß dort etwas war.

Er machte halt und hielt mit schußbereitem Bogen am Ende ihrer Gruppe Wacht. Schon wollte er den Steinwicht fragen, ob er spürte, daß ihnen jemand folgte, als Perren stolperte, sich jedoch wieder fing. Es war insofern bemerkenswert, als die Füße des Steinwichts bisher auf dem sandigen Boden stets sicheren Halt gefunden hatten.

»Perren?« fragte er. »Kannst du spüren, daß sich etwas verändert hat?«

»Ja, das kann ich!« fuhr ihn der Steinwicht mit untypischem Ärger an. »Es ist zu heiß!«

Caspar wandte sich statt dessen Fern zu. Es kam ihm in den Sinn, wie unwahrscheinlich es wäre, daß der Wolfsmann, nachdem er vorher May so dicht auf den Fersen gewesen war, seine Bemühungen, das Druiden-Ei zu stehlen, nun aufgegeben haben sollte. »Fern, hast du ihn gewittert – du weißt schon, den Wolfsmann – im Wind?«

Fern schüttelte den Kopf. »Ich dachte, Talorcans Zauber hätte ihn in die Anderwelt verbannt.«

Caspar kratzte sich am Kopf. Es war geschmacklos, von Talorcan zu sprechen, aber es blieb ihm nichts anderes übrig. »Ich glaube nicht. Talorcan machte sich noch immer Sorgen um May. Er hat mich angefleht, sie zu beschützen. Auf ihrer ganzen Flucht von Torra Alta hatte er sie vor den dunklen Geistern des Wolfsmannes beschützt, und noch im Tode fürchtete er um sie.«

Mit drückendem Gewissen wurde Caspar deutlich, wie sehr er May im Stich gelassen hatte. Seine eigene Schwäche war es gewesen, seine Unfähigkeit, dem Locken des Necrönd zu entgehen, die sie dazu gezwungen hatte, es überhaupt zu stehlen und sich so den schrecklichen Gefahren auszusetzen. Wäre er stärker gewesen, säße sie nun sicher auf Torra Alta.

»Irgend jemand folgt uns«, beharrte Caspar, »und wenn du keinen Wolf riechst, muß es einer seiner Handlanger sein.«

»Ich rieche Löwe«, erwiderte Fern nachdrücklich und nickte zum hohen Gras hinüber, das wankte und sich wiegte, obwohl sich kein Lüftchen regte.

Zahllose Tiere mochten in der heißen Steppe lauern, und Caspar sehnte sich beinahe nach der weiten Wüste, die er vor sich sah und die sie würden durchqueren müssen, bevor sie zu den Hügeln kamen. Jenseits davon lag das Meer. Noch hatte er kaum einen Gedanken daran verschwendet, was sie tun wollten, sobald sie zum Tethyschen Ozean kamen, doch er vermutete, daß sie dort auf ein Küstendorf stoßen würden, wo man ein Boot erstehen konnte, das sie an fremde Ufer tragen sollte.

Ein Warnschrei ließ Caspar herumfahren. Er konnte May nicht sehen! Was war geschehen? Normalerweise war sie deutlich zu erkennen, saß aufrecht auf Perrens Schultern, doch sie und der Steinwicht waren verschwunden. Caspar galoppierte zurück, daß Staub von Feuerschweifs Hufen flog. Perren war nirgendwo zu sehen. Plötzlich bewegte sich der Boden unter ihm, und der graue Steinwicht richtete sich vom Boden auf. Er rollte herum und half May betreten, sich hinzusetzen.

»Bist du verletzt?« fragte der Steinwicht.

Sie sah erschüttert aus und drückte sanft an ihrem Bauch herum, der nun leicht gerundet war. »Ich glaube nicht.«

Ein winziger Teil von Caspar hatte sich gewünscht, der Sturz möge sie ihr Kind verlieren lassen, und er war entsetzt, wie er so etwas denken konnte. Sorgenvoll schnüffelte Runa an May herum, während das Mädchen vorsichtig aufstand und das trockene Gras aus ihrem Haar zupfte.

Erschöpft lehnte sich Perren zurück. »Ist es noch weit bis zur nächsten Wasserstelle? Ich hätte nie gedacht, daß die Sonne so heiß sein kann. Ceolothia war wunderbar, überall die Feuchtigkeit, aber hier ist es so trocken. Ich brauche Wasser«, erklärte er Caspar und deutete auf die Gurde um seinen Hals. »Ich brauche es. Ich zerfalle. Die Sonne ist zu heiß. Ich halte nur noch ein paar Augenblicke aus.«

Caspar nahm die Flasche und schüttelte sie. Sie war etwa halbvoll, und er blickte voraus zu den Hügeln, wo sie sicher Wasser finden würden. Die Hügel waren nun nicht mehr als ein paar Meilen weit, doch sie kamen nur schmerzlich langsam voran. Er hielt noch eine weitere Gurde in seinen Satteltaschen verborgen, und so reichte er die halbvolle an Perren weiter.

»Hier, trink, aber es ist das letzte, was wir haben«, log er in der Hoffnung, daß der Steinwicht es sich einteilte.

Er glitt von seinem Sattel, um Perren auf die Beine zu helfen. Er stellte fest, daß das felsengleiche Wesen unfaßbar schwer war. Er konnte nur May helfen, indem er sie auf Feuerschweifs Rücken setzte. Eine Stunde später bereute Caspar seinen Entschluß, die Wüste zu durchqueren und nicht auf May gehört zu haben. Die Sonne stand hoch, die Hitze reflektierte auf dem Sand und brannte in den Augen, und seine Lippen sprangen auf. Perren hatte die Gurde bis auf den letzten Tropfen leergetrunken, und eine weitere Wasserstelle hatten sie nicht gefunden. Das ausgedörrte Grasland war Fels und Sand gewichen. Stoisch waren sie weiter über die trockene Ebene gestapft, die nur von einsamen Felsbrocken durchbrochen war, und sehnten sich nach der kühlen Luft der flachen Hügel.

Die Hitze hämmerte auf Caspars hängenden Kopf. Er konnte nur noch daran denken, daß er sich nach Wasser sehnte, und richtete seinen Blick auf die Hügel, die nun nicht mehr als eine Wegstunde vor ihnen lagen, wenn es auch schien, als wären sie unendlich weit entfernt. Selbst Feuerschweif wurde in der Hitze langsamer. Die Luft versengte Caspars Lungen. Seine Augen schmerzten, weil er sie im grellen Licht zusammenkneifen mußte, und die Zunge fühlte sich in seinem Mund ganz dick an. Erschöpfung zehrte an seinen Muskeln. Der Sand war so trocken und leicht, daß er bei jedem Schritt nachgab, und so stolperten sie voran.

Nach langem Schweigen murrte Perren wiederum, er könne es nicht schaffen. »Wasser, Spar. Ich brauche Wasser.«

Bis zu diesem Augenblick hatte Caspar vergessen, daß die alten Steinwichte im Bauch des Greisen Berges Perren vor der heißen Sonne gewarnt hatten.

Der Boden war weich und leicht ansteigend, so daß der Sand bei jedem Schritt rutschte und ihr Vorwärtskommen auf ein Taumeln reduzierte. Auch Caspar sehnte sich nach Wasser, dachte nur noch an die Flasche in seiner Satteltasche und wußte, daß er das Wasser sparen mußte. Für alle wäre es sicher nicht genug, und er mußte sich überlegen, wie es am besten zu verwenden wäre, weil sie sicher noch einige Stunden brauchen würden, bis sie die Ebene durchquert hätten. Selbst wenn sie alles Wasser Perren gäben, bezweifelte Caspar, daß er es schaffen würde, wenn man bedachte, wie er verfiel. Und was wäre dann mit den anderen? In jenen Hügeln dort gab es Wasser. Das wußte er. Dunkle Schatten konnte er erkennen, von denen er hoffte, es wären Bäume.

Wenn einer von ihnen allein mit Feuerschweif vorausreiten würde, wobei sie dem Pferd das letzte Wasser geben mußten, könnte dieser dann mit genügend Wasser für alle wiederkommen. Wenn sie rasteten, würden Fern und May und, wie er hoffte, auch Trund und Runa überleben, aber er hatte ernste Zweifel, was Perren anging. Wenn sie blieben, wo sie waren, würde Perren alles Wasser nehmen, und sie alle müßten sterben. Er wollte May nicht zurücklassen, aber ihm fiel nichts anderes ein. Sie würde Feuerschweif niemals bändigen, und Fern war nicht verläßlich genug, als daß man ihm diese Aufgabe übertragen konnte.

Die Hitze versengte ihm sein Hirn. Er konnte sich nicht entscheiden. Er wußte, daß er mußte, doch konnte er nicht. Er war zum Anführer geboren, merkte aber, daß er es nicht in sich hatte. Er fragte sich, was Hal getan hätte. Hal hätte die richtige Entscheidung getroffen. Als er merkte, daß seine Gedanken unkontrolliert wanderten, ließ er halten.

»Ich weiß nicht, was ich tun soll«, räumte er ein und erklärte ihnen sein Dilemma.

»Du meinst, du hast Wasser, noch mehr Wasser bei dir?« fragte Perren wild und kam Caspar immer näher. »Ich brauche es. Ich darf hier nicht in der Sonne sterben. Ich bin zu jung. Du mußt es mir geben.« Er stieß Caspar beiseite, riß an Feuerschweifs Zügeln und schrie: »Wo ist es? Gib es mir!«

Der Steinwicht zerrte May aus dem Sattel, daß sie dumpf zu Boden fiel, und riß unbeholfen an den Riemen der Packen herum. Ein Jaulen von Trund, gefolgt von knirschendem Stein, ließ den Steinwicht kurz innehalten, als der Schlangenfänger seine harten grauen Finger packte. Ohne zu zögern stürzte sich die Wölfin auf Perrens Unterschenkel.

Caspar fühlte sich hilflos. Sie würden niemals überleben, wenn Perren das Wasser trank. Es reichte nicht, dem Steinwicht durch die Hitze bis hin zu den Hügeln zu verhelfen. Er bröckelte schnell, schaffte es jedoch immer noch, sich auf Feuerschweif zu stürzen. Caspar war schnell und wendete das Pferd, doch er wußte, daß er dem Steinwicht nicht gewachsen war. Er hatte keine Zeit. Wenn er verhindern sollte, daß Perren alles Wasser trank, würde er ohne Umschweife fliehen müssen, obwohl May noch auf den Knien im Sand kauerte. Nachdem nun die Entscheidung gefallen war, sprang er in den Sattel, wendete Feuerschweif zu den Hügeln hin und trieb ihn in kurzen Galopp, um sich von Perren zu lösen, bis er dann in einen langsamen, kräftesparenden Trab verfiel.

»Nein!« hörte er Mays Stimme durch die Wüste. »Nein, verlaß mich nicht! Spar, das darfst du nicht. Das Kind! Ich brauche Wasser. Ich werde sterben, und mein Kind wird sterben. Das darfst du nicht zulassen!«

Caspar rief zurück: »Rastet! Haltet euch still! Ich komme mit Wasser wieder.«

Danach wollte er sich nicht wieder umsehen. Er mußte vorankommen, auch wenn Feuerschweif den Kopf zwischen den Knien hängen ließ. Das Pferd stolperte und taumelte ein- oder zweimal, doch es lief weiter. Caspar strich über das schweißasse Fell des Hengstes, fürchtete, daß dieser es vielleicht nicht schaffen würde. Aber er mußte das Tier am Leben halten, und so hielt er alle zehn Minuten an, um ihm Wasser zu geben, stellte sich, wann immer es möglich war, in den Schatten eines dieser merkwürdigen einsamen Felsen, die aus dem Wüstensand aufragten.

Die ersten paar Meilen vergingen schnell, doch nun, als nur noch die letzte Meile vor ihm lag, prügelte die Sonne auf ihn ein, und selbst Feuerschweif taumelte nur noch vor Erschöpfung. Der Durst trieb Caspar schier in den Wahnsinn, die schimmernde Luft, die vom heißen Sand aufstieg, nahm ihm die Orientierung, und doch wollte er nichts trinken. Er mußte jeden Tropfen für das Pferd aufsparen.

Benommen dachte er daran, daß es ihn nur wenig kosten würde, das Necrönd zu benutzen. Schon früher hatte er Drachen gerufen. So einer könnte ihn nun aufsammeln, dann die anderen holen und sie in wenigen Minuten dorthin bringen, wo Wasser war. Es war so einfach, zu einfach. Er biß die Zähne zusammen. Er hatte seiner Mutter versprochen, daß er sich nicht am Necrönd zu schaffen machen würde, fragte sich jedoch zugleich, ob sie tatsächlich von ihm verlangen würde, daß er sich an sein Versprechen hielt, selbst wenn es seinen Tod bedeutete. Daran hatte er so seine Zweifel.

Dann *sollte* er vielleicht die Macht des Druiden-Eis nutzen? Als dieser Gedanke in ihm lauter wurde, lief ihm ein kalter Schauer über den Rücken, und sofort spürte er die unmittelbare Nähe dunkler Schatten. In seinem Kopf pochte das Blut. Sie waren ganz nah, beobachteten ihn, warteten auf ihre Chance, sich zu befreien. Ein Keuchen hinter ihm ließ ihn den Kopf abrupt herumreißen. Dann entspannte er sich. Es war nur Fern, der es irgendwie geschafft hatte, mit ihm Schritt zu halten. Wenn der Faun noch konnte, dann konnte auch er noch weiter.

Seine Mutter hatte recht. Er durfte das Necrönd nicht benutzen. Noch immer spürte er die drückende Nähe jener wilden Tiere der Legenden. Blut rann ihm vom Kopf, und er wischte daran herum, wußte, daß die Wunde wieder aufgeplatzt war. Er sah auf seine Hände. Spuren von Eiter waren dort. Entsetzt rang er darum, alle Gedanken an das Ei zu vertreiben. Wenn er sich nicht sehr auf etwas konzentrierte, bildete sich in seinem Kopf so ein Gefühl, als langte eine Hand durch seinen Schädel und riß mit gebrochenen Nägeln an seinem Hirn herum.

Fern und Feuerschweif schnüffelten und liefen schneller. Wasser! Fast konnte Caspar es riechen. Das Pferd stellte die Ohren auf und wieherte aufgeregt. Bald schon kamen sie auf dunklen Boden. Feuerschweif scharrte mit dem Huf. Irgendwo war sicher Wasser. Erleichtert trank Caspar den Rest aus seiner Gurde und stieg von Feuerschweifs Rücken. Eine Reihe dunkelgrüner Lindenbäume wuchs am Berghang an einem Felsspalt entlang.

Stolpernd kam er auf die Beine und löste alle leeren Flaschen von Feuerschweifs Sattel. Leicht stießen sie auf seinem Rücken aneinander, als er durch Farne stieg, bis er klares, fließendes Wasser fand, das über schleimig grünen Felsen rann und in einen schattigen Teich fiel. Wasser, kostbares Wasser! Das war etwas, woran auf Torra Alta kein

Mangel herrschte, und nie war er sich so sehr bewußt gewesen, wie dringend man es brauchte. Er trank, und seine enge, rauhe Kehle entspannte sich mit jedem Schluck. Noch immer fühlte er sich ganz benommen, weil er so ausgetrocknet war, und mit schlechtem Gewissen lehnte er sich zurück, um Kraft zu sammeln. Während er sich entspannte, lagen die anderen im Sterben. Er mußte zurück, und zwar schnell.

Doch Feuerschweif trank, und er wußte, daß er geduldig sein mußte. Das Tier würde sich satt trinken müssen, weil es die Reise noch zweimal hinter sich bringen sollte. Der Junge wartete und sah zu, bis das Pferd schließlich schnaubte und den Kopf warf, daß ihm reichlich Wasser seitlich aus dem Maul rann. Caspar ließ ihm noch eine Minute Zeit, dann beschloß er, daß es Zeit war, umzukehren.

Er stieg auf Feuerschweif, der nicht umkehren wollte, seine Nüstern beben ließ und die sengende Luft witterte, die von der sandigen Ebene aufstieg. Er tänzelte auf seinen fahlen Hufen, warf den Kopf, hielt seinen Schwanz hoch in die Luft und schrie die Wüste herausfordernd an.

»Wir sind bald zurück«, erklärte Caspar Fern, der froh und glücklich am Teich saß und zusah, wie das Wasser über seine rauhen schwarzen Zehen rann.

Mit lockeren Zügeln trieb Caspar sein Pferd zu langsamem Galopp, der für das Tier die natürliche Gangart war. Es war kein weiter Weg, doch kam Wind auf, und Sand verhüllte die Luft. Caspar machte halt, um sein Hemd um Feuerschweifs Nüstern zu wickeln und das Pferd damit zu schützen.

Der rote Schimmel wurde unruhig, schnaubte und kaute an seinem Gebiß, bis seine Furcht Caspar ansteckte. Feuerschweif war ein reinrassiger Oriaxianer, und zweifelsohne war die Wüste in seinem Unterbewußtsein verankert.

Schließlich blieb der Hengst stehen und bäumte sich auf, schrie wild, kämpfte gegen Caspar und die Zügel. Der Junge war besorgt, doch er wußte nicht, was das Pferd so erregte, bis er aufsah und eine schwere, rollende Masse am Horizont erblickte. Diese wurde in der kurzen Zeit, in der er sie beobachtete, erkennbar größer und dunkler. Finsternis rollte ihnen über die Ebene entgegen.

Nie zuvor hatte Caspar seinen Hengst ängstlich erlebt, nicht einmal, als ihm die Kapuzenwölfe auf den Fersen waren, doch nun zitterte er und wich zurück, bäumte sich halb auf und kämpfte mit dem Gebiß in seinem Maul.

»Es ist nur Staub.« Caspar gab sich alle Mühe, beruhigend zu klingen, doch langsam steckte ihn das Entsetzen des Tieres an.

Wie riesenhafte Ungeheuer stiegen die Staubwolken zum Himmel auf. Er hatte keine Erfahrung mit Wüstenstürmen, nur mit Schneestürmen, wenn der Schnee in die Haut schnitt und die Kälte in den Lungen stach. Er hatte keine Ahnung, was es hieß, sanderstickte Luft zu atmen, doch da das Pferd eine instinktive Furcht vor dem fliegenden Staub zeigte, wußte er, daß dieser gefährlich sein mußte.

May! Was sie auch getan haben mochte, er liebte sie trotzdem. Er mußte zu ihr gelangen. Nicht weit voraus kreisten Bussarde am wirbelnd braunen Himmel nah bei der Stelle, wo er die anderen zurückgelassen hatte.

Feuerschweif bockte, als der Junge ihm die Fersen in die Seiten trat, und weigerte sich, weiterzugehen. Caspar peitschte die Zügel am Hals des Pferdes hin und her, aber Feuerschweif wollte sich nicht von der Stelle rühren. Verzweifelt zog er seinen Dolch, um Feuerschweif damit in die Flanken zu stechen, und stieß den Schlachtruf Torra Altas aus, den sie beim Zureiten der Schlachtrösser benutzten. Endlich legte der Hengst die Ohren an und fiel in lustlosen

Galopp. Sand peitschte Caspar ins Gesicht, und er verdrehte die Augen gegen den Schmerz.

Ein dunkler Schatten ragte links von ihnen auf, und Feuerschweif steuerte darauf zu. Caspar riß am rechten Zügel, damit das Tier geradeaus lief, als er einen mächtigen, gespaltenen Felsen sah, der den Sand teilte. Zweifellos wurde das Pferd davon angelockt, um dessen Schutz zu nutzen, doch Caspar mußte vorher May retten.

Er konnte kaum sehen. Der Himmel wurde dunkel, die sengend goldene Sonne war bald ein trübes Rot, als die Staubwolken hoch in den Himmel stiegen. Doch da waren sie! Sein Herz tat einen Sprung. Die Panik ließ ihn Feuerschweif zu wildem Galopp antreiben. Nun, da er ihnen näher kam, sah er, daß irgendwas nicht stimmte.

May konnte nicht mehr sprechen. Durst wütete in ihrem Mund, und sie konnte nur beten, daß Caspar sich beeilte. Keinen Augenblick lang zweifelte sie an ihm. Ob er ihr vergab, daß sie ihre Bettstatt mit Talorcan geteilt hatte, oder nicht, ob er sie liebte oder nicht, machte keinen Unterschied. Er würde alles tun, was in seiner Macht stand, um zurückzukommen. Er war ein Lord von Torra Alta, dazu erzogen, Verantwortung zu tragen, und niemals würde er jemanden aus seinem Volk verraten.

Sie starrte ostwärts seinen Spuren nach, die der Wind langsam verwehte, zu den braunen Hügeln hin, und betete, daß er dort Wasser finden würde. Die Zunge war in ihrer Kehle angeschwollen, und in ihrem Kopf wollte sich alles drehen.

Sie würden nicht viel länger durchhalten. Das wußte sie, doch sie tat alles, diesen Gedanken von sich fernzuhalten. Sie wußte, daß jene, die die Hoffnung aufgaben, am schnellsten starben, und so mußte sie wachsam bleiben.

Ihre Augen brannten in der Hitze, und der Blick sank auf ihre wunden, geschwollenen Füße herab, wandte sich wieder der grausamen Wüste zu.

Es war seltsam. Die dunkle Hügellinie am Horizont war ihr bisher nicht aufgefallen. Sie runzelte die Stirn und sah düster dorthin. Die Linie schien sich zu verdicken, stieg von der Ebene auf. Es war sehr seltsam. Sicher verwirrte die Hitze ihren Geist. Sie sah sich nach den Tieren um, wie es denen erging. Trund lag flach auf der Seite. Seine mächtige Brust ging wie ein Blasebalg, die dicke Zunge hing heraus. Runa saß noch aufrecht, wenn ihr Kopf auch schwankte und ihre einst hellgrünen Augen langsam matt wurden. Dennoch behielt das Tier sie treu im Blick.

»Runa, liebe Runa, du bist mir eine gute Freundin«, murmelte May.

Doch um Perren machte sie sich große Sorgen. Sie hatte dieses seltsame Wesen liebgewonnen, das aus grobem Fels gehauen zu sein schien. Perren war so stark gewesen und hatte sie bis hierher getragen, aber nun lag er am Boden, und seine grobe Haut wurde vor ihren Augen weiß, schälte sich in kalkigen Klumpen ab. Und sie konnte nichts dagegen tun. Sie kroch an seine Seite.

»Ich sterbe«, stöhnte er. »Ich sterbe!« Sein grauer, müder Blick wanderte von ihr zu Trund. Langsam richtete sich der Steinwicht auf.

Sie war zu erschöpft, um klar denken zu können, und betrachtete ihn, als wäre er ein Traum. Plötzlich wurden seine Augen schmal. Sie hatte ihn so sehr gemocht, sein langsames, entspanntes Wesen geliebt, seine Freude an einfachen Geschichten und sein ständiges Verlangen nach Einzelheiten. Es war liebenswert kindlich, und doch war er so stark gewesen. Und nun, dem Tode nah, merkte sie, daß sie ihn nicht kannte und daß sie sich vor ihm fürchtete.

Und so glaubte sie es kaum, konnte nicht reagieren, als sie sah, wie der Arm des Steinwichts blitzschnell Trund ergriff.

Runa war schnell, und knurrend stürzte sie sich auf Perren, kratzte über dessen Haut, und das Geräusch war in der Wüste laut. Augenblicklich war Trund alarmiert und kämpfte sich frei. Er war dem Tod ganz offensichtlich keineswegs so nah, wie es den Anschein hatte.

Perren sah die beiden Tiere an, dann hob er langsam seinen Blick und sah May in die Augen. Sofort wußte sie, was er wollte, und rannte los. Dem Kollaps nah, daß sie den Atem durch ihre geschwollene Kehle preßte, konnte sie nur taumeln. Der Gedanke an das Kind in ihrem Bauch vertrieb das trügerische Gefühl der Selbstzufriedenheit, das von der Erschöpfung herrührte. Sie schleppte sich voran, rutschte ab und stolperte auf ihre Knie, dennoch zwang sie sich wieder auf die Beine.

Ihre letzte Hoffnung war, daß es dem Steinwicht noch schwerer als einem Menschen fallen würde, sich an die Bedingungen in der Wüste zu gewöhnen, und daß ihn dieser plötzliche Ausbruch von Aktivität eher als sie zum Zusammenbruch bringen würde. Sie blieb auf den Beinen, bis sie vor einer Düne stand, und als sie den losen Hang hinauf kroch, war sie bald erschöpft. Eine große Hand packte ihren Knöchel und riß sie zurück. Sie drehte sich herum und sah in Perrens wahnsinnige Augen. Klein und eng waren sie geworden, und die Lider scharrten darüber, wenn er zwinkerte.

»Nein!« Sie trat um sich, als seine riesenhafte Faust ihr Handgelenk ergriff und sie an sich riß.

Sein Mund schloß sich um ihren Arm, hielt sie mit den Zähnen in seinem fürchterlichen Griff. May schrie und versuchte, sich freizukämpfen. Dann blitzte etwas Weißes in ihrem Augenwinkel auf, und Runa stürzte sich auf Perrens Gesicht, fuhr ihm mit ihren Reißzähnen über die Wangen. Zwar konnte die Wölfin nicht tief in Perrens harte Haut eindringen, doch genügte es, den erschöpften Steinwicht aus dem Gleichgewicht zu bringen, damit sich May taumelnd befreien konnte.

Sie schlang die Arme um sich und rannte, stolperte und rannte, und das wilde Knurren von Trund und Runa klang ihr noch in den Ohren. Schmerz pochte in ihrem Arm. Sie glaubte nicht, daß er gebrochen war. Obwohl sie sicher war, daß Perren ihr den Arm glatt hätte abreißen können, hatte er sich beherrscht, da er die Haut aufreißen wollte, um ihr das Blut aus dem Leib zu saugen, als wäre sie ein Kelch. Wäre Runa nicht gekommen, wäre sie Sekunden später tot gewesen.

Von der Hitze ganz verwirrt, war es für May kaum von Interesse, ob sie lebte oder starb, aber sie sorgte sich um ihr Kind. Der Gedanke, daß der Steinwicht ihr Kind töten könnte, war zuviel, und so lief sie immer weiter. Taumelnd kam sie voran, und nach einigen weiteren Schritten brach sie erneut zusammen, konnte sich nicht weiter zwingen.

Nach wie vor klammerte sich Runa an Perrens Gesicht, und May staunte über den Mut und die Treue der kleinen Wölfin. Sie hob den Kopf, um nachzusehen, ob Perren ihr noch immer auf den Fersen war. Statt dessen sah sie, daß die schmale, dunkle Linie am Horizont zu einer sich blähenden, schwarzen Masse geworden war, die ihnen stetig entgegenkam.

Keuchend versuchte sie zu kriechen. Ihr wurde schwindlig, und sie brauchte ihre ganze Konzentration, um ihren Arm dazu zu bringen, daß er schmerzend nach dem nächsten Stück Sand vor ihren Augen griff. Träumte sie? Ein geisterhaftes Bild tanzte im wirbelnden Sand. Sie blinzelte, und ihre Augenlider fühlten sich wie feiner Schotter an. Sie sah ein Pferd, dessen Beine im Hitzedunst ganz schief und krumm aussahen.

»Spar!« keuchte sie.

Sekunden später war Caspar bei May. Blutige Wunden zogen sich an ihrem Arm entlang, den sie an ihren Leib drückte. Er konnte kaum denken, weil der Hund und die Wölfin gleich neben ihrer auf dem Bauch liegenden Gestalt einen solchen Lärm veranstalteten. Seite an Seite knurrten sie Perren wütend an, der auf den Knien lag und dessen Haut im Wind brach und bröckelte.

»Wasser!« keuchte er bei Caspars Anblick und kroch ihm entgegen. »Wasser!«

Caspar warf ihm mehrere schwere Gurden zu und sprang von seinem Pferd, um May zu helfen. Er hielt auch ihr eine Flasche hin, dann zog er ein Leinentuch aus seinem Packen und goß eine Flasche für die Tiere dort hinein.

»Er wollte ...« May konnte zwischen ihren Schlucken kaum sprechen. Immer weiter trank sie mit langen, gleichmäßigen Zügen, während sie Perren entsetzt mit haselnußbraunen Augen ansah.

»Beeil dich! Der Sturm!« drängte Caspar ungeduldig und mußte darum kämpfen, seinen Hengst zu halten, der wieherte und seinen Kopf der schwarzen Wolkenwand entgegenwarf, die heranraste. Der Steinwicht setzte sich auf und grinste die Flaschen, die dort um ihn standen, dämlich an.

May hielt Caspar fest. »Er ... er ...«

Caspar überhörte sie. »Wir haben keine Zeit. Der Sturm!« Er warf May auf Feuerschweifs Rücken.

Sie würden es nicht bis zu den sicheren Bergen schaffen, doch vielleicht bis zu jenem geborstenen Felsen, den er gesehen hatte und der ihnen etwas Schutz bieten mochte. »Erzähl es mir später«, gab er zurück, rief die Tiere und trieb Feuerschweif an, mit dem Wind zu laufen.

Hart galoppierte er die kurze Meile bis zu dem Felsen, wobei Mays Haar nach vorn wehte und ihm ins Gesicht schlug. Runa hielt sich an ihrer Seite, mit einem Knurren in der Kehle. Die Luft war kalt geworden, und er hustete, als der Sand um sie peitschte, an ihren Kleidern zerrte und in die Haut schnitt und kratzte und gnadenlos auf sie einprügelte. Schlimmer noch war, wie er in ihre Nasenlöcher drang.

Sie kamen zu dem Felsen, der so breit wie hoch war, die windabgewandte Seite aufgebrochen. Aus der Nähe war er sehr viel größer, als sie ihn sich vorgestellt hatte. Sand wehte in die windgeformten Ritzen am Rand des Felsens, aber er schützte sie wenigstens vor dem atemraubenden Sturm.

Caspar konnte sein Glück kaum fassen, als er in den Spalt blickte. Er war breit und schwarz und führte tief in den Felsen. Eilig stieg er ab und schleppte May voran, um sich diesen Spalt anzusehen, der ins Dunkel hinunterführte. Sie hatten eine schützende Höhle gefunden. Endlich einmal war das Schicksal auf seiner Seite. Feuerschweif schnaubte und scharrte am Boden. Es war nicht viel Überredungskunst vonnöten, damit er sich hineinführen ließ.

Die Höhle war von dem unheimlichen Licht erfüllt, das die Wüste reflektierte, aber Sekunden später wurde es dunkel.

»Trund, bitte, schaff es!« flehte Caspar.

Er zog die anderen weit in die Höhle und sah sich nach einer Stelle um, wo er May absetzen konnte. Im hinteren Teil der Höhle war der Steinboden kaum noch sandig, wohingegen sie am Eingang durch Bögen und Simse aus Sand gewatet waren, und Caspar schloß daraus, daß kein Wüstensturm bisher so tief in diese Höhle eingedrungen war. Er entspannte sich ein wenig. Hier waren sie in Sicherheit.

Eilig verband er Mays Arm, während er beständig die trübe Außenwelt betrachtete und darum betete, daß Trund hereinstolpern mochte. Er wußte, daß dem Tier nur noch Sekunden blieben, um zu ihnen zu gelangen. Sie fühlten sich wie eine Ewigkeit an, und er betrachtete den Höhleneingang, bis der Hund aus dem Dunkel kam und in Krämpfen hustete, das weiße Fell grau vor Staub. Caspar zerrte ihn in den hinteren Teil der Höhle und wischte ihm den Sand aus der Nase.

Noch immer zitterte May ganz fürchterlich, und Caspar, der ihren Streit vergessen hatte, schlang seine Arme fest um sie.

Sie begann zu schluchzen. »Er hat versucht, mich zu fressen, wollte mir das Blut aussaugen.«

»Wer? Perren?« Caspar war sprachlos. »Niemals. Das glaube ich nicht. Kannst du deinen Arm bewegen?«

Sie nickte. »Er hat mich nicht recht zu fassen bekommen. Spar, endlos hat er davon gesprochen, daß er ohne Wasser sterben müßte, daß er zerkrümeln müßte und zu jung zum Sterben sei. Er hat versucht, Trund und Runa einzufangen, aber sie waren zu schnell für ihn.«

Caspar gab ihr zu trinken, was sie wenigstens etwas beruhigte, und bald schon schwiegen sie und lauschten nur dem unheimlichen Tosen draußen. Die Macht des Windes ließ ihn staunen, und er stand auf, um Feuerschweif zu beruhigen.

Endlich entspannte sich das Pferd. Mit Blick auf die wandernde Finsternis, die über den Höhleneingang peitschte, wandten sich Caspars Gedanken Perren zu, der nach wie vor dort draußen war. Er hätte daran denken sollen. Da Perren stets Wurzeln und Zweige kaute, die er dem

Fleisch vorzog, hatte er in ihm den friedlichen Pflanzenfresser gesehen, doch nun erinnerte er sich an die Höhle der Steinwichte tief unten im Greisen Berg. Im Höhlenwasser hatten unzählige halb gefressene Kadaver jener Tiere gelegen, die den Steinwichten keine Geschichten erzählen konnten. Sehnsüchtig sah er zu May hinüber, aber schon war der Gedanke, daß sie bei Talorcan gewesen war, wieder in seinem Kopf, und zu seiner Schande konnte er sich nicht mehr dazu überwinden, sie zu trösten.

Er saß da und blickte finster in den Sturm, zog sich in seine dunklen, einsamen Gedanken zurück, bis sein ganzer Körper aus mangelnder Bewegung verkrampft war. Er wußte nicht mehr, ob Tag oder Nacht war. Der tosende Sturm dort draußen war seit Stunden eine wirbelnde Wolkenmasse, und der Lärm dröhnte und dröhnte in seinen Ohren, sog seine Gedanken auf, rührte in seinen Gefühlen. Es war dunkel, doch May sorgte für ein flackerndes Licht, da sie in ihrem Packen eine Opferkerze gefunden hatte. Wenigstens war das kleine Licht etwas erheiternd.

Steif zwang er seine Gliedmaßen zur Bewegung und stellte fest, daß ihm überraschend kalt war. Es gab weder Feuerholz noch Buschwerk zum Entzünden, und schon fing er an zu zittern. Verstohlen sah er zu May hinüber, die sich um der Wärme willen an Trund und Runa schmiegte, und ein wenig sehnte er sich danach, dort neben ihr zu liegen.

Liebend gern hätte er sie in die Arme geschlossen und geküßt, doch die Ehre verbat es ihm. Sie war von einem anderen schwanger. Hätte er in den letzten Jahren nicht zugelassen, daß seine Eifersucht auf Hal derart gewachsen war, weil dieser Brid für sich gewonnen hatte, während er, Spar, so sehr in die Priesterin verliebt gewesen war, hätte er seine Eifersucht nun vielleicht besser ertragen. Er verachtete sich für seine Kleingeistigkeit, doch der harte Knoten des Neides in seinem Magen drehte sich noch etwas fester, als er vor seinem inneren Auge plötzlich May aufblitzen sah, wie sie in Talorcans Armen lag.

Natürlich wußte Caspar, daß er sie liebte, doch nun haßte er sie außerdem dafür, daß sie ihm solchen Schmerz verursachte. Zu allem Überfluß wuchs noch ein weiterer Gedanke in seinem Kopf: Sie hatte ihm das Necrönd gestohlen. Wie ein Krebsgeschwür drang Argwohn in ihn ein, wucherte im fruchtbaren Boden seiner Eifersucht. Als Brid und er unabsichtlich in die Anderwelt gerissen wurden, wo sie Talorcan begegnet waren, hatte der Oberförster Brid benutzt, um durch sie das Necrönd in die Hände zu bekommen. Vielleicht hatte der Förster May auf ebensolche Weise ausgenutzt. Vielleicht war auch sie Talorcans Zauber erlegen ... und hatte das Druiden-Ei vielleicht sogar auf dessen Betreiben hin gestohlen? War ihre Geschichte, daß sie das Necrönd genommen hatte, um ihn zu beschützen, erstunken und erlogen?

Er schüttelte sich. Nein, das war lächerlich. Was immer May ihm auch angetan haben mochte, sie blieb doch May. Sie war immer ernst und fromm und würde niemals etwas gegen den Wunsch der Großen Mutter tun.

Ihre Silhouette wandte sich ihm zu, und offenbar sah sie, daß er sie betrachtete. Er dachte daran, sich abzuwenden, doch er beschloß, seine Gefühle zu verbergen, um sich die Peinlichkeit zu ersparen. Mit kalter Höflichkeit erkundigte er sich nach ihrem Arm.

»Ich hoffe, du bist ausgeruht und deinem Arm geht es besser. Kann ich etwas für dich tun? Ich überlegte gerade, ob du ...«

Sie schüttelte den Kopf. »Nein, danke, Master Spar. Ich kann ganz gut auf mich selbst achtgeben.«

Caspar wandte sich ab, und nachdem er sich den Weg

zur Wärme Feuerschweifs ertastet und ihn dazu bewegt hatte, sich hinzulegen, preßte er sich an die Flanke seines Pferdes. Schließlich sank er in einen tiefen Schlaf, durchweicht von beängstigenden Träumen, in denen Trolle und Kapuzenwölfe seinem Hirn entsprangen. Nacht für Nacht litt er unter den immer gleichen Träumen, und stets war ihm übel, wenn er erwachte, und der Scheitel an seinem Kopf pulsierte.

Die Stille hatte ihn geweckt. Mays Kerze war heruntergebrannt, und es war dunkel, vom Sonnenaufgang nichts zu sehen, aber es schien Caspar, als wäre es bald soweit. Sterne warfen schwaches Licht auf den fahlen Sand dort draußen, doch innerhalb der Höhle war es schwarz, und er konnte nichts sehen, nicht einmal seine Hände. Es gab ihm das seltsame Gefühl, als wäre er irgendwie körperlos. Zumindest die Geräusche der Tiere und Mays gleichmäßiger Atem vermittelten ihm ein Gefühl von Wirklichkeit.

Er spitzte die Ohren. Es war noch etwas anderes zu hören. Anfangs war er nicht sicher gewesen, doch nun hörte er das weiche, rhythmische Tappen von Schritten. Erst freute er sich, daß der Steinwicht den Sturm sicher überstanden hatte, doch bald schon schlug ihm das Herz bis zum Hals, als er Perrens krächzende Stimme hörte: »Wasser! Die Parasiten müssen Wasser haben!«

Die Schritte stolperten, und Caspar vermutete, daß Perren noch schwach war. Sicher hatte der wehende Sand ihn noch weiter ausgetrocknet. Caspar fürchtete, daß der große Steinwicht sie in der Höhle festhalten würde, und obwohl er Wasser hatte, was er ihm hätte geben können, kam er doch zu dem Schluß, daß es in Perrens Nähe zu gefährlich wäre. Sie mußten weiterziehen. Auf Zehenspitzen schlich er zu May hinüber und rüttelte sie an der Schulter.

»Es ist Perren! Ich kann ihn da draußen in der Nacht hören«, zischte er.

Augenblicklich war sie hellwach und machte sich bereit, während er seinen Sattel auf Feuerschweifs Rücken warf. Er hob das Mädchen hoch, damit sie auf den Pferderücken klettern konnte, und bemerkte ihr ersticktes Wimmern.

»Ist alles in Ordnung?« fragte er mitfühlend, vergaß schon wieder, daß er wütend auf sie war.

»Nur diese Übelkeit«, flüsterte sie stoisch.

Sie krochen aus der Höhle. Feuerschweifs Schritte klangen im tiefen Sand gedämpft, und ängstlich sahen sie sich um. »Nichts von ihm zu sehen«, brach es aus May hervor.

Caspar winkte ab, sie solle still sein. »Er ist selbst bei Tageslicht schwer auszumachen, wenn er am Boden liegt. Nur wird er ohne Wasser keine Orientierung haben. Es ist sein Medium, mit dem er seine Umgebung erspürt. Hier draußen in der Wüste ist er verloren. Wenn wir uns beeilen ...«

Von Schlaf und Wasser derart erfrischt, daß er seinen Hunger kaum noch spürte, führte Caspar Feuerschweif den Hügeln entgegen, die ihm nun überraschend nah erschienen.

»Er kommt«, sagte May. »Ich weiß es.«

Runa hielt sich mit aufgestellten Nackenhaaren an seiner Seite und schnüffelte nervös herum, aber Trund fiel zurück und konnte nicht Schritt halten. Noch immer wehte der Wind, fegte Sandwolken über die Erde. Caspars Hände waren wund, weil der scharfe Splitt unablässig auf seine Hände einhieb. Von den schmirgelnden Eigenschaften des Sandes einmal abgesehen, war es, als ritte man durch tiefhängenden Nebel. Im einen Augenblick war alles unterhalb der Hüften unsichtbar, dann wirbelte der Sand auf und verhüllte ihre Gesichter, bevor er sich wieder legte und sich zu ihren Füßen kräuselte.

Verwehungen machten ihnen das Weiterkommen schwer, und Caspar hatte seine liebe Mühe. Der Wind ließ einen Augenblick lang nach, und er machte Halt, um Runa und Trund hinter May auf den Sattel zu setzen, damit die beiden über den erstickenden Sand hinaus ragten. Trund war ungeheuer schwer und hing schlaff in seinen Händen, und so konnte er ihn nur mit Mays Hilfe hochheben. Runa mochte größer sein, doch war sie rank und schlank und leichter anzuheben, aber sie war nach wie vor sehr unglücklich darüber, daß man sie auf den Sattel hievte. Sie wand sich störrisch, schnappte nach seiner Hand und sprang herab, wobei sich ihr die Haare sträubten und sie den Sand anknurrte.

Caspar sprang zurück. Der Boden unter seinen Füßen wölbte sich. Sand rieselte in Kaskaden von einem riesigen Leib herab. Caspar wußte, daß Perren sie eingeholt und sogar überholt hatte. Er war kaum zu erkennen. Sein rundes Gesicht war ausgezehrt, die Augen müde und die großen Arme verkümmert. Nur unsicher kam er voran.

»Wasser!« Sein Gesicht bekam Risse, als er sprach, und wieder schälte sich grauweiße Haut von seinem Leib.

»Perren, mein Freund, wir haben Wasser!« Caspar löste die Gurde von Feuerschweifs Sattel und warf sie dem Steinwicht zu. »Perren, ich bin's, Spar. Wir sind fast da, und dort gibt es soviel Wasser, wie du es dir wünschst, nur eine halbe Meile von hier.«

Perren trank die erste Flasche, eine Viertelgallone, mit einem Zug leer. »Wasser!« keuchte er.

Caspar warf ihm die nächsten beiden Flaschen zu, und dann auch die letzte, in der Hoffnung, der Steinwicht würde wieder zu sich kommen, aber Perren taumelte voran und ruderte vor sich mit den Armen, als wäre er blind. Feuerschweif schnaubte.

»Wasser!« heulte Perren. Mit einem Satz ergriff er das Zaumzeug des Pferdes.

Feuerschweif bäumte sich auf und trat um sich. May schrie und schlang ihre Arme um den Pferdehals. Dann fand sie sich in der Faust des Steinwichts wieder. Caspar prügelte auf die riesenhafte Kreatur ein, bis seine Haut geprellt und aufgeplatzt war, jedoch konnte er Perren nicht daran hindern, May vom Pferd zu reißen und seine Zähne um ihr Bein zu schließen. Plötzlich war sie schlaff und baumelte wie ein vor Angst erstarrtes Lamm zwischen den Kiefern eines reißenden Wolfes.

Instinktiv wollte Caspar nach seinem Bogen greifen. Vielleicht konnte er Perren mit einem Schuß ins Auge zu Fall bringen, aber er zögerte. Es war zu gefährlich, denn ohne weiteres konnte er statt dessen May treffen. Vielleicht würde Feuerschweif ihn niederreißen.

Während Caspar noch immer starr vor Unentschlossenheit da stand, stürzte sich Runa auf den Steinwicht, der sie mit seinem freien Arm von sich wischte, so daß sie wie Buschwerk im Wind über den Sand wehte. Als sie endlich ausgerollt war, stand sie taumelnd auf und stürzte sich in die nächste Attacke. Inzwischen stürmte Trund voran und packte Perrens Arm. Der Hund hing dort an seinen Zähnen, knurrte wütend, doch offensichtlich zeigte das keinerlei Wirkung auf den Steinwicht, der May nun mit beiden Händen hielt und den Eindruck machte, als wollte er sie wie eine Hühnerkeule fressen.

»Perren, nein! Laß sie los! Wir sind es doch! Ich bin's, Spar! Du darfst ihr nichts tun. Perren, Perren!«

Doch offenbar konnte ihn Perren, falls nach wie vor dasselbe Wesen jener krümelnden Schale innewohnte, ihn nicht hören. Caspar dachte nur an May. Bevor er wußte, was er tat, hatten seine Finger das Kästchen um seinen Hals bereits geöffnet, und seine Hand lag am Druiden-Ei. Er wußte nicht, welch ein Tier er rufen sollte, fällte keinen vernünftigen Entschluß, sondern flehte nur um Hilfe.

In diesem Augenblick schleuderte Perren May beiseite und packte Caspar um den Hals. »Wasser!« brüllte er. »Bring mir Wasser!«

Er wurde von der Wucht glatt umgestoßen. Finsternis flutete sein Denken und hieb nach ihm. Ein riesenhafter Schädel mit großen, lippenlosen Kiefern klappte auf, und Caspar blickte hinein und sah nur das Meer, hörte dessen Tosen und roch den Gestank von moderndem Seegras.

Plötzlich tauchte er in tiefem Wasser unter. Er war nicht mehr Herr über das Ei, sondern wurde von dessen Zauber eingesogen, wurde eine jener Kreaturen, die man in die Anderwelt verbannte. Er strampelte im Wasser, kämpfte sich an die Oberfläche und war doch, da seine Lungen beinahe barsten, sicher, daß er ertrinken mußte. Er schwamm hinauf, aber die Wasseroberfläche war nirgendwo zu sehen. Bald war er benommen, ihm wurde flau, und er wußte, daß er längst hätte ertrinken sollen, doch es war noch Leben in seinem Körper. Es schien, als konnte er zwar nicht atmen, jedoch auch nicht ertrinken.

Riesenhafte Tintenfische und Kraken umkreisten ihn im Wasser. Die Tiere kämpften miteinander und achteten nicht auf ihn, den Unbedeutenden, da er für sie nicht von Interesse war. Er schwamm aufwärts zu den helleren Wassern, suchte nach dem Sonnenschein und sah statt dessen blauweißes Licht, von dem er anfangs glaubte, es sei sicher der Mond.

Wahnsinn ergriff von ihm Besitz. Von Bedeutung war nur noch, daß er den Mond erreichte, das Licht des Lebens über ihm, das Leuchtfeuer, das ihn nach Hause leiten würde. Er hatte sich verirrt. Er wußte nicht, wo, aber er ertrank in der Geisterwelt und wäre dort für alle Zeit, wenn er nicht das Licht erreichen konnte. Er schwamm aufwärts, neben den mächtigen Tieren, sah, wie der Fangarm eines riesigen Kraken das Wasser peitschte. Über seinem Kopf brodelte die Oberfläche, aber er konnte das Licht nicht erreichen. Wenn er nur seine Hand in den Sonnenstrahl halten konnte, so war er sicher, daß er wieder ins Leben zurückgesogen würde. Er rang darum, seine Sinne und Gedanken zu sammeln. Es war so schrecklich kalt im Wasser, und das hatte nun endlich eine ernüchternde Wirkung auf ihn. Er tastete nach dem Kästchen um seinen Hals, als ihm ein klarerer Gedanke kam.

Das Druiden-Ei! Er konnte es benutzen, um sich selbst zu retten. Er wußte nicht, wo er war, das Ei würde ihn ganz sicher retten. Aber wo war es? Das Kästchen hing nicht mehr um seinen Hals. Perren! Perren schien es genommen zu haben, und natürlich hatte sich Perren Wasser gewünscht. Irgend etwas schien danebengegangen zu sein, und Caspar war durch die magischen Kanäle in die Fluten der Anderwelt gerissen worden, die Perren geöffnet hatte.

Er war im Meer, im eiskalten Meer, und seine Lungen schrien nach Luft. Ein ringendes Knäuel von Ungeheuern drängte sich im Wasser. Das Druiden-Ei hatte ihn hierher gebracht, wo immer das sein mochte, und so konnte ihn das Ei doch sicher wieder zurückbringen. Aber würde Perren ihn jemals rufen?

Er konnte nur immer weiter schwimmen, verzweifelt dem Licht entgegen. Irgend etwas stieß ihn von hinten. Es schob ihn mit seinem mächtig runden Schädel aufwärts, und Caspar fand sich zwischen klammernden Greifarmen wieder. Ein schwarzer Krake packte ihn, riß ihn herum, verwarf ihn, stieß ihn wieder nach unten.

Er hielt sich an den Tentakeln fest, merkte, daß der Krake

den gleichen drängenden Wunsch hegte wie er selbst. Vielleicht besäße er die Kraft und das Durchhaltevermögen, an die Oberfläche zu gelangen.

Das Wasser wurde zu brodelndem Schaum, als er hindurchgezerrt wurde. Der Schmerz in seinen Lungen wuchs, die betäubende Kälte wurde immer schlimmer. Aber er wußte, daß es keine Erlösung geben würde, keine Linderung der Pein, wenn er nicht zu jenem Licht gelangen konnte.

Dann war er in der Luft und schnappte danach. Die Luft dort war dünn und eisig. Grausam stach sie ihm in seine Lungen, gab ihm nicht die Lebenswärme, die er erwartet hatte.

Instinktiv wandte er seinen Blick dem Mond zu, der größer und leuchtender war, als er ihn je zuvor gesehen hatte. Er war selbst größer als der geschwollene Mond in der dünnen Atmosphäre seiner Heimatberge in kristallklarer Nacht.

Doch das war nicht der Mond!

Deutlich sah er die cremig weiße Oberfläche, von blauen Adern durchzogen und nun von einem bösen schwarzen Brandmal verunstaltet. Ein Wolkenstrudel umstürmte den Makel.

Er betrachtete das Necrönd ... ein Necrönd so groß wie der Mond.

KAPITEL 3

Hal zückte sein Schwert, und die Bewegung war fast lautlos, als der kalte, weiße Stahl über das geölte Schaffell strich, mit welchem die Scheide ausgeschlagen war. Die Klinge war lang und schwer, doch sein Oberkörper war so gewachsen, daß er sie bändigen konnte. Ein breiter, kräftiger Mann war er, der eben in die Blüte seiner Jahre kam.

Ein plötzlicher Lichtblitz hatte zwischen den Bäumen zu seiner Rechten gezuckt, und wenn es sich wahrscheinlich auch nur um Sonnenlicht handelte, das sich auf einem Waldsee spiegelte, war es doch seine Pflicht, aufmerksam zu bleiben. Aus einem unerklärlichen Grund sagte ihm seine Phantasie, daß jener Lichtblitz vom Stahl einer Ritterrüstung oder einem Schwert herrührte. Seine Erfahrung warnte ihn, daß die dichten, in Brombeerranken schier erstickenden Wälder Ceolothias ein idealer Ort für bewaffnete Männer wären, im Hinterhalt zu liegen, bereit, vorüberkommende Reisende zu überfallen.

Er zog Wunderwinds Zügel stramm und strich über ihr schimmerndes, gelblich braunes Fell, trieb sie an jenem schlammigen Pfad entlang, der sich durch den Trollwald wand. Sie war nervös, was für dieses sonst sehr ruhige Tier höchst ungewöhnlich war und nicht eben dazu beitrug, seine eigene Unruhe zu vertreiben.

Eine Weile sah er nichts weiter, was sein Mißtrauen hätte wecken können. Er schalt sich dafür, daß seine Phantasie ihn wiederum zum Narren gehalten hatte, und schob sein Schwert in die Scheide zurück. Wenn sie dieser trüben, feuchten Welt unter den Bäumen vielleicht entkommen konnten und ins offene Ziegenland gelangten, würde er sich nicht mehr ganz so unwohl fühlen. Sie waren weit gereist, und nun konnte der Waldrand nicht mehr weit sein.

Galoppierende Hufe hinter ihm ließen Hal im Sattel herumfahren. Er entspannte sich. Es war nur Pip, dieser unbezähmbare Bursche, der vom hinteren Ende der Kolonne heranritt, wo er zweifelsohne versucht hatte, Prinz Renaud und Lord Hardwin zu beeindrucken. Als der Junge auf gleicher Höhe mit der Prinzessin war, nickte er ihr freundlich zu, erkundigte sich nach ihrem Wohlbefinden und ob er ihr in irgendeiner Form zu Diensten sein konnte. Hal schüttelte über Pips Unverfrorenheit den Kopf. Diese Frechheit, sich der Prinzessin einfach so zu nähern! Dann grinste er vor Amüsement und leiser Bewunderung für die Art und Weise, wie der Knabe von niedriger Geburt das Protokoll verlachte.

Knapp winkte Prinzessin Cymbeline den Jungen ab und starrte weiter trübsinnig auf ihre Hände, die sich in die feuchte Mähne ihres Pferdes krallten. Hal konnte nur vermuten, daß sie sich nach wie vor um ihren Bruder sorgte. Zwar hatte Hal die Prinzessin erfolgreich vor Tupwell, dem ältesten Sohn des belbidianischen Barons von Ovissia, gerettet, nicht jedoch ihren Bruder. Tudwal hatte man zuletzt gesehen, als er von jenem verräterischen Ovissianer verschleppt wurde.

Noch immer sah Hal nachdenklich zu Cymbeline hinüber, als Pip neben ihn ritt, so daß sein Pferd mit den Flanken gegen das seine rumpelte. Er strich das feuchte Haar aus seiner Stirn und sah Hal mit leuchtenden Augen an.

»Ist irgend etwas nicht in Ordnung?« fragte er übereifrig und deutete nickend auf Hals Hand, die nach wie vor am Heft des Runenschwertes lag. Offenbar sehnte sich der junge Holzfällersohn nach einer Gelegenheit zu kühnen Taten, um der königlichen Gesellschaft seinen Mut zu beweisen.

»Nein, nichts«, versicherte ihm Hal. »Und sieh nicht so enttäuscht drein. Ich weiß, daß du Prinzessin Cymbeline beeindrucken oder Prinz Renaud retten möchtest, damit sie auf ewig in deiner Schuld stehen.« Ein Grinsen machte sich auf Hals Gesicht breit. Er selbst hatte den Traum, jemand zu sein, für ganz Belidia etwas Besonderes darzustellen, den Gang der Nation zu beeinflussen und als Held besungen zu werden. Er war froh um den Ehrgeiz des Jungen.

»Ich dachte nur, du könntest meine Hilfe brauchen«, sagte Pip enttäuscht.

»Nun, kann ich aber nicht«, gab Hal barscher als beabsichtigt zurück. »Deine Hilfe! Glaubst du nicht, ich würde mich erst an Abelard und Ceowulf wenden, wenn etwas bedrohlich wäre?« Er nickte über seine Schulter zu dem schlicht gekleideten Bogenschützen und dem großen caldeanischen Ritter hinüber, der mit Lanze, Schwert und weißkariertem Wappenrock ausgesprochen eindrucksvoll aussah. Hal war froh zu sehen, daß die beiden hartgesottenen Recken Brids Pferd flankierten. Er konnte sich keinen besseren Schutz für seine Verlobte vorstellen. Lächelnd sah er sie an, und sie lächelte zurück.

Irgend etwas blitzte in seinem Augenwinkel auf und wischte das Lächeln aus seinem Gesicht. Blinzelnd stierte er ins Dunkelbraun des Waldes, wiederum überzeugt davon, daß er Stahl hatte blitzen sehen. Blut pochte in seinen Adern, und sein Instinkt warnte ihn vor Gefahr, doch die Vernunft sagte ihm, es sei absurd anzunehmen, daß ein Ritter ihnen so nah neben der Straße durchs Unterholz folgen konnte, ohne gehört zu werden. Er sah Pip an und fragte sich, ob der Junge wohl irgend etwas gesehen hatte.

Das hatte er. Stirnrunzelnd betrachtete er die Schatten des Waldes, dann verfinsterte sich sein Blick langsam vor Furcht. »Was sollen wir tun?« quiekte er mit leichenblasser Miene.

Die Reaktion des Knaben überraschte Hal. Pip war kühn bis an den Rand der Unvernunft, und nie zuvor hatte er ihn derart verschreckt gesehen. »Zuerst rücken wir dichter zusammen und finden heraus, was die anderen gesehen haben«, sagte er ganz ruhig, hielt an und wartete, daß Ceowulf und Abelard aufholten.

Abelard schüttelte den Kopf. »Ich sage, wir suchen uns eine erhöhte Stelle und machen uns zur Verteidigung bereit.«

»Was? Gegen so viele?« fragte Pip entgeistert.

»Ich sehe bisher nur eine«, sagte Ceowulf verwirrt. »Da sie uns noch nicht angegriffen hat, denke ich, wir sollten uns bedeckt halten.«

»Wovon redet ihr da eigentlich?« fragte Brid nun schelmisch. Hal bemerkte einen untypischen Anflug von Zweifel in der Art und Weise, wie ihre hellgrünen Augen die Männer ansahen und dann wieder in den Wald starrten.

Als Prinz Renaud und Lord Hardwin zu zittern begannen und ihre Pferde antrieben, damit sie sich zu ihm und Ceowulf gesellten, biß er ängstlich auf seiner Oberlippe herum. Sie konnten sich keine weiteren Fehler mehr erlauben. Sie mußten Prinzessin Cymbeline sicher zu ihrem Verlobten, König Rewik, bringen, da ihr Vater sonst Belbidia den Krieg erklären würde.

Ceowulf hielt seinen Speer hoch in die Luft, blickte jedoch stur geradeaus. »Ihr müßt daran denken, daß ihr sie nicht direkt anseht«, warnte er.

Alle fragten durcheinander, was er meinte, und die Verwirrung trug zur allgemeinen Sorge bei.

»Sie?« fragte Pip. »Ihn doch eher. Und wieso sollten wir einen Vaalaker nicht ansehen?« wollte er wissen.

»Es sind keine Vaalaker, Junge«, widersprach ihm Abelard. »Es besteht ein Riesenunterschied zwischen einem Vaalaker und einem Ceolothianer.«

»Vaalaker würde ich überall erkennen«, hielt ihm Pip heiser entgegen. »Sie haben meine Mutter erschlagen.«

»Sieh dir die Helme und diese Nasenbügel an. Ich sage es dir, Freund. Diese Teufel würde ich überall wiedererkennen. Einer von denen hat mich um mein Leben gebracht«, sagte Abelard aufgebracht und knirschte mit den Zähnen.

Hal fragte sich, wie es wohl sein mochte, den Tod zu erleben. Abelard stammte, wenn er auch wie Ende Dreißig aussah, aus einer lang vergangenen Zeit. Ein Mann, den die Balladen priesen, ein Mann, der sein Leben dafür gegeben hatte, andere zu retten. Noch im Tode hatte er sich der Natur widersetzt und war durch die Kanäle der Magie, welche diese mit der Anderwelt verbanden, seinen Landsleuten zur Hilfe geeilt.

»Hier sind keine Männer«, murmelte Ceowulf. »Sondern ...«

»Sind hier wohl. Da bin ich Pips Meinung«, unterbrach Abelard. »Aber es sind ceolothianische, keine vaalakischen Krieger.«

Hal verstand nicht. Er hatte nur etwas silbern blitzen sehen, und doch hatte ihm sein Herz gesagt, daß es sich dabei um einen einzelnen Ritter auf einem Pferd handelte, in voller Rüstung, mit Keule, Morgenstern, Schwert und Messern. Unsicher zupfte er an seinem abgewetzten Lederwams herum und sah Brid an.

»Da ist nichts«, sagte Brid nur. »Reiß dich einfach zusammen.«

»Aber wir haben uns verirrt!« platzte es unvermittelt aus

Prinz Renaud hervor. »Seit Stunden laufen wir im Kreis herum.«

Brid schüttelte den Kopf. »Nein, die Sonne war stets links von uns«, sagte sie ganz ruhig und sicher.

»Wenn dem so ist, wie kann ich dann mein eigenes Zeichen da vorn an diesem Baum dort sehen?«

»Wo? Welches Zeichen?« rief Hal ungläubig.

Renaud nickte zu einem Pilzklumpen hinüber, der am Fuß einer Kiefer wuchs. »Dort! Der frische Schnitt in der Rinde!«

»Aber ...«, versuchte Hal ihm zu widersprechen, aber der Prinz wollte nicht mit sich reden lassen.

»Wir haben uns verirrt«, meinte er. »Ich sagte doch, wir haben uns verirrt.«

»Dort an dem Baum ist kein Zeichen! Und wir haben uns nicht verirrt«, sagte Brid mit einem Anflug von Ärger in ihrer Stimme.

»Ich weiß, was ich gesehen habe, und ...« Hal ließ seine Worte ersterben.

»Versteht ihr nicht? Ihr seht nur eure Ängste. Prinz Renaud fürchtet sich davor, sich zu verirren. Ceowulf hält Wyvern für die gefährlichsten Lebewesen, und natürlich schreckt Abelard beim Anblick eines Ceolothianers auf, besonders wenn der einen Bogen und ...«

»Ich habe keine ...« Hal schluckte seine Worte mitten im Satz herunter.

Schon wollte er verkünden, er fürchte sich nicht vor einem einsamen Ritter. Dann merkte er, wie dumm er damit dastünde. Alle anderen fürchteten sich vor etwas, das sie fast verschlungen hätte ... obwohl Renauds Ängste vielleicht mit Kindheitserinnerungen zusammenhingen. Vielleicht hatte ein älterer Freund ihn einmal in einem schlechten Scherz allein zurückgelassen. Wer konnte das schon sagen? Doch sich vor einem einsamen Ritter zu fürchten, wäre eine Erniedrigung. Wie konnte er? Er spürte, daß seine Wangen heiß wurden, und war dankbar, daß seine dunkle Haut jedes Erröten verbarg.

»Aber Brid, ich habe dort etwas gesehen«, sagte er mit großer Selbstbeherrschung, als interessierte ihn diese Debatte nur aus rein akademischen Gründen. »Woher willst du wissen, daß dort nichts ist? Willst du mir sagen, daß du dich vor gar nichts fürchtest und du deshalb nichts siehst, während sich alle anderen fürchten?«

»Natürlich nicht. Ich habe ...«, wollte sie sagen, doch wie Hal hielt auch sie inne, bevor sie sagen konnte, was sie gesehen hatte. »Es ist egal, aber ich weiß, daß es nicht unmöglich ist.«

»Die Zauberer«, vermutete Ceowulf. »Es ist eine Illusion von diesen Zaubergeistern, denen wir in der schwarzen Burg begegnet sind, wo Tupwell Cymbeline gefangenhielt. Tupwell muß sie uns hinterhergeschickt haben, um die Prinzessin wieder einzufangen.«

Brid nickte.

»Dann haben wir nichts zu fürchten«, sagte der große caldeanische Ritter beruhigt. »Falls es nur einer ihrer Tricks sein sollte, müssen wir die seltsamen Dinge um uns herum nur ignorieren.«

»Der Geist ist eine starke Waffe.« Brid wollte die Macht der Zauberer nicht so leicht verwerfen. »Kommt, wir sind alle müde. Seit Tagen sind wir auf der Reise, unsere Rücken sind voller Kratzer dieser elenden, übergroßen ceolothianischen Brombeersträucher. Wir sollten rasten. Man verirrt sich so leicht, wenn man müde ist.«

Sie eilten voran, bis sie auf eine weite Lichtung kamen, wo die blättrigen Zweige der Bäume herabhingen, schwer vom Regen. Wie Brid vorgeschlagen hatte, schlugen sie ihr

Lager auf, wenn Ceowulf auch seine liebe Mühe hatte, Hardwin zum Absteigen zu bewegen. Schließlich ließ sich der zweite Sohn des Barons von Piscera dazu bewegen, und mit verkniffenem Mund bahnte er sich sehr vorsichtig einen Weg durchs rauhe Gras, blickte sorgenvoll zu Boden und schreckte vor jedem Schritt zurück.

Abrupt sah Hal auf. Jemand rief seinen Namen. Die Stimme kannte er so gut wie seine eigene. Spar! Doch wie konnte der hier sein? Er hatte vermutet, daß die Ovissianer Caspar gefangenhielten, die das Kommando über Torra Alta bekommen hatten. Er knurrte angesichts dieser Grausamkeit. König Rewik hatte Hals Bruder, Baron Branwolf, die Schuld an Cymbelines Entführung gegeben, und nachdem er ihn eingekerkert hatte, wurden seine Länder konfisziert und an Baron Godafrid von Ovissia übergeben ... natürlich ohne zu wissen, daß es Baron Godafrids Sohn gewesen war, der die niederträchtige Entführung eingefädelt hatte.

War Caspar irgendwie entkommen und hatte sie hier gefunden? Er blinzelte. Das Licht war so grell, daß er kaum sehen konnte. Er versuchte, sich mit seinem Pferd zu beschäftigen, und rief sich Brids Theorie hinsichtlich der Zauberer in Erinnerung. Doch dann wurde Spars Stimme wieder laut.

»Hal! Du darfst mich nicht ignorieren.«

Der Ritter war von Kopf bis Fuß in eine schimmernde Rüstung gekleidet, und nur an der Stimme und dem Pferd, auf dem er saß, erkannte Hal, daß es Caspar sein mußte. Es mochte von einer Schabracke verhüllt sein, doch er wußte, daß es nur Feuerschweif sein konnte. Jedes andere Streitroß hätte klobig dagestanden, die festen Hinterbacken leicht in der Hocke, bereit, im Angriff vorzuspringen. Doch dieses Tier mit seinen schlanken Beinen tanzte und zappelte so sehr, daß es selbst den besten Reiter abgeworfen hätte, nur nicht Caspar, der diese fließenden Bewegungen an sich hatte, die es ihm leichtmachten, auf einem Pferd zu sitzen.

Hal blinzelte den prunkvollen Ritter vor sich an, der überraschenderweise Lanze, Schwert, Knüppel und Wurfmesser bei sich trug, nicht einen Bogen, wie es für Caspar typisch war. Von strammen Zügeln gebändigt tanzte das Pferd auf der Stelle, zum Angriff bereit.

»Du wußtest, daß ich eines Tages kommen würde«, sprach der Ritter. »Früher oder später mußte ich sie holen, und hier draußen wird niemand erfahren, was geschehen ist.«

»Ich fürchte mich nicht vor dir!« rief Hal.

Brid nahm ihn beim Arm. »Da ist nichts.«

Hal merkte jedoch, daß sie den schimmernden Ritter direkt ansah.

»Ich werde dich mit allen Mitteln bekriegen!« brüllte der Ritter.

Zornig wandte sich Hal zu Brid um. »Du kannst ihn sehen! Du willst ihn immer noch!«

»Ich wollte ihn nie!«

»Erst Talorcan, dann Spar. Soll es denn immer so bleiben?« fragte er.

»Es ist nur ein Trick«, erwiderte sie ärgerlich.

»Ja, es ist ein Trick, aber auch du kannst ihn sehen, wohingegen alle anderen nur ihre eigenen Ängste sehen.« Hals Gedanken rasten. »Das bedeutet, daß du Caspar irgendwie fürchtest. Hast du vielleicht Angst, daß es ein Fehler war, mich zu erwählen, obwohl er dir so zugetan ist?«

»Aber er ist so jung und unschuldig, Hal. Es war eher Anbetung als Liebe.«

»Ja, aber er wächst heran. Und ihr wart euch in vielem so einig.«

»Aber er ist mir wie ein kleiner Bruder«, protestierte Brid, wenn Hal auch zu hören glaubte, daß sie unsicher klang. »Ganz wie er es für dich auch ist.«

Ceowulf hustete. Sein Blick war starr auf den Boden gerichtet, und bewußt vermied er es, zu Caspar aufzublicken, der noch immer drohend dastand. »Wir dürfen nicht streiten. Es sind die Tricks der Zauberer, und wir müssen einfach ihre Magie auflösen. Nichts von alledem ist real. Ihr müßt mir glauben, daß sie nur mit euren Gedanken spielen.«

»Wenn du das sagen kannst, wieso siehst du dann nicht auf?« meinte Hal.

»Die Wyvern«, stieß Ceowulf erstickt hervor. »Ich weiß, daß sie nicht real ist, aber ihre Augen rufen in mir solches Entsetzen hevor, daß mich die Furcht, selbst wenn ich sie mir nur einbilde, vielleicht zu Boden reißt.«

Brid zupfte an ihrem Zopf und strich mit den Pinselenden ihres Haars über ihre Handfläche. »Angst tötet. Diese Dinge mögen zwar der Phantasie entspringen, doch sie lösen echte Ängste aus.«

Bitter sah Hal sie an. »Du liebst mich, Brid. Ich weiß es über allen Zweifel hinaus, doch weiß ich auch, daß du dir wünschst, ich wäre wie Spar. Warum wie er? Warum er? Jeder andere wäre besser als er. Warum bringst du mich dazu, deinetwegen gegen Spar zu kämpfen? Ich will ihm nichts antun.« Hal wollte nicht sagen, was ihm sonst noch Sorgen bereitete. Stets war er Spar überlegen gewesen, doch was wäre, wenn der Junge heranwuchs und dann ihm überlegen war? Welche Schande, von Caspar niedergerungen zu werden, der ihm, wie Brid gesagt hatte, stets wie ein kleiner Bruder war. Steckte man Spar in eine Rüstung, mochte er ein großer Ritter sein. Natürlich war Spar klein, aber er war auch geschickt.

»Hal!« fuhr Ceowulf ihn an, wobei er nach wie vor zu Boden blickte. »Hör auf damit! Worüber du auch brüten magst: Es muß aufhören!«

»Nun, dann hör du doch auf. Stell dich deinen Ängsten.« Hal deutete auf Spars Erscheinung, die Ceowulf für eine Wyvern hielt.

Der caldeanische Ritter zuckte mit den breiten Schultern. »Ich kann es nicht riskieren. Ich habe es dir doch gesagt. Wenn nur ein winzig kleines Etwas in mir daran glaubt, daß es real sein könnte, wird mich der Schrecken in seinen Augen niederreißen.«

»Ja, nun, ich habe eben erfahren, daß meine Ängste ganz real sind.« Finsteren Blickes sah Hal Brid an. »Sie wünscht, sie würde mich nicht lieben. Sie liebt mich, und doch verachtet sie mich. Sie glaubt, ich wäre ihr nicht Manns genug.«

»Hört auf!« Abelards Miene war starr und weiß, und auch er starrte dieselbe Stelle mitten im Wald an. Seine Hände schützten seine Brust, die von einem Pfeil durchbohrt war, ganz so wie damals, vor vierhundert Jahren, sein Leben geendet hatte. »Sicher sind wir verloren, wenn uns die Zauberer mit unseren Ängsten lähmen.« Er sah müde aus und plötzlich schrecklich alt, und seine Hände zitterten.

»Was ist los?« fragte Brid leise.

»Ich bin vierhundertzweiunddreißig Jahre alt, und ich spüre es.«

Hal blickte von Abelard zu Ceowulf und wieder zurück und schluckte seine eigenen Ängste herunter, als er seine Gefährten sah.

Pip lief auf und ab und zupfte an seiner Bogensehne, als versuchte er, eine Entscheidung zu fällen. Hardwin erbrach sich am Boden, wobei sein ganzer Körper zitterte. Doch

Cymbeline ...? Er konnte ihre Ängste nicht erraten. Weiß und ausgemergelt sah sie aus und drehte immer wieder eine Locke zwischen ihren Fingern. Plötzlich schien es Hal, als fühlte sie sich schuldig und fürchtete, entdeckt zu werden. Wie ein kleines Kind, das etwas zerbrochen hatte und in Erwartung der Strafe eines Erwachsenen verharrte, so dachte er. Nein, nein, das nicht. Sicher trüge sie eine trotzigere Miene zur Schau, wenn sie sich auf eine Strafpredigt einstellte. Nein, sie fürchtete, sie zu enttäuschen.

Und Renaud. Er sah sich nach dem Prinzen um. Renaud war fort!

»Der Narr!« stieß er mit leiser Stimme aus. »Wir waren solche Idioten, uns von Trugbildern leiten zu lassen, daß wir ihn haben laufenlassen. Wir dürfen ihn nicht verlieren. Ohne Renaud können wir den König nie von Branwolfs Unschuld überzeugen.«

»Wo ist er hin?« murmelte Abelard. »Er kann nicht weit gekommen sein. Nicht der Prinz, nicht allein.«

»Er hat sich verirrt«, sagte Pip nur. »Er hatte schreckliche Angst, daß er sich verirren würde, und genau das ist ihm passiert.«

»Dann werden wir ihn suchen«, sagte Ceowulf sogleich. »Sofort!«

»Ihr werdet ihn nicht finden«, sagte Brid langsam, als überdachte sie noch immer, was geschehen war, und käme zum selben Schluß. »Wir müssen uns direkt den Zauberern stellen. Renaud könnte in unserer Mitte sein, aber wir würden ihn nicht sehen, weil wir fürchten, er könnte sich verirrt haben.«

»Das ist absurd«, murrte Abelard und rieb seine Knie, die ihm offensichtlich wieder Schmerzen bereiteten.

»Ich weiß, wo er ist«, sagte Hal leise. »Es liegt doch nahe, oder?« Er sah das an, was er für die Verkörperung seines

Neffen hielt, der nach wie vor auf seinem Pferd saß, sein Schwert in der Hand, zum Kampf bereit. »Er ist da. Er steht hinter unseren Ängsten. Um Renaud zu finden, müssen wir uns ihnen stellen.«

Er sah seine Gefährten an. Er verstand alle ihre Mienen, bis auf Cymbelines, die er nicht durchschauen konnte. Sie mußten Renaud finden, und er fragte sich, ob sie ihn vielleicht sehen konnte.

Er trat an sie heran, nahm ihren Arm, und mit ängstlichem Blick sah sie zu ihm auf. »Du wirst es ihm nicht sagen, oder? Du sagst ihm nichts, nicht meinem Vater. Du darfst ihm nichts sagen. Was wird er tun? Was wird er tun?«

»Cymbeline, nein. Deine Ängste sind nicht wirklich. Die Zauberer spielen mit deinen Gedanken.«

»Es ist alles danebengegangen«, klagte sie. »Sie haben Tudwal mitgenommen. Es ist alles deine Schuld, und was wird Vater sagen, wenn er es herausbringt? Was soll ich tun?« Sie rang ihre Hände vor ehrlicher Sorge. »Du wirst es ihm sagen! Es ist alles deine Schuld! Du hast uns das alles angetan! Du hast alles ruiniert!«

Hal schob die Prinzessin hinter sich und sah den schimmernden Ritter finster an, der herausfordernd brüllte. Dann biß er die Zähne zusammen. Warum fürchtete er sich, wenn es doch nur Spar war?

Noch immer rieb Abelard an seinen Knien herum, und sein Gesicht war vor Sorge ganz starr. »Ich kann es nicht. Ich weiß, daß da nichts ist, aber ich sehe diese ceolothianischen Schützen, und ich kann sie nicht vertreiben.«

»Ich werde gehen«, sagte Brid entschlossen. »Da ist nichts. Es ist nur Spar.«

Als sie zielstrebig vortrat, packte Abelard sie und riß sie zurück. »Sie werden Euch töten, Mylady. Ihr könnt nicht dorthin.«

»Sie sind nicht real.«

»Sie sehen real aus«, beharrte Abelard. »Ich würde alles riskieren, nur Euch nicht, Mylady. Ich kann Euch nicht gehen lassen, nicht Euch, Brid, nicht die Jungfrau.«

Hal gab ihm recht. »Ich werde gehen«, sagte er und war Sekunden später aufgestiegen. Er preßte seine Unterschenkel an die Flanken der Stute und trieb Wunderwind langsam dem Ritter entgegen. Sicher konnte er Caspar mit Vernunft vertreiben. Das mußte doch möglich sein.

»Spar«, sagte er freundlich, als er neben ihm haltmachte. »Ich will nicht mit dir kämpfen.«

»Natürlich nicht«, erwiderte Caspar. »Du willst nicht unterliegen.«

»Das meinte ich nicht«, hielt Hal dagegen.

»Du hast Angst, daß dich dein kleiner Neffe besiegt.«

»Das habe ich ganz sicher nicht!« gab er zurück.

»Nun, mach dich bereit. Du hast sie, und ich will sie.«

»Spar, ich liebe dich wie einen Bruder.«

»Dann geh mir aus dem Weg«, hallte Caspars Stimme hinter dem Visier hervor. »Du weißt, daß ich sie glücklich machen würde, während du ...«

»Als meine Seele die ihre erreichen konnte, welche in der Anderwelt gefangen war, haben wir einander unsere Liebe bewiesen«, verkündete Hal, aber er hatte seine Zweifel. Er wußte, daß er Brid liebte, war sich aber ihrer Liebe nicht sicher. Von Anfang an hatte Caspar sie gewollt, und er war mißtrauisch gewesen, daß Brid diese Liebe erwiderte. Der Junge sah wirklich gut aus. Vielleicht war das der Grund, wieso Brid nie an seine Bettstatt kam, nicht wegen ihres religiösen Amtes als Jungfrau, sondern in Wahrheit, weil sie auf Caspar wartete und sich für ihn aufsparte.

»Wenn du sie wirklich liebst, würdest du jetzt beiseitetreten. Du weißt, daß ich ihr mehr bieten kann. War sie nicht stets in meiner Gesellschaft am glücklichsten?« meinte Caspar.

Das konnte Hal nicht bestreiten. Es mochte zwar so sein, daß sein Neffe Brids Leidenschaft nicht entfachen konnte, doch bei Spar war sie entspannter. War das nicht, was zählte? Liebe war eine launische und gefährliche Empfindung, die nur wenig mit Glück zu tun hatte. Spars sanftere, hingebungsvollere Art bot ihr Glück.

»Bis in den Tod?« bellte Caspar, und aus seiner Stimme sprach wilde Leidenschaft. Er wendete sein Pferd, um seine Attacke vorzubereiten, und Hal riß Wunderwind herum.

Brid verzog vor Sorge ihr Gesicht.

»Ich komme schon zurecht«, versprach er ihr.

Ihr Blick durchbohrte ihn. »Natürlich kommst du zurecht«, fuhr sie ihn an. »Du würdest Spar in jeder Kampfkunst schlagen. Weder Wunderwind noch das Runenschwert, das Morrigwen dir anvertraut hat, wird dich im Stich lassen. Nein, ich sorge mich um Spar.«

»Ha!« schnaubte Hal, denn ihre Worte weckten seinen Zorn.

Er kam an den Rand der Lichtung und wandte sich zum Angriff. Wunderwind war schwer und hatte große Kraft, ein Pferd, das dazu gezüchtet war, einen Ritter samt Rüstung zu tragen. Hal trug nur leichte Lederhosen, ein metallenes Wams mit Nägeln an der Brust und ein Paar Kettenhandschuhe. Doch Wunderwind, so folgsam und stark sie auch sein mochte, war langsam. Mit gesenkter Lanze stürmte Caspar hektisch voran, beinahe zu schnell, als daß Hal noch denken konnte. Die Geschwindigkeit verwirrte ihn, ängstigte ihn regelrecht.

Hal prüfte seinen Griff ums Schwert, und zum ersten Mal fühlte er keine Kraft darin. Er konnte das mächtige Runenschwert nicht gegen seinen Freund einsetzen. Die

Macht der Großen Mutter wollte es nicht erlauben. Und obwohl er wußte, daß Caspars Anblick nur eine Illusion war, konnte er sich doch nicht gänzlich davon überzeugen.

Als Reaktion auf seine Unentschlossenheit wurde Wunderwind langsamer. Er biß die Zähne zusammen. Er mußte es tun. Dann gab er ihr die Sporen und stieß den Schlachtruf seines Hauses aus. »Torra Alta! Torra Alta!«

Die Lanze hieb ihm in die Rippen, und obwohl er sich vom Hieb abwandte, war der Schmerz doch stechend. Als er vom Aufprall in sich zusammensank, wußte er, daß der Schmerz real war. Er hielt seine Seite, riß Wunderwind herum, wendete sie scharf, bevor Caspar seine Lanze bereit hatte.

Doch der junge Ritter ließ die Lanze sinken und schwang seinen dornenbesetzten Morgenstern an Hals Schulter, bevor der seinen Gegner treffen konnte. Der Schmerz war fürchterlich. Hal schluckte seinen Schrei herunter, ließ sein Pferd in weisem Rückzug ausscheren und donnerte zu den anderen zurück.

»Dein Helm, deine Brustplatte und deinen Schild ... ich brauche sie«, erklärte er Ceowulf, als er abstieg.

Der Caldeaner zögerte keinen Moment und löste sie von seinem Packen, während Brid Hals Wunden versorgte. Daß sie wußte, wo seine Wunden waren, zeigte ihm nur um so deutlicher, daß Caspars Abbild irgendwie real war.

Er ballte seine Faust, als Brid ihm die Schulter verband. Die Verletzungen würden ihn nicht am Kampf hindern ... zumindest heute nicht. Morgen würden sich die Muskeln um die Prellung verkrampfen, und wahrscheinlich wäre er nicht in der Lage, seinen Schwertarm anzuheben, doch heute würde er kämpfen können.

Schließlich war er bereit und stieg wieder in den Sattel. Finster blickte er durch den Schlitz in seinem Visier und sah Caspar irgendwie kleiner als vorher. Pferd und Ritter waren im schmalen Rahmen seines Blickfeldes in voller Größe zu erkennen. Er trieb Wunderwind voran. Bemerkenswert war, daß sie mit dem zusätzlichen Gewicht auf ihrem Rücken besser das Gleichgewicht zu halten schien.

Caspar griff an. Diesmal glitt die Lanze klappernd an Hals Brustpanzer ab, und als sein Gegner vorübergaloppierte, schwang Hal sein Schwert im mächtigen Bogen. Er drehte es in seiner Hand und schlug Caspar die Klinge flach in den Nacken. Dieser Hieb schickte den Jungen vorwärts zwischen die Pferdeohren, daß er zu Boden rollte. Er landete unbeholfen, rührte sich aber noch.

Deutlich hörte Hal Brid aufstöhnen ... ihre Sorge um Caspar, nicht um ihn. Er hielt Wunderwind an und stieg ab, wobei der Stahl des schlecht passenden Brustpanzers ihn in seinen Bewegungen behinderte.

»Neffe, ich will dich mit gleichen Mitteln bekämpfen. Mann gegen Mann. Hier und jetzt, vor Brids Augen.«

Der gestürzte Ritter rollte herum und sprang auf die Beine. Ohne ein Wort griff er an, schrie den torra-altanischen Schlachtruf heraus, der auch Hals Ruf war. Als er hörte, wie sich sein eigener Schrei gegen ihn wendete, zögerte er und wich zurück. Caspar kam heran und schleuderte seinen Helm mit kühner, verächtlicher Geste von sich.

»Du würdest mir alles nehmen wollen, Hal, mein Geburtsrecht, meine Frau. Früher hätte ich vielleicht einmal dabeigestanden und es zugelassen, doch nun nicht mehr.« Sein Schwert krachte gegen Hals Helm und warf ihn auf die Knie.

»Steh auf und kämpfe«, dröhnte eine Stimme in seinen Ohren. »Vernichte ihn. Er ist nur ein Trugbild.«

Endlich kam Hal mit seinem Schwert auf die Beine und hieb es auf Caspar ein. Der Stahl seiner Rüstung brach, und

Hal sah die blutige Wunde, dennoch stürzte sich Caspar auf ihn. Hal ließ sein Schwert sinken, machte sich bereit, dann rang er mit dem Jungen, als dieser ihn rammte. Noch war Hal der bessere Kämpfer und davon überzeugt, daß er seinen Neffen jederzeit niederkämpfen konnte. Aber Caspar wollte nicht nachgeben und prügelte mit seinen Fäusten auf ihn ein. Hal schlug ihn, dann schlug er ihn erneut, härter und immer härter. Schon beim ersten Hieb hätte sein Neffe ohnmächtig sein sollen, doch er kämpfte immer noch.

»Hör endlich auf!« schrie Hal. »Hör auf!« Tränen rannen über seine Wangen, und immer wieder prügelte er seine Fäuste im Kettenschutz dem Jungen ins ungeschützte Gesicht, schlug Fleisch und Knochen zu einer breiigen Masse.

»Hört auf! Hört auf!« schrie Brid. »Hör auf, Hal! Was ist, wenn es sich auf den echten Spar auswirkt? Was ist, wenn dieses Trugbild durch das Druiden-Ei Lebenskraft von ihm erhält?«

Gebeutelt von Schuld und Verwirrung taumelte Hal von Caspar zurück, doch er sah gleich, daß der zerschmetterte Leib sich noch bewegte, sich die Finger dem Griff des Runenschwerts entgegenstreckten. Hal war zu langsam. Caspar hielt es in der Hand. Nicht einmal Ceowulfs Helm und Brustpanzer konnten ihm nun noch Selbstvertrauen schenken. Er wich zurück.

»Was nun, Brid?« fragte er kalt. »Würdest du Spar mir vorziehen?«

»Du hättest ihn getötet«, warf Brid ihm vor.

»Ich dachte, das sollte ich tun«, sagte Hal, während er weiter zurückwich, froh und glücklich, daß Caspar ihm nicht folgte. »Du sagtest, ich sollte das Bild zerstören. Aber je mehr ich es bekämpft habe, desto wirklicher schien es mir.«

»Du wolltest ihn töten!« rief Brid erneut.

»Paß auf!« schrie Ceowulf.

Sein Speer war bereit. Das Geschrei und der Streit hatten ihn abgelenkt. Er schleuderte seine Waffe direkt nach Caspar, und das Trugbild stieß ein schreckliches Kreischen aus, wie der Schrei eines Adlers, laut, durchdringend, erschreckend und doch klagend. Dann folgte ein donnerndes Krachen, als etwas Riesenhaftes schwer zu Boden fiel und Hal spürte, daß die Erde bebte.

Caspar war fort, und an seiner Stelle lag ein gigantisches Schuppentier zappelnd am Boden.

»Das ist real!« rief Brid entgeistert aus.

Hardwin schrie hysterisch, und gemeinsam mit Hal, Ceowulf und Abelard näherte er sich dem sterbenden Untier.

»Man muß es an genau der richtigen Stelle treffen«, erklärte Ceowulf, während er das aufgeblähte Monstrum untersuchte.

»Ich dachte, Wyvern hätten lederige Haut und wären keineswegs schuppig wie Drachen«, sagte Hal etwas benommen, schnappte nach Luft, bückte sich und hob sein Schwert dort auf, wo es im Gras gelegen hatte.

»Es gibt so viele Arten von Drachen und Wyvern wie Hunde und Katzen«, sagte der Ritter und stieß mit seiner Lanze nach dem Tier, dann näherte er sich ihm mit seinem Messer.

»Sie ist nicht tot«, flüsterte Pip Hal ins Ohr.

»Was meinst du damit, sie ist nicht tot? Ceowulf hat ihr eben die Kehle durchgeschnitten.«

»Sieh doch!« Pip deutete auf den Tierbauch.

Von Hal abgesehen, sprangen sie alle entsetzt zurück. Er stand allein da, schwenkte sein großes Runenschwert. Für den Augenblick konnten sie nur dastehen und staunen, als aus dem Pulsieren im silbrigen Bauch ein Pochen wurde, dann ein mächtiges Hämmern, ein Treten, bis die Haut aufplatzte. Erst rann wäßrig rote Flüssigkeit heraus, dann brach der Bauch auf, und graublaues Gedärm glitt hervor. Dann folgte eine Hand – eine Menschenhand mit mehreren Ringen, einer davon mit zwei mächtigen, roten Rubinen, aus denen gelbe Herzen leuchteten.

Die Haut war grau und teilweise von den Magensäften der Wyvern verdaut. Dann kamen Arm und Schulter hervor, mit einem schweren, dicht beschlagenen Lederwams bekleidet. Hal stöhnte auf. Sogleich hatte er das Siegel des Königshauses von Ceolothia erkannt. Er vergaß die Wyvern und trat vor, um die Leiche herauszuziehen.

Cymbeline schrie. Dann stöhnte sie: »Tudwal«, bevor sie auf die Knie sank und in Ohnmacht ficl.

Niemand fing Cymbeline auf, als sie dumpf zu Boden ging, denn alle starrten Hal an, als dieser den dampfenden, schleimüberzogenen, stinkenden Leichnam hervorzog. Schließlich glitt dieser heraus und blieb bäuchlings im Gras liegen. Keuchend vor Anstrengung brauchte Hal einen Moment, zu Atem zu kommen, dann rollte er den Toten herum. Aber es war nicht Tudwal.

Gleich hatte er vermutet, daß die Zauberer den jungen Prinzen gefangengenommen hatten, als sie ihrer schwarzen Insel per Schiff entflohen waren, doch dem war nicht so. Wähend Hal seine Handschuhe im Gras abwischte, versammelten sich die anderen um ihn und starrten in das blaugraue Gesicht, das leicht verzerrt und unförmig war. Ein Arm war am Ellbogen umgedreht, offensichtlich ausgerenkt, als die Wyvern den armen Mann in einem Stück verschlungen hatte. Aus seiner Brust ragte der verzierte Griff eines Messers.

»Wer ist das?« fragte Pip.

»Prinz Turquin, der Erbe ganz Ceolothias und aller seiner Reichtümer«, sagte Ceowulf ruhig.

Auch er war zu verblüfft, um viel zu sagen. Er griff nach der Leiche und nahm, was alle anstarrten: den schimmernden Dolch, der in der Brust des Prinzen steckte. Er zog ihn heraus, und ein geronnener Klumpen von dunklem Blut folgte nach. Offenbar war der Mann schon länger tot gewesen.

»Armer Turquin«, hauchte Brid. »Das wird uns bei König Dagonet nicht weiterhelfen. Es ist, als wollte jemand die gesamte ceolothianische Königsfamilie auslöschen. Tudwal entführt, Cymbeline entführt – wenn auch dankenswerterweise gerettet – und nun der arme Turquin ermordet. So bleibt nur Tullis, der Einfaltspinsel.«

»Was sollen wir tun?« fragte Abelard pragmatisch, trat vor und betrachtete die Klinge. Sie war kurz und aus weißem Stahl, der Griff mit kleinen Sonnenradrubinen überzogen und einem Halbmond, der in das Metall geätzt war.

»Wie meinst du das?« fragte Hal. Der Puls pochte nach wie vor in seiner Kehle.

»Ich meine, sobald wir Renaud gefunden haben.«

»Wieso? So schnell wie möglich nach Hause natürlich. Vorausgesetzt ...« Sorgenvoll sah Hal sich um.

»Die Zauberer?« schloß Ceowulf an seiner Stelle.

Er nickte. »Ja, die Zauberer.«

»Aber was wird mit Turquin?« fuhr Abelard fort.

»Wir werden ihn begraben und seine Ringe zum Beweis mitnehmen müssen«, sagte Brid entschlossen. »Ich weiß, daß es schlimm aussieht. Wir, denen Dagonet die ganze Schuld an seinem Unglück gibt, kehren heim und bringen ihm die schlechte Nachricht vom Tod seines Sohnes. Er wird nicht gut auf uns zu sprechen sein«, meinte sie. »Aber wenigstens haben wir Cymbeline, die unseren Bericht untermauern kann.«

Klagend kauerte die Prinzessin am Boden, drückte den Kopf an ihre Brust, krallte die Fäuste in ihr Haar und riß daran. Brid, die neben der starken, eleganten Frau so klein aussah, legte ihre Arme um sie und drückte sie fest an sich. Hal erwartete, daß Cymbeline Brid von sich stoßen würde, doch statt dessen rollte sie sich wie ein kleines Kind zusammen und schmiegte sich an die Priesterin, die sie an ihre Brust drückte und wiegte.

Die Prinzessin heulte in unverständlichem Ceolothianisch, und es dauerte einige Minuten, bis sie erstarrte und sich ihre Trauer in Zorn verwandelte. Sie löste sich aus Brids Umarmung und kroch auf Händen und Knien schluchzend zum verdrehten Leichnam hin. Sie sank auf dessen Brust, schrie auf, dann setzte sie sich hin und zog sein verzerrtes Gesicht zu sich herum. Der plötzliche Wandel in ihrer Miene erstaunte Hal.

Tief holte sie Luft, dann flüsterte sie heiser: »Turquin!« Sie warf den anderen einen Blick zu. »Aber es ist Turquin. Ihr sagtet, es sei Tudwal.«

Hal war sicher, daß dem nicht so war. Stille Tränen rannen über Cymbelines Wangen. Sicher zeigte sie Trauer, doch nicht jenes nervenzerfetzende Leid, das man ihr vorher angesehen hatte. Sie setzte sich auf und zog an seinem Arm, um ihn zu begradigen, doch er war offensichtlich aus dem Gelenk gesprungen und sprang nun wieder zurück. Sie wimmerte und schreckte vor dem Toten zurück.

Hal zog sie an sich und gab sich alle Mühe, seine Grimassen zu verbergen, als er den Schleim auf ihrem Kleid berührte. »Tut mir leid, wir hätten nicht zulassen sollen, daß Ihr ihn so seht.«

»Wie ist das geschehen?« stammelte sie nach einem Augenblick und sah die tote Wyvern und den verdrehten Leichnam ihres Bruders staunend an.

Hal zuckte mit den Schultern. »Wer außer dem Besitzer dieses Messers kann das schon sagen?«

Cymbelines Gesicht wurde aschfahl, und ihre Lippen bebten. »Mord!« Das Wort glitt ihr ungebeten zwischen den Lippen hervor, und Hal sah ihr Entsetzen bei diesem Gedanken.

Sorgsam untersuchte er das Messer und bemerkte das Siegel eines Schafbocks im Kampf mit einem Ziegenbock, das in den Knauf gearbeitet war. Dann wickelte er die Klinge in ein Tuch und schob sie tief unten in seinen Packen. Er zweifelte nicht daran, daß König Dagonet das Messer würde sehen wollen.

»Begraben wir ihn. Dann sollten wir uns auf die Suche nach Renaud machen«, sagte Brid ganz leise.

Schweigend sah Cymbeline zu, als man ihren Bruder in ein flaches Grab legte. Dann lief sie auf und ab, als ihre Tränen schon getrocknet waren, aber ihre Trauer blieb offensichtlich. Sie hielt ihre Hand fest, die noch immer zitterte, während der Rest überlegte, was zu tun war.

»Sie spielen mit uns«, schloß Brid. »Erst erschrecken sie jeden von uns mit seinen schlimmsten Ängsten, und als wir eben lernen, diese Ängste zu beherrschen, präsentieren sie uns eine reale Gefahr, die unser Selbstvertrauen untergräbt, Realität von Phantasie zu unterscheiden.«

Mit großen Augen starrte Pip wiederum in den Wald, und seine Hand wanderte zu seinem Schwert.

Hal hielt seinen Arm zurück. »Da ist nichts«, sagte er, doch als er Pip berührte, sah auch er die drei vaalakischen Krieger, die ihre Äxte über den Köpfen schwangen und üble Obszönitäten schrien. Er nahm seine Hand von Pip, und die

Vaalaker verschwanden. Er berührte ihn erneut, und sie kamen zurück.

»Ich sehe sie«, sagte Hal. »Aber du mußt dich nicht vor ihnen fürchten.«

»Ich fürchte mich nicht vor ihnen«, gab Pip übermäßig leidenschaftlich zurück, und die Muskeln an seinen Wangen arbeiteten.

»Ich werde es ihnen zeigen, Pip!« sagte Hal freundlich. Er hob sein Schwert und rief: »Verschwindet!« Allmählich verblaßten sie, wobei Hal selbst staunte, wie leicht sie zu vertreiben waren.

Brid lachte. »Sind sie fort, Pip?«

»O ja. Im selben Augenblick, als Hal sein Schwert angehoben hat, waren sie weg.«

Sie grinste Hal an. »Das Trugbild verging, weil Pips Angst verging. Und die verging in dem Moment, als du sie bedroht hast, weil er an deine Macht glaubt, sie zu vertreiben.«

»Wir müssen uns bei den Händen halten«, schlug Hal vor, »damit wir alle die Ängste der anderen sehen können. Auf diese Weise können wir darauf bauen, daß die anderen sie für uns überwinden.«

»Oder sie vielleicht verstärken«, warnte Brid. »Nicht viele Menschen bleiben beim Anblick vaalakischer Krieger ungerührt.«

»Dennoch ist es einen Versuch wert. Renaud muß jenseits aller Ängste sein, hinter Illusion verborgen, und wir müssen ihn erreichen«, fuhr Hal fort.

Sie bildeten eine Reihe, nur Hardwin blieb zurück.

»Kommt schon«, drängte Abelard und streckte ihm seine schwielige Hand entgegen.

»Ich ... ich kann nicht«, stotterte er. »Ich kann mich nicht bewegen. Die Ratten ...«

Hal schluckte trocken. Als Abelard Hardwins einen Arm nahm und Hal den anderen, tauchte eine Ratte auf und lief Hal über den Fuß. Er spürte sie und erschauerte.

»Was ist, wenn die Ratte real wäre?« fragte er. »Wir konnten die Wyvern nicht sehen, weil unsere eigenen Ängste im Weg waren, aber Ceowulf hat sie gesehen. Bedeutet es, daß er sich vor nichts fürchtet?«

»Ich glaube nicht«, meinte Brid. »Ich kann nur vermuten, daß die Zauberer uns mit einer echten Bedrohung verwirren wollten.«

Mit offenem Mund glotzte er sie an. Sie sprach ganz normal, während ihr Ratten in großen Schwärmen um die Knöchel huschten.

»Sind die Ratten echt?« fragte Hal erneut, und plötzlich verdoppelte sich ihre Zahl.

»Nein, natürlich nicht«, lachte Brid. »Es ist nur ein Bild von drei Ratten, das immer wiederholt wird. Man sieht es, wenn man genau genug hinsieht. Da ist eine große Ratte mit hellem Schwanz, eine mit schwarzem Gesicht und eine lange, dünne.«

Hal sah, daß sie recht hatte, und als es ihm klar wurde, verschwanden die Ratten. Am Boden war alles wieder still.

Hardwin griff Hals Hand fester, dann lachte der Pisceraner. »Sie sind weg! Es hat funktioniert.«

»Aber es wird uns immer noch nicht helfen, Renaud zu erreichen«, räumte Brid ein, als sie sich nach dem Experiment setzten, um nachzudenken. »Wir alle zusammen dürften einen unerschöpflichen Vorrat an Ängsten haben. Die Zauberer könnten uns eine ganze Ewigkeit beschäftigen, und wir kämen niemals zu Renaud.«

»Daran hatte ich noch nicht gedacht«, meinte Hal.

»Sicher haben wir alle Angst, uns zu verirren. Das ist nur natürlich«, sagte Abelard.

Brid nickte. »Aber unvernünftig. Ich habe noch immer nach Hause gefunden.«

»Aber ihr könnt euch den Schrecken vorstellen, sich zu verirren?« fragte Abelard.

Alle nickten.

»Nun, wenn sich Renaud verirrt hat, wäre es vielleicht am besten, wenn auch wir uns verirren würden«, schlug er vor.

»Das klingt gefährlich«, warnte Brid.

»Das tut es allerdings! Zu gefährlich!« Ceowulf sprach sich gegen den Plan aus.

»Aber wir müssen ihn finden.« Abelard war dennoch von der Idee begeistert. »Wenn wir zusammenbleiben, haben wir gute Chancen, die Zauberer zu besiegen.«

»Absolut!« rief Hal aus. »Ich werde mich nicht von drei Gespenstern niederringen lassen, selbst wenn es Geister von Zauberern sind. Mein Geist ist stärker als der ihre.«

»Vielleicht, aber ich denke nicht, daß wir alle gehen sollten«, sagte Brid leise. »Nicht Hardwin und nicht Cymbeline.«

»Ihr glaubt, ich sei zu schwachen Geistes?« fragte Hardwin.

»Es tut mir leid, aber wir haben keine Zeit für Höflichkeiten«, entschuldigte sich Brid freundlich. »Aber, ja, das glaube ich.«

»Oh!« sagte er, eher erleichtert als beleidigt.

»Ihr auch nicht, Abelard«, fuhr Brid fort.

»Ich!«

»Ja! Ich weiß, es klingt hart. Ihr habt in so vielen Jahren soviel Schreckliches durchgemacht. Besser als jeder andere von uns kennt ihr den Schrecken, der diesem Universum innewohnt. Außerdem muß jemand zurückbleiben, um auf

Hardwin und Cymbeline zu achten, und das können wir kaum Pip überlassen.«

»Nein, das können wir wirklich nicht«, gab Hal ihr recht.

»Nun, da sind wir einer Meinung«, räumte Abelard ein. »Und Ihr habt recht. Die Jugend hat nur wenig zu fürchten. Sie kennt zu wenig, als daß sie sich fürchten müßte, und trägt auch zu wenig Verantwortung.«

Pip rümpfte die Nase, sagte aber nichts, offenbar aus Sorge, daß man ihm, wenn er Einwände hätte, die Schmach antäte, zurückbleiben zu müssen.

Hal, Brid, Ceowulf und Pip nahmen einander bei den Händen.

Vor Hal stand plötzlich eine Armee von Vaalakern unter Caspars Führung, und eine ganze Reihe von Bischöfen des Neuen Glaubens hielt Fackeln in Händen. Entschlossen rückten die vier Gefährten vor.

»Sie sind nicht real!« sagte Pip fröhlich, obwohl er sich direkt auf die Vaalaker konzentrierte. »Wie bei den Ratten sind es die drei immer gleichen Männer. Und genauso die Bischöfe.« Allmählich verblaßten die Reihen. »Aber es gibt nur einen Master Spar«, erklärte Pip. »Bedeutet das, er wäre real?« fragte er.

»Er ist nicht real«, sagte Brid entschlossen, doch sie konnte das Zittern in ihrer Stimme nicht ganz verbergen.

»Du fürchtest dich vor Spar!« sagte Hal vorwurfsvoll.

»Genau wie du«, bestätigte Brid seine Selbstzweifel.

»Das ist absurd. Warum solltet ihr ...?« Ceowulfs Stimme erstarb. »Natürlich! Er hat das Necrönd. In Wahrheit ist Spar das gefährlichste Wesen auf der Welt.«

Pip schnaubte. »Das ist doch lächerlich. Nie würde er irgend etwas tun, was euch schaden könnte.«

»Nicht absichtlich. Natürlich nicht. Aber nichtsahnenderweise ...«, sagte Brid.

»Es ist nicht real«, beharrte Pip.

»Woher weißt du das?« meinte Hal. »Er könnte den Ovissianern entkommen und den Zauberern in die Hände gefallen sein, die ihn jetzt manipulieren und mit Hilfe des Druiden-Eis allerlei Schaden anrichten. Es wäre zumindest möglich.«

»Wenn du das glaubst, kennst du Master Spar nicht, auch wenn er dein Neffe ist«, sagte Pip verärgert. »Er würde sich niemals gegen einen von uns wenden. Er hat keinen Grund dazu.«

»Hat er nicht?« sagte Hal, denn er glaubte, Spar sei zu allem fähig, um Brids Liebe für sich zu gewinnen.

»Ich werde euch beweisen, daß er irreal ist«, meinte Pip und marschierte direkt auf die Lanzenspitze zu, die auf ihn gerichtet war, und berührte sie leichtfertig. Caspars Bild blieb erhalten. Pip legte die Stirn in Falten, dann trat er an das Pferd und schlug ihm fest über die Schnauze. Es rührte sich nicht. Hal lachte, und das Bild verschwand. Das Pferd war ganz bestimmt nicht Feuerschweif. Der hätte sich mit Zähnen und Hufen gegen eine solche Behandlung zur Wehr gesetzt.

Hal trat vor, um Pip zu helfen, der in den Wald dahinter starrte. Nichts und niemand war dort zu sehen, nur verschlungene Vegetation, die sich unter dem raschelnden Dach der Bäume zu festen Matten knotete.

»Renaud!« rief Pip laut.

»Schscht«, warnte Brid. »Laßt uns tun, was Abelard vorgeschlagen hat, und uns vorstellen, daß wir uns verirrt haben.« Sie ließ Hals Hand los und lächelte. »Mit dir kann ich mich nicht verirren.«

Hal schloß die Augen, versuchte sich daran zu erinnern, wann er sich einmal verirrt hatte. Es wollte ihm nichts einfallen, und er schlug die Augen wieder auf, sah die anderen noch immer dort stehen, wo sie sich umschauten. Er schloß sie wieder und dachte an seine Mutter, Lady Elizabetta, wie sie auf den Mauern von Torra Alta herumgelaufen war, kurz nachdem sein Vater, Baron Brungard, gestorben war. Elizabetta hatte mit Branwolf gestritten. Kurz darauf war er mit seiner Mutter nach Farona in ein großes Herrenhaus am Rande der Stadt gezogen. Er hatte sich nicht körperlich verirrt – er kannte sich dort aus –, doch ohne Spar war er allein gewesen.

Neue Gesichter hatten ihn gemustert und ihm ständig gesagt, daß er sich falsch benahm oder sich nicht korrekt kleidete oder unschickliches Benehmen zeigte. Er empfand die Bewohner Faronas als kleinkariert, ihr Benehmen zimperlich. Auf Torra Alta war ein Fest ein Fest, bei dem man gut aß. In Farona wurde erwartet, daß man nörgelte und mäkelte, kleine Leckerbissen kostete und hungrig blieb. In Farona mußte man bei Festen mangelnden Appetit vortäuschen, falls das Wams spannte oder man Wein auf seinem Rock verschüttete. Man hatte ihn ausgelacht, bis er sich unwohl damit fühlte, daß ihm das Essen schmeckte.

Den ganzen Sommer über hatte er gelitten, bis schließlich seine Mutter, die ihn von Herzen liebte, jedoch niemals gut darin gewesen war, ihre Gefühle offen auszusprechen, einwilligte, nach Torra Alta heimzukehren. Diese Heimkehr war einer der glücklichsten Momente in Hals Leben gewesen. Oh, diese Erleichterung, wieder mit Spar vereint zu sein, auf den zottigen Ponys herumzureiten, statt den neuesten Hofknicks einzuüben oder ein Taschentuch auf korrekte Weise zu tragen.

Am Faronischen Hof zu leben hieß verirrt zu sein. Die Angst, daß er einst wieder in eine derart unangenehme Lage kommen könnte, war überwältigend. Er schlug die Augen auf und konnte die anderen nicht mehr sehen.

Plötzlich stand er draußen vor der Außenmauer einer Burg, hinter der die Zinnen eines klobigen Bergfrieds eben zu erkennen waren. Er hörte die Schlachtrufe von drinnen, dazu donnernde Pferde im Turnier.

Steif marschierte er über die Zugbrücke, seine Kleider vom Reisen abgewetzt, der Saum seines Bärenfells verdreckt, weil er es über den Boden geschleift hatte, und kam auf einen Platz voller Menschen, wo er gestoßen und geschoben wurde. Männer in Rüstungen drängten ihn beiseite, als sie selbstsicher zu ihren großen Pferden schritten. Er war groß und von dunklem, ansehnlichem Äußeren, doch es beachtete ihn kaum jemand über kurze, höhnische Blicke hinaus. Er fühlte sich zutiefst verunsichert.

Albern war ihm zumute, und er merkte, daß er kein Geld hatte, keine Ahnung, wo er war, und plötzlich bekam er einen mörderischen Hunger. Er sah sich im Gedränge der Burg um, in dem stetig Metall klirrte und kämpfende Männer ächzten und stöhnten, und er grinste vor sich hin. Da er wußte, daß Soldaten ausnahmslos gern wetteten, wußte er auch, wie er zu Geld kommen konnte. Jeden dieser Männer konnte er besiegen.

»Kommt her!« rief er in seinem besten Ceolothianisch. »Wer will es mit mir aufnehmen? Ich habe drei feine Jagdmesser von bestem Stahl, in ophidianischen Feuern gehärtet, die sagen, ich könnte es mit jedem von Euch Rittern im Schwertkampf aufnehmen.«

»Ein Verrückter!« lachte jemand.

Um sie zu beeindrucken, zückte Hal sein Schwert, doch dann sah er es entsetzt an. Es war nicht das leuchtende Runenschwert, in das furchteinflößende Runen gemeißelt waren, und auch nicht die große, breite Klinge aus weißem Stahl, deren Kern so hart und deren Schneide so scharf war, daß sie Metall zerschlug. Er hielt sein altes Schwert in Händen, das inzwischen aus mangelnder Pflege etwas rostig war und sich in seiner Hand leicht und dürftig anfühlte.

»Mit der Nadel wirst du nicht mal einen Brustpanzer zerkratzen«, spotteten sie.

»Nimm lieber etwas Faden und nähe mit der Nadel deine Halsberge zusammen«, lachten sie.

Hal hörte sie kaum, als er sein Schwert anstarrte. Ohne sein Runenschwert fühlte er sich unendlich verletzbar. Die ganze Zeit über war es dieses Schwert gewesen, das ihm Selbstvertrauen gegeben hatte, die Gabe, seine Feinde zu besiegen, doch nun war es nicht mehr da. Er schüttelte sich. Das war doch alles ein Alptraum, den die Zauberer ihm schickten. Nichts von alledem war wirklich. Aber dennoch konnte er sich von den Bildern nicht befreien und wurde sich bald schon darüber klar, daß er in dieser irrealen Welt gefangen war.

Dann – inmitten der geschäftigen Menge – sah er sie.

»Brid!« rief er. »Brid!« Seine Ängste wuchsen. Sie wandte sich nicht um, sondern entfernte sich an der Seite eines großen Ritters in schwarzer Rüstung. Wütend bahnte sich Hal einen Weg durch die Menge und baute sich vor dem Mann auf. »Gebt meine Frau frei!«

Der Ritter lachte. »Ihr werdet um sie kämpfen müssen.«

»Liebend gern!« bellte Hal, aber der Ritter lachte nur um so lauter, dann trat er ihm voll in den Unterleib, daß er im Staub alle viere von sich streckte.

Aber das alles war nicht wirklich, so stöhnte er vor sich hin. Er durfte sich nicht täuschen lassen.

Mit flehendem Blick sah Brid ihn an. »Hal, rette mich! Laß nicht zu, daß sie mich so mitnehmen.«

Hal verdrehte die Augen, versuchte nachzudenken, was er tun sollte. Er mußte den Bann brechen. Er mußte Renaud finden.

»Renaud!« rief er laut und lange. »Renaud!«

Die Menge machte Platz, während er immer lauter rief, bis er bald von einem Dutzend Fußsoldaten unter dem Befehl eines Ritters auf einem riesigen grauen Schecken umzingelt war. Sie nahmen ihm sein rostiges Schwert und alle Messer ab und schleppten ihn durch die Straßen zu einem Rasenstück, wo ihn ein Dutzend Stöcke davor warnten, was nun kommen sollte.

Man stieß ihn auf die Knie, schnürte ihm die Kehle zusammen, als man seinen Hals auf die Planke zwang. Sie hielten ihn beim Haar, so daß er nicht entkommen konnte, als sie ihm den Riegel über Hals und Handgelenke legten. Jemand urinierte über seinem Kopf. Das eine oder andere Kind lachte, und dann war er allein. Er schrie vor Zorn, bis seine Kehle wund war und er schließlich schwieg und seine Lage überdachte.

Er wußte nicht, ob irgend etwas davon wirklich war, ob die Brid, die er gesehen hatte, die echte Brid war oder die Brid aus seiner Phantasie, doch war der fürchterliche Schmerz, der ihm Hals und Arme verkrampfte, schrecklich echt. Er mußte sich entspannen und die Ruhe bewahren. Wenn er sich wehrte, würde alles nur noch schlimmer. Er schloß die Augen und stellte sich vor, er läge im Bett, aber es nützte nichts. Das Burgleben um ihn herum ging weiter, nur wenige widmeten ihm mehr als nur einen flüchtigen Blick, und es schien ihm eine Ewigkeit zu dauern, bis die Nacht kam. Doch selbst da kam niemand, um ihn zu befreien.

Es war eine lange, kalte Nacht, und er kniff die Augen fest zusammen, versuchte, die schlafende Welt um sich zu verdrängen. Er war allein, zutiefst verirrt in einer allzu realen Welt der Phantasie. Der Morgen kam, mit ihm die Kinder, die fröhlich lachten und Morast aufsammelten, aus dem sie sorgsam Schlammburgen auf seinen Schultern bauten.

Er wollte schreien, doch er sang statt dessen Balladen in seinem Kopf, um die Unbill aus seinen Gedanken zu vertreiben. Dann erstarrte er und sah etwas. Ein weiterer Mann wurde zu dem Stock gegenüber geschleppt.

»Renaud! Renaud!« rief er. Endlich hatte er ihn gefunden.

Der Prinz sah zu ihm herüber, und seine Augen waren wild vor Angst. »Hal, holt mich hier raus«, flehte er.

»Bewahrt nur die Ruhe«, riet Hal. »Bald wird man uns freilassen, und dann spazieren wir aus dieser Burg hinaus und wieder in den Wald.«

Renaud wimmerte und jammerte, wodurch die Qualen nur noch schwerer zu ertragen waren, und es wurde später Morgen, bis man ihnen etwas zu essen brachte. Hal faßte neuen Mut. Er glaubte, das sei es jetzt gewesen, man wolle sie freilassen, aber er blieb gefesselt, während er aß und trank, und durfte nur einen Augenblick im Rinnstein hokken, bis man ihn wieder in den Stock hievte.

Er verdrehte seinen Hals und fluchte. Jemand wurde in den Nachbarstock gezwängt.

»Master Hal!« Pip begrüßte ihn mit bemerkenswert guter Laune. »Ihr habt Prinz Renaud gefunden! Können wir uns nun kraft unseres Willens befreien?«

Hal versuchte es. Er versuchte es den ganzen restlichen Tag, bis Pips gute Laune verflogen war und Renaud schluchzte. Dann tauchte Ceowulf auf. Vier Männer waren nötig, ihn in die Knie zu zwingen und derart zu bewegen, daß sich der Stock um Hals und Hände legte.

»Es ist nicht real«, sagte Ceowulf immer wieder zu sich selbst, als ihm die Kinder Schleifen ins Haar banden und ihm eine alte Frau einen Eimer Wasser ins Gesicht schüttete. Als sie schließlich von ihrem Treiben genug hatten, wandte der Ritter seinen Kopf herum und knurrte Hal an. »Das war eine dumme Idee.«

»Wo ist Brid?« wollte Hal wissen, den seine eigene Unbequemlichkeit nun nicht mehr kümmerte. »Wir alle sitzen in diesen irrealen Stöcken fest, nur Brid nicht.«

»Ich glaube, die sind real«, sagte Pip leise.

»Sei nicht dämlich. Die Burg ist nicht real«, gab Hal zurück.

»Welche Burg?« meinte Ceowulf. »Ich sehe nur einen Bauernhof.«

»Nein, eine Stadt, die Häuser alle aus Holz und rot und weiß gestrichen.« Pip sah sich um.

»Aber wir können alle die Stöcke sehen und fühlen, odcr?« fragte IIal.

Sie alle murrten und nickten, und Hals Herz begann zu rasen.

»Ich sage doch, sie sind real«, stöhnte Pip. »Man hat uns nur hierhergelockt.«

Hal machte sich große Sorgen. »Aber wo ist Brid?«

Ceowulf wußte keine Antwort, nickte aber zur Mitte des Rasens hin. »Brid ist nicht da, aber sie sind es! Und die sind real, oder nicht?«

Hal folgte seinem Blick und blinzelte. Plötzlich tauchten sie auf, mitten in einem Kreis aus schlanken, nackten Kobolden. Drei Zauberer beugten sich über einen Kessel.

Die Burg war fort, die Menge verschwand, doch die Zauberer blieben.

KAPITEL 4

Ein Verzweiflungsschrei brach aus Caspars Kehle hervor, als er in den Wogen des Meeres um sich schlug.

»Perren, nein!« schrie er, doch er wußte, daß seine Stimme nicht durch die Grenze zwischen Leben und Tod drang. »Laß sie in Ruhe!«

Der Gedanke daran, was der irre Steinwicht May antun mochte, trieb Caspar an den Rand des Wahnsinns, aber er konnte noch immer nichts dagegen tun. Perrens Irrsinn und sein Wunsch nach Wasser hatten zweifellos die Verzerrung im Zauber des Necrönd ausgelöst und ihn in die Tiefen eines Meeres in der Anderwelt gestoßen. Und was war mit May? Er fürchtete, Perren hätte ihr das Blut ausgesogen, und nun läge sie dort in der Wüste, ein zerlumpter Haufen Haut und Knochen, um den sich die Bussarde stritten.

Er trat um sich und schlug aufs Wasser ein, versuchte verzweifelt, ins Leben zurückzukehren, doch er merkte, daß er gefangen war. Schon nahm er das Gefühl von Ewigkeit um sich herum wahr. Er reckte den Hals, um über die Wellen zu sehen, und seine Lungen schrien nach wie vor vom Schmerz der tödlich kalten Luft.

Das Meer wogte und wankte, warf ihn hoch, bis er in der Ferne Land erblickte. Doch das war nicht seine Rettung. Soweit er rundum sehen konnte, zappelten Tausende von Meerestieren an der Oberfläche, sprangen und schrien nach dem Necrönd, klagten, sie wollten heimkehren. Ganz wie er selbst blieben auch sie dort in der Brühe verbannten Lebens.

Er versuchte, ruhig zu bleiben und nachzudenken. Es mußte etwas geben, womit er sich helfen konnte. Zuerst fragte er sich, wie er in der Wüste sein konnte und dann plötzlich hier in der Parallelwelt der Geister, mitten im Meer. Dann fiel ihm ein, wie er sich durch die Wüste gekämpft hatte und dann über knirschende Salzbetten und steinerne Klumpen marschiert war, auf denen sich Abdrücke von Meeresfischen fanden. Nie zuvor hatte er derart viele Fossilien gesehen und vermutete, daß die Wüste einst ein Meeresgrund gewesen war. Nichts von alledem half, und er war sicher, wenn ihn nicht jemand oder etwas mit Hilfe des Druiden-Eis suchte, er hier für alle Zeiten bleiben mußte.

Der Gedanke kostete ihn Kraft, und wieder sank er ins kalte, leblose Wasser zurück, wand sich zwischen den verzweifelten, zappelnden Tieren hindurch und immer weiter in die Tiefe, bis er an den Grund stieß. Hier, auf ewig. Hoffnungslosigkeit ergriff von ihm Besitz. Fort war das Leben. Fort war alles von Bedeutung. Das nun war seine gesamte Existenz. Es hatte keinen Sinn mehr, etwas zu versuchen.

Er lag da, furchtsam und verschreckt und dem Wahnsinn nahe bei der unbegreiflichen Vorstellung der Ewigkeit. Das Bewußtsein nahm zu, und die graue Wolke leerer Verzweiflung überwältigte ihn, bis er glaubte, sein Kopf müsse explodieren.

Die Einsamkeit war allumfassend. Hier war er außerhalb des Lebenskreises. Andere Tiere, riesenhafte Tintenfische, große Wale, ein Einhornhai, lagen bei ihm auf dem Grund, ihr Elend so deutlich wie das seine. Als er oben gewesen war und darum gerungen hatte heimzukehren, hatte er zumindest den Willen gehabt, sich zu erwehren. Das war um so vieles besser gewesen als die Leere an Gefühlen. An der Wasseroberfläche hatte es Hoffnung gegeben. Hoffnung war alles.

Wäre er dem Druiden-Ei näher als alle anderen Lebewesen, mochte er eine Chance haben. Wenn May zum Beispiel das Ei nehmen würde, konnte sie ihm vielleicht einen Weg zurück bahnen. Er hob den Kopf und streckte eine Hand nach oben aus, zum Kämpfen bereit.

Doch wenn May von jenem Monstrum gefressen worden war, zu dem sich Perren entwickelt hatte, wer sollte ihn dann retten? Seine Hand sank herab, und er ließ den Kopf hängen. Doch es gab immer Hoffnung. Wenn er sich weiter wehrte, vielleicht nicht heute oder morgen, nicht mehr in diesem Jahr, sondern Tausende von Jahren später, würde jemand seine Hand an das Druiden-Ei legen und ihn herausziehen. Vielleicht würden sie ihn retten, solange er ganz nah blieb. Er mußte schwimmen und durfte die Hoffnung nie aufgeben, denn sicher war es besser, in tausend Jahren gerettet zu werden, als für alle Zeit verloren zu sein. Ewig hieß mehr als tausend und abertausend von Millionen Jahren. Unvorstellbar. Jemand würde ihn finden müssen. Er sollte gar nicht hier sein.

Wut gegen die Ungerechtigkeit all dessen trieb seinen Willen an, und er begann, aufwärts zu strampeln. Hoffnung keimte. Was wäre, wenn er schrie?

»May!« Sein Schrei explodierte in einer Blasenwolke. »May, such mich!«

Vielleicht war sie tot. Und warum sollte sie nach ihm suchen, wenn er sie doch verschmäht hatte? Selbst hier in den Tiefen der Unterwelt schnitt der Schmerz seiner Eifersucht tief in sein Herz. Doch wenn May ihm nicht helfen konnte, wer dann? Geblieben waren ihm nur Perren und die Tiere. Es war lächerlich, daß eines von ihnen begreifen könnte, was geschehen war, und doch rief er nach seinem Pferd. Feuerschweif hatte ihn nie im Stich gelassen. Er war das Einzige, was ihm wirklich gehörte, und vielleicht war das Band stark genug, daß es über die Kluft reichte. Und selbst wenn alle anderen tot sein mochten, war er doch sicher, daß Feuerschweif die Kraft zum Überleben besaß.

»Feuerschweif!« schrie er. »Feuerschweif, hör mich doch! Hilf mir!«

Er streckte sich dem Licht entgegen, griff nach der gischterfüllten Luft, doch es traf ihn ein mächtiger Schwanz, der an der Oberfläche um sich schlug. Diesmal war er nicht so einfach zu bezwingen. Er vertraute auf sein Pferd. Feuerschweif mußte ihn doch hören können. Stets hatte er gemerkt, daß Tiere ein viel weitergehendes Verständnis für das Druiden-Ei an den Tag legten als Menschen. Er trat fest um sich und schwamm nah an den mächtigen Leib eines gehörnten Wals, erklomm ihn, zu klein, als daß er durch die weiche, dicke Haut zu spüren gewesen wäre, und kletterte an die Luft. Die Wellen umspülten seine Schenkel, und die Luft war kalt, doch er hatte wenigstens etwas erreicht.

Vom Rücken des Wals aus streckte er sich höher als die anderen und rief sein Pferd: »Feuerschweif! Ich bin hier. Such mich!«

Immer weiter rief er, wohl wissend, daß seine Hoffnung verrückt war, daß Feuerschweif die Lage nie begreifen würde, selbst wenn er ihn hören konnte. Es war Wahnsinn, aber das Pferd war auch seine letzte Hoffnung, und daran mußte er sich festhalten, da ihm ansonsten nichts blieb.

Er blickte auf und sah das gigantische Rund des Necrönd. Plötzlich blitzte Licht an dessen Oberfläche auf. Wie Wetterleuchten erhellte es den Himmel, sickerte durch die Wolken und fiel auf das ferne Ufer.

»Nein! Nein!« heulte Caspar die große Kugel über sich an. Er hatte gehofft, daß der Lichtblitz nach ihm greifen würde. »Ich bin hier! Feuerschweif!«

Sein Herz blieb stehen, als er einen gespenstischen

Strom von weißem Dunst über sich hinwegziehen sah, der im Bogen auf das Druiden-Ei zustrebte. Dieser zog einen dunklen Sturm hinter sich her, der eine Speerspitze bildete und durch den zerklüfteten, schwarzen Riß auf der cremeweißen, aderigen Oberfläche der Kugel trat. Schmerz pochte in seinem Schädel, und verzweifelt sank er zurück.

May schrie. Alles war leer gewesen: Sehen, Hören, Fühlen, alle Sinne waren ihr genommen. Dann kam alles plötzlich wieder. Sie war wach und hustete. Wasser!

Überall war Wasser, fiel vom Himmel, als würde ein Rieseneimer über ihr verschüttet. Der Steinwicht warf sie beiseite und fing an zu saufen, fuhr mit seinen Händen darin herum und trank wie wahnsinnig, bis sein Bauch prall war. Er erbrach sich, spie eine gräuliche Flüssigkeit aus, dann fing er sofort wieder an zu trinken. May hustete und würgte und kroch ein Stück, denn ihre Beine waren vor Schmerzen hart und verkrampft.

Der Knochen war ganz. Er trug ihr Gewicht, doch ihre Muskeln schrien vor Pein, wenn sie das Bein anwinkeln wollte. Seit sie Morrigwen geholfen hatte, die Jungen auf Torra Alta nach deren Turnierübungen zu verarzten, wußte sie, daß die Schäden am weichen Hautgewebe bei einer Prellung schmerzhafter als mancher Bruch sein konnten.

Sie sah sich nach den Tieren um. Runa zerrte an ihr herum, daß sie aufstehen sollte, doch Trund war vor dem unnatürlichen Sturzbach vom Himmel geflüchtet. Es schien, als habe sich im Himmel ein Loch aufgetan. Das Wasser, das über ihr Gesicht rann, war salzig. Sie schüttelte sich, dachte die ganze Zeit über, daß sie sich um ihres ungeborenen Kindes willen in Sicherheit bringen mußte. Talorcans Kind. Obwohl sie Caspars Liebe seinetwegen verloren hatte, bedeutete ihr das ungeborene Kind alles.

Sie kam hoch. Runa wimmerte zu ihren Füßen und schmiegte sich an ihre Beine. Sie zupfte am Ohr des Tieres herum und starrte ungläubig in einen flachen Tümpel, dessen Rand an ihre Füße schwappte.

Sie sah sich um. Spar! Sie konnte ihn nirgends sehen.

Sie mochte ihm böse sein, weil er sie so behandelte, doch hieß es nicht, daß sie sich um ihn nicht sorgte. Natürlich hatte er sie niemals wirklich gut behandelt, hatte im einen Augenblick gesagt, er sei ihr zugetan, und sehnte sich im nächsten schon nach Brid. Sie konnte nicht glauben, daß er mit ihren Gefühlen derart herzlos umging, nur weil er ein Baronensohn und sie im Grunde eine Dienerin war. Tatsächlich war der Baron ihr Vormund, doch schließlich waren Pip und sie die Waisen eines Holzfällers – und Holzfäller, das wußte sie, genossen auf einer Burg voller Bogenschützen und Pferdekennern kaum Ansehen. Aber es lag nicht an ihrer niedrigen Geburt, daß er sie so respektlos behandelte. Es lag nur daran, daß er jung war, kunstlos in der Liebe und verwirrt, was seine Gefühle anging.

Sie hätte es verstanden, wenn es Hal gewesen wäre. Hal war von schierer, heißblütiger Lust getrieben, und er gab sich keine Mühe, sich darin zu beherrschen. Lust war unverhohlener, verständlicher und insofern auch ehrlicher und um so vieles verzeihlicher. Caspar war von tieferer, spiritueller Liebe bewegt.

»Spar!« rief sie erneut. »Spar, wo bist du?«

Sie liebte ihn und würde ihn immer lieben. Sie hatte so lange auf ihn gewartet, und dann, endlich, kurz bevor er seine Liebe für sie beweisen wollte, hatte sie alles ruiniert, indem sie mit Talorcan ihr Bett geteilt hatte.

»Spar!« Wieder rief sie ihn und warf sich in den Tümpel. Die Wölfin heulte vor Bestürzung und sprang ihr nach. May spürte, wie sie bis zu den Knien im Sand versank, doch sie kämpfte sich zu Caspar vor, der bäuchlings im Brackwasser lag.

»Spar, wach auf! Steh auf!« schrie sie außer sich, rollte ihn auf den Rücken.

Er rührte sich nicht.

»Perren, hilf mir!« rief sie, denn sie merkte, daß ihr verletztes Bein es ihr unmöglich machte, Caspar herauszuziehen. Trund folgte ihrem Hilfeschrei und stürmte vor, um an Caspars Kragen zu zerren und schaffte es, ihn ein Stück weit zu bewegen. Aber es reichte nicht.

»Perren, Hilfe!« rief May in der Hoffnung, daß der Steinwicht wieder bei Sinnen war. Er sah sie an wie ein Betrunkener, mit rollenden Augen. Da erst merkte sie, daß er das Necrönd in den Händen hielt. Der Narr holte Wasser aus der Anderwelt. Welch ein Irrsinn! »Perren, wir brauchen deine Hilfe!«

Sie preßte Caspars Kopf an dessen Brust. Er atmete nicht! Seine Haut war kalkweiß, und seine Augen sahen nicht, blinzelten nicht, stierten in den blauen Himmel auf.

»Spar!« schrie sie.

Er konnte doch nicht so schnell ertrunken sein. Sicher war doch irgend etwas anderes geschehen. Vielleicht hatte Feuerschweif ihn mit dem Huf getroffen, als er davongaloppiert war, oder – wahrscheinlicher noch – Perren hatte ihn mit seiner großen Faust geprügelt, als er das Necrönd wollte. Doch was immer es auch gewesen sein mochte, Caspar brauchte Hilfe, und sie mußte handeln.

Panisch schrie sie Perren an, er solle ihr helfen, doch das Salzwasser trug offensichtlich nicht dazu bei, seine Vernunft wiederherzustellen. Er saß da und warf immer wieder das Druiden-Ei in die Luft, kicherte wie ein Kind, wobei er immer wieder das Wort »Wasser!« wiederholte, als hätte er den Schlüssel zum Leben selbst entdeckt.

Endlich wurde May klar, daß Perren das Ei in Händen hielt und sich unbeholfen dessen Macht zunutze machte. Vielleicht hatte der Zauber, den er auslöste, Caspar geschadet. »Wo ist er? Was hast du mit ihm gemacht?« rief sie.

»Mit ihm gemacht, kleine Geschichtenerzählerin?« Perren kicherte. »Na, nichts! Er ist in Sicherheit, für alle Zeiten sicher hier im Ei. Er ist hineingefallen. Er wollte Tiere rufen, alle möglichen Tiere, die mich vertreiben sollten, obwohl ich doch nur Wasser brauchte.«

»Gib ihn mir zurück«, flehte May, die nicht ganz verstand, was geschehen war.

»Ich habe ihn nicht. Er ist im Wasser.«

»Das ist verrückt!« schrie May. »Was hast du ihm angetan?«

»Er ist im Wasser, im Meer der Anderwelt, lebt wie ein Fisch, gestrandet, bis jemand ihn zurückrufen kann.«

»Ich verstehe nicht!« weinte May.

»Ich verstehe nicht, ich verstehe nicht«, verhöhnte Perren sie. »Du bist zu dumm. Er sitzt in der Anderwelt am Grund des Meeres. Ich spüre ihn im Wasser.«

»Hol ihn raus!« kreischte May wie wild und watete in den Tümpel hinaus.

»Ich kann nicht! Ich weiß nicht wie«, lachte Perren und setzte sich ins Wasser, planschte wie ein aufmüpfiges Kind, dem man besonders das Planschen verboten hatte.

»Gib mir das Ei!« befahl sie.

Perren schüttelte den Kopf. »O nein, das kannst du nicht haben. Du hältst das Wasser an. Ich brauche es. Du wärst bereit gewesen, mich in der Wüste sterben zu lassen.«

»Du wärst bereit gewesen, mein Blut zu trinken«, gab May zurück. »Perren, bitte! Rette Spar! Gib mir das Druiden-Ei, damit ich ihn suchen kann.«

»Nein!« Das dümmliche Grinsen des Steinwichts blieb

starr, und wie ein stures Kind, das wußte, daß es Macht über seine Eltern hatte, drückte er das Necrönd besitzergreifend an seine Brust.

May wußte, daß der Steinwicht zartfühlende Behandlung brauchte. Da sie wußte, daß er, wenn sie beide im Wasser standen, ihre Gedanken lesen konnte, zwang sie eine Wolke leerer Gedanken in ihren Kopf, dann stieg sie aus dem Tümpel. Erleichtert stellte sie fest, daß er zu beschäftigt mit dem Vergnügen zu planschen war, als daß er sich damit belastet hätte, was in ihrem Kopf vorging.

Als sie dann im trockenen Sand stand, sagte sie: »Sag mir, welche Geschichten du im Wasser fühlst. Erzähl mir die Geschichten, Perren.«

Seine Augen wurden groß. »Es sind so viele ... soviel Leid und Haß. Die Geschichte des Einhorns, das um seines Hornes und des schimmernd weißen Fells willen gejagt wurde, und einfach weil es mit den Schafen um die Weiden konkurrierte.«

»Laß mich sehen!« rief May aufgeregt aus, so daß ihre Augen leuchteten. »Ich kann die Geschichten im Wasser nicht fühlen wie du, aber ich könnte sie durch das Druiden-Ei sehen.«

Perrens Augen blitzten begeistert. »Vielleicht. Eine Geschichte ist viel besser, wenn man sie teilen kann. Du hast mir bei meinen Geschichten immer so gut zugehört.« Er schenkte ihr ein argloses Lächeln und warf ihr unerwarteterweise das Necrönd zu.

Sie fing es mit der linken Hand, verschloß sich gegen die plötzliche Woge der Gedanken, erinnerte sich sofort an die kalte Furcht, die sie empfunden hatte, bevor sie das Necrönd berührte. Perren hatte sich anscheinend so sehr allein auf das Wasser konzentriert, daß er kein gefährliches Untier in die Welt geholt hatte.

Eilig rollte sie das Ei in die bandagierte Beuge ihres linken Armes, um es nicht mit nackter Haut zu berühren. Als sie von Torra Alta geflohen war, hatte sie die Geistesgegenwart besessen, ein kräftiges männliches Einhorn zu rufen, und sie betete darum, daß sie auch nun die gleiche Selbstbeherrschung aufbringen konnte. Sie durfte nicht an Wölfe denken, so sagte sie sich, und kämpfte das Bild Tausender Wölfe nieder, die aus der Anderwelt heranstürmten. Oder schlimmer noch den fürchterlichen Wolfsmann, der ihr den ganzen Weg bis nach Ceolothia gefolgt war.

»Siehst du sie?« wollte Perren wissen.

»O ja!« rief sie begeistert, und ihr Herz raste, als sie merkte, daß der große Felsenmann langsam bis zu den Unterschenkeln im sandigen Wasserloch einsank. Sie betete darum, daß er seine liebe Mühe haben mochte, sich daraus zu befreien.

»Was siehst du?« fragte er eifrig.

May versuchte, nichts zu denken, als das Bild reißzahnbewehrter Wölfe vor ihrem inneren Augen erschien. »Ähm ... ich sehe Einhörner«, log sie und merkte, daß der Sturzbach vom Himmel beinahe versiegt war. Schon stand Perren bis zum Oberschenkel tief im Sand, und da sie nun riskieren konnte, wieder in den Tümpel zu steigen, stürmte sie platschend zu Caspar am Rand der salzigen Brühe.

Perren heulte wild, ächzte vor Mühe, zu ihr zu waten, doch je mehr er sich bemühte, desto tiefer sank er ein.

Sie warf sich neben Caspar, und alle Bilder von Wölfen waren aus ihrem Denken verflogen. Sie dachte nur noch an ihn. Diesmal konnte sie sich gut konzentrieren, und sie bezweifelte auch ihre Fähigkeit nicht, das Druiden-Ei zu berühren und ihn aus der Anderwelt zu holen.

Doch dann riß sie ihre Hand zurück. Irgend etwas hatte sich im Necrönd verändert. Es benahm sich anders als beim letzten Mal, als sie es berührt hatte. Augenblicklich waren ihre Gedanken in einen wirbelnden Strudel des Lebens gerissen worden, und ängstlich wich sie zurück, stopfte das Ei in das Silberkästchen um Caspars Hals und klappte den Deckel zu. Sie drückte die Hand an ihre pochende Brust und versuchte, sich zu beruhigen.

Offenbar hatte Perren einen großen Riß in den Kanälen der Magie verursacht, und Caspar war hindurchgefallen. Ihr durfte nicht dasselbe passieren. Voll Sorge sah sie sich nach dem Steinwicht um, der vor Zorn brüllte, sich jedoch bisher noch nicht hatte bewegen können. Ein wenig beruhigt wandte sie ihre Aufmerksamkeit Caspar zu, dessen Gesicht von gespenstischem Weiß war. Sie mußte ihn zumindest aus der Sonne bringen, bis sie herausgefunden hatte, wie sie seinen Geist aus der Anderwelt zurückrufen konnte.

Sie schaffte es nicht. Sie waren den Hügeln und den dunklen Schatten an deren Fuß nun so nah, doch sie war vor Erschöpfung schwach, ihr rechter Arm praktisch nutzlos, und ihr Bein schrie vor Schmerz. Feuerschweif! Sie brauchte Feuerschweif, doch wo war er? Zweifellos war er dem Wahnsinn zu jenem Felsvorsprung hin entflohen, in die schattigen Hügel, auf der Suche nach Wasser und Nahrung. Ihr blieb nur, Caspar Daumenbreit für Daumenbreit zu ziehen, was eine tiefe Furche im puderigen Sand hinter ihnen zurückließ.

»Verräterisches Weib! Du hast das Wasser gestohlen«, schrie Perren ihr nach.

May fürchtete, daß sich der Steinwicht bald würde befreien können, und so zog sie mit aller Kraft an Caspars reglosem Körper herum. Aber sie war klein und leicht, und er entglitt ihr. Das einzig Positive war, daß die Bewegung ihr steifes Bein lockerte, daß es sich nun leichter krümmen ließ.

Perren schlug aufs Wasser ein und brüllte wie ein aufgebrachter Bulle. Zitternd vor Erschöpfung kam May zu dem Schluß, daß sie es noch einmal mit dem Druiden-Ei versuchen mußte. Sie strich ihr Haar zurück, das schnell zu salzverkrusteten Stacheln geworden war, und kniete vor dem Kästchen nieder. Sie klappte es auf und füllte ihr Denken mit dem Anblick Caspars, was leichtfiel, da seine stille Miene zu ihr aufblickte, und legte zögerlich einen Finger an die weiße, marmorne Oberfläche des Eies. Erschrocken wich sie zurück, als eine Schnauze ihr entgegenkam. Bevor das Bild noch verblaßt war, schnappte ein scharfer, krummer Zahn nach ihrem Daumen, und Blut rann über ihre Hand. Ängstlich zitternd wußte sie nicht, was sie tun sollte.

Sie wickelte ihre Hand in einen Streifen Tuch, den sie von ihrem zerlumpten Kleid gerissen hatte, und zwang sich, die Finger an ihrem verletzten Arm zu krümmen. Der Schmerz bereitete ihr Übelkeit, und schließlich rannen Tränen des Selbstmitleids über ihre Wangen. Sie wiegte sich auf ihren Knien vor und zurück, beugte sich noch immer über Caspar. Würde sie ihn denn niemals zurückholen können?

Trunds feuchte Nase stieß an ihren Ellenbogen. Verzweifelt sah sie ihn an, und ihre Augen brannten in der Hitze. Die Wölfin stand ihr zur Seite, warf ihren Schatten über sie und wimmerte, sie solle sich bewegen.

»Lauft schon! Rettet euch. Lauft fort von hier«, krächzte May sie an.

Sie dachte, daß sie selbst laufen sollte, um ihr ungeborenes Kind zu retten, aber sie konnte nicht. Sie konnte Caspar weder für alle Zeiten in der Anderwelt lassen, noch konnte sie ihn in der heißen Sonne versengen und verdörren lassen.

Der Hund stieß sie drängender an.

»Was ist los?« wollte sie wissen, dann fühlte sie, wie der weiche Sand unter ihren Knien bebte. Sie blickte auf. »Fern!« Den komischen kleinen Mann hatte sie ganz vergessen, denn sie hatte nicht gedacht, daß er ihr würde helfen können, doch da war er nun und führte Feuerschweif mit sich.

»Fern!« krächzte sie aufgeregt und erleichtert. »Fern! O Fern, hilf mir, bitte hilf mir!«

Er kam gelaufen, und das Pferd trabte an seiner Seite.

May war in ihrem ganzen Leben nie so erleichtert gewesen, jemanden zu sehen. »Wir müssen ihn auf Feuerschweifs Rücken legen.«

»Was ist passiert?« fragte Fern. »Ich habe gewartet, wie Master Spar es mir gesagt hat. Gewartet und gewartet! Dann haben schwarze Dämonen die Wüste verschlungen, und aus heiterem Himmel ist ein Wasserfall gekommen, und nun noch Master Spar!« Vorsichtig schnüffelte er an ihm herum. »Er ist tot!«

»Er ist nicht tot«, beharrte May. »Ich kann seinen Puls spüren.«

Fern legte seine Stirn in Falten und lehnte seinen büschelhaarigen Kopf an Caspars Brust, dann schnüffelte er seinen Atem, schüttelte aber nur den Kopf. »Hat etwas mit den Nerven zu tun. Ich habe schon manches Tier gesehen, das nach dem Tod noch eine Weile zuckt. Er ist tot. Er atmet nicht, und er riecht tot. Die Wahrheit liegt stets im Geruch.« Er seufzte bedauernd. »Das ist eine große Tragödie.«

»Er ist nicht tot!« Obwohl ihr Mund trocken war und sie immer wieder über ihre Schulter blickte, ob sich Perren aus dem Treibsand befreien konnte, versuchte May so kurz und knapp wie möglich zu erklären, wie er durch die Kanäle der Magie geglitten war. Wie konnte sie dieser Kreatur verständlich machen, daß Caspars Geist irgendwie ins Ei gefallen war? Sie hatte nur wenig Hoffnung, daß ein derart schlichter Bursche es verstehen würde. »Er lebt, glaube mir. Und jetzt hilf mir einfach!«

Ihr ungeduldiger Ton schien ihn zu verärgern. »Ich verstehe es besser als du, mein liebes Mädchen«, sagte Fern naserümpfend. »Du vergißt. Ich war da und bin durch die Kanäle der Magie zurückgekehrt. Wir haben die Flöte benutzt. Es ist mehr daran, als du dir vorstellen kannst. Diese Dinge sind vertrackt, ich weiß. Wir bräuchten Brid, um es richtig für uns zu nutzen, aber die ist nicht da. Wir müssen jemand anderen finden. Komm schon! Worauf warten wir? Wo ist Perren? Wir brauchen ihn, damit er uns Master Spar auf Feuerschweif hievt.«

»Der steckt im Sand«, erklärte May und schob ihren geprellten Arm in ihr Hemd, um ihn zu stützen. »Er ist gefährlich. Von der Austrocknung verwirrt.«

Fern zuckte mit den Achseln. »Hab' dem Burschen nie getraut. Fleischfresser, du weißt schon.« Er sah auf Caspar hinab und hielt seinen Kopf mitfühlend geneigt. »Er war die einzige Seele auf Erden, die mir etwas bedeutet hat«, sagte er mit Entschiedenheit. »Wir werden ihn einfach selbst anheben müssen.«

May wußte nicht, wie. Schließlich rollten sie Caspar in sein Bärenfell, das sie mit einem Stück Seil verknoteten und an Feuerschweifs Sattel befestigten, damit sie den Leichnam ziehen konnten. Bald waren sie am Fuß der Hügel und im kühlen Schatten.

May wandte sich um und sah, daß Perren beinahe im Sand verschwunden war. Sie verbannte den Gedanken an seinen unausweichlichen Tod. Er war im Wasser so kindisch zufrieden gewesen, doch das würde ihm schon bald vergehen, und wenn er festsaß, würde er nach und nach zerkrümeln, bis er vom Sand nicht mehr zu unterscheiden wäre.

Sie empfand kein Mitleid für ihn. Er hatte sie angegriffen und Caspar in die Anderwelt geschickt. Sie verschwendete keinen weiteren Gedanken an ihn, da sie sich darauf konzentrierte, einen glatten Weg für Feuerschweif zu finden, über den er seinen Herrn in die Berge ziehen konnte, wenn sie auch wußte, daß Caspar am Ende der Reise doch von Prellungen übersät wäre. Schließlich gelangten sie zu jener Quelle, an der Caspar Fern zurückgelassen hatte.

Wasser! Bäume! Kühler Schatten! Die Erleichterung war überwältigend, und einen Moment lang stand sie nur im tröpfelnden Bach, sah sich an, wie das klare Wasser um ihre eingerissenen Stiefel blubberte, und lächelte, wenn es durch die Löcher sickerte. Dann riß sie einen Leinenstreifen von ihrem Hemd, tunkte ihn in den Teich und tröpfelte Caspar Wasser in den Mund. Es zeigte keine Wirkung. Sie versuchte, Wasser mit ihren Händen zu schöpfen und es über ihn laufen zu lassen, doch er reagierte noch immer nicht.

»Wenn wir gerastet haben, müssen wir weiter ostwärts ziehen und beten, daß wir Hilfe finden«, erklärte May Fern. Doch wer sollte ihnen helfen?

Nach kurzem Schlaf fühlte sie sich kräftiger und brachte bald heraus, daß sie, wenn sie Caspars Handgelenke zusammenband und das Seil über den Sattel legte, daran ziehen konnte, während Fern half, Caspar auf den Pferderücken zu heben.

»Trund!« befahl sie, als sie Feuerschweif in die richtige Positon gebracht hatte, daß sie Caspar hochheben konnten. »Du kannst helfen.« Sie ließ das Seil vor Trunds Maul baumeln. »Zieh!«

Er packte das Seil mit seinen Zähnen und schüttelte es wütend, als tötete er eine Schlange.

»Nein, Trund. Nein!« Ihr Ärger über den Hund verlieh ihr Kraft, und sie zog und zerrte. Endlich zog der Hund gemeinsam mit ihr, bis Caspars lebloser Leib auf Feuerschweifs Rücken lag.

Das Pferd schnaubte, doch es schien zu verstehen, daß sein Herr verletzt war, und rührte sich während des gesamten unbeholfenen Manövers nicht von der Stelle.

Aus Furcht, das Kästchen würde von Caspars Hals rutschen, schob May es in eine von Feuerschweifs Satteltaschen. Nach etwa einer Meile wurde ihr der Fehler bewußt. Irgend etwas folgte ihnen. Glitzernde, weiße Umrisse marschierten am Rand des flachen Tales entlang. Verschwanden zwischen den Weißbirken, die im dünnen Boden sehr gut wuchsen, und tauchten wieder daraus auf. Die gespenstischen Erscheinungen wirkten wie wandernde Lichtpunkte. Blinzelnd fragte sie sich, ob die Wüstensonne ihren Augen geschadet hatte, doch als sie näher kamen, sah sie lange, schlanke Pferdebeine und feine Hörner, die von stolzen Schädeln aufragten. Einhörner! Doch ihre Hörner waren nur halb so lang wie das von jenem, welches sie gerufen und das sie durch halb Ceolothia getragen hatte, und ihre Hälse waren nicht so muskulös. Es fehlte auch der gebogene Kamm des Hengstes. Also handelte es sich um eine Herde weiblicher Einhörner.

Feuerschweif mußte sie wohl gerufen haben. Feuerschweif trug das Druiden-Ei bei sich, und seine Gedanken zauberten eine Herde hübschester Damen für sich herbei. Unter anderen Umständen hätte May es vielleicht amüsant gefunden, doch nun war die Lage viel zu ernst. Sie wollte das Ei wieder an sich nehmen, doch sie stellte fest, daß Feuerschweif sie nicht an seine Flanke lassen wollte. Er schlug aus, aber sein Huf streifte nur ihren Rock und traf keinen Knochen.

Da sie um ihr Kind fürchtete, wich sie zurück. Sie konnte nicht riskieren, daß er sie verletzte.

Der Hengst schnaubte und wieherte, warf aufgebracht den Kopf, und May fürchtete schon, Caspars regloser Körper könne vom Sattel auf die staubigen Felsen rutschen. Schlimmer noch war, daß die Einhornherde näher kam. Sie staunte über Feuerschweifs Fähigkeit, sie herbeizurufen, denn sie wußte noch, wie schwer es ihr gefallen war, sich auf ein bestimmtes Tier zu konzentrieren. Er hatte es sofort getan, da seine Konzentrationskraft so stark war. Vermutlich half der Mangel an Phantasie, so dachte May. Doch was sollte sie jetzt tun?

Sie fühlte sich so unsagbar allein und hilflos, und doch lastete die Verantwortung dafür, das Necrönd zu beschützen, Caspar zu retten und selbst um des Kindes willen gesund zu bleiben, auf ihren Schultern. Caspar war hilflos, und einzig Trund, Runa und Fern, der kaum mehr als ein Tier war, boten ihr Trost. Sie mußte die Fäden in die Hand nehmen. Es schien ihr so absurd, daß ihre Fähigkeit, mit ihrer Zwangslage umzugehen, hier draußen in der Wildnis von Oriaxia, mit nur einem Pferd, einem Hund, einer Wölfin und einem Faun, Auswirkungen auf den Rest der Welt mit sich bringen sollte. Wenn sie doch nur in eine Höhle kriechen und dort für immer bleiben konnte.

Sie bändigte ihr Selbstmitleid. Etwas stimmte nicht, oder besser: Etwas stimmte weniger als vorher. Feuerschweif hatte die Ohren angelegt und trat hinter sich ins Leere. Die Einhörner drängten heran, und May nahm ihren heißen, dampfenden Atem, ihr ängstliches Schnauben überdeutlich wahr. Irgend etwas war dort draußen, wartete, lauerte. Ein Raubtier. Der Instinkt sagte ihr, daß er ihr wieder auf den Fersen war, ihnen folgte, der Wolfsmann, wie Caspar ihn nannte.

Ihre Ängste nahmen zu, als Fern auf einen Felsen stieg und innehielt, mit langgestrecktem Hals und zuckender Nase.

»Feuerschweif ruft Tiere zusammen«, sagte May so sachlich wie möglich. Sie wollte Fern nicht beunruhigen und verschrecken, so daß er fortlief, denn sie war sich schmerzlich der Tatsache bewußt, daß sie auf ihn angewiesen war, wenn es darum ging, das Pferd zu bändigen. »Fern, du mußt das Druiden-Ei von ihm holen. Ich komme nicht an ihn heran.«

»Ich kann es nicht anrühren!« jaulte Fern. »Ich kann nicht! Es hat Master Spar in sich aufgesogen. Was wird es mir antun?« Die Nase des Fauns zuckte schnell. »Und er ist hier. Wenn ich es anrühre, könnte er mich plötzlich bemerken und ergreifen. Das kann ich nicht riskieren.«

May mußte etwas unternehmen. Sie war nicht sonderlich vertraut mit Pferden, doch war Feuerschweif sicher wie alle anderen Tiere auch. Ein Köder könnte helfen. Noch immer hatte sie einen dieser seltsamen Pfannkuchen, die sie in Lonis erworben hatten. Ihrer Ansicht nach waren sie schrecklich süß, doch Fern war verrückt danach, und so ließe sich Feuerschweif vielleicht mit einem davon in Versuchung führen. Ihr Gefühl trügte sie nicht. Als sie in ihren Packen griff, schnüffelte das Pferd an ihrem Handrücken herum, dann stieß es sie auf seine übliche, kampflustige Art und Weise ungeduldig mit der Schnauze an.

Es war ein Fehler. Die Einhörner zerstreuten sich, als die Gedanken des Pferdes von ihnen abgelenkt wurden. Sie hörte das Echo ihrer Stimmen und witterte ihre Furcht. Sie flohen, und May wußte sofort, daß sie vor Wölfen flohen, die über die Kluft gekommen waren, als Feuerschweifs Konzentration nachgelassen hatte. Sie hielt den Kuchen eilig Feuerschweif vor die Schnauze. »Fern, schnell, schnapp dir die Satteltasche!«

»Nein, du!« Er beäugte den Pfannkuchen in ihrer ausgestreckten Hand.

Donnernde Hufe hallten zwischen den Hügeln, wurden immer lauter, kamen näher. May schreckte zurück, als sie plötzlich in Sicht kamen. Nur Augenblicke später drängten sich voll ausgeformte Einhörner um sie, deren Atem heiß und dampfend war, und sie marschierten wie eine flankierende Eskorte neben ihnen, vom heißblütigen Hengst gelenkt.

Dann sank eines kreischend auf die Knie, und sein großes Horn drehte und stach nach einem flüssigen Schatten. Die anderen Einhörner zerstreuten sich nicht wie vorher, sondern mußten, da sie Sklaven des Hengstes waren, die Stellung halten. May zitterte vor Entsetzen, während sie ins Leere starrte und wartete, daß ein Ungeheuer angriff.

Wer würde sie nun retten? Amaryllis war fort ... Doch ein Teil von ihr, ein klitzekleiner, unlogischer Teil, sagte ihr, er sei in der Nähe. Sie legte eine Hand auf ihren Bauch, der inzwischen stramm geschwollen war. Vielleicht spürte sie nicht ihn, sondern das Leben seines Kindes in ihr. Sie zuckte mit den Achseln. Wäre doch nur Caspar ihr gegenüber so leidenschaftlich gewesen.

Schließlich schaffte es Fern, die Satteltasche vom Rükken des Pferdes zu reißen, und ließ sie zu Boden fallen.

»Vorsichtig!« rief May.

Alle Einhörner wandten sich gleichzeitig um, hielten die Hörner gesenkt, während das Druiden-Ei am Boden lag, unberührt. Einen Moment war alles still, als May erst sie ansah, dann wieder das Ei, bis die Einhörner es mit einem Massenandrang für sich beanspruchen wollten. Es lag ihr direkt zu Füßen, doch war sie von der Geschwindigkeit, mit der sie sich bewegten, derart entsetzt, daß es etwas dauerte, bis sie eine Hand ausstreckte und nach dem Beutel griff. Noch immer griffen sie an, und ein immer enger werdender Kreis aus überfrorenen Lanzen zielte auf sie.

»Fort mit euch!« schrie sie.

Plötzliche Stille ließ sie selbst in der Mittagshitze frieren. Sie blinzelte. Zwischen den leichten Hufabdrücken und dem wirbelnden Staub schimmerte etwas. Sie trat darauf zu und sammelte hoch erfreut ein einzelnes Horn auf. Es war wunderschön, wie ein glitzernder Eiszapfen.

Feuerschweif stand da und schnüffelte die Luft, sah enttäuscht und verdutzt in die Runde. May stieß einen langen Seufzer aus, schob das Horn in ihren Gürtel und legte das Ei wieder in das Kästchen, das um Caspars Hals gebunden war.

Doch ihre Erleichterung war nur von kurzer Dauer. Die Einhörner waren verschwunden, doch damit auch ihre Beschützer. Zwischen den Weißbirken bewegten sich Schatten. Ihre Gedanken rasten. Sicher war es zu gefährlich, das Ei zur Hilfe zu nehmen, aber es mußte etwas geben, was sie tun konnte. Sie spielte mit dem Horn des Einhorns herum, das sicher große Macht besaß. Das Einhorn war ein Wesen der Großen Mutter, das Horn ein Symbol seiner Macht. Vielleicht konnte sie damit Hilfe rufen.

Ihr fiel Caspars Geschichte ein, wie Brid einmal die Hilfe der Mutter herbeigerufen hatte, indem sie den Kieferknochen eines Pferdes nahm und ihn in die Erde rammte. Vielleicht konnte sie es genauso mit dem Horn anstellen. Aber Moment! Das war nicht alles gewesen. Es mußte an einem Ort von großer Macht geschehen, wo die Magie der Großen Mutter an die Oberfläche strömte.

May wußte, daß sie einen solchen Ort finden mußte, nur wie? Brid hatte erklärt, daß sie diese Dinge instinktiv spürte, doch May besaß eine solche Gabe nicht. Dann wuchs neuerlicher Mut in ihr. Jeder wußte, daß eine schwangere Frau eine verfeinerte Wahrnehmung besaß. Somit war sie in mystischer Hinsicht nun auf ihrem Höhepunkt. Sie fühlte sich elend und erschöpft, aber ihre Geisteskräfte waren zweifellos auf der Höhe.

Mit frischem Blick überschaute sie das umliegende Land. Von dort unten im Tal war nur wenig zu sehen, und so drängte sie die anderen zu jenem Paß hinüber, der dort vor ihnen lag.

Sie sah ihn sofort, diesen Ort von großer Macht, einen Ort, an dem die Energie sich konzentrierte, ein magischer Ort. Zu ihrer Linken ragten drei windumtoste Gipfel auf, zu ihrer Rechten lag ein klobiges Plateau, doch in der Ferne, von den dramatischen Bergen umgeben, lag ein kegelförmiger Hügel. Dieser war keineswegs so beeindruckend wie das umliegende Land, doch auf seinem Gipfel stand ein einzelner Baum, eine Eiche, und sie wußte, daß ein einsamer Baum die Kraft der Mutter durch seine Wurzeln aufsog.

»Schnell, Fern! Wir müssen vor Einbruch der Dunkelheit dort sein, bevor die Wölfe mit ihrer ganzen Kraft eintreffen. Schnell!«

Sie konnte nicht rennen. Alles tat ihr weh, und sie war zu müde. Aber Fern schien ihr Problem zu erkennen und half, so gut er konnte, zog sie mit sich. Trund und Runa blieben ihnen dicht auf den Fersen, und als sich die Sonne eben dem Horizont zuneigen wollte, kamen sie zum Fuß des Kegelhügels. Er war nicht hoch, nur auffällig; trotzdem bezweifelte May, daß sie die Kraft hätte, es vor Einbruch der Dunkelheit bis zum Gipfel zu schaffen.

Nun konnte sie sie hören und fürchtete, die Tiere würden Kräfte sammeln und zu fürchterlichen Monstren werden, sobald die Nacht von der Welt Besitz ergriff. Ihr Atem ging in kurzen Stößen, und sie drückte ihre Hand dorthin, wo ihre Seite stechend schmerzte. Sie sagte sich, es sei nur Seitenstechen, doch jeder Schmerz im Unterleib ließ sie nun um ihr Kind bangen.

»Fern, nimm das Horn und bohre es bei den Wurzeln des Baumes dort oben in die Erde. Sicher wird es für uns Hilfe holen. Anderenfalls ...«

Mehr mußte sie nicht sagen. Ohne Amaryllis, Caspar oder Perren konnten sie unmöglich überleben, wenn die Kapuzenwölfe angriffen. Fern lief voraus, erklomm den Hügel mühelos, eine schwarze Gestalt zwischen den länger werdenden Schatten, während May ihr Bestes gab, Feuerschweif zu bändigen, der unruhig an den Zügeln riß und zerrte.

Sie versuchte eben, das Pferd zu beruhigen, als Fern das Horn des Einhorns in den Boden rammte, doch wußte sie augenblicklich, daß er sein Ziel erreicht hatte. Das Kind in ihrem Bauch trat um sich, und sie spürte, wie ein Schauer sie durchlief. Die Sonne ging direkt hinter dem Hügel unter, und wenn sie auch die große Kugel selbst nicht sehen konnte, fächerten die Strahlen doch aus und durchbrachen die rauchigen Wolken. Von diesem roten Schein war das Schwarz der Eiche eingerahmt, und daneben Ferns seltsame Erscheinung, welche die Arme triumphierend ausstreckte. Es war ihr bisher nicht aufgefallen, aber auch Fern selbst war von magischem Wesen, eine Kreatur, die vom Tode heimgekehrt war, ein Faun. War er denn nicht besonders gesegnet?

May war enttäuscht. Nichts geschah. Sie konnte sehen, daß Fern dort stand und wartete. Ihr Atem ging schwer und rauh in ihrer Kehle, und sie ließ sich von Feuerschweif bis auf die Hügelkuppe ziehen. Als sie dort war, blieb ihr nur, sich hinzusetzen und nach Luft zu schnappen, ihren Oberschenkel zu massieren und vorsichtig den geprellten Arm zu betasten, bis sie sich erholt hatte.

»Große Mutter, antworte auf unser Gebet«, rief sie laut.

Dann, als das letzte Rot der Sonne im Westen verblaßte und malvenfarbenes Zwielicht das Land umfing, hob sie das Horn auf und stieß es einmal mehr in den Boden. Das Kind trat aus, und ein langes, tiefes Stöhnen heulte aus dem Schwarz der Berge nordöstlich hinter ihnen.

KAPITEL 5

Ein dunkler Schatten zog über den Himmel. Er umfaßte die mondgleiche Gestalt des Necrönd, die hell und riesengroß am Himmel der Anderwelt stand. Das Druiden-Ei begann zu pulsieren. Caspar starrte den Riesenschatten an und fragte sich, ob dieser nicht die Form einer Hand gehabt hatte, die sich derart bewegte, daß sie scheinbar das Ei berühren wollte. Er betete, daß auf der Erde jemand nach dem Necrönd griff und ihn nach Hause holte.

Wild schreiend reckte er sich aus dem Wasser und griff vergebens nach der riesenhaften Kugel über seinem Kopf, die seine Welt beherrschte.

Das Necrönd pulsierte, so daß jeder Pulsschlag in Caspars Ohren dröhnte, wobei die Intensität wuchs, bis ein Strahl aus blauweißem Licht aus der Kugel drang. Das Wasser zischte, wo das Licht darauf traf, und Dampfwolken ballten sich, stiegen auf und wurden dann zu Wolken. Stachel aus Wasser formten sich und ragten von der Meeresoberfläche auf, schwollen zu spiralförmigen Säulen an. Die Stachel drehten sich zu einem Turm, und dieser Turm von sich drehendem Wasser wuchs immer höher, bis er die blasse Silberkugel dort oben küßte. Die Lebewesen um ihn stürmten darauf zu, wobei das Wasser brodelte, als die Tiere sich um den tosenden Wasserturm drängten. Caspar blickte staunend auf ... hoffend.

Der schmale Sockel des enormen, sich drehenden Turmes fegte übers Meer, sog Wasser und die kleineren Lebewesen auf: Meeresschnecken, Kraken mit Haifischköpfen und silberne Narwale. Caspar vergeudete keine Zeit. Vielleicht war es seine einzige Chance.

Mit aller Kraft schwamm er, und die Verzweiflung verlieh seinen ungeübten Zügen Kraft. Er mußte dorthin gelangen! Er kämpfte wütend. Doch nein! Sein Mut ließ nach. Die Säule zog von dannen. Dann drehte sie wieder um und raste ihm entgegen.

Mit allerletzter Mühe trat er sich aufwärts, hoffte, in den Sog des Wassers zu gelangen. Eine Sekunde lang nahm ihm die Wucht die Luft aus seinen Lungen, und er taumelte aufwärts, von der fürchterlichen Macht verwirbelt, doch dann fiel er wieder. Er landete im Wasser und tauchte tief ins finstere Meer, tauchte fort vom Necrönd. Zornig schwamm er an die Oberfläche, aber der Augenblick war verloren. Die Wassersäule war verschwunden, wieder vom Ei aufgesogen. Der Riesenschatten, der das Necrönd umfaßte, verblaßte, als hätte derjenige, der nach ihm suchte, ihn inzwischen aufgegeben.

Er schrie. »Nein, nein! Ich bin hier unten! Versucht es noch einmal! Noch einmal! Ihr müßt mich suchen. Ihr müßt mich finden. Hilfe!« schrie er immer weiter, bis seine Stimme heiser war und er verzweifelt im Wasser in sich zusammensank.

Nun merkte er, daß derjenige, der das Ei in Händen hielt, keine Ahnung hatte, wie er damit umgehen sollte. Endlich verstand er, wieso es so gefährlich war, mit dem Necrönd umzugehen, und wieso der Wolfsmann es May nicht abgenommen hatte. Der Wolfsmann kannte die Gefahr. Jetzt wußte Caspar, wieso Keridwen um seine Seele gebangt hatte. Er hatte gedacht, sie fürchtete, er könne sich von dessen Macht verleiten lassen, doch das war nicht die eigentliche Gefahr. Nein, das simple Risiko rückwärts wirkender Magie, die Leben in die Anderwelt riß, statt es zurückzuführen, war der eigentliche Schrecken für seinen Hüter.

Um ihn war das Wasser ruhig, die Lebewesen, die mit

ihm das Exil teilten, in derselben stillen Vorfreude erstarrt, warteten, hofften, daß der Lichtstrahl ein weiteres Mal aus dem Ei hervorbrechen mochte. Minuten dehnten sich zu Stunden, doch lebte seine Hoffnung weiter und wuchs dann. Das Licht vom Necrönd wurde etwas heller. Derjenige, der es nun in Händen hielt, ging nicht so willkürlich damit um. Jemand mit großem Geschick und viel Kraft, wie er vermutete, als der Lichtstrahl vom Ei aufs Wasser fiel. Anfangs glaubte er, sie suchten nach ihm, doch als das Licht ruhig auf dem Wasser lag, wurde ihm klar, daß sie den Lichtstrahl eher als Leuchtfeuer nutzten, das ihm den Weg weisen sollte.

Aber er war nicht das einzige Lebewesen, das das Licht als Weg nach Hause deutete. Die Masse von Leben schwamm darauf zu, bis ihre dicht gedrängten Leiber, die wie gigantische Kaulquappen in einem verdampfenden Teich zappelten, so dicht an dicht standen, daß nicht mal ein junger Aal dazwischengepaßt hätte.

Caspar verdoppelte seine Anstrengungen. Eine Mauer aus graublauer Haut versperrte ihm den Weg. Da er vermutete, daß es sich um einen Wal handelte, zückte er sein Messer und benutzte es wie einen Eishaken, um sich hinaufzuhieven, damit er auf den Rücken klettern konnte. Er sprang auf der anderen Seite hinunter, stürzte sich in die sich windende Masse aus Tentakeln und Flossen, und es war ihm egal, was zu tun wäre, um zu dem Licht zu gelangen. Es war der Weg nach Hause. Er kämpfte sich zu ihnen durch und mußte nun wegen der bloßen Masse an Leibern nicht mehr schwimmen.

Er kroch und sprang und rannte, bis nur noch der eine weiche Krakenkopf zwischen ihm und dem Licht war. Dieser wand sich unter ihm, doch sein Schwung warf ihn voran. Er streckte die Finger einer Hand aus und griff nach jenem Licht. Die Welt um ihn wirbelte in schlammigen Farben, die Wesen folgten ihm, drehten sich in Spiralen immer höher.

Er machte sich dünn, damit er wie ein Pfeil wäre und so seine Flucht durch die Kanäle der Magie möglich würde, aber es machte keinen Unterschied. Die monströsen Biester überwältigten ihn, drückten ihn unter sich, daß er immer langsamer wurde, bis es zu spät war, und plötzlich war das Licht nicht mehr da.

»Nein! Nein!« schrie er. »Bitte! Laßt mich nicht allein!«

In Mays Ohren klang der lange, tiefe Schrei aus den Bergen wie das Heulen von Wölfen.

In Panik sank sie zu Boden und umschlang ihren Bauch. Ihre Beine waren weich vor Angst, als sie ins Zwielicht starrte, doch sie sah nichts, wo sie sich hätte verstecken können. Das Heulen wurde lauter und kam näher, aber sie beruhigte sich, als sie merkte, daß es keine Wölfe sein konnten, die dort näher kamen. Sie sah Lichtpunkte, die im stetigen Rhythmus schwangen, und das dumpfe Lied, das sie für Wolfsgeheul gehalten hatte, war, wie sie nun feststellte, Gesang. Weich und melodiös schwebte er nun an ihr Ohr. Die Worte waren von fremder Zunge, die sie aus ihrer Zeit in den Minen von Kalanazir als Oriaxianisch erkannte.

Trund knurrte, und Runa drückte sich an ihre Oberschenkel. Bald schon war der Kegelhügel, auf dem sie standen, umzingelt, und das sanfte Wiegenlied war zu einem aggressiven Singsang geworden. Das Pferd scharrte drohend am Boden. May fluchte. Da sie um Caspar fürchtete, der nach wie vor auf dem Pferderücken lag, hielt sie Feuerschweifs Zügel mit festem Griff. Er war ein Schlachtroß von aggressivstem Wesen, und er witterte die Schlacht.

»Ruhig, Feuerschweif!« rief sie in ihrer Panik aus. »Fern,

Fern, ich kann ihn nicht halten!« schrie sie. »Er reißt mir den Arm aus.«

Augenblicklich war der Faun an ihrer Seite. Statt zu versuchen, das Pferd zu halten, löste er mit seinen ungeschickten Fingern den Gurt, so daß die Satteltaschen und Caspars lebloser Leib dumpf zu Boden fielen. Caspar sank schwer neben einen flachen, glatten Stein. May eilte nicht gleich an seine Seite, sondern wich statt dessen gegen den rauhen Stamm der einsamen Eiche zurück, als sich der Ring aus schwingenden Laternen um sie schloß. Die Luft erzitterte vom Klappern der Stöcke und dem Wirbel der Schlachtentrommeln. Das Licht von den Laternen erhellte die oriaxianischen Gesichter nicht, sondern fiel durch Augen- und Mundlöcher von Masken.

Schnaubend scharrte Feuerschweif am Boden und hielt den Kopf wie ein wütender Bulle gesenkt. May schöpfte Mut, als sie das Pferd so sah, und löste sich langsam vom Baum. Sie griff nach ihrem Dolch und stellte sich über Caspar. Es war fast lachhaft, doch irgendein uralter Instinkt, den sie von ihren Ahnen hatte, schien in ihr den Wunsch zu wecken, stehenzubleiben und zu kämpfen. Sie war Torra Altanerin und hatte einen Hügel zu verteidigen.

Wie religiöse Kämpfer in Roben gekleidet, kamen die Oriaxianer heran, bis sie nur noch zwanzig Schritte von der Eiche entfernt waren, und schwangen ihre Stöcke über den Köpfen. Feuerschweif wieherte laut und stellte sich auf die Hinterbeine, schlug mit den Vorderbeinen in die Luft. Der Laternenkreis blieb stehen, und das gemeinsame Lied verklang, bis nur noch eine Stimme sang, und bald erstarb auch diese. Staunendes Gemurmel erfüllte die Luft. Wieder schrie Feuerschweif, und mehrere von ihnen warfen sich zu Boden.

»Fern«, zischte May, »versuch du, das Pferd zu bändigen.

Ich glaube ...«, begann sie, doch ihr Satz blieb unvollendet, denn sie dachte nach.

Sie befanden sich in Oriaxia, und Feuerschweif war ein reinrassiger Oriaxianer, ein besonders schönes Exemplar. War es möglich, daß sie in ihm eine Art Pferdegott sahen? Morrigwen hatte ihr gesagt, es gäbe viele Menschen, die Pferde verehrten.

Fern wurde von Feuerschweif herumgerissen und baumelte kraftlos vom Ende der Zügel, bis der Faun seine Hand an die Pferdeschnauze bekam. Zwar waren Feuerschweif und er von sehr unterschiedlichem Wesen, doch teilten sie ein grundsätzliches Einverständnis, was die Nöte des anderen betraf, und Ferns Berührung schien den wütenden Bullen zu besänftigen.

Als der reinrassige Rote ruhig war, wurde Gemurmel aus der Menge laut, die näher kam, und alle Aggression war von einer Woge der Verwunderung und Neugier fortgespült.

»Wir wollen Euch nichts tun. Wir brauchen Hilfe«, stammelte May, als man sich um sie versammelte, vor Feuerschweif verneigte und aufgeregt durcheinanderplapperte.

Erleichtert, daß man ihr nicht mehr feindselig begegnete, war sie doch zutiefst beunruhigt, da sie die Gesichter nicht erkennen konnte. Wie hatte sie nur glauben können, daß sie hier Hilfe finden würe? Diese Leute waren Oriaxianer, und sie konnte kaum ein Wort verstehen, was dort geredet wurde. Hände hoben sie an, und unter viel Jubel und Geschrei warf man Girlanden über Feuerschweif.

Tanzend, trabend und schnaubend wie Pferde bejubelten die Menschen sie und auch den Faun, und ihr blieb nur, vor Verlegenheit zu lächeln. Feuerschweif war der Mittelpunkt allen Interesses, und man warf sich ihm zu Füßen und gab lächerlich wiehernde Laute von sich. Ihre Beklommenheit kehrte schon bald zurück, als man Caspars Körper entdeckte und ihn auf den Stein unter dem Baum legte. Erst als die Menschen davon zurücktraten, fiel ihr auf, daß der glatte Stein einem Altar ähnelte.

»Nein!« heulte May. »Laßt ihn in Ruhe! Er ist kein Opfer!« Sie lief zu Caspar und legte schützend ihre Arme um ihn. »Nein!«

Staunend wichen die maskierten Oriaxianer zurück, murmelten hektisch in ihrer unverständlichen Sprache und offensichtlich auch einigermaßen verwirrt.

»Nein!« wiederholte May, als sie mit erhobenen Stöcken näher kamen.

Sie standen in engem Kreis um sie, und im hellen Lichtschein der Laternen konnte sie erkennen, daß die Enden ihrer Stöcke mit Pferdehufen besetzt waren. Die beiden, die Caspar am nächsten standen, schlugen ihre Knüppel auf die Steinplatte. Sie zuckte zusammen, doch kauerte sie nach wie vor schützend über ihm, da sie fürchtete, man wollte ihn zu Ehren des Pferdegottes zu Brei prügeln.

Man warf sie beiseite, und voller Entsetzen starrte sie die Fremden an. Runa und Trund wollten sie beschützen und knurrten wütend. Ein Mann geriet zwischen die beiden Tiere, die ihm den Arm aufbissen, doch riß ein halbes Dutzend aufgebrachter Männer sie zurück. Dann wandten sich die Oriaxianer wieder Caspar zu.

Entsetzt schrie May auf, als man ihn seiner Kleider entledigte, ihm das Hemd vom Leib riß. Dann plötzlich hielten sie inne, beugten sich über ihn, und ihr aufgeregtes, blutrünstiges Geschrei verebbte zu seltsamem Gemurmel. Langsam traten sie zurück, deuteten argwöhnisch auf das Silberkästchen, bis einer, der tapferer als die anderen war, sich darauf stürzte und es öffnete.

Wie durch ein Milchglas sah May die Welt und daß der

Oriaxianer das Druiden-Ei hochhielt und triumphierend schrie. Ein Licht funkelte am Fuß des Baumes auf, dann spaltete ein Blitz den Himmel, und beim folgenden Donner krümmten sich alle am Boden. Ein fürchterliches Kreischen wurde über ihren Köpfen laut, und alle blickten in die Finsternis. Am malvenfarbenen Nachthimmel ballten sich wehende Gestalten wie Donnerwolken.

Dann fielen sie!

May breitete sich über Caspar aus und betete, daß das Geäst der dicken Eiche über ihr sie schützen möge. Die Erde bebte, als etwas Riesengroßes laut krachend zu Boden fiel. Sie drückte ihren Kopf auf die Erde und zuckte zusammen, als zahlreiche weitere Gegenstände landeten, während Schreie die Luft erfüllten, die nicht von dieser Welt sein konnten. Sie blinzelte zwischen ihren Fingern hindurch und saß mit großen Augen da.

Gigantische Fische und andere schleimige Kreaturen aus der Tiefe zappelten herum, schlugen mit den Flossen, und Tentakel hieben auf die Erde ein. Sie rollte sich so klein es ging zusammen, als etwas die Eichenäste durchschlug und nur einen Daumenbreit neben ihr landete, so daß der große Schwanz ein halbes Dutzend Oriaxianer von den Beinen fegte und andere wieder an der festen Flanke einer weiteren Kreatur zerquetschte.

Irgend etwas schlang sich um Mays Bein und begann, sie zu einem Maul zu zerren, das wie ein Paar krebsähnlicher Beißzangen in der Körpermitte war. Sie kreischte und krallte sich an den Boden, versuchte, sich aus seiner Riesenpranke zu befreien, die ihr den Atem nahm. Dann wurde das Wesen schwächer, und die Tentakel gaben nach. Alle Tiere um sie lagen im Sterben, und dennoch fielen immer mehr vom Himmel. Sie zerrte Caspar mit sich, schob sich am dicken Stamm des Baumes hoch, um sich vor den Leibern zu schützen, die wie Felsbrocken vom Himmel regneten.Viele platzten, als sie auf den Boden schlugen, spien Bäche von Blut und Schlangen von Gedärm aus.

Nach links und rechts wich sie aus, hielt sich bei den großen Tieren, die stöhnend und ächzend dalagen, bis sie an die Stelle kam, wo sie das Ei zuletzt gesehen hatte. Der Mann, der das Necrönd hielt, lag zerschmettert unter der geborstenen Schale eines Riesenkrebses, und die Hand an seinem ausgestreckten Arm hielt noch das Ei. Ohne nachzudenken, nahm sie das Necrönd an sich.

»Fort! Macht euch hinfort!« befahl sie.

Augenblicklich verschwanden die Gewitterwolken, und die sterbenden Kreaturen vor ihren Augen verblaßten, bis sie alle fort waren. Tränen strömten aus ihren Augen, dann warf sie sich neben Caspar, legte das Ei wieder ins Silberkästchen zurück und wischte ihre Hände an ihren zerlumpten Kleidern ab, als wollte sie sich von der Berührung reinwaschen. Sie sank ins Gras, atmete schwer und starrte durch die zerbrochenen Äste zu den hellen Sternen auf. Schon kehrte der Schmerz in ihrer Hand zurück, so daß sie diese an ihre Brust drückte und auf ihre Lippe biß.

Bald wurde ihr eine unheimliche Stille bewußt, die über diesem Ort hing; und als sie sich aufsetzte, wurde sie gewahr, daß die Männer in den weißen Roben, welche nicht zermalmt waren, ihre Laternen zurückgelassen und die Flucht ergriffen hatten. Die eine oder andere Laterne war umgefallen, hatte ihr Öl vergossen und ein kleines, trockenes Rasenstück entzündet.

Reglos lag sie da, atmete schwer, fragte sich in der Stille, was sie tun sollte. Dann hörte sie, wie Fern erregt auf eine weiße Gestalt einredete, die über sie gebeugt stand.

»Wie ernstlich eindrucksvoll! Ein echte Belbidian, wie ich vermute, und das so fern von Heimat. Bemerkenswert ist das! Bemerkenswertes Vorkommnis! Ein Frau dazu, und so ungehütet Mächte. Seid Ihr von Sprache, Belbidian?«

»Ich ... ich ...«, stotterte May und war nicht sicher. Ein Licht schien ihr ins Gesicht, daß sie die Züge des alten Mannes, der sich dort über sie beugte, nicht gänzlich erkennen konnte. Deutlich waren nur sein Kegelhut mit der breiten Krempe, die einen Kreis aus Sternen am Himmel verdeckte, und ein langer Bart, der ihr Gesicht kitzelte.

Er sprach: »Zauberin, warum kommt Ihr an unsere Opferplatz? Warum bringt Ihr diese Opfer? Warum ruft Ihr Ungeheuer aus dem Himmel?«

»Das war ich nicht. Ich weiß nicht, was vor sich geht. Ich brauche Hilfe. Bitte, bitte, Ihr müßt mir helfen«, flehte sie.

Der Mann lachte. »Die Krieger sind entflohen. Sie halten Euch für Dämonzauberin. Ihr kanntet den Ort der Macht. Ihr habt bei Euch ... ich weiß das Wort nicht.« Er deutete auf das Horn des Einhorns in ihrem Gürtel.

»Ein Einhornhorn«, half sie.

»Ein Einhornhorn. Ihr habt Kugel mit Macht, Horn mit Magie und Pferdezähmer.« Mit dem Kopf deutete er auf Fern. »Viel Macht! Und eine Frau mit Kind steht auf Höhepunkt von Macht.« Er starrte auf ihren runden Bauch. »Doch habt Ihr kein Fähigkeit, es zu kontrollieren. Ha!« Er schnaubte.

»Ich brauche Hilfe.« May spürte, daß ihre Stimme brechen wollte. Sie wußte, daß sie niemandem vertrauen sollte, doch sie war verzweifelt. »Ich bin keine Zauberin«, erklärte sie. Sie nickte zu Caspar und fragte sich, wie sie das alles so einfach erklären konnte. »Er ist es, und ... irgendwie ist sein Zauber schiefgegangen. Er ist der Hüter einer Macht, nur kann man darauf nicht bauen.«

»Alle Magie kann sich gegen den Magier wenden. Jeder, der sich in dunkle Welt der Zauberei begibt, muß sich dagegen wappnen. Kommt, helft mir mit Zauberer.« Er deutete auf den toten Caspar.

May kam zu dem Schluß, daß ihr nichts anderes blieb, als ihm zu vertrauen. Gemeinsam bugsierten sie ihn auf Feuerschweifs Rücken, während Fern das Pferd hielt. Die Anstrengung erschöpfte Mays schwangeren Leib; sie legte eine Hand auf ihren Bauch und strich darüber, während sie tief atmete.

»Man bekommt viel Problem, wenn man Göttern ihre Macht stiehlt. Stets muß man mehr bieten, als man nimmt. Ihr wolltet Macht aus diese Blase nehmen, nur habt Ihr nichts gegeben.«

»Ich habe nichts.«

»Ihr habt eine Pferd und ein magisch Horn. Das genügt.«

Es war die dunkelste Zeit der Nacht, da der Mond untergegangen war, als der Mann sie zu seiner schlichten Behausung am Rande eines kleinen Dorfes führte. Kugelförmige Blumen auf langen Stengeln zeichneten sich gegen das Licht aus dem Häuschen ab, und die Luft war vom Duft von Zwiebeln, Thymian und Salbei erfült. Als er zur Tür kam, murmelte er ärgerlich vor sich hin. Auf seiner Veranda drängten sich Motten und Schnaken, die sich ums Licht versammelt hatten, und in seiner Eile, sich der Menge auf dem Hügel anzuschließen, hatte der Mann seine Tür offenstehen lassen. Der Flur erstickte vor Insekten.

Die instinktive Furcht vor einer solchen Plage ließ May erschauern.

»Man sollte meinen, daß mein Frau die Türen schließen würde«, murrte er.

Nachdem der Mann geholfen hatte, Caspar von Feuerschweifs Rücken zu heben, nahm der Mann einen Besen und schrubbte die Wände, zerdrückte die Insekten oder wischte sie beiseite. »Da ist eine Scheune mit reichlich Heu und Wasser gleich hinter dem Haus«, sagte er zu Fern gewandt. »Sorg dafür, daß das stolze Pferd alles bekommt, was es braucht. Es hat große Zaubermacht.«

»Solace!« rief er nach drinnen, und eine Weile darauf huschte ein junges Mädchen mit Zöpfen, das nichts als ein übergroßes Nachthemd trug, heran. Er sprach mit ihr auf Oriaxianisch, und bald schon hatte sie Kissen am Boden bei dem Feuer ausgebreitet, und der alte Mann legte Caspar vorsichtig darauf. Eine alte Frau schlurfte von hinten heran, warf einen Blick auf den Aufruhr und hängte einen Kessel über das Feuer. Sie saß auf einem niedrigen Schaukelstuhl und wartete, daß das Wasser kochte, doch binnen Sekunden war sie wieder eingeschlafen.

Zögerlich musterte Runa das Feuer, doch Trund schnüffelte bereits am Tisch herum. Er kletterte auf einen Hocker, um einen Kanten Brot und einen Knochen vom unaufgeräumten Tisch zu stibitzen. Dabei hatte er eine Karaffe Wein umgestoßen, aber May wollte sich nicht mit seinem Betragen belasten. Sorgenvoll kniete sie neben Caspar und hielt seine Hand in der ihren.

»Er ist tot!« verkündete der alte Mann.

»Ich habe doch gesagt, daß er tot ist.« Fern kam aus der Scheune hereingetrabt. Er schnüffelte an Caspar und rümpfte seine Nase. »Der Gestank der Anderwelt ist überall um ihn.«

May legte ihren Kopf an Caspars Brust, und trotz ihres eigenen Pulses in ihren Ohren hörte sie doch das leise Klopfen seines Herzens. »Er lebt. Sein Herz schlägt«, beharrte sie.

»Das ist nicht im mindesten dasselbe wie zu leben.« Der seltsame Mann rollte seine langen, flatternden Ärmel auf, und zum ersten Mal sah May, daß er einen verkümmerten Arm hatte.

Sogleich fing der Mann ihren Blick auf und sah sie abschätzig an. »Mach nur, starr mich an!« rief er und hielt ihr den Arm zur Betrachtung hin. »Du hältst dich für so perfekt und verspottest mich.«

»Ich spotte nicht«, entschuldigte sich May. »Ich habe es nur bemerkt.«

»Dann fürchtest du dich nicht?«

»Nein, natürlich nicht«, sagte sie freundlich.

»Und bedauerst mich auch nicht?«

»Nicht, sofern Ihr keine Schmerzen habt.«

Er lächelte und ruderte mit seinem peitschendürren Arm in der Luft herum. »Nein, kein Schmerz.« Er schien mit ihrer Antwort zufrieden zu sein. »Komm, wir müssen den Bann brechen. Erzähl mir, was geschehen ist.«

May erklärte, soviel sie konnte, und schließlich schlurfte der bärtige Mann zum offenen Silberkästchen hinüber, das May auf den Tisch gestellt hatte.

»Du sagst, er ist in Kugelblase gefallen?«

Der geheimisvolle alte Mann zog ein Paar dicke Feuerhandschuhe an und nahm eine Zange neben dem Kamin hervor, dann manövrierte er das Druiden-Ei vorsichtig aus dem Kästchen auf den Tisch, legte es zwischen die schmutzigen Teller. Es rollte und stieß gegen ein Stück Brot. Der Mann beugte sich darüber und starrte es lange an.

»Ich kann ihn nicht sehen«, sagte er, hielt seine Laterne näher heran und machte sich wieder daran, das Ei zu untersuchen.

Die ganze Nacht sah er es an, und zu ihrer Schande schlief May ein, an den Schaukelstuhl der alten Frau gelehnt. Kurz nach Sonnenaufgang wurde sie vom Husten der Frau geweckt. Sie hob den Kopf und sah, daß der alte Mann die Frau an der Schulter schüttelte, um sie zu wecken.

Augenblicklich wandte sich May zu Caspar um und

starrte ihn erschrocken an. Sein Gesicht war blutbespritzt. »Was habt Ihr mit ihm gemacht?« schrie sie.

»Es ist Pferdeblut. Ich hatte gehofft, ich könnte die Kräfte des großen Pferdes im Himmel wecken.«

»Ihr habt Feuerschweif getötet!« May stöhnte auf und kam taumelnd auf die Beine.

Der Mann schüttelte den Kopf. »Nein, ich habe ihn nur zur Ader gelassen, aber nur ein wenig. Ein richtiges Opfer könnte noch vonnöten sein.«

Der alte Mann winkte mit dem Arm, als sei sie hysterisch, und wandte seine Aufmerksamkeit der alten Frau zu, die nach wie vor auf dem Schaukelstuhl schlief. »Sidra.« Er beugte sich über sie, um sie zu küssen, doch sie stieß ihn von sich, ließ das kleine Mädchen auf ihren Schoß klettern und nahm es in ihre Arme. Die beiden Alten stritten eine Weile in ihrer Sprache, dann setzte Sidra das Kind beiseite und hinkte zu May hinüber. Sie nahm Mays Kinn und hob ihr Gesicht, dann sah sie ihr in die Augen.

»Mein närrisch Ehemann, der mit mir nur noch über Sorgen von Enkelkind hat sprechen können, seit Solaces Eltern fort sind, weckt mich in Mitte von der Nacht, weil ich ihm helfen soll, eine tote Mann zu wecken. Nun! Ich sollte mich bekleiden, bevor ich versuche, Sinn hineinzubringen.«

Sie schlurfte davon und kehrte kurz darauf zurück, wobei sie stärker und größer als zuvor aussah. Ein strahlendes Lächeln machte sich auf Mays Gesicht breit. »Ihr werdet mir helfen.«

Das Kleid der Frau war smaragdgrün, und darüber lag ein schwarzer Umhang mit weißen Runenzeichen. Die Brosche, die ihn zusammenhielt, hatte einen dicken, runden Rand, und die Mitte bestand aus drei Teilen in Form der Rune der Mutter. May drückte Zeigefinger und Daumen zusammen, hielt ihre Hände über ihren Kopf und grüßte sie mit dem Zeichen der Mutter. Die Frau erwiderte ihr Lächeln.

May fiel auf die Knie und küßte ihre Hand. »Er wollte Feuerschweif töten, aber Ihr werdet uns helfen. Ihr kommt von der Großen Mutter.« Sie deutete auf die Brosche.

Die Frau lächelte. »Ich werde deinen Mann freibekommen. Er sitzt in einem Ei, was ein Ding von Weiblichkeit ist.« Sie legte ihre Hände darum und runzelte die Stirn. »Ein höchst seltsam Ding. Dient es Prophezeiungen? Zeigt es die Zukunft?«

May zuckte mit den Schultern, doch schien die Frau viel zu konzentriert auf das Ei, als daß sie ernstlich Interesse für ihre Ansicht gezeigt hätte. Sie nahm ein Messer zur Hand. »Du sagst, er sei dort drinnen. Wir müssen es aufschneiden und seinen Lebensodem herauslassen.«

»Nein, nein!« sagte May eilig. »Schreckliche Wesen wie die monströsen Meeresungeheuer, die vom Himmel gefallen sind, und Drachen und Untiere werden mit ihm herauskommen. Es wäre das Ende der Menschheit. Wir würden alle umkommen. Das Druiden-Ei darf niemals beschädigt werden.«

»Was schlägst du also vor, wie wir seinen Odem rufen sollen?« Sidra wandte sich zu May um.

Sie zuckte mit den Schultern. »Ich würde das Ei in meinen Händen halten und sein Bild in Gedanken wachrufen, doch auch das ist gefährlich. Ich fürchte, daß die Kräfte fehlgeleitet sind, und statt ihn herauszuholen, könnte es sein, daß ich selbst hineingesogen werde.«

»Du willst ihn rufen, ohne das Ei mit deiner nackten Haut zu berühren?« Sie griff nach einer Feder ... der Schwanzfeder eines Adlers, wie May nach Größe und Farbe vermutete, und schnitt die Spitze scharf zu, so daß eine Schreibfeder entstand. »Wie heißt er?«

»Spar«, sagte May leise. »Lord Caspar, Sohn des Baron Branwolf von Torra Alta«, fügte sie hinzu.

»Das ist zu lang«, sagte die alte Frau. »Wir werden ihn Spar nennen. Du, Mädchen, wirst in seine Augen blicken und ihn in genau dem Moment rufen, in dem ich seinen Namen auf das Ei schreibe. Nur wirst du etwas geben müssen, etwas an mich und etwas an die Große Mutter.«

May nickte und legte ihren Arm frei. »Mir gehört nichts, was ich Euch bieten könnte, nur mein Blut und das Horn des Einhorns. Nehmt, was Ihr wollt.«

»Das Kind!« rief die Frau, und in jenem Augenblick schien sie ihr groß und schrecklich, der weiche Mund fast wie ein Schnabel, ihre Miene geiergleich. »Viele Söhne habe ich aus meinem Leib gepreßt, doch niemals eine Tochter, der ich meine Kunst weitergeben könnte. Du wirst mir dein Kind geben.«

May glaubte, sie würde in Ohnmacht fallen. Der Gedanke daran, ihr Kind zu verlieren, war derart fürchterlich, daß sie sich um ihren Bauch zusammenrollte.

Runa und Trund spürten ihre Verzweiflung, und beide standen neben ihr, mit gesträubten Nackenhaaren und gefletschten Zähnen, und knurrten aus tiefer Kehle. May nahm das Einhornhorn, hielt es wie eine Waffe vor sich und wich langsam zur Tür zurück, wo sie erleichtert Feuerschweifs Schnauben und Wiehern hörte. Fern schien die Gefahr gespürt zu haben und hatte den Hengst aus dem Stall befreit. Sie wandte sich um und war Sekunden später zur Tür hinaus, wo jedoch der Kreis maskierter Gesichter vom Abend zuvor sie schon erwartete.

Jemand schlug Trund und Runa die Tür vor der Nase zu, so daß sie drinnen bleiben mußten.

In Panik begann sie zu schluchzen. »O Große Mutter, hilf mir. Was habe ich getan?« weinte sie und fürchtete, daß all diese schrecklichen Dinge um sie herum nur aufgrund ihrer eigenen Dummheit geschahen.

»Ich kann es aus deinem Bauch holen und dafür sorgen, daß ihr beide lebt«, versprach Sidra, als sie näher kam.

Runa heulte wie ein verzweifelter Dämon und kratzte an der Tür hinter ihr, während May schrie und entfloh, doch sie wurde sogleich von den Männern des Pferdekults gefangen und hin und her geworfen. Vier von ihnen packten je einen Arm oder ein Bein, während die alte Frau sich näherte, mit einer glitzernden Sichel in der Hand.

Rumpelndes Gebrüll brach aus der Erde unter ihr auf, und der Boden bebte. Eine mächtige Steingestalt brach daraus hervor, entwurzelte einen kleinen Baum mit einer Hand und hieb damit auf die Oriaxianer ein, die vor Entsetzen flüchteten.

»Perren!« rief May erleichtert. Sie hatte ihn für tot gehalten, tief im Treibsand eingesunken, aber er schien sich wieder ganz erholt zu haben.

In tiefer, furchterregender Sprache knurrte der Steinwicht, als er ins Haus lief, Caspar aufhob und ihn über seine Schulter warf. Runa und Trund kamen heraus und stellten sich kampfbereit neben May auf.

»Das Ei!« rief sie. »Wir dürfen es nicht zurücklassen.«

»Ich habe es«, versicherte ihr Perren, legte es in Caspars Silberkästchen und leckte seine Finger, als hätte die Berührung ihn versengt. »Nun aber schnell!«

Feuerschweif war bereits in die Hügel galoppiert, daß Staub von seinen Hufen wirbelte. May griff nach Ferns Hand, zerrte ihn vom Boden hoch, wo er sich krümmend lag, und trieb ihn an, ihnen zu folgen, als Perren sie aufsammelte.

»Ich dachte, du wärest tot«, keuchte May, als er endlich langsamer lief und der Kegelhügel mit der einzelnen Eiche ein Stück weit hinter ihnen lag. Sanft ließ er sie herab, so daß sie ein wenig laufen und eine passende Stelle für eine Rast suchen konnte.

Der Steinwicht war um einiges schmaler, sein Gesicht ausgezehrt und kantig, und seine einst grauen Augen waren nun von staubig brauner Farbe und ohne Glanz. Er lächelte das müde Lächeln von jemandem, der keine Freude mehr in seinem Leben findet.

»May, es tut mir leid. Ich weiß nicht, ob du mir je verzeihen kannst. Die Sonne! Die Alten haben mich gewarnt, daß die Sonne mir zusetzen würde, und das hat sie auch getan. Sie hat mich in den Wahn getrieben. Dein Arm! Ich wußte nicht, was ich tat. Kannst du mir je verzeihen?«

»Du hast mir nicht im entferntesten so weh getan, wie du es hättest tun können«, sagte sie und vergaß ihren Groll gegen ihn. »Außerdem weiß ich jetzt, wie wir Master Spar herausholen können, und du hast uns gefunden, Perren, und mich gerettet.« Nachdenklich sah sie ihn an. »Aber wie hast du uns gefunden?«

»Du warst klug, May.« Er nickte zum Hügel zurück. »Du hast eine Stelle von großer Kraft gesucht und das Horn hineingetrieben, was magische Wellen durchs Erdreich gesandt hat. Ich hatte keine Schwierigkeiten, überhaupt keine, dich zu finden. Aber dem Wolfsmann wird es ebenso ergehen.« Reumütig sah er Caspar an. »Was habe ich ihm angetan? Es ist alles meine Schuld. Was sollen wir tun?«

»Ich wollte es dir erklären. Es ist so einfach! Die alte Frau hat es mir erzählt. Sobald wir sicher halten können, befreien wir ihn«, keuchte sie und humpelte voran. Sie fand es seltsam, sich so zu bewegen, da das Kind nun soviel größer war. Nur Minuten später nahm sie Perrens Angebot, wieder auf seinen Schultern zu reiten, an.

Der Hund und die Wölfin hielten sich dicht auf seinen

Fersen, während sie einen Hang erklommen, der dicht von Haselnuß und Vogelbeere bewachsen war, und dann auf einen kahlen Kamm gerieten. Von dort oben blickten sie auf eine grasbewachsene Steppe hinab, die sich meilenweit erstreckte. In weiter Ferne konnten sie die Meeresküste im Dunst erkennen. Dort machten sie Rast. Perren suchte einen Felsen aus, hob Caspar sanft von Feuerschweifs Rücken und legte ihn darauf.

Während Fern und Perren ein Feuer richteten, um Caspar warm zu halten, nahm May einen Stock von einem der Vogelbeerbüsche, die gleich unterhalb des kahlen Kammes im Übermaß wuchsen, und schnitzte an dessen Ende herum, um eine Art Federkiel zu bekommen. Da ihr etwas unwohl wurde, zog sie ihr Hemd zurück und spannte die Haut darunter.

Der Wind war harsch, und sie meinte, das Echo von Morrigwens Stimme zu hören, die sie wegen ihrer Zimperlichkeit schalt. »Wir sind, wie die Große Mutter uns erschaffen hat, und uns sollte beim Anblick von Fleisch, Blut und Knochen nicht übel werden.« Tief atmete sie ein, um die Übelkeit zu vertreiben.

Mit zusammengebissenen Zähnen zog sie die kleine Klinge, die sie aus Caspars Stiefel genommen hatte, über ihren Unterarm. Es war ein scharfer Schmerz, doch nicht so scharf, daß sie den Schnitt nicht zu Ende brachte. Nachdem sie das Kästchen geöffnet hatte und den Vogelbeerzweig sehr vorsichtig in die Blutstropfen getunkt hatte, nutzte sie die helle Flüssigkeit, um die Runenzeichen, welche Caspars Namen darstellten, auf das Druiden-Ei zu zeichnen. Erwartungsvoll starrte sie die cremefarbene, marmorne Oberfläche der Kugel an.

Caspar quälte sich am Grund des Meeres. Sein Hirn verkrampfte sich vor Kälte, und im Grauen der Einsamkeit glaubte er, daß er träumte. Eine Lichtspirale fiel durch die Schichten des Wassers wie eine Feder durch stille Luft. Sie kam zu ihm. Er starrte hinüber, während sich die Lichtspirale direkt vor ihm auf den Meeresgrund legte und dann anschwoll, um ihn zu umfangen.

Ein Gefühl von Frieden überwältigte ihn, als ihn das Licht umgab und ihn durchs Wasser aufwärts an die Oberfläche zog. Über ihm war das Licht des Eies hell, doch dunkelrot eingefärbt. Die Luft war auf magische Weise schön, das seltsame Licht von den Tropfen gespalten und in Bögen aus Gold, Silber und Scharlachrot gebrochen. Er schöpfte das Wasser mit seiner Hand und sah erfreut, wie das Licht vom Necrönd auf ihn fiel. Das Wasser wärmte und festigte sich im Licht, wurde härter, nicht zu Eis, sondern eher zu etwas glasigem Harz. Es war von grandioser Farbe, weiß und glitzernd.

Als er das wäßrige Harz mit beiden Händen nahm, sog es seinen Gedanken für den Bruchteil eines Augenblicks auf, dann starrte er in das wundervolle Licht, das ihn aufwärts zog. Verdutzt blickte er zu jener mondgleichen Kugel am Himmel auf, von der Blut tropfte.

Wunderbar warme Luft flutete seine Lungen: der Lebenshauch.

»Ist das alles?« fragte Perren und trat nah an May heran. »Nur Runen?«

May rückte von ihm ab. »Die Schriften der Götter reichen über die Dimensionen hinweg. Es ist so simpel, wenn man erst weiß, wie es geht.« Das Herz schlug ihr bis zum Hals, während sie das Druiden-Ei immer aufmerksamer im Blick behielt. »Aber es wirkt nicht.«

Perren lachte. »Er wird wohl nicht aus dem Ei gesprungen kommen. Du mußt Spar ansehen.«

Sie ließ ihren Blick zu dem reglosen Leib auf jenem Stein wandern. Starr sah er aus, vor Schmerz oder Mühe. Seine Hände, die entspannt gewesen waren, hielt er nun geballt, die Finger ineinander verhakt, doch er atmete noch immer nicht. Er hatte nur einen Puls. Es war so seltsam, so unnatürlich.

»Sieh doch. Er hält etwas in der Hand«, sagte May leise. Sie konnte kaum glauben, was geschah.

Ein weiches Glühen drang zwischen seinen Fingern hervor. Der Anblick lenkte sie von seinem Gesicht ab, und dann schreckte sie vor Angst beinah zusammen, als Caspar zuckte.

»Spar!« rief sie und wischte mit dem Arm über ihre Augen, um die Tränen zu vertreiben.

Er keuchte Luft in sich hinein und krümmte sich, wobei er hustete und riesige Wassermengen aus seinem Mund erbrach. Mehr als eine Minute lang strömte das Wasser aus ihm hervor, dann hustete und hustete er, bis sein Gesicht erst hell-, dann dunkelrot anlief. Endlich kam danach die Atemluft, roh und schmerzhaft, doch gleichmäßig. Weit riß er die Augen auf, sah sich ängstlich um, aber es dauerte nur ein paar Sekunden, bis er keuchte und würgte und blau anlief.

»Nein! Nein!« schrie May, packte ihn bei den Schultern und schüttelte ihn wild.

Sein Mund stand offen, als wäre er ein Fisch an Land, und er krümmte sich, rollte auf die Knie und spie schließlich etwas Glibberiges aus, das wie Seetang aussah.

»May!« stotterte er und streckte kraftlos eine Hand aus. Sie nahm sie, und beide blickten erstaunt zu Boden, als ihm etwas aus der Hand fiel und herumrollte.

»Der Mond!« sagte er. »Ein Splitter des Mondes hat sich in den Kanälen der Magie verfangen.«

Dieser war wunderschön, eine weiße, kristalline Kugel, in der tief unten Wolken wirbelten.

»Ein Mondstein wie jener, der dir gezeigt hat, wo deine Mutter war, wie der Drache einen hatte«, stöhnte sie, bückte sich, um ihn aufzuheben, und drückte ihn wieder in Caspars zitternde Hände zurück. Sie hatte genug von der Magie.

Er nickte schwach, während Trund und Runa näher kamen und aufgeregt mit ihren Schwänzen wedelten, weil alle Menschen sich so freuten. Fern hatte sich davongemacht, um Feuerschweif zu suchen, und Perren zog sich taktvoll zurück. May vergeudete keinen Gedanken daran. Im Augenblick interessierte sie nur, daß Caspar sie in den Armen hielt und ihr zärtlich in die Augen sah.

»May, ich dachte, ich hätte dich für immer verloren.«

Sie schluckte ihre Tränen um die verlorenen Jahre herunter, um das Leid, das sie bis zu diesem Augenblick hatte erdulden müssen. Sie vergrub ihr Gesicht an seiner Brust und weinte Freudentränen.

Überwältigt vor Erleichterung drückte Caspar May an sich. Noch immer verfolgte ihn die Einsamkeit, und er wagte nicht, die Augen zu schließen, da er fürchtete, die kalte, erstickende Leere würde zurückkehren. Ihr warmer Körper bedeutete ihm alles. Er lebte!

»Sprich mit mir, May«, flehte er. »Laß mich nie mehr allein! Nie mehr! Sprich nur immer weiter«, murmelte er, und seine Stimme war ganz schwach.

May hielt seinen Kopf und wiegte ihn vor und zurück, blinzelte Tränen aus ihren Augen. »Endlich, Mylord, habe ich Euch«, murmelte sie, streichelte seinen Kopf und legte ihre warmen Hände in seinen Nacken und auf seine Brust. Sie küßte seine Stirn. »Du bist in Sicherheit, Spar. Ich liebe dich!«

»Und ich liebe dich«, sagte er, wenn auch benommen. Nachdem er nun gerettet war, ergriff bald Erschöpfung Besitz von seinen Sinnen.

»Du mußt schlafen«, sagte sie mit mütterlicher Fürsorge.

»Ich kann nicht. Ich will nie wieder schlafen. Ich will jeden Augenblick mit dir genießen. Ich will ...« Seine Stimme erstarb.

Perren sah ihn an, und ein Schauer durchfuhr Caspar, dem der Verrat des Steinwichts nun gänzlich bewußt wurde. Der Steinwicht sah ihn an, als wüßte er genau, was der junge Lord dachte. Er hatte diesen seltsam wissenden Blick auf seinem rauhen, grauen Gesicht, den Caspar nur einmal gesehen hatte, als sie beide in einem Wasser standen, das als Medium zwischen ihren Gedanken diente ... aber hier gab es kein Wasser.

»Es tut mir leid«, stammelte Perren. »Die Alten haben mich vor der Wirkung der Sonne gewarnt, nur habe ich nicht auf sie gehört. Der Wahnsinn ist in mich gefahren. Ich hatte keine Kontrolle über mich.«

»Du hast mich ins ewige Nichts geschickt und wolltest May fressen«, warf Caspar ihm vor.

Perren ließ den Kopf hängen. »Ich weiß«, murmelte er und wollte nichts mehr sagen.

Zum ersten Mal, seit Caspar ihn kannte, schwieg Perren und saß nur da und starrte zu Boden. Alt und müde sah der Steinwicht aus, seine Brust hob und senkte sich, und seine Haut war voller Risse und Spalten.

»Laß ihn. Er hat schon Abbitte geleistet«, sagte May und streichelte Caspars Stirn.

Noch immer stierte Perren zu Boden, als Fern mit Feuerschweif wiederkam. Staunend stellte Caspar fest, daß er unter Mays zärtlicher Berührung eingeschlafen war. Das Hufgeklapper seines Pferdes auf dem Stein ließ ihn aus seinem Traum aufschrecken, in welchem er auf Meereswogen trieb, während ein riesenhaftes Monstrum von unten aus der Tiefe kam und sein Maul weit aufriß. Das Ungeheuer hatte sich dann in den Wolfsmann verwandelt, und Caspar wachte mit stechenden Schmerzen auf, die von der wunden Stelle oben an seinem Kopf ausströmten.

Besorgt richtete sich Perren auf. »Wo?« fragte er Fern, als hätte ihn der Faun vor etwas gewarnt.

»Schnell! Schnell! Sie kommen von Norden her. Wir müssen zum Meer.«

»Wie viele?« fragte Perren.

»Zu viele. Jeder einzelne voll ausgeformt. Die Einhörner sind nun auch bei ihnen. Alle von der gleichen Kraft getrieben.«

Mehr mußte Caspar nicht fragen. Er wußte, daß Fern von Wölfen sprach. Während er an der wunden Stelle an seinem Kopf kratzte, fragte er: »Der Wolfsmann?«

Fern nickte. »Und es waren noch weitere Männer bei ihm, Schatten von Männern. Krieger! Master Spar, wir müssen das Necrönd zur Hilfe nehmen! Schickt sie zurück!« rief er. »Schnell! Schnell! Sie kommen schnell näher.«

Caspar mußte sich der Worte seiner Mutter nicht erinnern, um zu wissen, daß er eben das nicht tun durfte. Er hatte das ewige Nichts gesehen und würde nie mehr Anstalten machen, dieses Necrönd zu berühren. Er wußte, daß sie es sich für alle Zeiten vom Halse schaffen, es bis ans Ende der Welt bringen mußten, so weit von ihren Liebsten wie möglich. Er hoffte nur, daß die Welt, wie viele Philosophen behaupteten, flach sei und sie das Necrönd über den Rand würden werfen können.

»Wir müssen zum Meer«, drängte Perren. »Sie werden nicht übers Wasser kommen.«

Die angespannte Lage stellte Caspars Kräfte wieder her. Er hatte lange geschlafen, und die Angst machte ihn stark. Er warf May in den Sattel, wo sie ihren Bauch umschlang und sich mit weißen Knöcheln am Pferd festhielt.

»Perren, du trägst Trund«, kommandierte er, wohlwissend, daß der Hund nicht in der Lage wäre, Schritt zu halten.

Als Trund über der Schulter des Steinwichts hing, liefen sie los, krachten durch steile, bewaldete Hänge auf die Ebene hinauf. Caspar wußte, daß er Feuerschweif zu noch schnellerer Gangart treiben konnte, doch er fürchtete um May hinter sich. Ihr fester Griff um seinen Bauch gab ihm ein Gefühl von Stärke und Stolz, ihr Beschützer zu sein. Er liebte sie in diesem Augenblick mehr als je zuvor.

»Wird das Kind denn keinen Schaden nehmen?« rief May. Ihre Worte klangen undeutlich, als risse der Wind sie mit sich fort.

Caspar dachte kaum darüber nach. Er wußte nur, daß ihr Kind für ihn nicht Vorrang hatte. May war ihm weit wichtiger, und er mußte für das Necrönd sorgen. »Viele Frauen reiten, wenn sie schwanger sind«, versicherte er ihr.

Der graue Dunst des Meeres, der vorher nur ein schmaler Strich gewesen war, wurde nun zu einer endlosen Weite aus grünlichem Blau jenseits der Steppe. Runa rannte so nah beim Pferd, daß er bisweilen fürchtete, er würde über sie stolpern, und als Perren taumelte, wurde Caspar langsamer, um nachzusehen, ob alles in Ordnung war.

»Reite voran!« rief Perren, daß sein keuchender Atem laut krächzte. »Haltet euch weiter südlich.«

Nie zuvor hatte Caspar den Steinwicht außer Atem erlebt, und er vermutete, daß er sich noch nicht ganz wieder von der Austrockung erholt hatte. Er rief sich in Erinnerung, daß er vorsichtig bleiben sollte. »Warum südlich?«

»Vertraue mir!« Perren winkte ihn weiter, hielt noch immer Trund fest. »Ihr werdet ein Boot brauchen, und es gibt einen Hafen ein Stück weit südwärts an der Küste.«

»Woher weißt du das?« rief Caspar mißtrauisch, doch er hatte keine Wahl, als Perrens Ratschlag zu befolgen. Er hatte keine Zeit zu verlieren. Er schwenkte nach rechts aus und galoppierte voran. Hinter sich hörte er das schreckliche Wehklagen, das beängstigender als jedes Tiergeschrei oder übernatürliche Heulen war. Man hörte Menschen auf der Jagd, das Heulen ihrer Mordlust.

Fern sprang vor, erschrockener als je zuvor. Der Boden war fest, das Gras in der oriaxianischen Hitze trokken, und es wurde immer sandiger, je näher sie der Küste kamen. Schweiß schäumte um Feuerschweifs Schultern, und die Zügel wurden von Caspars eigenem Schweiß ganz rutschig.

Der Boden senkte sich, und eine Weile verloren sie das Meer aus dem Blick, doch als es wieder zu sehen war, schien es erschreckend nah, ein glitzerndes Blau voller Flecken von bräunlichem Grün über dem tieferen Wasser. Die Küste war von kleinen Buchten, Kieselstränden und bröckelnden Klippen geprägt, von denen große Felsbrocken ins aufgewühlte Meer gefallen waren.

Als er Feuerschweif zu einem letzten scharfen Galopp antrieb, ließen sie Perren hinter sich zurück. Er konnte einen ummauerten Hafen und Schiffe sehen, mächtige Gefährte wie große, hölzerne Festungen, die aus dem Wasser jenseits des Hafens aufragten.

Abrupt brachte er Feuerschweif zum Stehen, so daß May schwer an seinen Rücken stieß. Das bellende Jammern der Kamele am Hafen stritt mit dem Läuten einer großen Glokke. Dunkle Gestalten strebten ihnen von den Stadttoren her entgegen.

»O nein!« stöhnte May auf. »Sie haben uns überholt. Wir sitzen in der Falle!«

Für den Bruchteil einer Sekunde starrte Caspar die Gestalten an, die ihnen entgegenkamen und leicht als Wölfe zu erkennen waren. Während er dachte, daß die Wölfe im großen Bogen um sie herum gelaufen sein und sie so überholt haben mußten, suchte er, in welche Richtung sie sich wenden konnten. Schon hörte er das Geschrei der Männer, die aus der Steppe hinter ihnen nahten. Er betete darum, daß die anderen es schaffen würden, und schwenkte nach Süden aus, fort vom Hafen und den Wölfen. Dann galoppierte er geradewegs auf die Küste zu und hoffte, daß der sanfte Hang zum Ufer führen würde.

Statt dessen fand er sich an einem niedrigen, bröckelnden Kliff mit zerklüfteten Felsen darunter wieder. Jenseits der Felsen lag eine Reihe von Fischerbooten mit Masten auf dem Kieselstrand. Da er wußte, daß er selbst es schaffen würde, das niedrige Kliff hinunterzuspringen, es mit May jedoch nur langsam gehen würde und für Feuerschweif unmöglich wäre, sah er sich gezwungen, weiter oben am Kliff entlangzureiten. Verzweifelt suchte er einen Weg hinunter und hoffte, irgendwie zu jenen Fischerbooten zu gelangen.

Die Wölfe hinter ihnen zwangen ihn zu nervenaufreibender Geschwindigkeit, und sie galoppierten vor der Reihe gespenstischer Männer auf Einhörnern davon, die aus der Steppe nahten. Caspars einzige Überlebenshoffnung kam, als die Einhörner langsamer wurden und die Männer abstiegen. Er warf einen Blick zurück. Offensichtlich waren es Krieger, die den berittenen Kampf nicht gewohnt waren und ihnen zu Fuß begegnen wollten und darauf bauten, daß die Wölfe sie umzingeln würden. Die Gespenster bewegten sich auf seltsame Weise, humpelten oder schleppten Arme oder Beine nach, kamen durchs silbrige Gras herangeglitten. Er sah große, gut gebaute Männer, in Häute und Felle gekleidet, die Stiefel um die Unterschenkel geschnürt. Sie schwenkten Äxte und Armbrüste und trugen blonde Kriegszöpfe, die ihnen auf die Schultern baumelten.

Vaalaker! Da gab es keinen Irrtum. Caspar biß die Zähne gegen den rauschenden Wind zusammen, als er sein Pferd voranpeitschte. Irgendwie hatten sie die Kluft zwischen den Welten überwunden, ritten vielleicht auf den Winden der Magie, die das Necrönd eröffnet hatte. Er wußte es nicht. Sicher war, daß die verstümmelten Krieger, die allesamt noch die Narben ihres Todes trugen, auf sein Kommando hin gefallen waren. Sie mußten ihn aus ganzer Seele hassen.

Die Männer näherten sich mit unnatürlicher Geschwindigkeit. Die Wölfe schwenkten aus und reihten sich mit ein. Er rammte seine Fersen in Feuerschweifs Flanken und sah mit unendlicher Erleichterung, daß der Grund zu einer Bucht hinunterführte. Es herrschte Ebbe, das Wasser war weit draußen und ließ einen breiten Strand zurück. Vielleicht konnte er den Stand erreichen und um die kleine Landzunge herumreiten, zu den Booten zurück. Er betete darum, daß Perren und die anderen es geschafft hatten, die zerklüfteten Klippen hinunterzuklettern. Wenn sie erst am Meer waren, wären sie gerettet.

Aus den Reihen der Männer auf seinen Fersen kam ein Knurren, das Caspars Blut gefrieren ließ.

»Schnappt ihn!« brüllte jemand mit tiefem Knurren, halb wölfisch, halb menschlich.

Plötzlich ging ein Stich durch Caspars Kopf, und ihm

wurde flau vor Schmerz. Er spürte, daß Mays Griff um seinen Bauch ihn aufrecht hielt.

Sie schrie ihm ins Ohr: »Halt durch, Spar! Halt durch!«

Er fühlte sich benommen. Feuerschweif galoppierte unter ihm, fegte den Hang zum Strand hinunter, die Bewegung seltsam unwirklich. Er war trunken vom pochenden Schmerz in seinem Kopf, der ihn mit der überwältigenden Sehnsucht erfüllte, sich aus dem Sattel zu stürzen und seinen Kopf gegen den Fels am Strand zu schlagen, um sich davon zu befreien. Das Meer! Er mußte zum Meer gelangen.

»Spar!« schrie May. »Tu etwas! Vaalaker, Spar!«

Ohne auf Caspars Kommando zu warten, klapperte Feuerschweif über den schmalen Streifen rutschiger Kieselsteine, wurde kaum langsamer, bis er zum Sand kam. Mit angelegten Ohren galoppierte das edle Tier über die Dünen. Der Schmerz in Caspars Kopf war derart stechend, daß er anfangs kaum noch sehen konnte, doch dann, als er die Feuchtigkeit des Meeres spürte und sie den geriffelten Strand erreichten, sah er die Umrisse eines Segelbootes in den seichten Fluten. Es kam direkt auf den Strand zu.

Er hörte ein Bellen und wußte, daß Trund an Bord war. Die Wölfe schienen die anderen ignoriert zu haben, um ihn und May in die Falle zu locken, was Perren Gelegenheit gab, das bröckelnde Kliff hinabzuklettern und zu den Fischerbooten hinüberzuwaten. Ohne Zeit zu vergeuden, hatte der Steinwicht die Segel gesetzt, die Landzunge umsegelt und war ihm dann zu Hilfe geeilt.

Ermutigt drückte er seine Fersen in Feuerschweifs Seite, denn die Hoffnung auf Rettung linderte den Schmerz. Sie mußten es zum Boot schaffen!

Gespenstische Vaalaker ritten auf Trollen heran, die mit den Fersen auf den Boden trampelten, und die Luft war von Armbrustbolzen erfüllt, die tief in den Sand schlugen. Feuerschweif stolperte und kam ins Wanken, und die Vaalaker kamen näher. Wild schwankte das Pferd, als ein Bolzen die Haut an seiner Flanke streifte und ein Stück Fell herausriß, doch als wahres Streitroß lief er weiter. Sie kamen besser voran, als sie festeren, feuchteren Sand erreichten, der vom ablaufenden Wasser zu endlosen Riffeln geformt war.

May kreischte, als ein Pfeil ihr Ohr streifte, und obwohl die schwappenden Wellen nun kurz vor ihnen lagen, war Caspar doch nah daran, den Mut zu verlieren. Die Wölfe waren ausgeschwenkt, um sich ihnen von der Seite zu nähern, wollten ihnen den Weg zum Boot abschneiden.

»Große Mutter, hilf uns!« rief er und sah zum Boot hinüber, dessen Kiel verhinderte, daß es näher kam, und noch lagen gute zwanzig Schritte vor ihnen.

Bis zur Brust stand Perren im Wasser und planschte ihnen entgegen, schwenkte mit einem Arm ein Paddel und schrie die Wölfe auf Caspars Seite wütend an. Der Junge dachte einzig und allein daran, May in Sicherheit zu bringen, und er stürmte am Steinwicht vorbei, stürzte durch die Wellen auf das Boot zu.

Es schwankte auf seichtem Wasser, und ein Ankerseil hing über Bord. Caspar schwang May nach vorn, warf sie an Deck, während Fern und Runa nach ihr aus dem Wasser kletterten. Fern und May gaben sich alle Mühe, eine breite Planke herunterzulassen, damit Feuerschweif an Bord gelangen konnte. Caspar sprang ins Wasser, um sein Pferd hinaufzuführen, und wurde dreimal unter Wasser gedrückt, bis es ihm gelang. Erschöpft und von blauen Flecken übersät sah er sich nach Perren um.

Die Wölfe und Vaalaker standen am Strand. Sie fürchteten das Wasser, doch die Trolle waren hinein gewatet, um Perren anzugreifen, der mit einem Paddel auf sie einschlug. Ein Troll stürzte, und der ihm folgende stolperte über den gestürzten Kadaver, was Perren Gelegenheit gab, einem Dritten den Schädel einzuschlagen, doch es kamen immer mehr. Caspar schreckte zusammen, als ein Armbrustbolzen in die Bootswand schlug, daß das Holz splitterte. Perren stürzte sich auf den nächsten Troll, der sich beinahe am Boot festhalten konnte.

»Lichtet den Anker!« rief er.

»Schnell, komm an Bord«, drängte May, die sich an eine hölzerne Ruderbank am Heck des Bootes drückte. Runa schmiegte sich an sie, und Trund lag ihr zu Füßen. »Perren, schnell!«

Der Steinwicht stieß den Troll zurück und watete dem Boot entgegen.

»Spar, ich kriege dich!« schrie ein dunkler Schatten vom Strand her.

Perren taumelte und sah Caspar eindringlich an. »Sorg dafür, daß du das Necrönd gut versteckst.« Damit wandte er sich dem Strand zu.

Caspar stand auf und schrie: »Nein, nein! Perren, wir können es alle schaffen.«

Wild um sich spritzend stampfte der Steinwicht der dunklen Gestalt des Wolfsmannes entgegen, während von beiden Seiten Trolle kamen. Fürchterliches Kreischen hallte über die Bucht, und viele starben, da der Steinwicht ihnen mit ungeheurer Kraft die Kehlen herausriß.

Klappernd fiel der Anker auf das Deck. Caspar schwenkte ein Paddel, stieß sich vom Sand ab, und sie versuchten, das Boot zu wenden. Dann plötzlich fing der Wind sie ein, und sie waren unterwegs, wobei das Wasser um sie vor Pfeilen brodelte. Der eine oder andere landete in den Segelrollen hinter May, die auf dem Deck kauerte.

»Perren, schnell!« rief Caspar, wendete das Boot in den Wind, um es im tieferen Wasser zu halten, außerhalb der

Reichweite dieser Armbrüste. Doch der Steinwicht machte keine Anstalten umzukehren, während immer mehr Trolle sich um ihn sammelten. Dann hatten sie ihn am Bein und zerrten ihn an den Strand zurück zu ihren geisterhaften Herren. Gespenster mit großen vaalakischen Äxten umgaben ihn.

»Nein, nein, Perren!« schrie May. Plötzlich war er unter der zankenden Menge aus buckligen Trollen und Axtkämpfern nicht mehr zu erkennen. Einer schwang eine Peitsche und zwang die widerwilligen Trolle, ihre Beute in Frieden zu lassen.

»Er bewegt sich noch«, stöhnte May.

Ein großer Arm drosch um sich, während die Vaalaker einen Kreis um ihn bildeten, ihre Äxte hoben und diese immer und immer wieder auf ihn einhieben. Ein Brüllen wie aus der Erde selbst erschütterte die Felsen und hallte immer wieder durch die kleine Bucht.

In schweigendem Salut stand Caspar da und bewunderte die Tapferkeit des Steinwichts, während das Boot unter seinen Füßen schwankte.

KAPITEL 6

In jeder Nacht erwachte Hal schwitzend vom selben Alptraum. Er schüttelte den Kopf, versuchte, die ekelerregenden Empfindungen aus seinen Gedanken zu vertreiben, doch er war nach wie vor verwirrt und unerklärlich furchtsam. Sein Körper war auf unerträgliche Art und Weise verkrampft. Da er keinen Muskel rühren konnte, fühlte er sich, als wäre er in einem Sarg eingesperrt, aber seine Augen sagten ihm, daß er in einem Stock feststeckte.

Wirbelnde, verrauchte Finsternis umfing das weite Grün, und ihm stach der Geruch von moderndem Laub in der Nase. Benommen reckte er den Hals, um nachzusehen, ob die Zauberer noch über ihren Kessel gebeugt standen und ihn mit geistverwirrenden Bannsprüchen bedachten. Grüner Rauch trieb durch ihre körperlosen Leiber, und sie hoben die Hände, griffen nach der Leere und zogen sie in sich, als versuchten sie, seine Gedanken in der Luft einzufangen.

Seine Gedanken. Es war schändlich! Sie stahlen seine Gedanken und wendeten sie gegen ihn. Er konnte keine Flucht ersinnen, ohne daß die Zauberer von seinem Plan erfuhren. Und wo war Brid? Er hatte schreckliche Angst um sie.

Die Zeit quälte sich dahin, und er konnte nur bitter zu den Zauberern hinüberstarren. Von seiner Pein geschüttelt überlegte er, was sie dort wohl taten. Langsam formte sich über ihren Köpfen ein kleines Bild aus dem Dampf, der vom Topf aufstieg. Die nebulösen Umrisse einer Gestalt auf einem schwankenden Deck waren zu erkennen, die Hände zum Gruß erhoben, und die Zauberer erhoben sich, um singend darum herum zu wandern. Hal hatte das Gefühl, als kauerte etwas Riesenhaftes und Schwarzes gleich hinter ihnen, dem vor Ungeduld der Speichel aus dem Maul rann.

Zeit verstrich. Er wußte nicht, wieviel Zeit, da sich diese in den Folterqualen seiner Träume verdreht und gedehnt hatte. Nacht für Nacht riefen die Zauberer dieselben Bilder wach, und jedesmal wußte Hal sofort, daß es Caspar war. Nun sah er, wie sein Neffe am Boden eines schwankenden Bootes lag. Von Zeit zu Zeit rieb Caspar an seinem Kopf herum, offenbar verärgerte ihn etwas. Dann blickte die Erscheinung unsicher auf, blinzelte die Zauberer an, sah sie offensichtlich nicht, war sich aber dennoch der Gegenwart von etwas Finsterem bewußt. Ängstlich sah er sich um, während die Zauberer ihn umkreisten, wobei der dunkelrote Rauch aus ihrem Kessel über ihnen hing. Dann, als sie sich wieder schlafen legten, schlich der schwarze Schatten vorwärts zwischen die Zauberer. Hal konnte nun nichts mehr sehen, da der Rauch um Caspar sich verdichtete und der Schatten hineinglitt.

»Spar!« rief Hal, bekam aber keine Antwort.

Verzweifelt biß er die Zähne zusammen, weil er wußte, daß sein eigener, allnächtlicher Alptraum bald beginnen sollte. Der schwarze Nebel am Rande der Rasenfläche war verschwunden und mit ihm die Stöcke. Er stand auf der zerfurchten Erde eines Turnierplatzes. Zitternd vor Zorn sah er hilflos, wie drei Ritter Brid über das Feld schleppten und sie an einen Pfahl fesselten. Allnächtlich hörte er, wie Brid schrie, daß er sie retten solle. An dieser Stelle seines Traums erschien sein altes Schwert in seinen Händen, und er kämpfte wie ein wütender Stier darum, sie zu beschützen, hieb und stach auf die begehrlichen Ritter ein, die ihm sein schönes Weib nehmen wollten.

Beharrlich donnerte der schwarze Ritter durch die Arena, um sich Brid zu holen.

»Ich will sie haben! Ich will sie haben, bevor sie brennt«, höhnte er. »Sie ist sehr klein, aber ihr die Jungfernschaft zu nehmen, bevor sie stirbt, dürfte eine hübsche Abwechslung vor dem Abendessen sein.«

»Üble Worte eines Wesens, das nicht einmal wert ist, die Sohlen ihrer Stiefel zu küssen, und selbst dafür müßtest du dein Leben lassen!« drohte Hal.

Der Ritter griff an und zielte mit der stählernen Lanze auf Hals Kehle. Er stand ungerührt. Die Lanze streifte seine Schulter und riß ihn herum, aber er fand sein Gleichgewicht und konnte mit der Rückhand einen Hieb nach seinem Gegner schlagen. Dennoch war es zwecklos. Der Ritter wendete sein Roß und machte sich über ihn her, eine donnernde Tonne aus Muskeln und Metall, die mit der Lanzenspitze auf Hals Brust zielte.

Er warf sich zu Boden, um der Spitze auszuweichen, rollte weg und schlug nach den haarigen Beinen, als diese vorüberstampften. Er spürte den Ruck, als die Klinge traf. Die Erde bebte, als das Pferd taumelte und fiel, wobei es den Reiter zermalmte.

Taumelnd kam Hal auf die Beine. Er hob sein Schwert mit beiden Händen über den Kopf, als schwinge er eine Axt, um Holz zu spalten, und hieb auf den Hals des Mannes ein. Die Axt durchschlug die Rüstung, ging durch Fleisch und Knochen, daß rötliches Blut aufspritzte.

Rückwärts taumelnd starrte Hal den Ritter an. Schon früher hatte er Männer getötet, wobei das blutige, schmutzige Geschäft ihm kaum jemals Sorgen bereitet hatte, da Mordlust und Überlebenswille ihn erfüllt hatten. Dies nun jedoch war widerlich. Das Blut schäumte und verdunkelte sich zu schmutzigem Grün. Der Ritter schrumpfte in seiner

Rüstung und zappelte und kreischte, da der Hals nicht ganz durchtrennt war und sich wie ein Stück von einem Wurm wand, der nicht sterben wollte. Noch einmal schlug Hal zu, um den Mann von seinem Elend zu befreien, dann drehte er den Leichnam um und sah, daß es kein Ritter mehr war, sondern ein langgliedriger Kobold.

Auch das schwarze Pferd war nun drei Kobolde.

Nacht für Nacht griffen ihn dieselben Kreaturen an. Bald schon lernte er, daß die schnellste Methode, seinen Gegner niederzuringen, darin bestand, das große, schwarze Pferd zu töten. Jedesmal verwandelten sich das schöne Pferd und der mächtige Ritter in kreischende, halb verhungerte Kobolde, deren Kadaver von anderen ihrer Art dann fortgeschleppt wurden. Und jedesmal verschwand Brids Abbild dann.

Dann sah er sich eines Nachts demselben schwarzen Ritter gegenüber, doch war das Pferd ein anderes. Er ritt Hals kastanienbraune Stute Wunderwind. Nie war Hal wegen eines Pferdes sentimental gewesen, doch Wunderwind war anders. Makellos zugeritten, stark und furchtlos. Es wäre schrecklich, sie zu töten.

Aber sie ist es nicht, sagte er sich.

An den Pfahl gefesselt schrie Brid um Hilfe. »Bring mich heim zu Keridwen«, rief sie. »Alles wird verloren sein, wenn wir nicht mit Cymbeline heimkehren.«

Er wußte nicht, ob es ein Bild von Brid war, das auf einen dieser widerwärtigen Kobolde projiziert war, oder ob er die echte Frau sah. Es trieb ihn schier in den Wahnsinn.

Der schwarze Ritter griff an. Wunderwinds anmutige Beine stampften über den Boden und trugen den Ritter mit wilder, erschreckender Geschwindigkeit. Hal hob sein Schwert. Wunderwinds Ohren waren aufgestellt, und ihre

Augen, diese guten, warmherzigen Augen, waren voll Vertrauen.

Aber es ist nicht wirklich Wunderwind, sagte er sich immer wieder und holte mit seinem Schwert aus, wollte eben auf das Tier einschlagen. Er hatte es bei Abelard gelassen. Er richtete sich auf, machte sich bereit. Als er beiseite sprang, um den fliegenden Hufen zu entgehen, schwang er sein Schwert. Das Pferd stampfte an ihm vorüber, und seine Klinge schnitt tief durch Brust und Bein. Blut brach aus der Wunde hervor, spritzte zu Boden. Die durchtrennten Beine knickten ein, und das Tier ging zu Boden, zermalmte den Ritter unter sich.

Blut schäumte um den Schnitt in ihrer Brust. Wunderwind schrie und trat um sich, zuckte mit dem Bein, das an drei Stellen gebrochen war. Sie rollte auf die Beine, kam taumelnd hoch und fiel dann gegen Hal. Er sprang eben noch zurück, damit er nicht zerschmettert wurde, und sah bedrückt, wie sie zu Boden ging. Zweimal noch wollte sie aufstehen, dann brach sie schwer atmend zusammen, die Augen groß und erschrocken.

Sie schrumpfte nicht zu häßlich grünen Kobolden.

»O nein! O Mutter, was habe ich getan?« sagte er leise und sah, daß nur der Kobold, der die Rolle des Ritters gespielt hatte, fortgeschleppt wurde. Das Pferd blieb ein Pferd, starb langsam und qualvoll.

Die Zauberer kreischten vor Vergnügen. »Siehst du, Hal, man weiß nie so recht, wann es real ist und wann nicht. Es sieht alles genau gleich aus.«

Hal hörte kaum zu. Beißende Tränen ließen alles um ihn verschwimmen, aber er wollte sich ihnen nicht hingeben. Er stand über das Pferd gebeugt und hob sein Schwert, bereit, ihm den Gnadenstoß zu geben. Doch bevor die Klinge auf Wunderwind niedergehen konnte, hatten die langgliedrigen Kobolde ihn bereits gepackt und zu etwas verschleppt, was er für die Stöcke hielt.

Den ganzen Tag lang sah er, wie sein Pferd langsam verendete, und wartete, daß dessen Qualen vergingen. Er schloß die Augen und blinzelte die Tränen fort. Er fragte sich, wie lang diese Qualen dauern sollten, und fürchtete die kommende Nacht, in der er wieder würde kämpfen müssen, ohne zu wissen, ob diesmal die echte Brid am Pfahl gefesselt stünde oder nicht.

Schließlich starb Wunderwind, und Hal betete darum, daß sie sich in eine dieser gräßlich kleinen, grünen Kreaturen verwandeln würde, doch das tat sie nicht. Sie blieb das große treue Roß, das er so zu lieben gelernt hatte. Gern hätte er mit der Faust etwas geschlagen, aber er war in den Stock geklemmt und konnte sich nicht rühren.

Der Abend kam und mit ihm der unvermeidliche Alptraum. Caspars Bild verblaßte vor seinem inneren Auge, und er fand sich auf dem Turnierplatz wieder. Erneut begann der Kampf, doch diesmal erkannte er am rotweiß karierten Wappenrock, daß der Ritter, der ihm dort gegenüberstand, Ceowulf sein mußte. Das Herz schlug ihm bis zum Hals, und die Zunge klebte ihm am Gaumen. Er hatte die echte Wunderwind getötet. War dieses dort der echte Ceowulf? Und das Mädchen dort am Pfahl? Er warf einen Blick auf das wunderhübsche Wesen, betrachtete das lange, braune Haar, in dem Kupfer glänzte, und den trotzigen Ausdruck ihres zart gerundeten Kinns. War das Brid? Würde er den echten Ceowulf um eines Kobolds willen töten, der ihm vorgaukelte, Brid zu sein?

Das Mädchen sah seinen Blick und rief: »Hal, ich liebe dich.«

Jedesmal, wenn sie ihn rief, benutzte sie andere Worte, doch ihre Bedeutung war stets dieselbe. »Rette mich. Bring mich fort von hier. Wir müssen heim. Wir müssen es schaffen. Wir müssen heimkehren, um Keridwen zu retten.« Es war so typisch für Brid, daß sie nicht um sich fürchtete, sondern um andere. Nun allerdings rief sie etwas anderes, und Hal zögerte.

»Rühr ihn nicht an, Hal. Du darfst es nicht riskieren. Es ist Ceowulf, und die Folter hat ihn wahnsinnig gemacht. Er sieht dich als Kobold. Sein Geist ist verwirrt. Du mußt beiseite treten. Er wird dich bis in den Tod bekämpfen. Tritt beiseite.«

Hal konnte nicht. Nach wie vor mußte er Brids Abbild verteidigen, falls sie es wirklich war. Ihm blieb nur zu schreien: »Ceowulf! Ich bin es, Hal!«

Am anderen Ende des Platzes hatte der Ritter seinen schwarzen Hengst gewendet und kam ihm donnernd entgegengaloppiert. Hal mußte eine Entscheidung treffen. War es der echte Ceowulf? War es die echte Brid? Waren sie beide real? Er war nicht einmal sicher, ob er Ceowulf in einem offenen Kampf besiegen konnte, und er hatte seine Zweifel. Dennoch konnte er nicht riskieren, daß Brid etwas geschah.

In seiner Verzweiflung hob er die Arme und flehte um Hilfe. »Große Mutter, gib mir Kraft. Sag mir, was ich tun soll.«

Er hörte keine Antwort, nur das Feixen der Zauberer über seine Pein. Hal biß die Zähne zusammen. Er hatte keine Wahl. Er mußte gegen Ceowulf antreten, der sein bester Freund war, weil er Brid nicht gefährden durfte.

In letzter Sekunde schwang er sein Schwert, um zu kämpfen, und spießte das Pferd zwischen den Vorderbeinen auf. Sein Schwert glitt von der Brustpatte, bohrte sich ins Fleisch. Er wurde von den Beinen gerissen und mehrere Schritte rückwärts getragen, bis das Tier stolperte und krachend zu Boden fiel. Der Reiter rollte ab. Entsetzt und schuldbeladen trat Hal zurück, als er das Streitroß sah.

Statt zu schrumpfen und sich in einen dieser grünhäutigen Kobolde zu verwandeln, blieb das Tier, wie es gefallen war. Es handelte sich tatsächlich um Ceowulfs schwarzen Hengst Hexer, der dort am Boden lag. Kein schleimiger Kobold wand sich am Boden, dessen dunkelrotes Blut ins Erdreich sickerte. Nein, eine hellrote Blutlache breitete sich um das Pferd aus. Ihm blieben nur einige Sekunden, es anzustarren, das Entsetzen wirken zu lassen, bis der Ritter wieder auf den Beinen stand.

»Teuflischer Kobold, geh weg von ihr! Geh weg von Brid!« bellte der Ritter im rotweißen Wappenrock.

Falls dieser Ritter wirklich Ceowulf sein sollte, dann sah er ihn als feindlichen Kobold, und er zweifelte keinen Moment daran, daß der große Ritter alles geben würde, um Brid zu retten. Hal blieb kaum noch Zeit, sein Schwert zu heben und sich dafür bereitzumachen. Nie zuvor war er Ceowulf ernsthaft im Kampf begegnet. Natürlich hatte er mit dem Ritter gerungen und war sich stets darüber im klaren gewesen, daß der Söldner sich zurückhielt. Nun würde Hal die Wahrheit herausfinden.

Statt nach seinem Schwert griff Ceowulf nach dem Morgenstern und schwang die Kugel auf und nieder, um sie Hal an den Kopf zu schlagen.

Hal duckte sich, hob sein Schwert zu spät, um diesen Hieb abzublocken, und die Kette schlang sich um die Klinge, so daß die Kugel seine linke Schulter traf und ihm das Schwert entriß. Krank vor Schmerz sank er auf die Knie und hielt seinen Arm.

Er wußte, daß der nächste Hieb seinem Leben ein Ende bereiten würde. Der Schmerz war allzu wirklich. Dies alles mochte Illusion sein, aber er hegte kaum Zweifel daran, daß er, wenn er sich vorstellte, sterben zu müssen, tatsächlich sterben würde. Ceowulf stand über ihn gebeugt und hielt nun sein Schwert mit beiden Händen, bereit, auf ihn einzuschlagen und ihn in zwei Teile zu hacken.

Ein kurzes Zögern flackerte in den Augen des Ritters, bevor er zuschlug. Hal täuschte eine Wendung nach rechts an, und dann rollte er, da er wußte, daß dieses Manöver unerwartet käme, hart nach links und drückte seinen gebrochenen Arm unter sich, daß ihm der Schmerz die Sicht nahm. Ceowulfs Schwert bohrte sich in den Boden, grub sich nur einen Daumenbreit neben Hals Ohr in die Erde. Wieder rollte Hal ab und griff nach seinem Schwert. Er wollte zurückschlagen und dem Ritter die Achillessehne durchtrennen, doch auch er zögerte.

Es war Ceowulf, der echte Ceowulf. Er hatte dieses kurze Zögern in den Augen des Ritters gesehen, dieses Zögern, das ein so erfahrener Söldner wie Ceowulf einem Feind nie zeigen würde. Ein Kobold hätte seinen Angriff ohne Gnade fortgesetzt, doch dieser Ritter hatte seine Zweifel, ob er töten sollte. Hal überlegte, wie er sich am besten zu erkennen geben konnte, und durchschlug den Zauber der Illusion, die seine eigene Gestalt umgab und Ceowulf in ihm den Feind vorgaukelte.

»Ceowulf, halt ein! Ich bin es, Hal!« rief er und wich vor dem Ritter zurück.

Brid heulte vor Verzweiflung. »Sei vorsichtig, Hal. Er hört deine Worte nicht unbedingt richtig.«

Das stimmte offenbar. Er stürzte voran, trat Hal fest in die Rippen und schlug ihn mit seinem Schwert, schnitt ihm tief in den Muskel seines gesunden Armes. Hal ließ sein Schwert sinken und sah hilflos mit an, wie der Ritter über ihn gebeugt stand.

Zitternd vor Schmerz, mit zwei nutzlosen Armen, flehte

Hal: »Große Mutter, zeige ihm, wer ich bin!« Bittend sah er den Ritter an. »Um der Gnade willen, Ceowulf, du Mistkerl, sieh dir an, was du getan hast!«

Der Ritter wich zurück. »Hal? Hal, bist du das? Ich weiß es nicht, ich bin nicht sicher. Ich sehe einen schwer bewaffneten Ritter mit Wurfmessern am Gürtel und einem Krummschwert, der angreift, so sehr ich auch zurückschlagen mag. Hal, bist du es?«

»Ja, ich bin es! Ceowulf, ich bin es.«

Der Ritter reagierte, indem er mit seinem Panzerstiefel Hal in die Rippen trat, bis es knirschte. Er hörte ein Knakken, das Knacken eines Knochens, und stöhnte. Er hatte sich nicht bewegt, doch offensichtlich glaubte Ceowulf, er hätte nach seinem Schwert oder Messer gegriffen.

Er schloß die Augen und betete. »Große Mutter ...«, begann er, dann dachte er, daß er die Große Mutter gar nicht wirklich kannte, wohingegen er Brid gut kannte. »Brid!« rief er. »Warum hast du mich verlassen? Brid, warum? Du mußt doch stark genug sein, diesen Bann zu brechen.«

Aber das war sie nicht. Die Trinität war zerbrochen.

Ceowulf hob sein Schwert, um zuzuschlagen, doch wieder zögerte der Ritter. »Hal, gnade mir, bist du das?«

Hal verlor den Mut. Er hätte alles dafür gegeben, eine Rüstung zu besitzen, die ihn vor Ceowulfs Schwert hätte schützen können. Er wußte jetzt auch, daß er die Kampfkunst seines Freundes und die Wildheit und Kraft, mit der er diese einsetzte, stets unterschätzt hatte. Caspar, so dachte er, hätte den Zauber mit einem Runenzeichen gebannt, aber dafür war es zu spät, denn er konnte seine Hände nicht mehr bewegen.

»Mutter, Große Mutter, mach, daß er mich hört!« rief er, als der Ritter erneut mit seinem Morgenstern auf Hals zerschmetterte Schulter einschlagen wollte. Der Schmerz ließ alles um ihn schwarz werden und ging durch seinen ganzen Körper. Er machte seinen Rücken krumm und wollte ihm entkommen.

Warum konnte Ceowulf den Namen der Großen Mutter nicht hören? Warum? In seiner Pein fiel ihm die Antwort ein. Weil Ceowulf ein desillusionierter Mann war, ein Zyniker, und der Krieger in ihm ließ kein unumwundenes Vertrauen zu. Oft hatte er gesagt, er hätte zuviel blutiges Schlachten gesehen, als daß er an Götter glauben konnte. Doch wenn er den Trost im Namen der Großen Mutter nicht hören wollte, was dann? Den Namen seiner eigenen Mutter natürlich! Oh, um Himmels willen, wie war der? Hal rang um einen klaren Gedanken.

»Alicia!« schrie er. Natürlich, das war es. »Alicia!«

Ceowulf trat zurück. »Oh, bei allem, was mir heilig ist!«

Der Ritter warf Schwert und Morgenstern zu Boden und beugte sich über den Kopf des Freundes. Er wollte mit den Händen nach Hals Wunden greifen, doch er schüttelte sich und riß sich das Hemd vom Leib, riß es in Streifen, um Bandagen zu bekommen.

»O Mutter! Der Ritter, gegen den ich gekämpft habe, trug eine Rüstung. Ich habe das laute Klirren gehört, als mein Schwert von ihm abprallte. Ich wollte ihn nur betäuben. O Hal, o Mutter, was habe ich dir angetan?« flüsterte er und riß den feinen Stoff seines Rocks in Streifen, um den Blutfluß aus Hals Wunden abzubinden und zu lindern.

Hal dachte, er müßte sich vor Schmerz erbrechen.

»Hal, lebst du?«

»Ja!« knurrte der Torra Altaner, doch er wünschte beinahe, dem wäre nicht so.

Sein rechter Arm war nicht so übel zugerichtet, der Schnitt in seinem Muskel eher lang als tief, so daß ein paar Stiche sicher helfen würden. Die linke Schulter und der

Oberarm dagegen waren eine andere Frage. Ceowulf gab sein Bestes, die breiige Masse zu schienen und das zerfetzte Fleisch zu reinigen, aus dem Knochensplitter ragten.

»Brid muß helfen«, sagte er bedrückt und sah zu jenem Pfahl hinüber, doch Brids Abbild war nicht mehr da.

Hal kniff die Augen gegen den Schmerz zusammen. »Brid, wo bist du? Ich habe für dich Welten durchquert. Such mich jetzt.« Er blinzelte zu Ceowulf auf. »Wo ist sie?«

»Schscht, Hal, bleib ruhig. Wir wissen nicht, wo sie ist, und wenn wir sie nicht bald finden, werde ich diesen Arm abnehmen müssen, weil du sonst stirbst.«

»Rühr mich nicht an!« zischte Hal zurück und zitterte vor Schmerz.

KAPITEL 7

May betastete das Halbrund der grünen Prellung an ihrem Unterarm, wo die großen Zähne des Steinwichts ihren Abdruck hinterlassen hatten. Ihre Lippe bebte, als sie daran dachte, daß diese Prellung Perrens letztes Testament war und alles, was noch an ihn erinnerte. Brennende Tränen glitzerten in ihren Augen.

»Ich kann nicht glauben, daß er fort ist.« Sie schniefte und fing schließlich an zu schluchzen. »Er hätte es schaffen können. Warum hat er es nicht versucht? O Perren!«

Fern nickte, während seine Kiefer leidenschaftlich etwas kauten. Caspar sah den triefnassen Essensbeutel in seiner Hand und entriß ihm das Ding.

»Wie kannst du in einem solchen Augenblick essen? Perren ist tot. Er hat sein Leben für uns geopfert. Du könntest ihm wenigstens etwas Respekt erweisen.«

Fern zuckte mit den Achseln. »Ich habe gestern um ihn geweint. Ich mochte den Burschen nie so recht, aber ich konnte nicht anders, weil er noch so jung war. Er war schon tot.«

»Wie meinst du das?« Caspar schluckte den Frosch in seinem Hals herunter und überlegte, wie er dem Steinwicht ein würdiges Angedenken wahren konnte.

»Hast du es nicht gemerkt? Er kannte unsere Gedanken, obwohl wir gar nicht durch Wasser miteinander verbunden waren.«

Mit leerem Blick starrte Caspar den Faun an.

Fern schnaubte ungeduldig. »Er hat unsere Gedanken durch die Knochen der Großen Mutter gespürt. Er wußte, daß seine Zeit gekommen war, je näher er Ihr kam. Erinnerst du dich nicht? Er hat uns erzählt, daß Steinwichte dieses Privileg genießen, wenn der Tod sie ruft. Offensichtlich war die Wüste zuviel für ihn, und auch wenn er wieder bei Sinnen war, ist sein Körper doch unter ihm verfallen.«

Caspar schluckte und erinnerte sich daran, wie Perren erlahmte und taumelte, ihnen jedoch bis zum letzten Augenblick geholfen hatte.

»Jedenfalls fühle ich mich nicht schuldig. Er hat sein Leben für das Necrönd gegeben, nicht für mich«, fügte Fern hinzu.

Caspar ignorierte den Faun. »Wir müssen dafür sorgen, daß wir ihn nicht enttäuschen. Wir müssen das Necrönd weit von dieser Küste an einen sicheren Ort bringen.« Er beugte sich über die Reling und rief über die Wogen hinweg: »Fürchte dich nicht, Perren, wir sorgen dafür, daß deine Geschichte erzählt wird. Die Welt soll von deinem Mut erfahren. Wir müssen dafür sorgen, daß eine Geschichte ein Ende bekommt.«

May schluchzte. »Ein edles und mächtiges Wesen, von vaalakischen Äxten niedergemacht ... ganz wie meine Mutter. Wir werden dafür sorgen, daß dein Werk vollendet wird, Perren«, sagte sie und sprach die Worte leise, mit grimmiger Überzeugung. Caspar vermutete, daß das Versprechen ebenso ihrer Mutter als auch dem großen Steinwicht galt.

Er nickte und sah durch brennende Tränen auf das grüne Meer hinaus. Die Winde wehten von Land her die Hitze aus der Wüste über die kühlen Fluten und brachten wirbelnden Dunst mit sich. Die Brise war frisch, und er mußte sich alle Mühe geben, damit das Boot nicht auf das Meer hinausgetrieben wurde, ostwärts mit dem Wind. Dorthin wollte er, doch nicht ohne Proviant. Er suchte nach einem kleinen Fischerdorf, das er anlaufen konnte.

Sie würden soviel Wasser und Lebensmittel wie möglich mitnehmen müssen. Er sah Feuerschweif und Fern an und dachte an deren Riesenhunger, und er fällte einen Entschluß, was mit ihnen zu tun wäre.

»Seht! Wellenbrecher!« May deutete begeistert in die Wogen. »Und was ist das da drüben am Ufer? Anscheinend nähern wir uns endlich einem Dorf.«

»Irgendwelche Kisten«, sagte Caspar mit Blick auf die Küste und erinnerte sich an Ursulas Geschichte, wie Austernfischer an Oriaxias Ostküste sie aufgezogen hatten. »Ich denke, diese seichten Fluten dürften Austernbetten sein«, sagte er erleichtert. Die letzten Stunden waren harte Arbeit gewesen, da er darum hatte kämpfen müssen, das Boot auf Kurs zu halten, und der Gedanke, bald an Land zu gehen, erleichterte ihn. Er wußte nicht, wie lange er Ferns Murren über seinen Mangel an Seemannskünsten noch ertragen konnte.

»Elergian hatte keine solchen Probleme«, erklärte der Faun, als sie wiederum seitwärts auf die Wellen trafen und Gischt über sie hinwegging, so daß alle bis auf die Haut naß wurden. Die Sonne war warm und trocknete sie schnell, doch das Salz blieb, von dem ihnen die Haut juckte und wund wurde.

Sie kamen um eine kleine Landzunge und sahen Hummerboote, die an der Küste auf und ab fuhren. Hinter einem felsigen Kap kam ein farbenfrohes Dorf in Sicht. Die flachen Häuser waren breit und lindgrün gestrichen, mit gelben Türen und Fenstern. Nach allem, was Caspar sah, mochte es das Dorf sein, aus dem Ursula gekommen war. Er lächelte bei dem Gedanken an sie und betete darum, daß sie bei Reyna sicher wäre. Das Sklavenmädchen hatte für eine Lebensspanne schon zuviel gelitten.

Er steuerte auf einen von Muscheln überwucherten Anleger zu und versuchte, den Wind aus den Segeln zu lassen, wie Elergian es ihm gezeigt hatte. Aber er war kein Meister der Segelkunst und konnte sich lediglich festhalten, als das Boot über den rauhen Stein glitt und plötzlich ruckend zum Stehen kam.

May warf ihm einen kritischen Seitenblick zu.

»Ich gebe mein Bestes!« protestierte er.

»Das Kind«, beharrte sie. »Wir müssen an das Kind denken.«

Die Wölfin und Trund sprangen an Land, während Feuerschweif auf die Planken stolperte und nach einer Austernpalette trat. Eilig lenkte Caspar sein Pferd fort vom Wasser und blieb am Ende des Anlegers bei einer Reihe von Buden und einem Wirtshaus stehen.

Er trat an einen jungen Mann heran, der Austern in verschiedene Körbe sortierte, und räusperte sich. »Wasser und Proviant?« sagte er langsam und deutlich. »Wir brauchen Wasser und Proviant.«

Mit gerunzelter Stirn sah der Mann ihn an und betrachtete aufmerksam seinen Mund. Dann murmelte er etwas auf Oriaxianisch, legte die Auster in seiner Hand beiseite und wandte sich zum Gehen.

»Nein, geh nicht. Wir brauchen Proviant«, sagte Caspar eindringlich, eilte dem Mann nach.

May hielt Caspar am Arm. »Er sagt, wir sollen warten.«

»Woher weißt du das?«

Sie zuckte mit den Achseln. »Einfach nach dem, wie er es gesagt hat.«

Caspar wartete, fühlte sich albern, während sich eine Menge um ihn versammelte, deutete und plapperte. »Hallo!« sagte er fröhlich. »Ein hübsches Dorf habt Ihr.«

Niemand unternahm einen Versuch, etwas zu erwidern,

und es dauerte eine Weile, bis der Austernmann mit einem Älteren wiederkam, der mit Muscheln- und Korallenketten behängt war. Er sprach mit ihnen und klang für Caspars Ohren dabei meist wie ein blökendes Schaf. Da er kein Wort verstand, zückte er seinen Geldbeutel und klimperte damit. »Wir möchten Proviant und Wasser kaufen«, wiederholte er ganz langsam, doch sahen sich die Männer nach wie vor mit leeren Blicken an.

»Gnade, Mutter!« rief May verzweifelt, schob Caspar aus dem Weg und funkelte ihn an, als sei er ein Idiot. Auf höchst einnehmende Weise mimte sie den Akt des Essens und Trinkens. Die Männer lachten einsichtig und nickten, deuteten auf das Wirtshaus mit den offenen Türen, aus dem Gesang zu hören war. May schüttelte den Kopf, wiederholte ihr Schauspiel und deutete dann aufs Boot.

Endlich kam die Botschaft, daß sie Proviant bräuchten, an, und Caspars Börse wurde untersucht, um nachzusehen, welche Art der Bezahlung sie anboten. Enttäuscht stießen die Dörfler den Beutel von sich.

»Anscheinend hat König Rewiks Bildnis auf einer Münze in Oriaxia nur wenig Wert«, sagte Caspar zu May, während er ihre gemeinsame Habe nach Dingen durchsuchte, die er zum Tausch anbieten konnte. Zu Caspars Erleichterung waren die Austernfischer höchst begeistert, was das Einhornhorn anging, und bald wurden Fässer mit frischem Wasser den Anleger hinuntergerollt, und man trug ihnen Paletten mit getrocknetem Brot, gepökeltem Fisch und Datteln zum Boot.

Als diese verladen waren, sah Fern von Caspar zu dem großen, staubigen Sack, der nach wie vor auf dem Anleger stand, und sah nach, was darin war. »Was ist mit dem Getreide? Warum ist es nicht an Bord?« fragte er.

Caspar schüttelte den Kopf. »Weil ihr es brauchen werdet, Feuerschweif und du. Und das hier.« Er reichte Fern eine Handvoll Münzen.

»Aber ...« Begriffsstutzig sah Fern ihn an.

»Ich kann euch nicht mitnehmen«, sagte Caspar barsch. »Es wäre nicht fair, Feuerschweif mitzunehmen, und du mußt auf ihn achtgeben. Du mußt ihn nach Hause bringen. Hal wird sich darüber freuen.«

»Hal mag mich nicht.«

»Natürlich mag er dich, Fern. Jedenfalls wirst du ihm eine Nachricht überbringen. Du mußt ihm sagen, daß ich nicht heimkehren werde. Sind wir erst außer Sichtweite dieser Küste, werden uns die Winde über den Ozean wehen, und – wie Ursula sagte – wir können nicht umkehren. Am Ende wird Torra Alta nun ihm gehören.«

Darüber dachte Fern einen Moment lang nach und wiederholte dann: »Hal mag mich nicht.«

Caspar seufzte. »Erstens, Fern, ist das Boot nur kurze Zeit groß genug für ein Pferd, und zweitens eßt ihr zuviel, Feuerschweif und du. Wir können einfach nicht genügend Proviant aufnehmen. Wer weiß, wie viele Tage wir auf See sein werden?« Seine Stimme war barsch, und er gab sich Mühe, sein Pferd nicht anzusehen. Er konnte den Gedanken, Feuerschweif zurückzulassen, nicht ertragen, aber er wußte, daß er es mußte.

»Hast du heute morgen eine Kerbe in das Holz geschlagen oder nicht?« fragte May streitlustig.

Caspar antwortete nicht.

»Also, hast du?«

»Ich überlege«, sagte er und richtete die Leinwand, die er zwischen Mast und Dollbord gespannt hatte, um ihnen etwas Schutz vor der sengenden Sonne zu bieten. Die westlichen Winde waren ihnen erhalten geblieben und hatten die

Segel gefüllt. Sein dichtes, kastanienbraunes Haar wehte ihm ins Gesicht.

»Nun?«

»Ich kann mich nicht erinnern.« Seine Gedanken waren wirr und unklar. Zweimal war ihm nun schon schwindlig geworden, und er war auf dem heißen Deck in sich zusammengesunken, weil der Schmerz in seinem Kopf plötzlich unerträglich wurde. Er sah sich die Reihe der Kerben an. »Zweiundvierzig Tage?«

»Oder dreiundvierzig!« erklärte May.

»Oder dreiundvierzig«, räumte Caspar ein. Die Wasservorräte gingen zur Neige, aber es gab noch reichlich Proviant, da die Untätigkeit dem allgemeinen Appetit abträglich war, nur Trund nicht. Der Hund saß bei den Fässern, die einen eher unangenehm riechenden Fisch enthielten, und jaulte unablässig, was Caspar und May schier zur Verzweiflung trieb. »Es muß bald Land kommen«, meinte er. »Irgendwie ist Ursula von Osten her gegen die Winde gekommen.«

Mit mehr Zeit zur Verfügung, als er je in seinem Leben gehabt hatte, lehnte sich Caspar an das Dollbord, tastete an dem Knochensplitter herum, in den die Rune des Wolfes geschnitzt war und den Morrigwen ihm gegeben hatte. Er sah den glatten Knochen an, dann Runa, die May zu Füßen lag und an ihren Füßen schnüffelte. Caspar sann über die Verbindung zwischen der Rune und der weißen Wölfin nach und versuchte, die entscheidenden Ereignisse des vergangenen Jahres zusammenzusetzen, seit der Fallensteller mit dem Kadaver einer Wölfin auf die Burg gekommen war.

Morrigwen hatte verkündet, man müsse die Welpen der Wölfin suchen, und einer davon würde sie zur neuen Jungfrau führen. Runa war die einzige, die sie hatten am Leben halten können. Nun war Morrigwen tot, und ihre Prophezeiung hatte sich nicht erfüllt. Runa hatte sie nirgendwohin geführt.

Anfangs hatten sie sich gefreut, als sie Nimue fanden, jenes kranke Kind, das sie aus der Anderwelt mitgebracht hatten, dann Lana, das arme Waisenkind, das man dazu verführt hatte, sich ovissianischen Banden anzuschließen, die jagten und torra-altanische Bären stahlen. Doch am Ende hatte Runa sie nur zu May geführt, die ganz sicher nicht die kommende Jungfrau war. Er versuchte, sich nicht allzulange mit diesem Gedanken aufzuhalten, aber er konnte ihren prallen Bauch nicht übersehen. Die Übelkeit ihrer frühen Schwangerschaft war lange verflogen, als sie durch Lonis und Salise reisten, nur nicht ihre Launenhaftigkeit. Dennoch mußte Caspar einräumen, daß sie nun schöner als je zuvor aussah. Er lächelte sie an, trotz allem froh, daß sie beisammen waren.

»Noch immer ist der Wind in unserem Rücken, und der Magnetit stimmt. Bald wird Land in Sicht kommen. Da bin ich mir ganz sicher«, sagte er zuversichtlich.

»Hmmm«, sagte sie zweifelnd, während sie die Kerben am Mast nachzählte.

»Komm und setz dich zu mir«, lockte Caspar.

May schob Trund beiseite und bahnte sich einen Weg übers Boot. Er sah nur ihre dunklen Umrisse vor dem grellen Himmel, als sie kritisch auf ihn herabsah. »Wie geht es deinem Kopf? Hast du ihn gebadet? Das Salzwasser reinigt, mußt du wissen.«

»Es ist etwas besser«, log er. In den ersten beiden Wochen auf See hatte ihm seine Kopfhaut kaum Sorgen bereitet, doch in letzter Zeit fing sie an zu jucken. Die Unbill hielt ihn wach, doch er hatte nichts dagegen einzuwenden, denn er fürchtete die Nacht und die Stille, wenn sich die Winde mit Einbruch der Dunkelheit legten. Gespenstisch still war es in finsterster Nacht mitten auf dem unerforschten Ozean von Tethys, und da kehrten dann seine Alpträume zurück.

Selbst am Tage, wenn er in der drückenden Hitze unter der Leinwand lag, fühlte er sich von Schwindelanfällen überwältigt, und Schmerz krampfte sein Hirn zusammen. Einen Moment lang glaubte er, drei weißhaarige alte Männer zu sehen, die sich über einen Kessel beugten, dann zwinkerte er, und schon war das Bild vor seinem inneren Auge verschwunden.

May beugte sich über ihn und murrte unwillig. »Du mußt aufhören, daran herumzukratzen«, schalt sie ihn und tupfte mit einem Tuch an seinem Kopf herum, das sie in einen Eimer mit Meerwasser getunkt hatte. »Muß ich nicht nur auf mich, sondern auch noch auf dich achtgeben?« Sie hörte auf, die Wunde auszuwaschen, und sank in sich zusammen, schmiegte sich in seine Arme und blieb dort. Bis zum Abend starrte sie den Berg von ihrem Bauch an, wobei sie kaum etwas sagte, abgesehen davon, sie sei müde. Gegen Abend stand sie auf und blickte gen Osten, wartete wie jeden Abend darauf, daß der Mond aufginge.

»Da ist Sie!« hauchte May, als ihnen die Finger von silbrigem Licht mit den Wellen entgegenkamen. »Es gibt nichts Schöneres. Erst wenn Ihr sanftes Licht mich berührt, verliere ich diese quälende Müdigkeit.«

In der Tat, so dachte Caspar. Im Mondlicht schien sie aus sich heraus zu leuchten, während die tänzelnden weißen Lichter übers Meer fegten, um sie zu berühren.

»Es ist, als würde Sie sich strecken, um unser Boot zu lenken«, bemerkte er. »Oft schon habe ich von einem Leitstern gehört, warum also nicht der Mond.«

May lachte über diese Vorstellung. »Ich denke, die Strömung nimmt uns mit. Nicht so sehr der Wind, der schon oft abgeflaut ist. Die Strömung ist stark, und es ist, als trieben uns die Fluten der Großen Mutter in diese Richtung.«

»Ich hoffe es«, seufzte Caspar. »Bald geht uns das Trinkwasser aus. Wir müssen die Rationen einschränken.«

»Das kann ich nicht«, sagte May nur.

Caspar nickte. »Ich weiß. Das Kind!«

Sie legte sich wieder neben ihn, und er schloß sie fest in seine Arme, dankbar für ihre tröstende Nähe, während er schlief. Er fürchtete seine Alpträume, fürchtete den Gestank, der in seine Träume drang, wenn die Schatten ihn verfolgten, wenn das weiche Tappen unsichtbarer Tiere direkt hinter ihm blieb, so schnell er auch laufen mochte. Er versuchte, sich auf das Klappern der Segel am Mast zu konzentrieren, doch wenn er in tieferen Schlaf sank, wich das Geräusch einem Klopfen in seinem Kopf, das hämmerte, als wollte es ihm den Schädel spalten, um in seine Gedanken zu gelangen.

May wühlte im Schlaf, und erschrocken fuhr er auf. In seinem Nacken prickelte die Haut, und er schwitzte. Er sah sich auf der flachen, silbrig schwarzen Ebene des stillen Meeres um und war sicher, daß er das Heulen eines Wolfes im Wind gehört hatte. Runa setzte sich aufrecht, und ihr dickes Fell war entlang der Wirbelsäule ganz steif. Ihre Oberlippe zitterte mit tiefem Knurren. Caspar sah sich überall auf dem Boot um. Zwar konnte er nichts sehen, doch das Gefühl war nicht abzuschütteln, daß der Wolfsmann in seiner Nähe war und ihn beobachtete.

Er wagte nicht zu schlafen und sah sich um, glaubte einmal, er sähe die Spitze eines Mastes, die von einer schwankenden Laterne beleuchtet war. Mit schmerzenden Augen suchte er nach Albatrossen und Möwen, die auf dem Wind segelten. May hatte von Talorcans Überzeugung berichtet, ein böser Geist könne kein Salzwasser berühren, doch wenn er sich in einen Vogel verwandelte, sei er in der Lage, das Meer zu überqueren. Die wenigen Vögel jedoch, die er als schwarze Punkte vor dem Sternenhimmel sah, verhielten sich auf ganz und gar natürliche Art und Weise.

Endlich kletterte die große Sonnenkugel über die grünblauen Fluten, um ihn zu wärmen. Während May stöhnte und flach an Deck lag – morgens ging es ihr am allerschlechtesten –, schützte er seine Augen mit einer Hand, blickte ostwärts, und ein gespenstisches Gefühl kroch über seine Haut. Die Luft roch irgendwie anders, und nach einer Weile kam er zu dem Schluß, daß das Meer eine hellere Farbe angenommen hatte. Ein schwarzer Kormoran tauchte kaum zweihundert Meter von ihnen entfernt ins Wasser, und Caspar starrte angestrengt nach Osten, kniff die Augen zusammen und versuchte, im grellen Licht etwas zu erkennen.

Die Sicht wurde immer schlechter. Fetzen von Dunst kitzelten die Wogen, und jenseits davon verdunkelte eine dicke Wolkenbank den Horizont.

»Entweder ist dort Land ...«, begann May.

Caspar, May und die beiden Tiere standen da und sahen mit stockendem Atem zu, wie sie in den Nebel glitten, der sie umfing. Bald schon konnten sie in allen Richtungen nicht mehr als ein paar Meter Wasser sehen, und die Sonne war nur noch ein weißer, kugeliger Geist über ihnen. »Oder der Rand der Welt«, beendete Caspar für sie den Satz.

Langsam stieg die fahle Sonne höher und wurde wärmer, bis sie den Nebel vertrieb. Sie stöhnten auf. Plötzlich waren sie von Land umgeben, groß und grün und nah. Caspar und May jubelten und umarmten einander, so daß die Stimmen von den steilen Ufern zu beiden Seiten widerhallten. Trund zupfte vor Aufregung an Runas Ohr, doch die Wölfin blieb ernst und schmiegte sich an Mays Bein.

Irgendwie hatte Caspar erwartet, daß er, wenn sie diesen unbekannten Kontinent jenseits des Tethyschen Ozeans erreichen würden, etwas erheblich Dramatischeres zu sehen bekäme, wie etwa gigantische Vulkane, die Magma ins Meer spien, oder Riesenwälder über goldenen Klippen. Doch diese Küste sah aus wie Piscera im Süden Belbidias. Tausende kleiner Inseln lagen im Meer um sie verteilt, und die Küste voraus war von einer breiten Mündung zerschnitten, deren Wasserfinger weit ins Land vordrang. Und in diesen Fluß segelten sie hinein.

Eine mächtige Stille lag über der Mündung. Caspar sog seine Lungen voller Luft, erleichtert, daß es keine Anzeichen von Zivilisation zu geben schien. Bewaldete Berge ragten steil zu beiden Seiten des Bootes auf, und ihre Spiegelbilder waren im stillen Wasser deutlich auszumachen. Die Ruhe wurde einzig vom Geräusch des Bootsrumpfes unterbrochen, der durchs Wassser glitt, den Frieden einer Landschaft durchschnitt, in der das Leben tagein, tagaus im Rhythmus der Natur pulsierte, vom Menschen ungestört. Adler mit weißer Haube kreisten über einem Tal ein Stück weit nördlich, riesenhafte Vögel, die mühelos die Strömungen am Himmel meisterten, und ganz in der Nähe bildeten sich kleine Wellen, wo der silberne Rücken eines großen Fisches aus dem Wasser brach.

»Land«, stöhnte May. »Wir haben es geschafft!« Caspar umarmte sie und hob sie in seiner Begeisterung von den Beinen.

»Vorsicht!« schalt sie ihn, doch hörte sie nicht auf zu grinsen.

Sie feierten, indem sie mehrere große Wasserbehälter leerten und tranken, bis ihnen fast übel wurde. Trund stand im Bug und bellte sein Spiegelbild an, während Runa, aus der inzwischen ein großes, schlankes Tier geworden war, dessen stechpalmengrüne Augen im klaren Licht des Tages leuchteten, ihren Kopf in den Nacken warf und heulte. Das Heulen übertönte den Hund und hallte in der Mündung zwischen den Bergen hin und her, verklang nur langsam. Auf die letzten Töne antwortete hohles Gebrüll. Langsam ließen May und Caspar ihre Becher sinken.

»Was war das?« fragte May mit angestrengtem Flüstern.

Caspar lächelte. »Trolle, Wyvern, Berglöwe, unbekanntes Untier in unbekannter Umgebung«, scherzte er in seiner Euphorie.

»Das ist nicht komisch«, fuhr May ihn an. »Wir sind hier draußen allein.«

»Es war nur ein Bär«, sagte er ruhig, denn es tat ihm leid, daß er sie aufgeregt hatte. »Hier draußen auf dem Wasser werden sie uns keine Schwierigkeiten machen.«

»Bären können schwimmen«, erwiderte sie.

»Die werden sich nicht um uns kümmern«, wiederholte Caspar. »Außerdem ist kein Bär einem Bogenschützen von Torra Alta gewachsen.« Er wühlte in seiner gebündelten Habe nach dem Bogen. »Sieh doch, wenn du dich dann besser fühlst, will ich ihn für dich spannen. Am ganzen Caballischen Meer gibt es niemanden, der geschickter als ein torra-altanischer Bogenschütze wäre«, sagte er leutselig.

Sie rümpfte die Nase. »Wir sind hier nicht mehr am Caballischen Meer.«

Sie segelten den schmalen, schattigen Kanal entlang, wobei das Gebrüll der Bären immer öfter kam, je weiter der Wasserfinger durch die Berge schnitt, deren Hänge dicht bewaldet waren.

Zögernd räusperte sich Caspar. Es schienen ihm doch ungewöhnlich viele Bären dort zu leben. Das hätte er natürlich ahnen können, da Ursula aus diesem Lande kam und eine so bemerkenswerte Nähe zu Bären empfand, doch er konnte nicht erklären, wieso sie ihn so über Gebühr beunruhigten. Der torra-altanische Braunbär war für seine Wildheit berüchtigt, aber dieser Umstand hatte Caspar nie Sorgen bereitet. Trunds Ohren lagen flach am Kopf, und er knurrte aus tiefer Kehle.

»Was ist los?« fragte May Caspar.

»Ach, nichts«, sagte er fröhlich und wischte sein Stirnrunzeln beiseite.

»Fürchtest du, sie kommen vom Necrönd?« fragte sie.

Eilig schüttelte er den Kopf, der ein wenig schmerzte.

May sah ihn von der Seite an. »Du hast Fieber. Bist du krank?«

»Es ist nichts«, fuhr er sie an. Er wollte nicht scharf klingen, doch ihm wurde plötzlich ganz schwach.

»Du hast wieder einen deiner Anfälle«, sagte sie mit fester Stimme.

»Nein, mir geht es gut«, beharrte er und gab sich alle Mühe, einen klaren Kopf zu behalten. »Halte du nur kurz das Ruder.« Da er fürchtete, daß er sich übergeben müßte, drückte er ihr das Stück Holz in die Hand und kämpfte sich zum Rand des Bootes vor. Aber er glitt in seiner Eile auf dem Deck aus und schlug mit dem Kopf an die Reling.

Plötzlich verschwamm alles um ihn und wurde schwarz. Aus dem Dunkel sprang ihn die Schnauze eines Drachen an. Rote Flammen schossen ihm ins Gesicht und versengten seine Augenbrauen. May schrie, was ihn wieder zu Sinnen brachte.

»Spar, Spar, deine Augen!«

Mehrere Sekunden hing er kraftlos über der Reling, Blut tropfte von seinem Kopf und rann auf seine Wangen. Seine Augen brannten.

»Deine Augen bluten!« rief May.

»Nein, nein, tun sie nicht!« bellte er böse, denn er hatte

zu große Schmerzen, um höflich bleiben zu können. »Es ist nur mein Kopf.«

»Er ist es, habe ich recht?« sagte May kalt und legte einen Arm schützend um Caspars Schultern. »Es ist der Wolfsmann. Ohne Amaryllis haben wir keine Chance. Er ist uns hierher gefolgt.«

»Wir kommen ohne Talorcan zurecht«, knurrte Caspar stolz. »Und irgendwie werden wir schon eine Möglichkeit finden, uns des Necrönds zu entledigen.«

»Das dürfen wir nicht, oder?« sagte May leise. »Nicht, wenn er uns direkt auf der Spur ist.«

Caspar wünschte sich von Herzen, er könnte das Druiden-Ei einfach irgendeiner unverdächtigen Seele übergeben. Irgend jemandem, der ihm seine Verantwortung abnahm. »Das Necrönd lockt ihn an«, murmelte er laut. »Als du es hattest, sind mir diese geheimnisvollen Dinge nicht passiert, doch seit ich es nun wiederhabe, plagen sie mich. Sobald wir das Necrönd nicht mehr bei uns haben, sind wir ihn los.«

Endlich wurde die steilwandige Mündung so schmal, daß sie per Boot nicht weiterkamen. Das brackige Wasser endete an einem Wasserfall, der zweihundert Fuß tief herabfiel. Helle Kiesel säumten ein Ufer links vom Wasserfall, und diese Stelle wählte Caspar, um dort anzulegen. Sie wickelten ein, was sie zu essen hatten, und machten sich bereit, die Steigung zu Fuß zu bewältigen.

»Ich sollte dich zum Strand tragen«, erklärte er May.

»Wirklich ausgesprochen ritterlich, aber wozu?« fragte sie.

»Es ist, als würde ich dich über die Schwelle in unser neues Leben tragen.« Er küßte sie auf die Wange. »Du bist wunderschön, May.«

»Bald schon wirst du mich tragen *müssen*«, lachte sie.

»Es dauert nicht mehr lange, bis ich kaum noch laufen kann.«

Ächzend trug Caspar sie zu dem steinigen Strand hinüber und setzte sie am Fuß des Kliffs ab, bevor er sich noch einmal nach dem Boot umsah. »Nun, dich werden wir nicht mehr brauchen«, sagte er. »Gegen diese Winde kommen wir niemals zurück.« Er wandte sich um und sah Runa und den Hund, die aufgeregt am feuchten Boden schnüffelten. May blickte am Ufer entlang und zum weißen Streifen stürzender Fluten hinauf.

»Was ist mit den Bären?« fragte sie.

»Bären greifen nicht gezielt an. Man darf sie nicht überraschen, das ist alles. Nur wenn sie sich bedroht fühlen, greifen sie an.«

Sie machten sich auf den Weg am Strand entlang zum Fuß des Wasserfalls, wo das Tosen der Fluten ohrenbetäubend war. Caspar blickte auf und suchte nach dem leichtesten Aufstieg. Dichter Wald flankierte in der steten Gischt die Kaskaden, und er hoffte, die Wurzeln würden ihnen helfen, auf den rutschigen Steinen festen Halt zu finden.

Den halben Morgen brauchten sie bis ganz nach oben. In Caspars Ohren dröhnte das Tosen der Fluten, aber er war zumindest dankbar, daß die feuchte Luft das verkrustete Salz auf ihrer nackten Haut zum größten Teil abgewaschen hatte. Der mäandernde Fluß bog sich über die Klippe des Wasserfalls, und nachdem sie nur ein kleines Stück weiter landeinwärts gekommen waren, ließen sie das stete Dröhnen bald hinter sich und konnten rasten und reden. Während May flach auf ihrem Rücken lag, um Luft zu holen, liefen Trund und Runa verspielt immer im Kreis herum und schnappten nach dem Schwanz des jeweils anderen. Die Luft war von seltsamem Vogelgesang erfüllt.

»Ist er dort oben und beobachtet uns?« May starrte zum

Himmel auf und sorgte sich offenbar nach wie vor um den Wolfsmann. »Ist er da oben bei den Adlern?«

»Das sind keine Adler«, widersprach Caspar. »Es sind Geier.« Er sah alles verschwommen, und in seinem Kopf pochte es, doch den Unterschied sah er nach wie vor. Er gab sich alle Mühe, klar zu denken. Das Necrönd schien den Wolfsmann auf sie zu lenken. Sie mußten das Druiden-Ei so schnell wie möglich loswerden. »Warum habe ich das Ei nicht einfach ins große Meer geworfen?«

»Weil der Ozean voller Leben ist. Alle möglichen Meeresungeheuer könnten es finden. Das haben wir doch schon besprochen«, erklärte ihm May mit leisem Ärger.

Caspar nickte und half May auf, so daß sie am Ufer des Flusses entlangspazieren und zusehen konnten, wie das glitzernde Wasser vorüberraste und dabei die Spiegelungen der riesigen schattenspendenden Tannen zerfetzte. Während der Wochen auf See hatte er sich danach gesehnt, daß Land in Sicht käme, doch selbst jetzt konnte er wegen der Heerscharen von Bäumen nicht mehr als ein paar hundert Meter am Fluß entlang sehen.

Nach vier Tagen zu Fuß und ohne daß ein Ende der Bäume abzusehen war, bereute Caspar seine Entscheidung, Feuerschweif zurückzulassen. May konnte inzwischen im Grunde nur noch watscheln, und sie kamen nur beklagenswert langsam voran. Es mußte doch irgendwo Pferde geben, dachte er. Es gab Wild, also gab es sicher auch Pferde. Tatsächlich gab es endlos viele Rehe. Sie hatten sich sehr gut von Wildbret ernährt, und davon war derart viel vorhanden, daß sie stets nur gekocht hatten, was sie brauchten, und dann die Reste eher liegenließen, als große Fleischmengen zu transportieren, für den Fall, daß ihnen der Proviant ausginge.

Nach der nächsten Mahlzeit leckte Caspar seine Finger

und wischte sie an seinen Hosen ab. »Gut, daß Fern nicht bei uns ist«, sagte er, bevor sie sich wieder auf ihren langen Marsch machten.

»Was? Oh«, sagte May mit wegwerfender Geste und ihrer Stirn in Falten. »Ich weiß, daß uns etwas verfolgt, Spar. Runa stehen die Haare zu Berge.«

Tatsächlich warfen beide Tier den halben Tag beständig Blicke über ihre Schultern, und auch wenn Caspar nichts sehen konnte, fühlte er sich dennoch sehr unwohl. Als der Abend nahte, sagte er fröhlich, um den allgemeinen Mut zu stärken: »Ich werde ein schönes großes Feuer machen, und dann schlemmen wir. Das sollte uns die bösen Untiere vom Leib halten.«

May zwang ein Lächeln auf ihre Miene, umarmte schützend ihren dicken Bauch, und ihre Blicke zuckten ins Dunkel, das sie umgab. Während Caspar seinem gesammelten Holz Feuer entlockte, verbrachte May ihre Zeit damit, Runen in die dunkle Erde um das Feuer zu kratzen.

»Runen des Schutzes«, sagte Caspar, trat vom knisternden Holz zurück und untersuchte sie.

»Runen des Schutzes«, bestätigte May feierlich.

Als die Mahlzeit beendet war, saßen sie dicht beieinander am Feuer und lauschten Trund, der Knochen zwischen seinen kräftigen Kiefern zermalmte. Runa lief auf und ab, schlich sich an May heran und drückte sich an ihre Wange oder knabberte an ihrem Ohr.

»Ich liebe dich auch«, sagte May, als sie das Fell im Nacken der Wölfin kraulte.

Caspar lächelte über die beiden und wunderte sich über die Kraft der Bindung, die zwischen Runa und May entstanden war. Am nächsten Tag trabten sie weiter und kamen endlich an den Rand des Waldes, den er liebend gern hinter sich zurückließ. Vor ihnen erstreckte sich eine Landschaft, wie er sie nicht mal aus Träumen kannte. Reihen nadeldünner Gipfel, die er nur mit den Stalagmiten der Höhlen unter Torra Alta vergleichen konnte, ragten aus einer grasbewachsenen Steppe auf, die von Weiden übersät war. Die Bäume waren höher und dünner als jene am Caballischen Meer, ihre Füße standen in schwarzen Wasserlachen. Trund schnüffelte die Luft und reckte seine Nase vor, wie allein ein ophidianischer Schlangenfänger es verstand, dann rannte er wie irre vor ihnen auf und ab.

Caspar blickte von dem Hund zu jenen schwarzen Wassern und erschauerte. »O nein! Nicht Schlangen!«

Während Runa betrübt dreinblickte, spang Trund in die Luft und hüpfte eine halbe Minute hin und her, bis Caspar ihn beruhigen konnte.

May wurde blaß. »Schlangen?« wiederholte sie fragend.

Caspar nickte zu Trund hinüber. »Er kann sie riechen. So zittert er nur, wenn er Schlangen riecht.«

Die junge Frau drängte sich nah an ihn. »Spar, du paßt doch auf mich auf, oder?«

»Für dich würde ich mein Leben geben«, erwiderte er ernst und grinste sie dann an. »Doch dazu sollte es noch nicht kommen. Nicht wenn wir dort entlang gehen.« Er deutete auf die dunklen, blaugrauen Steinnadeln, die durch schmale Pfade miteinander verbunden waren, die sich zwischen den Wasserlachen schlängelten. »Da drüben sollten wir einen Weg finden.«

May war inzwischen schnell atemlos. Als Caspar seinen Entschluß gefällt hatte, das Meer zu überqueren und ein leeres Land zu suchen, hatte er nicht bedacht, wie May im letzten Monat anschwellen würde, und er verfluchte seine mangelnde Voraussicht. Sie brauchten Hilfe.

»May, wir haben eine Aufgabe zu erfüllen, etwas, das du begonnen hast und ich vollenden muß.«

Sie nickte ihn an. »Ich weiß.«

»Wir müssen einen sicheren Ort für das Necrönd finden – und zwar bald –, bevor er uns einholt.«

»Nur wo? Wie?«

Caspar knurrte vor Unzufriedenheit mit ihrer Lage. »Es muß eine Möglichkeit geben. Brid wüßte, was zu tun ist.«

»Selbst hier hast du sie nicht vergessen«, rief May verzweifelt. »Ich dachte, deine Liebe für sie würde verblassen und wir könnten ein gemeinsames Leben aufbauen und noch einmal von vorn anfangen. Aber da habe ich mir wohl zuviel erhofft.«

»Es ist eine Bürde, die wir beide tragen müssen«, erwiderte Caspar. »Ich kann Talorcan nicht vergessen.« Er nickte ihren Bauch an. »Die Früchte seines Tuns starren mir tagtäglich ins Gesicht, und doch erwartest du von mir, niemals ein Wort über Brid zu verlieren.«

Schweigend stapften sie voran, Caspar in Gedanken verloren, denn sein Geist kreiste wie ein Falke, der darauf wartete, eine Idee zu sehen und sich daraufzustürzen. Der Boden war naß, und schwammiges Moos schmatzte unter ihren Füßen.

»Spar, ich komme nicht hinterher«, rief sie aus einiger Entfernung.

Er war langsam gegangen und staunte, wie schnell May ermüdete. Er drehte sich zu ihr um.

»Spar, bald wird das Kind kommen. Wir müssen einen sicheren Ort finden, irgendwo weit weg von Schlangen und den Tieren dort im Wald«, sagte sie besorgt.

Caspar knurrte zustimmend, hörte aber nicht richtig zu. Die Nacht nahte, und sie mußten ein Stück kniehohes Wasser durchwaten, bis sie auf ein erhöhtes Stück Land am Fuß der Felsendornen kamen. Er schlug mit dem Stock aufs

Wasser ein und hoffte, damit Schlangen zu vertreiben, die sich in diesen Tümpeln aalen mochten, bevor er hindurchwatete. Auch er wollte einen sicheren Ort finden. Er war müde, und es kam Nebel auf.

Während Trund davon besessen war, das Wasser nach Schlangen abzuschnüffeln, war diesmal Runa verspielter und schnappte nach dem Stock, als sei dieser ein Spielzeug. Sanft schalt Caspar sie und kraulte das lange Fell im Nacken. Sie schmiegte sich an seinen Oberschenkel, und zum ersten Mal leckte sie seine Hand. Nie hatte er vergessen, daß sie ein wildes Tier war, und es berührte ihn zutiefst, daß er nun endlich ihr Vertrauen gewonnen hatte.

»Nur noch ein Stück müssen wir waten, dann sind wir auf höherem Boden und haben den verdammten Nebel hinter uns«, sagte er ermutigend.

»Welchen Nebel?« erwiderte May überrascht. »Der Abend ist klar und frisch.« Caspar blinzelte zu den dunklen Felsen hinüber, die vorher, vor dem Sonnenuntergang, wie Mönche mit schwarzen Kapuzen auf einem Feld voll Schnee aufragten, doch nun waren sie nur noch undeutliche Schatten. »Ich muß schlafen«, stöhnte er, erschöpft von der Last seiner Verantwortung.

»Wir könnten heute abend noch ein Stückchen weiter kommen«, drängte May. »Jeder Schritt bringt uns der Erlösung näher.«

»Nein, heute nicht.« Caspar stolperte.

»Was ist los?« May war voll Sorge.

»Ich weiß nicht.« Plötzlich schien ihm die Atmosphäre so drückend, und er bekam nicht richtig Luft, als wenn jemand anderer seinen Atem einsog. Eilig stapfte er durch das seichte Wasser, doch als er festeren Boden unter den Füßen hatte, sank er benommen zu Boden und spürte die feuchte Erde kühl an seiner Wange. Dort lag er, blinzelte und versuchte klar zu sehen, doch der Schmerz kam zurück und stach tief in seinen Geist.

Von irgendwo aus weiter Ferne hörte er einen Schrei. Als er zu dem Schluß kam, daß er sengendes Haar und Fett roch und qualvolle Schreie und die ächzenden Zahnräder einer Streckbank hörte, fürchtete er, den Verstand zu verlieren. Weitere Schreie hallten in seinem Kopf, und er hustete und spuckte, erstickte fast am beißenden Qualm. Schon einmal hatte er diesen Qualm in den Kerkern von Abalone gerochen. War er hier irgendwie auf der Schwelle zwischen den Welten? Zweifelsohne hörte er die Qualen gemarterter Seelen. Verloren in einem Universum aus Schmerz konnte Caspar nicht mehr die Wirklichkeit von den Ängsten unterscheiden, die seine Gedanken quälten.

»Ich wußte, daß du stark sein würdest, Spar«, knurrte eine Stimme in seinem Kopf, und Caspar sah, daß die Kreatur, halb Mensch, halb Wolf, sich in seine Kopfhaut krallte. »Ich brauche deine Kraft. Sie nährt mich!«

Dieser Schmerz! Er fetzte Caspars Gedanken in Stücke, und es schien ihm, als sollte es für alle Zeit so bleiben. Und dann bohrte sich ein Lichtpunkt durch die rote Wildnis seiner Welt und brachte ein kühlendes Lied mit sich. Der Schmerz nahm ab, wurde zu pochendem Stechen und ließ seinem Geist Raum zum Denken. Um ihn herrschte unerträglicher Lärm. Erst dachte er an das Geschrei von Schweinen, die geschlachtet wurden. Dann, als das beruhigende Licht in seinem Kopf heranwuchs, erkannte er in dem Geräusch seinen eigenen Schrei.

Er kauerte auf Knien und Ellenbogen, und sein Schrei drang in die Erde. Jemand hatte ihm einen Arm um die Schulter gelegt, und er war sich des schweren Atems eines großen Tieres bewußt, und das dumpfe Tappen der Pfoten umkreiste ihn beständig. Er schätzte, daß es wohl von der Größe eines Berglöwen sein mußte.

»O Spar! O Spar! Was habe ich getan?« heulte May.

»May, nicht!« Caspar rollte auf die Seite, zu schwach, um zu stehen. Sie hielt das Druiden-Ei in Händen!

»Du hast geschrien! Endlos geschrien und geschrien. Ich dachte, du müßtest sterben. Ich dachte, du würdest mich hier draußen in dieser leeren Welt allein lassen. Dann hast du mich gebeten, das Ei zu nehmen, und gesagt, sie hielten deinen Geist umklammert. Du hast mich angefleht!«

»O May, was hast du getan?« stöhnte Caspar vor Verzweiflung, und instinktiv wurde sein Blick von der Finsternis um sie herum angelockt, wo sich jenseits der Felsensäulen Gestalten sammelten. Er schob May hinter sich, nahm seinen Bogen, und ohne hinzusehen setzte er einen Pfeil an die Sehne. Trund und Runa kamen näher und drückten ihre warmen Leiber an sie.

Trund jaulte und knurrte abwechselnd, und ein aufgeregtes Japsen drang aus seiner Kehle, während ihm das Nackenhaar zu Berge stand. Starr und schweigend stand Runa da, und ihre Muskeln zuckten angriffsbereit. Ihre Anspannung steckte Caspar an, und er atmete gleichmäßig, um sich zu beruhigen. Was war, wenn Trund und Runa den Wolfsmann riechen konnten? Was war, wenn er aus Fleisch und Blut wäre?

Als der Angriff aus dem Dunkel kam, ging alles so schnell, daß Caspar gar nichts sah. Etwas, das sich mit großer Geschwindigkeit bewegte, schlug ihm an die Brust und prügelte ihn zu Boden. Da erst hörte er das böse Knurren. Benommen stand er auf und kam erschrocken zu sich. May schrie! Er fuhr herum und suchte sie. Sie rannte, und ein großer schwarzer Wolf schnappte nach ihren Fersen. Dann stürzte er sich auf sie, und sie rollten in das seichte Wasser.

Caspar hetzte ihnen nach, kreischte wie ein Dämon: »Laß sie in Ruhe! Laß sie los!«

Trund, dessen stämmige, kraftvolle Beine ihn auf kurze Entfernung schneller als Runa machten, erreichte sie zuerst. Der Terrier sprang dem schwarzen Wolf an den Hals.

Caspar stürzte sich mit gezücktem Messer in den Kampf. Er fühlte rauhes, dichtes Haar und stach zu. Seine Klinge bohrte sich in weiches Gewebe und knirschte dann an Knochen. Der schwarze Wolf schrie und drehte seinen Hals herum, damit er mit den großen Zähnen nach ihm schnappen konnte. Wieder stach er zu, doch ein zweiter Wolf packte seinen Unterschenkel und zerrte ihn zurück, fort von May. Er hieb und harkte und bohrte das Messer dem Tier durchs Auge bis ins Hirn.

Er stand auf den Beinen, konnte aber May wegen des Gewirrs aus Hund und Wölfen nicht mehr sehen. Dann erkannte er ihren dünnen Arm, der sich an den Hals eines schwarzen Schattenwolfes klammerte. Sie war unter dessen Leib eingeklemmt. Das Untier zog den Kopf zurück und riß das große Maul weit auf.

Runa sprang auf und warf sich unter den schwarzen Wolf, schnappte nach dem Riesenmaul des schwarzen Viehs. Ihre Köpfe waren ineinander verbissen, so daß Runa unter dem zottig schwarzen Riesenleib verschwand, und das grausame Splittern von Knochen drang an Caspars Ohren.

Trund war oben, packte den schwarzen Wolf im Nacken, und Caspar stieß seine Klinge immer wieder tief in die Flanke des Untiers, bis der große schwarze Wolf schweigend zu Boden ging.

»May!« rief Caspar. »May, wo bist du?«

Trund wimmerte, doch ansonsten lag kalte Stille über der Szenerie. Endlich durchbrach Mays Schluchzen das drückende Schweigen, und in der Dunkelheit sah er, daß sie die Wölfin in den Armen hielt.

»Ach, Runa!« klagte sie.

Caspar nahm eine Fackel aus seinem Feuer und hielt sie hoch, damit sie diese Tragödie beschien. Tot lag der schwarze Wolf da. Er trat ihn, um sicherzugehen, daß er wirklich tot war, und ihn beunruhigte, wie leicht das Tier war. Als er die Fackel näher heranhielt, sah er, daß es nur Fell und Schädel waren, ohne Haut oder Masse darunter. Er ließ ihn liegen und wandte seinen traurigen Blick May und Runa zu, wußte instinktiv, daß er nichts machen konnte. Schluchzend lag May über die Wölfin gebeugt, deren Brust, Hals und Kopf dunkelrot glänzten.

»Sie atmet noch«, brachte May zwischen Schluchzern hervor.

»Dann gibt es Hoffnung«, sagte Caspar, um nett zu sein, und kniete mit zitternden Händen neben ihr. Er schluckte seine Gefühle herunter, denn er sah an dem zerdrückten, mißgestalteten Schädel, daß es keine Hoffnung mehr gab. Er blickte von Runa zu May und sah, daß sie ihre linke Hand schützend mit der rechten hielt. »Du bist verletzt.«

Da sie allein darauf bedacht war, Runa zu trösten, sparte sich May die Mühe zu antworten, und stieß ihn nur von sich, als er sich ihre Hand ansehen wollte. Er konnte nichts tun, und so würgte er an seiner Trauer herum und sah sich seine eigenen Wunden an. Dankenswerterweise waren sie nicht tief, da ihn das gute Leder seiner Stiefel gerettet hatte.

Bis zum Morgen hatten sie alles getan, was in ihrer Macht stand, die Wölfin zu verarzten. May war still und hatte offenbar Schmerzen. Ausgezehrt und sorgenvoll war ihre Miene, denn sie fürchtete um ihr Kind. Dann wiegte sie Runas Kopf auf ihrem Schoß. Sie hatten die Wunden um ihr Gesicht und den Hals gewaschen. Runa wedelte mit dem

Schwanz und japste dankbar, wollte aber weder fressen noch trinken.

»Sie hat mich gerettet«, murmelte May. »Er hat sich auf meine Kehle gestürzt, und Runa hat sich für mich geopfert.« Sie streichelte den Kopf der Wölfin, und diese wirkte auf ihrem Schoß ruhig und zufrieden. »Ich glaube, sie blutet zu stark im Kopf. Ich würde ihr Klee geben, aber sie will nichts trinken, und mehr kann ich nicht tun.«

»Sie wird sterben«, sagte Caspar sanft und kniete neben Runa, streichelte ihren weichen, warmen Rücken, während sie sich an Mays runden Bauch schmiegte. Eine friedliche Ausstrahlung lag über diesem Ort, wenn auch die Trauer sie verzehrte.

»Es tut mir leid, Runa«, wiederholte Caspar immer wieder. Morrigwen hatte ihm aufgetragen, für die kleine Wölfin zu sorgen, weil diese die neue Jungfrau finden sollte. Die Greisin war mit diesem einen Wunsch auf den Lippen gestorben, aber er hatte seine eigene Suche aufgenommen. »Es tut mir so leid.«

Er sah May an, die nach wie vor ihre verletzte Hand vor ihm verbarg, doch endlich beschwatzte er sie, ihn einen Blick darauf werfen zu lassen. Er erwartete, breite, tiefe Spuren von riesigen Reißzähnen zu finden, doch ihn erschreckte der Anblick kleiner, halbmondförmiger Abdrükke, die ganz deutlich von einem Menschenmund stammten. Entsetzt starrte er die Spuren an und ließ ihre Hand sinken.

»Er hatte keine Augen«, sagte May ganz ruhig.

Caspar sagte nichts weiter, während sie den ganzen Tag und bis in die Nacht hinein Runa hüteten. Der Mond stand voll am Himmel. Er stieg über zwei auffälligen Gipfeln auf, und sein weißes Glühen warf tiefe Schatten, so daß die steinernen Wächter in seinem magischen Licht noch höher ragten. Runa hob den Kopf und suchte die Berührung durch das Mondlicht. Als es sie streichelte, stieß sie ein leises Stöhnen aus, dann sank ihr Kopf langsam gegen Mays Bauch.

Caspar weinte, wie er weder um Morrigwen noch um Perren geweint hatte. Er weinte um die Ehrlichkeit in der Seele dieser Wölfin, um ihren Mut, ihre Selbstlosigkeit und auch darum, daß er sie im Stich gelassen hatte.

May weinte nicht. Schweigend blickte sie die ganze Nacht zum Mond auf, als trinke sie seine Magie. Caspar konnte sie nicht dazu überreden, ihm die tote Runa zu geben, sondern sie hielt sie bis zum Morgen auf ihrem Schoß umschlungen. Die Sonne schien auf Trund, der seinen Kopf seitwärts geneigt hielt und einen verwirrten Eindruck machte. Sanft stieß er Runa mit der Nase an, und als sie nicht reagierte, versuchte er, ihren Kopf anzuheben, als wollte er sie wecken. Doch als ihr zerschmetterter Schädel gleich wieder herabsank, wimmerte er und lief wie wild im Kreis, als wollte er Gefühlen entkommen, die er nicht verstand.

»May, wir müssen sie zurücklassen«, sagte Caspar, als das rosafarbene Licht des Morgens die Landschaft überflutete.

Die junge Frau nickte. In diesem Moment spürten sie ein Gefühl des Friedens in ihrer Trauer. Runa hatte den Wolfsmann vertrieben, und sie fühlten sich nicht mehr gejagt.

»Ohne sie wäre ich jetzt tot«, sagte sie immer wieder.

Caspar hielt Runa in den Armen, und sie war ungewöhnlich schwer. Ihr Kopf hing herunter, die blaue Zunge baumelte im Rhythmus seiner Schritte. Sie suchten einen Stein, der an einem hohen Felsenturm aufragte, und hoben Runa dort hinauf. Es war ein auffälliger Ort, wie ihn ein Wolf sich suchen würde, wenn er in der Sonne liegen oder sich hinsetzen wollte, um seinen Kopf in den Nacken zu werfen und den Mond anzuheulen.

Sie legten Steine über sie, obwohl Trund ärgerlich deswegen jaulte. Jedesmal, wenn Caspar versuchte, einen Stein auf sie zu legen, stieß der ophidianische Schlangenfänger diesen mit der Nase wieder herunter und knurrte Caspars Hand warnend an. Schließlich packte Caspar ihn, legte ihm einen Strick um den Hals und band ihn an einen Baum, bis er das kleine Steingrab über der toten Runa aufgeschichtet hatte.

Die ganze Zeit über heulte Trund und kaute am Strick herum. Eben wollte Caspar ihn losbinden, als Trund den Strick zerriß und zum Fuß des Steingrabes stürzte, wo er wie im Wahn mit seinen Pfoten grub. Bevor Caspar noch bei ihm war, hatte Trund eine von Runas Pfoten ausgegraben und versuchte, sie herauszuzerren.

»Trund, nein! Laß sie!« flehte Caspar. »Sie ist tot, Trund. Du kannst nichts mehr für sie tun. Trund, laß sie in Frieden!«

Der Terrier schnappte nach Caspars ausgestreckter Hand, was er nie zuvor getan hatte, und machte sich wieder an das dringende Geschäft, Runa zu retten. May war tränenüberströmt, setzte sich und schlang ihre Arme um den Hund. »Trund, Trund, sie ist weg. Sie ist tot.«

Trund verstand nicht, und am Ende sah sich Caspar erneut gezwungen, den Hund an die Leine zu legen und das jaulende Tier mit sich zu zerren. Ostwärts trotteten sie weiter ins Land hinein.

KAPITEL 8

Die roten, orangenen, blauen Flammen züngelten um den Fuß der gestapelten Reisigbündel. Rauch stieg auf und schlängelte sich um Brids Füße, bis er dann aufwehte und ihr in den Mund drang. Sie drehte und wendete sich, um von ihren Fesseln freizukommen, so daß ihre Muskeln stramm wie Seile waren, wenn sie ihren Hals aufwärts reckte, fort vom erstickenden Qualm. Mit brennenden Augen starrte sie entsetzt in die Flammen, wobei sie sich einzureden versuchte, das alles sei nur Einbildung.

Hitze kitzelte ihre Zehen, daß die Haut juckte und prikkelte. Bald würde sie versengt, und sie würde darum kämpfen, sich von den Fesseln zu befreien. Sie war dabeigewesen, wie auch ihre Mutter so gestorben war, hatte ihre Qualen erlebt, als die Blasen auf ihrer Haut sich verhärteten, bis sie verkohlten und sich von den Knochen schälten, die danach nur noch dünne, schwarze Stöcke waren und zerkrümelten.

Die Erinnerung daran überwältigte sie, und in wilder Panik schrie sie um Hilfe. »Hal! Hal! Hilf mir!«

»Brid!« antwortete er ihr.

»Hal! Hal!« schrie sie.

»Brid, ich rette dich«, rief er, und sie sah ihn durch den Rauch, wie er ihr entgegenlief. Doch es nützte nichts. Jeden Abend wurde er von teuflischen Kobolden angegriffen, die seine schimmernde Rüstung zerschlugen, die nur Glanz und kein Metall war. Sie hackten ihn in Stücke. Es war das Schrecklichste, was sie sich vorstellen konnte.

Als ihr von Qualm und Schmerz ganz schwindlig wurde, erwachte sie und fand sich in einer kalten, dunklen Zelle wieder und konnte sich nicht rühren. Doch zumindest konnte sie noch denken. Wie hatte sie so geistesschwach sein können, daß sie den Zauberern erlaubt hatte, ihre Phantasie zu manipulieren? Sie war Brid, die Jungfrau, eine der Drei Ergebenen Dienerinnen, und doch ließ sie sich von ihnen niederringen. Eine beharrliche Stimme in ihrem Inneren höhnte: »Aber Morrigwen ist tot. Deine Kräfte sind geschwächt. Du bist nur eine Frau, keine der Drei Ergebenen Dienerinnen mehr. Die Trinität ist zerbrochen.«

Es entsprach der Wahrheit. Sie hatte nicht mehr Macht als May. Wie entsetzlich! Brid erkannte ihre Arroganz und stellte sich der Wahrheit. In all den Jahren war sie davon ausgegangen, daß ihr eine Kraft innewohnte, die ihr jene Macht verlieh, und es sich keineswegs um eine Gabe handelte, welche die Große Mutter ihr verliehen hatte. Um es zu beweisen, hatten die Zauberer sie ebenso leicht wie Hal mit einem Bild gefangen, das ihrer eigenen ängstlichen Phantasie entsprang.

Aber natürlich! Warum hatte sie nicht früher daran gedacht? Wenn ihre Phantasie gegen sie arbeitete, mußte sie doch auch für sie wirken können. Was wäre, wenn sie sich vorstellte, daß Ceowulf an Hals Stelle ihr zur Hilfe käme? Ceowulf war ein großer Ritter. Vielleicht würde er die Kobolde schlagen. Darüber hinaus war sie nicht in ihn verliebt, und dieser Umstand mochte das Entsetzen in ihren Gedanken lindern und damit die Intensität des Traumes schwächen.

»Mutter, gib mir Geisteskraft«, betete sie, als ihr Alptraum von neuem begann. Die Flammen leckten an ihren Füßen, und als sich Hals Abbild in ihren Gedanken formte, rang sie darum, es zu vertreiben und Ceowulfs kräftiges Gesicht über die feinen Züge des hübschen Torra Altaners zu legen.

»Ceowulf!« rief sie, und zu ihrer unermeßlichen Zufriedenheit sah sie ihn hinter den zuckenden Flammen. Sie glaubte, daß er sie retten und damit den Bann, der ihren Geist verwirrte, brechen würde, doch dann roch sie Wyvern, als dringe sein Alptraum nun in den ihren ein und verstärkte ihn damit nur noch. Das Untier stürzte durch die Flammen, mit weit aufgerissenem Schnabel, aus dem die Zunge nach ihr peitschte, und seine Klauen schlugen ihr in die Brust. Schmerz überwältigte sie.

Sie erwachte wieder in derselben feuchten Zelle, konnte weder sehen noch irgend etwas hören. Ihre Gedanken rasten. Sie hatte den Traum verändert. Zwar mochte der Schluß nicht besser sein und sie nach wie vor im Kreislauf der Folterqualen gefangenhalten, doch hatte sie dem Ausgang des Geschehens ihren Willen aufgezwungen. Leider nur hatte sie sich ebenso vor Wyvern gefürchtet wie Ceowulf und konnte das Entsetzen nicht aus seinen Gedanken vertreiben, um die Illusion zu zerstören. Sie mußte sich mit einem der anderen in einem Traum verbünden, in dem sie sich nicht fürchtete.

Wie in allen anderen Nächten endete ihr Traum abrupt, und blinzelnd fand sie sich an einen Pfahl gefesselt wieder, während zu ihren Füßen das Holz knisterte. Früher hatte sie nach Hal gerufen, wenn er ihr auch nie geholfen hatte, und in der letzten Nacht hatte sie Ceowulf gerufen, war jedoch von einer Wyvern angeriffen worden. Sie weigerte sich, ihre Niederlage hinzunehmen, und bedachte ihre Möglichkeiten. Es blieben nur Pip oder Abelard.

Es lag nah, Abelard in ihre Gedanken zu rufen, doch irgend etwas hielt sie davon ab. Abelard hatte so viele Greueltaten erlebt. Abelard kannte den wahren Schmerz des Todes und würde sich vor der grausamen Einsamkeit, die darauf folgte, fürchten. Sie wollte nicht in seinen Alptraum dringen. Pip war jung, verhältnismäßig unschuldig und ziemlich rücksichtslos, was bedeutete, daß er sich kaum fürchtete. Sie konnte sich nichts in seinen Gedanken vorstellen, das sie erschrecken würde.

Ihr Geist war entschlossen. »Pip, ich brauche dich. Wo bist du?«

Augenblicklich war der Qualm verflogen und das prasselnde Feuer nur noch eine einzelne flackernde Flamme. Gleich wußte sie, daß sie ihren eigenen Traum verlassen hatte, und machte sich bereit, in Pips Traum einzutreten und sich seinen Ängsten zu stellen. Sie blinzelte und wartete, daß sich ihre Augen auf die Dunkelheit einstellten. Sie dachte, sie würde sich inmitten einer Schlacht wiederfinden, und eine vaalakische Streitaxt schwebe über ihr, um ihr den Schädel zu spalten, doch sie irrte. Sie lag in ihrem eigenen Zimmer im Bett. Verdutzt fragte sie sich, wieso um alles in der Welt sich Pip dort fürchten sollte.

Eben wollte sie aus dem Bett steigen und sich ihm nähern, als sie sah, daß sie unter dem kühlen, feinen Leinen des Bettes ziemlich nackt war. Sie zog das Laken um sich und betrachtete die Kammer. Kohlen glühten auf dem Rost. Die Kerzen, die normalerweise ordentlich auf dem Tisch arrangiert standen, lagen in einer Ecke auf dem Haufen, als hätte jemand alle Hinweise auf ihr Amt als Hohepriesterin tilgen wollen.

Als sie sich aufsetzte, glitt das Tuch von ihrem Leib, blieb kurz an ihren Brüsten hängen und glitt dann weiter bis zum Nabel.

»Pip«, hörte sie sich flüstern.

Er stand vor ihr und trug nur seine Lederhosen. Für einen Vierzehnjährigen mochte er sehr groß sein, doch es fehlte ihm die breite Brust eines Mannes. Dennoch stand er wie ein Erwachsener da und trat barsch vor. Verdutzt legte sie die Stirn in Falten und fragte sich noch immer, wieso er sich vor ihr fürchten sollte. Er trat vor und legte eine Hand aufs Laken. Da sie sich in keiner Weise vor dem Jungen ängstigte, hielt sie es nicht für nötig, sich wieder zu bedecken, doch sie stellte fest, daß sie in Pips Traum fast nackt da lag, ihn ansah und lachte.

Seine Miene nahm einen Ausdruck entsetzter Verlegenheit an, dann von schmerzlicher Verzweiflung. Er stürzte sich auf sie, grapschte nach ihren Brüsten und übersäte ihr Gesicht mit feuchten Küssen. Sie wand sich hin und her, um sich von ihm zu befreien. Von seiner Kraft und der warmen Feuchtigkeit seiner Küsse erschrocken, rang sie um Atem. Da sie unter ihm lag, konnte sie sich des ungestümen Jungen nicht erwehren.

»Hal!« schrie sie. »Hal!«

Im selben Augenblick schon stand ihr Liebster in der Tür, trug seine üblichen Lederhosen und ein schlichtes Wollhemd. Die schwarzen Stiefel glänzten wie sein rabenschwarzes Haar. Mit zwei Schritten stampfte er über die Bohlen an ihre Bettstatt und riß Pip von ihr herunter, drehte ihn herum und stieß ihn an der Wand zu Boden. Kurz legte sich seine Hand um das Heft seines Messers im Gürtel, dann schien er sein Tun zu überdenken und hob statt dessen die Fäuste.

Brid sah den Ausdruck tiefsten Entsetzens auf Pips Gesicht.

»Hal, nein!« flehte er. »Das alles ist ein Mißverständnis. Sie hat mich gelockt. Ich konnte mich nicht beherrschen. Bitte, glaub mir, Hal. Das könnte ich dir niemals antun.«

Hal riß den Jungen am Hals auf die Beine und drückte seinen Kopf gegen den Stein der Mauer. Dann schlug er einmal zu, fest ans Kinn, und ließ ihn wieder zu Boden gehen. Blut rann aus Pips Mundwinkel. Der Junge hustete und würgte und versuchte zu sprechen; statt dessen spuckte er vier Zähne aus.

Einen Augenblick kalten Schweigens sah Hal dem Jungen finster in die Augen, dann brodelte ein bestialisches Gebrüll aus seinem Bauch herauf, und er verlor die Kontrolle. Er ließ Pip zu Boden fallen, packte ihn beim Haar und schlug sein Gesicht immer und immer wieder an die dicken Bohlen am Boden. Als er endlich losließ und sich setzte, war Pips Gesicht nur roter Brei, die Haut aufgesprungen, die Nase nur noch zerfetzter Knorpel.

Pips Alptraum verflog, und Brid saß wieder in der stillen schwarzen Zelle, fragte sich erneut, ob sie auf ewig dort gefangen sei und niemals einen Weg hinaus finden würde. Sie versuchte sich zu sagen, daß die Leere um sie herum nur Einbildung sei. Wirklichkeit war, daß drei Zauberer sie gefangenhielten und ihre Zaubersprüche sangen, aber sie konnte sie nicht spüren. Wäre sie stärker gewesen und besäße noch die mystischen Kräfte der Trinität, könnte sie ihrem Körper entkommen, aber sie war nur noch ein Bauernmädchen. Sie mußte daran glauben, daß sie sich nach wie vor auf der Lichtung im Trollwald befand, aber sie glaubte lieber ihren Augen.

Wenn sie sich jedoch nicht von ihrer Illusion lösen konnte, mußte sie doch einen der anderen davon überzeugen, um den Bann zu brechen. Wäre der Schleier der Magie erst bei einem fortgerissen, könnten vielleicht bald alle befreit sein. Nur wie? Vielleicht näherte sie sich den Dingen nur auf die falsche Weise.

Sie holte tief Luft, um ihre Nerven zu beruhigen und ihre Gedanken zu sammeln, und wartete gelassen darauf, daß der unvermeidliche Traum beginnen sollte.

Mit lieblicher Stimme rief sie ihn. »Pip! O Pip!«

Wieder war sie nackt in ihrer Kammer auf Torra Alta, lag

auf ihrem verzierten Holzbett. Sie lächelte in sich hinein, freute sich über ihren Plan und ihre Fähigkeit, die Dinge zu beeinflussen. Es war alles so einfach! Warum hatte sie nicht vorher daran gedacht? Sie nahm ihren Morgenmantel, bedeckte sich keusch, um dem jungen Burschen nicht zu provozierend zu erscheinen. Wenn sie sich nicht verlockend gäbe, wäre Pip niemals so grob, sich ihr zu nähern.

Aber sie sollte sich täuschen. Ihre Abwehr seiner begierigen Hände machte ihn geradezu wild. Sie biß die Zähne zusammen, um nicht um Hilfe zu rufen, denn Hal sollte nicht kommen. Irgendwie mußte sie den Ereignissen eine Wendung geben, um Pips Traum zu verändern. Aber sie konnte das enttäuschte Brüllen des Jungen nicht beenden, und bald schon rief der Lärm ihren Geliebten. Wieder prügelte Hal Pip brutal zu Brei.

Brid wollte verzweifeln. Was sie auch tat, sie war nicht in der Lage, Hal daran zu hindern, daß er Pip angriff. Ihr nächster Plan war, den Traum seinen üblichen Lauf nehmen zu lassen, bis ganz zum Ende, wenn Pips blutiger Körper an die Wand gesunken war. Dann lief sie zu ihm und wiegte seinen zerschmetterten Kopf auf ihrem Schoß.

»Pip, du lebst. Es ist nur ein Traum.« Sie schüttelte seinen kraftlosen Leib. »Pip, es ist nicht real.«

Nichts änderte sich, und sie saß wieder in der elenden Einsamkeit der schwarzen Zelle, fragte sich, wie sie jemals diesen Alptraum bremsen konnte. Sie hatte doch alles versucht, oder nicht? Still saß sie da, versuchte, Furcht und Selbstzweifel zu vertreiben, damit sie wieder jene Konzentration erreichte, die nötig war, um klare Gedanken zu fassen. Es gab nur noch eine letzte Möglichkeit! Wieder rief sie Pip, konzentrierte ihre Gedanken darauf, die seinen zu erreichen.

»Ich bin hier«, sagte er warm und liebevoll.

Brid hatte den Jungen sehr gern, bewunderte seinen Mut und ärgerte sich nicht so sehr über sein wildes Wesen wie viele andere, doch nicht mal in tausend Monden hätte sie daran gedacht, ihn zu ihrem Geliebten zu machen nicht einmal, wenn er die Erfahrung und den Charme eines Ceowulf besäße. Sie liebte Hal und fertig.

Wie zuvor lag sie in ihrem eigenen Bett, fast nackt. Diesmal vergeudete sie keinen Gedanken an ihre Kleidung und sah sich nach einer Waffe um. Ihr Blick ging über die Haufen mit den Artefakten, die Pip beiseite geräumt hatte: Umhänge, Bücher, Hasenpfoten, Fläschchen, alles lag zwischen Spinnweben herum. Sie sah daran vorbei und über die Kerzen hinweg. Kurz ruhte ihr Blick auf den Kerzenhaltern, doch sie vertrieb diese aus ihren Gedanken und suchte etwas, das golden glänzte.

Da war es! Sie sprang aus dem Bett, wühlte in ihren Sachen herum und brachte die Opfersichel hervor. Sie biß die Zähne zusammen. Pip stand im steinernen Türbogen, ganz wie zuvor. Mit verwirrter Miene sah er sie stirnrunzelnd an und warf einen Blick zum Bett, als fragte er sich, wieso sie nicht dort sei. Dennoch ließ er sich nicht abschrecken und trat forsch vor, riß sich das Hemd vom Leib und warf es in den Staub.

Mit der Sichel hinter ihrem Rücken sah sie ihn eindringlich an und knurrte: »Bleib weg von mir.« Ihre Stimme klang hart und entschlossen. »Pip, es ist nicht real. Das alles ist ein Traum«, versuchte sie, ihn zu warnen.

Er streckte eine Hand aus, um ihre Brust zu berühren, und statt mit ihrer Waffe nach ihm auszuholen, fuhr sie zur Tür herum und wartete auf Hal.

Da kam er! Wild vor Zorn stürzte er voran. Sie reagierte ebenso. Armrudernd und wild kreischend sprang sie ihn an, hob eine Hand, um mit der Sichel zuzustechen.

»Brid!« schrie er bestürzt, als sie auf ihn einhieb.

Sie traf ihn mit der Sichel und schnitt ihm die Haut auf. Er hob die Arme, um sein Gesicht zu schützen, und sie stach darauf ein, fühlte, wie die rasiermesserscharfe Klinge sauber die Haut durchschnitt und darunter auf Knochen traf.

»Brid! Aber Brid, ich liebe dich!« kreischte Hal. »Nein!« schrie Hal noch, als er zu Boden ging.

Jemand versuchte Brid von ihm zu zerren, während sie zeterte und hackte und ihr Tränen über die Wangen rannen. Sie sah, daß sie Hal fürchterliche Wunden zugefügt hatte, doch sie sagte sich, es habe sich zwar real angefühlt, sei aber dennoch Illusion. In diesem Augenblick hatte Hal sicher einen gänzlich anderen, ganz eigenen Traum.

»Brid, was tust du? Hör auf!« schrie Pip und riß sie mit starken Händen zurück. »Brid, das ist doch Wahnsinn. Hör auf!«

Sie fuhr mit erhobener Sichel zu ihm herum, aber er schreckte nicht zurück. Die Furcht in seinen Augen war verflogen. Er würde nicht mehr sterben. Mit Blick auf den zerschnittenen Hal sagte er schwach: »Er hat mich nicht angegriffen. Ich bin unversehrt!« Plötzlich errötete er angesichts ihres nackten Leibes, hielt ihren Morgenmantel hoch und drückte ihn an sie. Er lachte fröhlich und sah sich langsam um. »Es ist fort. Die Kammern sind fort. Die Stöcke sind fort. Sieh nur! Bäume!«

Brid wußte, daß sie gewonnen hatte. Sie hatte die Wolken der Illusion aus Pips Augen vertrieben, und die Zauberer waren nicht mehr ihre Herren. Die hatte sie besiegt. Sie hatte sie ohne Hilfe der Magie besiegt. Sie hatte sie ohne die Macht der Trinität besiegt. Ihre Geisteskraft allein hatte den Bann gebrochen.

Sie lachte triumphierend. Langsam schmolz die Kammer

um sie zu Eichen und einer riesigen, gespaltenen Weide, von der ein Ast aus der Krone gebrochen war und nun am Boden ruhte. Sie konnte Farn riechen und das Rascheln von Blättern hören, die der Wind neckte. Feuchtigkeit lag in der Luft, als hätte es kürzlich geregnet.

Aber sie konnte sich nicht rühren. Ihre Beine waren eingeklemmt, und nur Kopf und Finger waren zu bewegen. Sofort kam ihr in den Sinn, daß sie halb in der Erde vergraben sein mußte. Das also war ihre Zelle gewesen! Sie wakkelte mit den Fingern und sah den Dreck an ihren Fingernägeln, weil sie sich offenbar im Schlaf einen Weg aus ihrem flachen Grab gewühlt hatte. Sich windend und schlängelnd befreite sie einen Arm aus der losen Erde und wischte Mund und Nase ab, die voller Staub waren. Dann wackelte sie mit dem Kopf, bis ihre Schultern frei waren.

Sie konnte Qualm riechen. Blinzelnd verdrehte sie die Augen, um sich umzusehen, während sie erfolgreich ihre Beine aus dem Boden zog. Die Zauberer waren nirgendwo zu sehen, aber dort stand ihr Kessel, rülpste grünen Rauch hervor, der die Lichtung erstickte. Traurig sah sie außerdem die halbverwesten Kadaver zweier großer Pferde und erkannte an deren Geschirr, daß es sich um Wunderwind und Hexer handelte. Trübsinnig saß sie da. Abelard hatte die Tiere gehütet, und wahrscheinlich war auch Cymbeline von den Zauberern überwältigt worden.

Vorsichtig roch sie den beißenden Qualm. Drachenrauch, das war es! Sicher hatte giftiger Drachenrauch sie für die verdrehten Träume der Zauberer empfänglich gemacht. Deshalb also hatten die Zauberer so leicht von ihren Gedanken Besitz ergriffen.

Sie fragte sich, wo die Zauberer waren. Wenn man davon ausging, daß enorme Konzentration und Mühe vonnöten war, einen solchen Zauber so lange bei so vielen Menschen aufrechtzuerhalten, vermutete sie, daß sie nur anwesend waren, als sie ihnen jene fürchterlichen Alpträume auferlegt hatten. Während jener langen Phasen leerer Gedanken, in denen sie geglaubt hatte, in einer Zelle zu sitzen, schienen sich die Zauberer erholt zu haben, wobei sie ihre Opfer vom Rauch benebelt und eingegraben hinter sich zurückgelassen hatten.

Ein Ächzen neben ihr ließ sie wild herumfahren. Pip war an ihrer Seite und drückte zögerlich an Nase und Wangen herum, als tastete er nach möglichen Schäden. Er schien verwirrt, doch ehrlich erfreut festzustellen, daß sein Gesicht unverletzt war, und zutiefst erleichtert sah er sie an, bevor er vor schmerzlicher Verlegenheit errötete. Er machte den Mund auf, um etwas zu sagen, doch Brid legte einen Finger an ihre Lippen.

»Leg dich wieder hin! Deck dich mit Blättern zu«, warnte sie. Ein Prickeln im Nacken hatte sie darauf aufmerksam gemacht. Anscheinend besaß sie noch einige der alten Kräfte, so mutmaßte sie, und spürte die Wellen in der Luft wie die Bugwelle, die ein stumpfkieliges Schiff vor sich her schob. Irgend etwas kam ihnen durch die Kanäle der Magie entgegen. Die Zauberer kehrten zurück.

Sie ließ sich zu Boden sinken und versuchte, ihren Atem zu beruhigen, wobei der Duft der feuchten Blätter seltsam tröstlich wirkte. Sie staunte, als sie sah, daß die gespenstischen Gestalten der Zauberer nicht nach ihren Opfern sahen, sondern sich augenblicklich um den Kessel versammelten. Sie atmeten die Dämpfe ein und sangen in einer fremden Sprache. Es klang annähernd musikalisch, wenn auch ohne Schönheit, als wären die Töne Teil einer mathematischen Sequenz.

Sie überlegte, ob sie einfach aufspringen und fliehen sollte, bevor die Zauberer merkten, daß sie wach war, aber sie konnte nicht ohne ihre Freunde gehen. Ganz still lag sie da und machte sich für die Magie bereit. Eindringliche Gedanken bohrten sich in ihren Geist, riefen in ihrem Kopf Bilder von brennendem Reisig wach, die sie zu verdrängen suchte, indem sie an Morrigwens liebste Kräutermittel dachte. Schließlich verblaßten die Bilder, und die Zauberer waren fort, so daß nur noch der Rauch, der vom Kessel aufstieg, darauf hinwies, daß sie dagewesen waren.

Jeder Daumenbreit an ihnen war noch voller Erde, als sie den Boden zu ihren Füßen absuchten, doch konnten sie wegen der dicken Schicht trockener, goldbrauner Eichen- und Buchenblätter keinerlei Hinweise auf umgegrabene Erde entdecken. Der Rauch wurde dicker, trieb hierhin und dorthin, bedeckte ihre Füße und machte es ihnen unmöglich, den Boden deutlich zu erkennen. Als Brid auf die Knie fiel, um nach Spuren der anderen zu suchen, war sie bald benommen und verwirrt.

Dennoch mußte sie bei ihrer Suche niederknien und die Blätter beiseite harken. Als sie merkte, daß sie im Kreis kroch, wurde ihr klar, daß der Rauch sie wieder übermannte. Überrascht stellte sie fest, daß manche Blätter seltsam schwarz geworden waren, doch sie konnte dem keinerlei Bedeutung beimessen. Fast eine Stunde hatten sie gesucht. Sicher würden die Zauberer bald wiederkommen, und sie hatten noch nichts gefunden. Brid stand auf und taumelte an den Rand der Lichtung, fort vom Rauch, wo sie sich augenblicklich besser fühlte. Sie brauchten Hilfe. Nur welche Hilfe konnten sie hier im Trollwald erwarten?

»Schrate! Das ist es, Pip«, murmelte sie. »Die helfen uns.«

»Aber wie?« sagte er mit zweifelnder Miene. »Die dämlichsten Kreaturen überhaupt. Und außerdem haben wir keine gesehen.«

Sie zuckte mit den Schultern. »Es muß in einem solch

abgelegenen Wald Tausende geben, aber sie werden sich nicht ohne weiteres zeigen. Wenn wir die gleichen Baumrunen benutzen, mit denen sie kommunizieren, und Hilfe an ein Dutzend Bäume schreiben, kommen vielleicht welche aus ihrem Versteck.«

Mit flinken Fingern nahm Brid ihr Messer und ritzte Zeichen in die Rinde mehrerer Buchen in der Nähe. Deren weiche Borke war leichter zu bearbeiten als die der knorrigen Eichen und der großen Weide. Sie trat zurück, um ihr Werk zu bewundern, dann machte sie sich wieder an ihr panisches Werk, die anderen auszugraben, und ihre Gedanken kreisten um den Mangel an *Weitsichtigkeit.* Wie nur hatte sie den Zauberern in die Falle tappen können? Wieso hatte sie nicht gewußt, daß es Drachenrauch war? Sie war sicher, daß sie es vor Morrigwens Tod gewußt hätte, doch nun verlor sie das Vertrauen in ihr Urteilsvermögen. Sie fragte sich, ob Hal wohl noch Interesse an ihr haben würde, wenn er merkte, daß sie keine Macht mehr besaß, daß sie nur eine ganz gewöhnliche Frau aus dem Wald war.

Unter solchen Umständen sah sie ein, daß er Cymbeline sicher erheblich attraktiver finden würde. Der Gedanke schmerzte sie. Sie liebte ihn, wenn sie auch nicht recht wußte, warum. Natürlich besaß er offensichtliche Attribute, war stark und gutaussehend, ein dunkler Typ. Sein Witz und seine natürliche Art machten ihn auch bei den Truppen beliebt, wenn er auch stets dafür sorgte, nicht so beliebt zu werden, daß sie ihren Respekt verloren.

Doch warum war sie ausgerechnet ihm verfallen? Es gab andere Männer, die ebenso gut waren, Ceowulf zum Beispiel. Sie beneidete Cybillias Liebe zu Ceowulf. Der Ritter war beständig, anspruchslos, auf zynische Weise amüsant und kaum je zu übertölpeln. Und dann war da noch Spar, so zart und besorgt. Spar verstand sie. Aber sie liebte ihn nicht. Jedermann vermutete, daß sie ihn liebte, doch sie hatte stets gewußt, daß sie zu stark für ihn war. Sie konnte nicht jemanden lieben, den sie manipulieren konnte. Doch nun! Nun, da sie ihre Macht verloren hatte und nur noch sie selbst war, war es jetzt wohl etwas anderes? Sie schluckte trocken, und ein Schauer durchfuhr sie, als sie merkte, wie sie sich in Gedanken von Hal löste. Ihre Selbstzweifel wuchsen.

Da die Trinität zerbrochen war, war sie niemand, besaß keine besondere Macht. Doch sie hatte nach wie vor ihr Wissen. Nach wie vor konnte sie den Runenzauber nutzen. Nach wie vor verstand sie die Kraft der Bäume und die heilenden Kräfte der Kräuter. Fort jedoch war der intuitive Scharfsinn, fort die Weitsicht, die sie über das normale Volk erhob, fort auch der Geist der Großen Mutter in ihrem Inneren.

Frierend vom Knien und Blätterharken, blinzelte sie ins Dunkel des Waldes, und ihr wurde schwindlig. Jetzt war ihr selbst die simple Aufgabe, Schrate zu rufen, mißlungen.

»Hier! Hilfe! Schnell!« drängte Pip.

Brid lief zu ihm, als er eine Hand mit einem schweren Ring hervorzog, in den das Bild eines Fisches gearbeitet war. »Hardwin!« sagte sie enttäuscht, als sie Pip half, ihn herauszuziehen. Brid drehte ihn um und starrte in sein starres Gesicht, das von einem katatonischen Geist kündete. Wieder stürzte sie sich auf den Waldboden, suchte wild an jener Stelle, wo sie Hardwin gefunden hatten, in der Hoffnung, daß Hal in der Nähe wäre.

Ein Stiefel! Ihre Hand strich über die Spitze eines schwarzen Stiefels. Sie grub ihn aus und begann, panisch am Bein herumzuzerren, da es schon steif zu werden schien. Ein Jagdhorn heulte durch den Wald.

Pip nahm sie bei der Schulter und riß sie zurück. »Schnell! Versteck dich im Unterholz.«

Brid stieß ihn von sich und riß noch um so wilder an dem Stiefel herum, doch ihre Bemühungen ließen nach, als sie den Schmutz von dem langen, dünnen Bein entfernte, das in schwerem Wolltuch steckte. Das war nicht Hal.

Doch sie hatte sich zu lange aufgehalten. Das Jaulen von Hunden auf der Hatz ging durch den Wald. Der Geruch von Angst hing schwer in der Luft. Mit mühevollem Ächzen taumelte eine Hirschkuh über die Lichtung. Hunde schwärmten ihr nach, und der Lärm ihrer Jagd war ohrenbetäubend. Nach wie vor hielt Brid das Bein, das sie als Renauds erkannte hatte, und erstarrte, als die Hunde von ihrer Beute abließen und sich um sie sammelten, daß die Luft vom dampfenden Atem ganz dick wurde.

Einer kam näher und hob sein Maul an den Saum ihres Kittels, knurrte und begann daran zu zerren. In jenem Augenblick brachen Jäger durch die Bäume. Hoch im Sattel, den Hunden dicht auf den Fersen, schrien und johlten sie angesichts ihres unerwarteten Fundes und brachten ihre dampfenden Rösser zum Stehen. Eine große kastanienbraune Stute stellte sich auf ihre Hinterbeine. Der prachtvoll gekleidete Mann auf ihrem Rücken neigte sich gegen die Mähne und staunte mit offenem Mund. Er betrachtete Brid, dann Pip, dann wieder Brid, und sein Blick war neugierig und eindringlich, als er die hübsche Figur unter ihren erdverkrusteten Lederhosen und dann ihre Hand am Stiefel eines halb begrabenen Mannes sah. Hardwin wälzte sich nun am Boden und heulte, als wäre er von Dämonen besessen.

Denk nach! sagte Brid zu sich selbst, denk nach und sag etwas ... irgendwas Glaubwürdiges. Doch ihr wollte nichts einfallen, als der Jägersmann abstieg, seine Peitsche knallen ließ und die Hunde zu sich rief. In seinem nietenbeschlagenen Lederwams mit nackten Armen sah er für einen Ceolothianer ausgesprochen dunkel aus und nicht so grob gebaut.

Ein weiteres Pferd brach krachend durch die Bäume; es schwitzte sehr, da es den älteren, schwereren Mann auf seinem Rücken tragen mußte. Der Neuankömmling sah auf Pip und Brid herab, und seine Augen wurden vor Abscheu groß, als er auf ceolothianisch rief: »Teufel! Grabräuber!«

KAPITEL 9

Caspar und May betrachteten die wunderschöne sanfte Landschaft voller Leben, die sich zu fernen, wolkenumsäumten Bergen hin erstreckte. Aus der grünen Decke von kurzgefressenem Gras zu ihren Füßen blühten wilde Blumen in Hülle und Fülle. Die Blüten bildeten große, farbige Hügel, blaue Schwaden und gelbe Streifen, so daß die Blumen in der leisen Brise zu tanzen schienen.

May pflückte wahllos ein paar Blumen und betrachtete sie mit Interesse. »Ich kenne kaum die Hälfte davon«, räumte sie ein. Es war das erste Mal, daß sie seit Runas Tod von etwas anderem als der Wölfin gesprochen hatte, und ihre Stimme klang angespannt. »Das da sieht wie riesiges Ehrenpreis aus.« Sie deutete auf eine große, fünfblättrige Blume von dunklem Blau, der Farbe von Caspars Augen nicht unähnlich.

Er nickte gedankenverloren und suchte die goldene Steppe nach Spuren von Leben ab.

May schien seine Gedanken zu lesen. »Wo sind die Kühe? Das hier ist wie eine gigantisch große belbidianische Weide, und sie sollte voller Kühe sein«, sagte sie teilnahmslos.

Caspar schob seine Hand in ihre und drückte sie. »Ich weiß es nicht. Aber sieh dir das nur an. Es ist so friedlich.«

Ärgerlich stieß sie ihn weg, und er zog sich eine Weile lang zurück, wobei er dachte, sie gäbe ihm wohl die Schuld an Runas Tod. Immer langsamer kam sie voran und willigte schließlich in sein Angebot ein, sie sanft mit sich zu ziehen. Die ganze Zeit über sah er sich vorsichtig um und dachte einmal, er sähe grasende Rinder, doch das war in weiter

Ferne. Allerdings sah er eine trockene Steinmauer, die eine strenge Linie durch das reiche Land zog.

»Ich bin so müde. Ich muß rasten«, stöhnte May.

»Hier können wir nicht bleiben«, sagte Caspar. »Wir müssen in der Nähe von Menschen sein.« Er nickte zu der Mauer hinüber, die etwas links von ihnen lag.

»Menschen? Wo?« fragte sie etwas zu begeistert.

Caspar zuckte mit den Achseln. »Ich weiß nicht, aber irgend jemand hat diese Mauer gebaut, und wir wollen niemandem begegnen.«

»Nein, wohl nicht«, sagte May zweifelnd und blieb stehen, um Luft zu holen. »Nein, ich ...« Ihre Stimme verklang.

Stunden später, als ihre Beine bis zu den Oberschenkeln von den höheren Stengeln wilder Blumen triefnaß waren, merkten sie, daß der Boden anstieg. Caspar blieb stehen und wartete auf Trund, der noch immer Trübsal blies, jaulte und dauernd umkehrte und bellte, als riefe er Runa, damit sie sich beeilte.

Gen Süden wurde das leuchtend goldene Gras zu dunklerer Heide, und Schieferberge wuchsen aus dem Dunst, der am Horizont lag. Sie kamen durch hügeliges Land, bis die Erde vor ihnen zu bewaldetem Land abfiel, welches von Wegen unberührt war und durch das sich fünf Flüsse schlängelten. Nach Osten und Norden hin erstreckte sich der Wald bis zum Horizont, und im Süden spie ein Vulkan schwarzen Rauch aus, der zu einer dunkelroten Wolkenbank wurde, wie ein fernes Land, das am Himmel schwebte.

Caspar blieb auf einem unerwarteten Stück nackter Erde stehen. Ängstlich trat May zurück, und Trund schnüffelte mißtrauisch daran herum. Caspar sah auf seine Füße und fand eine Reihe von Symbolen, die dort in die Erde geritzt waren. Er hatte keine Ahnung, was sie bedeuteten, doch sie hatten etwas Vertrautes an sich, was ihn beunruhigte. Er konzentrierte sich und versuchte sich zu erinnern, wo er sie schon mal gesehen hatte.

»Ursula!« rief er erleichtert aus. »Natürlich!«

»Was redest du da?«

»Da habe ich diese Symbole schon einmal gesehen. An Ursulas Arm.«

»Was bedeuten sie?«

»Ich weiß es nicht. Ich habe sie nie gefragt. Ich dachte, es seien Sklavenzeichen«, erklärte er.

»Sklavenhändler!« Erschrocken starrte May zum Wald.

»Nein, nein. Offenbar habe ich mich getäuscht. Die Zeichen müssen aus der Zeit stammen, bevor es sie über den Tethyschen Ozean verschlagen hat.«

»Oh! Aber dennoch müssen sie etwas sehr Wichtiges bedeuten«, meinte sie, nahm seine Hand und trat über die Reihe der Runen hinweg, die sich so weit erstreckte, wie sie sehen konnte, in beide Richtungen des Kammes. Ein Schauer ging durch Caspar, und er schalt sich dafür, daß er sich von seiner Phantasie verunsichern ließ. Er hatte ein seltsames Gefühl erwartet, und zweifellos hatte er deshalb etwas gefühlt. Unwillkürlich langte er in seine Tasche und betastete den Knochensplitter mit dem Symbol des Wolfes, als hätte dieser eben zu ihm gesprochen.

Er stützte May mit einer Hand und half ihr, sich einen Weg den Hang hinab zum Wald zu bahnen. Der Wald war nicht sehr dicht. Die Bäume standen weit auseinander, ließen ausreichend Platz, daß sie die Äste weit ausbreiten konnten und somit jeder Baum ein feines, majestätisches Exemplar darstellte. Caspar bestaunte Koniferen, Eichen mit dunklen Blättern und hohe, rauschende Pappeln. Ein Teppich aus Gras und wilden Blumen breitete sich unter ihnen aus, und am Boden rührten sich die Schatten grasender Rehe.

»Wir müssen bald etwas finden«, murmelte sie. Sie sah rastlos und verstört aus und ging mit langsamen Schritten.

Caspar nickte. Hier wäre das Necrönd sicher. »Vielleicht markiert diese Runenreihe die Grenze zwischen Weideland und Wald. Hier ist alles so groß.«

May nickte nachdenklich, und Caspar fragte sich, was mit ihr los war ... doch nur kurz. Ein tiefes Brüllen hallte durch den Wald. May nahm Caspar bei der Hand.

»Das ist nur ein Bär. Wir sollten besser weiterziehen«, drängte er und hielt nur kurz inne, um seinen Bogen aufzuheben.

Vier Tage lang traten ihre müden Füße einen Pfad durchs weiche Gras unter den schattigen Bäumen. Bei Nacht hielt Caspar das Feuer hell, und mit Trund an seiner Seite döste er ein wenig, bis es wieder hell genug war, daß sie weiterziehen konnten. Sie sprachen kaum, blieben stets hellhörig, was das Brummen und Schnüffeln und das gelegentliche Knurren anging, das die Stille um sie herum störte.

»Folgen sie uns?« flüsterte May.

Caspar schüttelte den Kopf. »Nein, ich glaube nicht«, sagte er leichthin, doch er fand die Lage seltsam. Sie mußten doch viel leichtere Beute als die Rehe sein.

»Vielleicht gefällt ihnen der Geruch von Menschen nicht.«

Hin und wieder wurde der gesamte Wald von mächtigem Gebrüll zum Schweigen gebracht, gefolgt vom Heulen eines sterbenden Tieres. Als sie weiterzogen, hörten sie wieder das Knurren der großen, ächzenden Tiere links und rechts von ihnen, gefolgt vom Jaulen und den Schreien der Tiere, die sie töteten. Caspar hatte nie gewußt, daß Bären so aktiv sein konnten, doch er hütete sich, es May gegenüber zu erwähnen. Endlich lichtete sich der Wald, und vor ihnen erstreckte sich eine öde Ebene am Fuße blauer Berge, deren kahle Hänge von einem zerklüfteten Kamm gekrönt waren. Ein schlammiger Fluß durchschnitt still und leise den Talgrund, und seine Kraft war allein an den mächtigen Baumstämmen zu erkennen, die von der Strömung mitgerissen wurden.

Der große Fluß zwang sie nordwärts in eine Schlucht, wo er sich von den blauen Bergen trennte. Caspar sah zu den steinernen Gipfeln auf.

»Das muß es sein. Sicher hat in tausend Jahren niemand diese Pfade betreten. Wir sollten das Necrönd hier begraben können und dann den Rest unserer Tage hier verbringen. Wir könnten Kinder bekommen und unsere eigene kleine Sekte von Hütern gründen, die das Druiden-Ei bewachen«, sagte er erregt, während er zu den Bergen aufblickte. Er sah keinerlei Spuren von Leben in der geborstenen Erde.

May deutete auf einen Gipfel. »Der da!« erklärte sie.

Caspar schüttelte den Kopf. »Wieso nicht der mit dem Doppelgipfel oder der mit dem Horn oder der mit dem steilen schwarzen Hang? Der Kamm von dieser zerklüfteten Schlucht ist nicht anders als alle anderen. Jeder einzelne für sich dramatisch, aber in dieser Landschaft kaum bemerkenswert.«

»Genau«, sagte May müde. »Die Menschen fühlen sich wie selbstverständlich von dramatischen Gipfeln angezogen, einfach weil sie herausragen. Suchen wir das Gewöhnliche, und außerdem: Halten wir uns an die Täler. Suchen wir uns eine Höhle in den Vorbergen.«

»Die Gipfel sind schlechter zugänglich«, wandte Caspar ein.

»Absolut!« gab May ihm recht und watschelte ihm nach, so schnell sie konnte. Es schien Caspar, als spräche aus ihren Worten eher Müdigkeit als Umsicht.

Endlich kam Schwung in ihrer beider Schritte, als sie sahen, daß ihre Aufgabe bald getan wäre. Bald würden sie sich von der Last des Necrönd befreit haben.

»Sofern wir niemals mehr heimkehren, gibt es keinen Grund, jemals wieder davon sprechen zu müssen. Und wenn wir nie mehr davon sprechen, wird das Wissen um sein Versteck mit uns sterben«, sagte Caspar und bot May eine Hand an, um ihr zu helfen.

Sie näherten sich dem Fuß des auserwählten Bergkammes, wo beide enttäuscht stehenblieben.

»Oh«, war alles, was May sagte. Caspar wollte eine volle Minute lang nichts einfallen, was er hätte sagen können, und nachdenklich kaute er auf seiner Zunge herum.

May beugte sich zu Boden. »Und es ist auch frisch. Die Asche ist noch warm.«

»Vielleicht ist es nur das Feuer eines Einzelnen, eines einsamen Wanderers. Ein einzelner Reisender ist kaum eine Bedrohung. Vielleicht kehrt er nie mehr wieder. Trotz allem ist hier die einsamste Stelle, die wir bisher gefunden haben«, meinte Caspar, denn er wollte sich nicht entmutigen lassen.

Sie verfolgten ihren Plan weiter und einigten sich darauf, daß hier, sofern sie weiterhin keine Spuren von Leben fänden, ein weit besserer Ort sei als alles, was sie bisher gefunden hatten. Dann machten sie wiederum Halt, und Caspar schloß die Augen vor Entsetzen. Dort im Dreck lag eine abgeschlagene Hand. Sie machten einen großen Bogen drum herum und fanden nach hundert Metern ein Bein. Der Oberschenkel war zum Teil gefressen, der nackte Knochen ragte aus dem Muskel, geborsten und gespalten, wie von mächtigen Kiefern zermalmt.

Während sie sich fragten, welch ein Tier den Mann gefressen haben mochte, hörten sie wieder das gleiche Knurren, das ihnen im Wald das Blut hatte gefrieren lassen.

»Wenn das alles sein soll, was von dem Mann übrig ist, der das Feuer entfacht hat, müssen wir uns um den keine Sorgen mehr machen. Und wenn das Tier schon gefressen hat, wird es uns wahrscheinlich nicht mehr belästigen. Wir müssen weiterziehen«, sagte Caspar und gab sich alle Mühe, sich einen Reim auf die gräßliche Entdeckung zu machen. »Keine Sorge. Wir werden schon bald das richtige Versteck finden. Komm.« Er nahm sie bei der Hand und zog sie hinterher.

May weigerte sich. »Ich kann nicht weiter.«

»Aber wir müssen.« Caspar sah in ihr Gesicht. Sie war blaß und schwitzte leicht, die Augen weit und in Gedanken. »Und das hier ist kein guter Ort für eine Rast«, erklärte er und zog sie beim Arm.

»Ich habe keine Wahl«, sagte sie kraftlos, taumelte unbeholfen und lehnte sich schwer an ihn. »Das Kind ...«

»Oh! O nein! O Mutter, nein, nicht jetzt!« Caspar hatte versucht, jeden Gedanken daran zu verbannen. Jede Nacht hatte er mit May in seinen Armen dagelegen und es unbewußt vermieden, ihren prallen Bauch zu berühren, gab sich alle Mühe im Sinne ihres zukünftigen Glücks, dieses Kind zu vergessen, das nicht das seine war. Nun konnte er es nicht mehr ignorieren.

»Spar, es ist soweit, ob es dir gefällt oder nicht.«

»Aber wir müssen einen sichereren Ort finden«, sagte er und sah sich in der Landschaft um. »Eine Höhle vielleicht.«

Sie taumelten voran. May war seltsam erpicht darauf, in Bewegung zu bleiben, blieb nur alle halbe Stunde stehen und stöhnte leise. Caspar suchte mit den Augen in alle Richtungen, spürte, daß sie beobachtet wurden. Irgend etwas rührte sich oben auf dem zerklüfteten Kamm, wetzte zwischen den Felsen hin und her. Später erblickte er eine andere Gestalt weiter unten, und diesmal erkannte er die dunkelbraune Form eines großen Bären. Er behielt seine Beobachtungen für sich, denn er wollte May nicht weiter beunruhigen.

Inzwischen atmete sie schwer, war still und in sich gekehrt. Schließlich sah er mehrere Höhlen in den blauen Klippen und näherte sich ihnen über einen Geröllhang. Als sie näher kamen, bemerkte er den verbogenen Griff eines Kochtopfes und später einen Holzbecher am Boden liegen. Er hoffte, daß die Höhle nicht nach wie vor bewohnt war.

Er schob May den Hang hinauf, hielt die Augen nach den Bären weiter oben offen, dann auch nach einem weiteren drüben auf der anderen Seite des Tales. Er war nur dankbar, daß sie noch nicht angegriffen hatten. In ihrem Verhalten war etwas Merkwürdiges. Sie benahmen sich nicht wie die einsamen Bären seiner Heimat, sondern eher wie ein Wolfsrudel, das seine Beute hetzt. Er mußte May in die Höhle bringen, damit er ein Feuer entfachen und Wache stehen konnte, während sie tat, was zu tun war.

Fester schob er sie von hinten, während er auf dem losen Schiefer rutschte, bis er sie endlich in die Höhle bugsiert hatte. Es gab ausreichend Buschwerk und trockenes Holz im unteren Tal, so daß er Feuerholz sammeln konnte, ohne sie allzu weit hinter sich zurücklassen zu müssen. Er behielt die Bären im Auge und wunderte sich, wieso sie dasaßen und warteten, ohne näher zu kommen.

Seltsam ruhig war ihm zumute. Seine Frau brauchte ihn, und er konnte sie beschützen. Dazu war er geboren und erzogen worden: aufzustehen und zu kämpfen. Das Gefühl war ihm vertraut, und auch wenn sein Blut vor Aufregung raste, fürchtete er sich doch nicht.

Schwitzend stand May am Höhleneingang, ihre Miene

schmerzverzerrt. Da er sie jedoch nicht überreden konnte, sich hinzulegen, wie er es für richtig hielt, machte er sich daran, das Feuer zu entfachen, und bald schon brannte das Holz. Langsam lief May in der Höhle herum, die einige Spuren der Benutzung zeigte, doch es deutete nichts darauf hin, daß sie kürzlich bewohnt gewesen wäre. Es gab einen schwarzen Kreis beim Höhleneingang, wo jemand offenbar eine Feuerstelle eingerichtet hatte, doch weder von Essensresten noch einer Bettstatt war etwas zu sehen. Die Höhle roch frisch.

Er fragte sich, ob es irgend etwas gäbe, mit dem er May helfen konnte, aber er ging davon aus, daß sie wußte, was zu tun sei, da sie seiner Mutter und Brid im Laufe der Jahre geholfen hatte, zahlreiche Kinder auf die Welt zu bringen. Jedenfalls, so versicherte er sich, hatten Frauen zu allen Zeiten Kinder bekommen. So schlimm konnte es nicht werden. Er fragte sich, wieso darum soviel Aufhebens gemacht wurde. Das hatte ihm noch nie jemand erklären können. Das war nichts, worüber Männer sprachen.

Er riß an seiner Bogensehne und behielt die Bären aufmerksam im Blick, nahm das stete, weiche Tappen von Mays Schritten auf unangenehme Weise wahr, das zarte Scharren ihrer Hand über den Stein, wenn sie mit den Fingern an den Innenwänden der Höhle entlangstrich.

Er saß da und wartete voll Sorge. Die Bären kamen nicht näher, zweifellos vom Feuer und seiner Gegenwart ferngehalten, während May, die in letzter Zeit so müde gewesen war, weiter endlos auf und ab lief. Dann begann sie vor sich hin zu murmeln: »Ich hatte keine Ahnung. Ich hätte mitfühlender sein sollen.«

Sie hatte sich entkleidet, bis auf ihre Unterwäsche, obwohl Caspar die Luft kühl fand, als sich nun der Abend um sie legte. May hingegen war offensichtlich heiß. Nach wie vor sorgte er sich darum, daß sie auf den Beinen stand, denn er war sicher, daß sich Frauen zum Gebären betteten, und er fragte sich, wieso sie ständig auf und ab lief.

»May, glaubst du nicht, daß du es vielleicht verzögerst, wenn du dauernd herumläufst? Solltest du dich nicht hinlegen?« fragte er.

Sie warf ihm einen langen, kalten Blick zu, machte den Mund auf, als wollte sie etwas sagen, schloß ihn dann wieder, als hätte sie weder Zeit noch Energie für Erklärungen, und lief weiter auf und ab. Caspar merkte, daß sie Gebete an die Große Mutter murmelte. Er vermutete, daß der rhythmische Singsang half, den ganzen Vorgang zu steuern. Die Zeit verging nur langsam, während sich der Abend endlos lang ins Dunkel schlich. Ihre Bewegungen hatten sich verändert, und immer öfter blieb sie stehen, schlug mit der flachen Hand an die Wand, als wollte sie sich von ihrem Schmerz befreien.

Es wurde kalt in der Nacht, und endlich legte sich May nieder. Ihr leises Stöhnen und die Gebete wurden zu Schmerzensschreien. »Mutter!« schrie sie und ballte die Fäuste, als sie sich vor Krämpfen krümmte.

Nun war es Caspar, der auf und ab lief, alle paar Minuten stehenblieb, um ihre Hand zu streicheln, doch sie stieß ihn nur böse von sich. Ächzend vor Anstrengung begann sie, sich in Minutenabständen schwer anzustrengen, doch was Caspar am meisten Sorgen machte, war nicht der Schmerz, der ihr Gesicht verzerrte, sondern die aschfahle Angst. Er kniete neben ihr und rief hilflos: »May, May, was soll ich tun?«

»Aaahhh!« schrie sie und stöhnte, krümmte sich und setzte sich wieder aufrecht, schlug mit den Händen an den Stein am Höhlenboden.

»Was soll ich tun?« wiederholte er.

»Hilf mir!« schrie sie erneut, und ihre Augen waren schwarz vor Schmerz.

»Ich weiß nicht, was ich tun soll, May. Was soll ich tun?«

»Hilfe! Hol Hilfe!« keuchte sie, dann wurden ihre Worte von einer neuerlichen Woge des Schmerzes fortgespült, und aus ihrer Kehle kam ein bestialischer Schrei.

»Aber woher?« fragte er.

May antwortete nicht, sondern schlug nur mit der flachen Hand auf den Boden und schrie: »Nein! Nein! Große Mutter, hilf mir!«

Caspar lief auf und ab, auf und ab. Er durfte sie nicht allein lassen. Woher sollte er Hilfe holen? Und was war mit den Bären?

»Hilfe!« schluchzte May. »Spar, hol Hilfe.«

»Aber ich muß doch bei dir bleiben. Draußen sind Bären. Die könnten angreifen!«

»Spar, hol Hilfe! Die Bären sind mir egal. Die können mir bald nichts mehr anhaben. Ich sterbe sowieso. Es muß doch jemanden geben, irgendwo. Das Kind kommt nicht. Irgend etwas ist nicht richtig!«

»Kann ich nicht helfen? Sag mir, was ich tun soll.«

»Ich weiß es nicht!« stöhnte sie. »Keridwen würde es wissen.« Sie stöhnte aus tiefster Seele. »Ich ... ich ... nur dabei, wenn es leicht war ... o Spar, hol Hilfe! Hilf mir! Aaahh!« Sie keuchte. »Spar, es bringt mich um!«

Caspar lief aus der Höhle und nahm eine Fackel, um sich den Weg zu beleuchten, floh in die überraschend klare, helle Nacht hinaus, und der Vollmond stand riesenhaft am Horizont, ein dunkles Rot, von dem Caspar irgendwie fürchtete, daß es für May kein gutes Omen war. Scharf zeichnete sich die Landschaft ab. Die großen Zähne der Berge waren wie gigantische Grabsteine, die am Himmel kratzten. Doch woher sollte er Hilfe holen? Gelegentlich hatten sie Spuren von Menschen gefunden, die abgebissene Hand etwa, dann das Feuer, doch hatten sie weder Häuser noch Hinweise darauf gefunden, daß irgendwer dort oben lebte. Und falls sie jemanden fänden: Wer sagte, daß dieser Jemand helfen konnte?

Er kletterte auf einen Felsen, der den Kamm überblickte, und betrachtete die mondbeschienene Welt weiter unten. Auf der anderen Seite des Kammes tanzte ein reißender Fluß im silbrigen Licht. Bären liefen zwischen den Bäumen, doch es war kein Feuer zu sehen, nichts, was auf Menschen hingedeutet hätte, die dort im Dunkel nächtigten. Aber er wußte irgendwie, daß dort jemand war. Zweifelsohne war es eine innere Stimme, das Erbe seiner Mutter, welches ihm das unheimliche Gefühl vermittelte, daß Menschen in der Nähe waren. Außerdem mußten die Bewohner dieser Höhle irgendwohin gegangen seien. Und wenn es hier Menschen gab, war unter ihnen sicher eine alte Frau, die wußte, wie May zu helfen wäre.

Er hielt den brennenden Scheit in die Höhe, weil er wußte, daß das Licht, so klein er selbst auch sein mochte, doch meilenweit zu sehen wäre. Als Bergbewohner wußte er besser als die meisten, daß jedes Geräusch in einer derart stillen, klaren Nacht von einem Gipfel zum nächsten zu hören war und seine Stimme wie der Schrei eines Adlers übers Land ziehen würde.

Er holte tief Luft, warf seinen Kopf in den Nacken und schrie: »Hilfe! Hört mich an! Hilfe! Hier drüben!«

Klagend ging das Echo zwischen den Bergen hin und her, und als es verklang, lauschte er, ob Antwort käme. Nach seinem Schrei war die Nacht auf unheimliche Weise still, bis das Brummen der Bären wieder kam. Er hob seinen Arm und schwenkte die Fackel hin und her, sandte Funken in die Luft aus, dann schwenkte er sie im weiten Kreis, der sicher Aufmerksamkeit erregen würde. »Hilfe!« rief er wiederum. »Hilfe!«

Ein Hilfeschrei wäre sicher in jeder Sprache zu verstehen, so dachte er. Er schrie noch einmal, und dann endlich hörte er die ruhigen, süßen Töne eines Horns, dessen Klang durch die Berge hallte und von den Wänden hin und her geworfen wurde, so daß es unmöglich war, sogleich zu orten, woher er kam. Diesmal schwang er seinen Arm langsamer, da er sich auf das Horn konzentrierte. Dann endlich sah er nicht weit im Westen ein schwaches Licht flakkern, das sich schnell bewegte, wie von einem Pferd getragen.

Caspar lief und rutschte und sprang den Hang hinunter, um sie zu begrüßen, dann kam er taumelnd zum Stehen, hielt seine Fackel hoch, als sie sich klappernd näherten. Vier Männer kamen, ritten ohne Sattel, und die nackten Beine baumelten um die Knie ihrer Ponys. Caspar sah Speere, und selbst im Mondlicht konnte er erkennen, daß sie grob aus Holz gefertigt waren, nicht aus Metall. Die Gesichter der Männer leuchteten auf merkwürdige Weise, waren mit Kreide bemalt, die das Licht des Mondes reflektierte. Wie Schädel, dachte Caspar. Die vier Speere waren auf seine Brust gerichtet.

Er hatte keine Zeit, sich zu fürchten. »Hilfe, Hilfe! Meiner Frau geht es schlecht. Sie bekommt ein Kind.«

Speere klapperten vor seinem Gesicht, und er merkte, daß er sich nicht verständlich machen konnte.

»Nein, nein!« Er trat zurück und hob die Hände zu einer friedlichen Geste. »Meine Frau ...« Er beschrieb weibliche Rundungen in der Luft. Die schädelweißen Gesichter beobachteten ihn voller Neugier. Dann breitete er die Arme vor seinem Bauch aus und beschrieb die Rundung einer Schwangeren. Die Männer nickten, verstanden offenbar.

Dann faltete Caspar die Arme und wiegte sie hin und her, als hielte er ein Neugeborenes im Arm. Die Männer ahmten ihn nach und lachten.

»Ihr müßt helfen«, sagte Caspar und überlegte, wie er ihnen erklären sollte, daß May in Schwierigkeiten war. Er legte sich zu Boden, deutete mit den Händen einen dicken Bauch an und keuchte und stöhnte.

Augenblicklich hörten die Männer auf zu lachen und murmelten untereinander. Sie machten Gesten, die Caspar zeigten, daß er warten sollte, und verschwanden in der Nacht. Es schien ihm eine Ewigkeit zu dauern, bis sie wiederkamen, und er war unendlich erleichtert, als er sah, daß sie ein ältliches Weib bei sich führten. Sie wirkte krumm, und als sie abstieg, rang sie mit der Last eines Beutels in einer Hand, während sie sich mit der anderen auf einen Stock stützte.

»Schnell, schnell! Sputet Euch!« drängte er.

Es fiel nicht schwer, May zu finden, da ihre Schreie das Tal erfüllten. Die Frau, die für ihr Alter erstaunlich behende wirkte, ließ sich von den Männern den Hang hinaufhelfen. Sie warf ihren Umhang beiseite, sobald sie in die Höhle blickte. May riß an ihrem Unterhemd herum und biß in ihre geballten Fäuste, schluchzte und klagte. Caspar war entsetzt, daß er sie so lange in dieser Lage hatte allein lassen müssen.

Da die Frau nun ihren Umhang von sich geworfen hatte, sah Caspar, daß sie nur ein kurzes Tierfell trug, das von einer knochigen Schulter hing. Sie klapperte mit ihrem Stock nach den Männern und trieb sie aus der Höhle.

Auch Caspar wurde mit den anderen vertrieben, die sich nah ums Feuer sammelten und setzten, wobei sie freundlich miteinander sprachen und ihn beäugten. Einer klopfte ihm mitfühlend auf die Schulter, und er lächelte zurück, so gut es ging, aber sie konnten kaum etwas tun, was sein Leid gelindert hätte, da er May unaufhörlich schreien hörte. Er nahm den Knochensplitter aus der Tasche, den Morrigwen ihm gegeben hatte. Es war das einzige, was er von den Hohepriesterinnen bei sich hatte, und wenn irgend jemand May in einem solchen Augenblick helfen konnte, dann dieses. Er betastete den Knochen, dachte an die Wölfe, für die er stand, und sah zum Angesicht des Mondes auf, betete darum, daß die Große Mutter seine May retten mochte.

Einer der Männer stieß ihm scharf in die Seite und brummte ein paar Worte, bedeutete ihm dringend, er solle in die Höhle gehen. Er konnte kaum denken, weil May so sehr schrie. Sie krallte sich in die alte Frau und flehte sie um Hilfe an. Die Frau zog Caspar zu Mays Kopf und legte seine Hände um Mays Handgelenke, drückte sie fest zu. Mit eindringlichem Blick sagten ihre Augen Caspar, daß er sie festhalten sollte.

Dann eilte sie zu Mays Füßen. Caspar verspürte keinen Wunsch, dorthin zu sehen, als die Frau ihre Arme unter Mays Röcke schob und zu zerren begann. May wurde ihm unter den Händen fortgezogen, und die Frau sah auf, rief wütend irgend etwas, und er wußte, daß er May nicht fest genug hielt. Also zog er sie wieder an sich. Es sprach eine Dringlichkeit aus der Stimme dieser Frau, die sagte, wenn er es nicht täte – und zwar schnell –, würde May sterben.

Mays große runde Haselaugen blickten zu Caspar auf. »Halt! Halt! Nein! Ihr bringt mich um! Mutter! Halt, Spar! Hört auf!« Sie schluchzte wie eine Gefangene unter der Folter. »Hört auf! Ihr zerreißt mich! Nein!«

Caspar biß die Zähne gegen den Schmerz zusammen. »Halte durch, May. Wehr dich. Ich liebe dich!« schrie er sie an, und seine Stimme brach.

Ihre tiefen, klagenden Schreie wurden ein scharfes Kreischen, und sie schloß die Augen vor Konzentration. Die Stimme der alten Frau wurde aufgeregter, dringlicher, ermutigte May, während Caspar sich mühte, sie fester zu halten, da die Fremde heftig an dem Kind zog.

Dann endlich kam ein langer Schrei, und May war vor Anstrengung puterrot im Gesicht. Endlich wurde ein Jubeln des Triumphes laut. Ein winziges, zerdrücktes, faltiges Wesen, das von Blut und weißem Schleim überzogen war, lag in den Armen der Frau. May sah es eine Sekunde lang an, ihre Miene vor Erschöpfung ausdruckslos, dann sank sie in sich zusammen.

Ungläubig starrte Caspar die kleine Kreatur an, dann den dicken veilchenfarbenen Fortsatz am Bauch des Kindes. Die Frau biß die Schnur durch und verknotete sie mit einem Lederband. Dann suchte sie mit ihrem Finger im Mund des Kindes herum. Es atmete nicht! Warum atmete es nicht?

Caspar war verzweifelt. »Tut etwas!« schrie er die Frau an, die dem Kind Brust und Rücken rieb.

Dann quiekte es und gurgelte, und die kleinen Beine strampelten. Caspar hämmerte das Herz mit einer Unruhe in der Brust, wie er sie nie zuvor gekannt hatte.

»May, es lebt! May, es geht ihm gut«, stöhnte er. »O May.«

Er drückte sie fest an sich, doch sie rührte sich nicht. Die Frau knurrte den Männern Anweisungen zu, und sie eilten, richteten ein Feuer und brachten Wasser vom Fluß herauf. Sie wickelte das Kind, und ohne weiteres Aufhebens darum zu machen, legte sie es Caspar in die Arme, während sie sich um May kümmerte.

Caspar wußte nicht, was vor sich ging. Er wußte nicht, ob es May gutging oder nicht, da seine gesamte Aufmerksamkeit dem winzigen Mädchen galt, das dort in seinen Händen wimmerte. Große, blauschwarze Augen sahen zu ihm auf, und sein Herz tat einen Satz vor Freude. Vorsichtig schob er seinen Arm darunter, um sie zu wiegen, und trat vor, um näher am wärmenden Feuer zu sein, während er ihr ununterbrochen ins Gesicht sah. Zwar merkte er, daß alle um ihn eifrig zu Werke gingen, doch schenkte er ihnen keinerlei Aufmerksamkeit. In diesem Augenblick hatte er die wichtigste Aufgabe der Welt.

Nach endlosen Minuten hörte er May stöhnen und blickte schließlich auf. Zwinkernd schlug sie die Augen auf, konnte sich aber nicht erheben.

Leise sagte Caspar: »Gut gemacht, May. Es ist ein wunderhübsches Mädchen, und sie scheint gesund zu sein. Ich habe Finger und Zehen durchgezählt.«

May nickte schwach und protestierte leise, als die Frau sie aufsetzte und mit eingerollten Decken und Fellen stützte. Dann nahm die alte Frau Caspar das Kind aus den Armen, legte es May an die Brust und hielt es dort. Voll Sorge sah Caspar, daß May selbst zu erschöpft war, das Kind zu nehmen. Er hielt die Luft an, bis das kleine Kind, nachdem die Alte sich einige Mühe damit gegeben hatte, es ihm bequem zu machen, lautstark nuckelte. Ein kollektiver Seufzer ging durch die Höhle. Das Kind nuckelte eifrig, und alle sahen, daß es kräftig war.

Caspar fand keinen Schlaf in dieser Nacht. Während May reglos dort am Feuer lag, gab man ihm das Kind. Jedesmal wenn es schrie, nahm die alte Frau das Kind aus seinen Armen und legte es an Mays Brust, doch sie war so teilnahmslos, daß sie davon kaum etwas zu merken schien.

Er dachte, daß es May am Morgen, wenn sie etwas Schlaf gefunden hätte, sicher besserginge. Die alte Frau hielt sie warm und versuchte, sie mit einem kleinen Löffel Brühe zu füttern, doch May wollte nicht reagieren. Vom Schlafmangel ganz benommen, lief Caspar in der Höhle auf und ab, und seine Arme schmerzten, weil er das Kind so lange getragen hatte. Spät am Tag begann May zu zittern und schrie vor Schmerz, als die alte Frau ihr das Kind an die Brust legte, aber die Alte blieb beharrlich und setzte sich gegen den Schmerz der Mutter durch.

Sofort war Caspar klar, daß die Frau glaubte, May müsse sterben, und jeder Tag, den May ihrem Kind die Brust gab, ein weiterer Tag war, den es überlebte. Caspar wachte über sie, erstickte fast an Sorge, unsicher, was er sagen sollte.

»Das Kind ist stark«, versicherte er ihr.

Er lehnte sich zurück und wiegte das Kind, sagte sich, er müsse um des Wohles des Kindes willen stark sein, doch der Gedanke, ohne May bleiben zu müssen, war ihm unerträglich. Sein einziger Trost war, daß Trund sich nah an seiner Seite hielt und aufgeregt mit dem Schwanz wedelte, wenn er an der Kleinen schnüffelte.

Die alte Frau und die Männer blieben bei ihnen, und nach drei Tagen bestand sie nach wie vor darauf, ihm den Säuging aus den Armen zu nehmen und May an die Brust zu legen. Je schwächer May wurde, desto schwächer wurde auch das Kind, und er fürchtete, daß ihre Milch nachließ. Verzweifelt betete er darum, daß sie irgendwie wieder gesund werden mochte. Zwar wußte er, daß Frauen im Kindbett starben, doch er konnte nicht glauben, daß dies May zustoßen würde ... nicht hier und jetzt, nicht nach allem, was sie durchgemacht hatten.

Die Männer kamen und gingen mit Proviant. Caspar gab sich alle Mühe, ihnen dankend zuzunicken, und zu seinem Erstaunen stellte er fest, daß er das eine oder andere ihrer Worte gelernt hatte, was ihrem Miteinander zuträglich war. Nachdem er sich nicht mehr so sehr auf das fremdartige Schnalzen und Stöhnen konzentrierte, merkte er, daß die restlichen Worte der alten Sprache des Caballischen Meeres nicht unähnlich waren. Vage fragte er sich, ob die Menschen dieses Kontinents jenseits des Tethyschen Ozeans nicht aus seiner eigenen Welt übers große Meer gekommen waren.

Am siebten Tag, als sich May mehrere Stunden lang nicht rührte, kehrte einer der Männer wieder und brachte eine junge Frau mit sich, die einen Säugling auf dem Rükken trug. Sie setzte sich in der Höhle ans Feuer, nahm ein großes Stück tropfendes Rehfleisch, das man ihr anbot, und begann ihrem Kind, das schon ziemlich groß war, die Brust zu geben. Bald schon war das Kindchen eingeschlafen, sie nahm es zwischen ihre Beine und streckte Caspar ihre Arme entgegen, forderte ihn auf, ihr Mays Kind zu geben, das matt und müde war.

Das war die Niederlage. Caspar wußte es. Sie Mays Kind stillen zu lassen hieß einzuräumen, daß May nicht überleben würde, und so klammerte er sich an das Kind und gab es erst frei, als die alte Frau sanft seine Finger von ihm löste. Sie reichte das Kind an die erfahrene Mutter weiter, die es geschickt an ihre Brust nahm. Hungrig trank das Kind, und Caspar konnte sehen, daß sie das Richtige für das kleine Mädchen taten. Falls May sterben sollte, würde er es hier bei den Frauen lassen müssen, die sich darum kümmern würden.

Da erst dämmerte ihm die Wahrheit. Da er nicht mehr das Gefühl hatte, um des Kindes willen stark sein zu müssen, ließ er seinen Kopf in die Hände sinken und zwinkerte die Tränen zurück. Schließlich kroch er zu May hinüber und nahm ihre kraftlose Hand, küßte sie und drückte sie an seine Wange. Er sah zu der Säuglingsmutter hinüber, die sein Kind in den Armen hielt, wie er das kleine Mädchen inzwischen sah, und war nun überzeugt davon, daß May sterben sollte. Er konnte es nicht ertragen. Er nahm sie in seine Arme und drückte sie fest an sich.

Trund, der May die ganze Zeit bewacht hatte, bezog nun neuerlich Stellung und musterte argwöhnisch die Höhlenfrau, die Mays Kind in Armen hielt.

»O May, ich liebe dich! Verlaß mich nicht. May, bitte! Ich brauche dich!« flehte Caspar sie an und sah in ihr Gesicht hinab. Das schmutzige Haar klebte an ihrer feuchten Haut.

Ihre Augen wollten sich nicht öffnen, doch ihre Lippen lächelten, und sie murmelte: »Ich liebe dich auch.«

»May! May!« heulte er selig. »Du sprichst wieder.«

Eilig schob ihn die alte Frau beiseite und hielt May einen Becher Wasser an die Lippen.

»Mein Kind?« fragte May. »Mein Kind, wo ist es? Wo?« Panik sprach aus ihrer Stimme, und Caspar eilte zur Amme und nahm das Kind, damit er es May reichen konnte, die aus tiefstem Herzen seufzte, als es an ihr nuckelte. »Meine Kleine ...« Sie schloß die Augen und legte sich auf die Seite, damit sie ihr die Brust geben konnte, ohne sie im Arm zu halten.

»Ich dachte, du würdest sterben.« Seine Stimme zitterte.

»Ich auch. Dieser Schmerz! Ich hatte keine Ahnung, daß der Schmerz so schlimm sein könnte.«

»Nein. Danach.«

»Danach?« fragte May.

»Du hast eine Woche im Fieber gelegen.«

»Eine Woche!« May staunte, und dann sah sie zum ersten Mal zu den seltsamen Gesichtern um sie herum auf. Sie zog die Beine an und legte schützend einen Arm um ihr Kind. Die Leute lächelten und boten ihr einen Laib hart wirkendes Brot und ein Horn mit Wasser. Durstig trank sie, am Brot knabberte sie nur.

Die mit Fellen bekleideten Menschen blieben noch drei Tage und pflegten May, bis sie aufstehen und gehen und für ihr Kind sorgen konnte. Nachdem nun Caspars alles überschattende Sorge um May vorüber war, sank er erschöpft in sich zusammen, und der nagende Schmerz in seinem Kopf kehrte zurück. Dann, am Morgen des elften Tages, wachte Caspar auf und stellte fest, daß sie nicht mehr da waren. May war schon wach und schien sich um das Verschwinden der Leute keine Sorgen zu machen. Sie sah ihrem Kind in die Augen und sang ein leises Wiegenlied.

»Wie willst du sie nennen?« fragte er.

May strahlte ihr Kind an und küßte die faltige Stirn. »Isolde, nach meiner Großmutter.«

Caspar sah sich in der leeren Höhle um und fühlte sich ohne die Menschen, die ihnen aus reiner Großzügigkeit so freundlich entgegengekommen waren, schrecklich verletzbar. Er wußte, wenn sie nicht gewesen wären, hätten weder May noch das Kind überlebt.

»Wir müssen uns ihnen erkenntlich zeigen«, sagte er.

»Wie können wir uns jemals für das erkenntlich zeigen, was sie für uns getan haben?« fragte May.

Caspar blickte zur Höhle hinaus und sah die Ponys, die am Talgrund nordwärts zogen. »Wir müssen etwas tun«, beharrte er, merkte sich ihre Richtung und beschloß, daß er und May sich bereit machen sollten, ihnen zu folgen. Außerdem konnten sie nicht bleiben, wo sie waren. Vielleicht hatten viele Generationen von Menschen in den Höhlen gelebt, und vielleicht waren sie vor den Bären sicher gewesen, doch er konnte nicht sicher sein, und er hatte nun ein kleines Kind, das er beschützen mußte. Sie konnten nicht riskieren, noch länger dort zu bleiben.

May nahm Streifen vom Bettzeug, das die Leute ihnen zurückgelassen hatten, und fertigte ein Tragetuch und Bänder, um Isolde an ihren Leib zu wickeln, damit sie das Kind leichter tragen konnte. Als sie auszogen, spürte Caspar die vielen Blicke, die auf ihnen ruhten, und bemerkte die dunklen Schatten, die sich am Fuß des Kliffs bewegten, wo nach wie vor die Bären lauerten. Wiederum fragte er sich, wieso sie nicht angegriffen hatten, und da er May nicht beunruhigen wollte, behielt er es für sich. Offenbar würde sie selbst es nicht bemerken. Sie nahm nur noch das kleine Mädchen wahr.

»Sieh doch, Spar! Ihr gefällt das Tragetuch. Sieh doch nur!«

Caspar mußte einräumen, daß er kaum sagen konnte, was dem Kind gefiel oder nicht. Soweit er es sehen konnte, ging es nur um Essen, Schlafen oder Schreien. Doch er war erleichtert, daß es im Augenblick gerade schwieg, von den Schritten der Mutter in den Schlaf geschaukelt. Kindergeschrei konnte alle möglichen Raubtiere anlocken.

Das Brummen der Bären und die gellenden Schreie eines Geiers, der auf mächtigen Schwingen segelte und mit den Federspitzen den gemächlichen Flug lenkte, begleiteten sie, als sie dem schmalen, ausgetretenen Ponypfad nordwärts durch die verschlungenen Täler folgten. Die blauen Berge fielen ab und wurden zu einer hügeligen Ebene, von Hekken, Wällen oder Ackerland durchzogen, doch voll wilder Blumen, mit denen das weite Land zwischen den Hügeln und Laubwäldchen übersät war. Die Luft war vom fröhlichen Plätschern erfüllt, das sich mit dem Ächzen und Schnüffeln großer Herden von Rehen und wilden Eseln mischte, die sich zufrieden am satten Gras weideten. Etwa eine Wegstunde voraus stieg eine dünne Rauchsäule in die stille Luft auf, jenseits eines der zahlreichen Wäldchen.

»Dicke, fette Beute«, sprach Caspar seine Gedanken aus. »Das wäre sicher ein angemessenes Präsent.« Er war überzeugt davon, daß man sich über eine solche Gabe freuen würde.

»Spar, was war das?« fragte May voll Sorge.

Auf das Grunzen und Lärmen großer Tiere, die durchs dichte Unterholz eines Wäldchens stürmten, folgte ein Jaulen, dann Stille. Einige Minuten später wurde jenes seltsame Grunzen im gesamten Tal laut, und Caspar wurde schmerzlich klar, daß mindestens ein Dutzend Bären von einem Wald zum nächsten zog, der Beute folgte. Nie zuvor hatte er erlebt, daß sich Bären so benahmen.

»Warum haben sie nicht angegriffen?« fragte May. »Ich meine, wieso haben sie uns nicht angegriffen? Sie scheinen reichlich andere zu töten.«

»Vielleicht greifen sie keine Menschen an«, meinte Caspar, doch er wußte, daß es nicht stimmte, als sie sich dem Dorf näherten. Wegen der hohen Hürden um die Siedlung und einem Ring auswärts gerichteter Pfähle, wie Bogenschützen sie in den Boden rammen, um sich vor der Kavallerie zu schützen, waren nur die Spitzen der Reetdächer zu sehen.

Caspar sah sich um und bemerkte zufrieden, daß die Rehe zwar entflohen waren, eine Herde wilder Esel jedoch nach wie vor in einiger Entfernung vom bärenverseuchten Wäldchen graste. Sie hoben ihre Köpfe, nahmen ihn sicher wahr, machten jedoch keinerlei Anstalten zu fliehen, und offensichtlich erschien er ihnen auf diese Distanz nicht als Bedrohung. Bald hatten alle wieder die Köpfe im Gras und fraßen eifrig. Auf hundert Meter hatte Caspar keine Schwierigkeiten, einen Esel zu erlegen. Sein Bogen konnte auf diese Entfernung selbst eine Rüstung durchschlagen. Der Rest der Herde floh, ließ seine Beute mausetot dort liegen. Der Pfeil ragte aus dem Hals des Esels auf.

Mit May dicht auf den Fersen eilte er dorthin, hielt sein Messer bereit, und nachdem er Trund gebändigt und mit einem Haufen dampfender Innereien beruhigt hatte, war der Kadaver ausgeweidet, bevor sich die Geier am Himmel versammelten. Er band die Hinterläufe des Esels mit seinem Gürtel zusammen und schleppte das Tier zum Dorf. Es machte große Mühe, doch das Gras war saftig und glatt vom Tau, und so ließ sich das Tier trotz seines Gewichts relativ leicht bewegen.

»Hallo!« rief er in ihrer Sprache. »Hallo!« wiederholte er, aber er sprach nur mit den zusammengebundenen Pfählen, die das Tor bildeten.

Einer dieser hölzernen Speere mit Flintsteinspitze landete mit äußerster Treffsicherheit vor seinen Füßen.

Caspar wich zurück, hob die Hände zu einer Geste des Friedens, dann deutete er auf den Kadaver. »Wir kommen mit einer Gabe«, erklärte er und hoffte, er sagte die richtigen Worte.

Das Tor ging einen Spaltbreit auf, und man winkte sie herein. Caspar schleppte den toten Esel, als ihn die alte Frau empfing, die den Kadaver sah und freudig in die Hände klatschte. Mehrere junge Männer eilten vor, um Caspar von seiner Last zu befreien, und herzlich führte man sie an ein Feuer, bat sie, sich zu setzen.

»Wir wollten Euch nur danken«, versuchte Caspar zu erklären, aber sein Akzent war offenbar kaum verständlich, und leeren Blickes starrten sie ihn an. Er unternahm einen lahmen Versuch, sich mit den Händen zu erklären. Manche Begriffe waren ohne Sprache einfach zu erklären, doch ein Geschenk zu erklären war nicht so leicht. Caspar deutete auf den Esel, deutete kauend mit den Fingern auf seinen Mund, dann auf die Menschen um ihn. Sie klatschten vor Freude, und er war froh, daß er und May, selbst wenn sie es diesen Leuten niemals vergelten konnten, was diese für sie getan hatten, ihnen doch zumindest ihre Dankbarkeit beweisen durften.

Man führte sie hinter den inneren Ring der Hürden zu einigen Hütten aus Schlamm und Flechtwerk, die unter dem Gewicht ihrer Reetdächer zerdrückt zu werden schienen. Caspar blinzelte und sog den Anblick in sich auf. Mit offenen Mündern schreckten May und er entsetzt zurück. Es war unvorstellbar, daß sie mit diesen Menschen so lange unter einem Dach geschlafen, Mahlzeiten und Unterkunft geteilt hatten.

Die Dorfmitte wurde von einer mächtigen, mit bemerkenswertem Geschick geschnitzten Statue eines stehenden Bären beherrscht. Eine flache Steinplatte lag zu dessen Füßen, auf welcher der reglose Leib eines nackten Mädchens lag. Langes, schwarzes Haar breitete sich um ihr weißes Gesicht aus. Ihre blutige Brust war ein leeres Loch, das Herz herausgerissen.

Zitternd vor Schreck drückte May ihr Kind fest an ihren Busen. »Wahrscheinlich hat die alte Frau das Mädchen zur Welt gebracht«, stöhnte sie.

Caspar legte schützend seinen Arm um ihre Schulter. »Nein, das glaube ich nicht. Sieh doch, in diesem Stamm haben alle blondes Haar, und dieses Mädchen ist viel dunkler.« Dennoch wahrte er umsichtigerweise ein höfliches Lächeln auf seinem Gesicht und achtete darauf, daß seine Hand am Bogen lag.

»Du glaubst also nicht, daß sie Fremde jagen und dann den Bären opfern, oder?« fragte May, die nicht recht glauben konnte, was sie da mit eigenen Augen vor sich sah.

»Ich fürchte doch«, gab er zurück und dachte, er wollte lieber das Risiko der Bären auf sich nehmen als Menschen, die Opfer brachten, um die Bären zu beschwichtigen.

Er wollte nun den Rückzug antreten und zog May mit sich. Neugierig betrachteten ihn die Dorfbewohner. Caspar drehte sich um und schlenderte zurück, nickte dabei weiter seinen Dank und gab sich alle Mühe, so wenig verstört wie möglich zu erscheinen. Fast waren sie bei den Toren und er dachte schon, niemand würde ihnen Schwierigkeiten machen, als vier barbrüstige Männer vortraten und sich ihnen in den Weg stellten.

Er lächelte die stämmigen Männer mit der rötlich braunen Haut an, die nur lederne Lendenschurze und Fetzen von Bärenfell um eine Schulter trugen. »Wir wollen keinen Ärger, Freunde«, knurrte er in ihrer Sprache und wünschte, er besäße mehr von der Ausstrahlung seines Vaters oder seines Onkels. Doch die fehlte ihm, und die Männer zeigten keinerlei Furcht vor ihm. So gelassen wie möglich bat er, vorbeigelassen zu werden, doch sie blieben unerschütterlich, während Caspar ein Klappern und Tappen hinter sich wahrnahm.

»Spar«, krächzte eine Stimme hinter ihm und rasselte dann Worte hervor, die er so schnell gar nicht verstehen konnte.

Caspar drehte sich um. Angewidert verzog er sein Gesicht und kniff den Mund zusammen, als er die alte Frau sah und sich vorstellte, daß ihre Hände, die das süßeste kleine Mädchen auf die Welt gebracht hatten, möglicherweise auch der Frau auf dem Altar das Herz aus der Brust gerissen hatten. Sie lächelte, und seine Spannung ließ ein wenig nach. Da er ihr nun gegenüberstand, sprach sie etwas langsamer, und er konnte ihren Worten und Gesten entnehmen, daß sie sich über seine Gabe freute und sich um ihr Wohlergehen sorgte.

Sie tätschelte Mays Kind, dann wandte sie sich um und gackerte und schnalzte einen der jüngeren Männer an. Dieser hastete davon, kehrte kurz darauf zurück und zog zwei zottige Ponys hinterher. Sie hatten keine Sättel, und nur grobe Halterungen für den Strick, die ihnen die Nasen und Wangen wund rieben. Die alte Frau reichte Caspar die Zügel und schloß seine Finger darum. Sie nickte und lächelte, und Caspar verstand daraus, daß sie die Ponys für eine gute Gegengabe hielt. »Wir müssen für Euch sorgen. Der Große Bär will es«, sagte sie.

Dankbar nahm er sie entgegen und fragte sich, wieso diese Frau, die offensichtlich die Matriarchin dieses wilden Stammes war, ihnen freundlich gegenübertrat. Dennoch wollte er nicht warten und es herausfinden, und deshalb half er May eilig auf eines der Ponys. Er führte das Tier zügig, aber scheinbar ohne Eile aus dem Dorf hinaus. Die Härchen in seinem Nacken stellten sich auf, als er zielstrebig ostwärts marschierte.

Aufgeregt lief ihnen die alte Frau nach, schüttelte den Kopf und deutete nach Westen, gestikulierte wild, als flehte sie ihn an, von seinem erwählten Weg abzuweichen. Caspar wunderte sich ein wenig, doch er lächelte und schob ihre Hand sanft vom Halfter des Ponys. Das war doch sicherlich ein gutes Omen. Ein Ort, den die Menschen fürchteten, war ein Ort, an dem das Necrönd sicher war. Winkend nahm er Abschied, wanderte von dannen und spürte die Blicke der Frau in seinem Rücken.

Als sie den äußeren Pfahlring hinter sich gelassen hatten, beschleunigte er seine Schritte, bis sie das Flachland hinter sich hatten. Vor ihnen ragten spitz zulaufende Berge mit breitem Sockel und schmalen Gipfeln aus einer Ebene auf. Langbeinige Rehe und Büffel grasten in einem braunen Flickwerk aus Schatten, welche die seltsam geformten Anhöhen warfen, doch bald schon folgte auf Gras Asche, und die Landschaft wurde schwarz und bedrohlich. Die Trennlinie zwischen Gras und Asche war scharf gezogen, und Caspar vermutete, daß ein mächtiges Feuer durchs Land gezogen war. In weiser Voraussicht füllte er ihre Wasserbehälter, um für das vor ihnen liegende Terrain bereit zu sein.

»Wir müssen sicher nicht mehr viel weiter ziehen«, seufzte May. »Sieh dir dieses Land an. Hier könnte niemand leben.«

Caspar nickte. Immer weiter ostwärts zu ziehen, wie er es auch Morrigwens Leichnam entnommen hatte, wäre sicher das Beste. Er trabte voran, dankbar für die Ponys, von denen eines das Gepäck trug, das andere May und Isolde.

Im Verlauf des Tages war noch immer kein Ende der schwarzen Landschaft abzusehen, und sie verbrachten zwei kalte Nächte ohne Feuer und in der Hoffnung, daß sie bald Wasser finden sollten. Langsam ging ihnen der Proviant aus. Kurz bevor sie am dritten Abend ihr Lager aufschlagen wollten, entdeckte Caspar in weiter Ferne die klobigen Umrisse weiterer Berge, und er hoffte, daß sie das Ende des Aschenlandes, wie sie diese schwarze Gegend inzwischen nannten, darstellten. Erschöpft half Caspar May aus dem Sattel, und augenblicklich begann Isolde zu weinen. Sie schien nur glücklich zu sein, wenn sie in Bewegung waren.

»Ist irgend etwas los? Sie sollte doch sicher nicht so schreien, oder?« meinte Caspar.

»Die meisten Kinder schreien am Abend«, fuhr May ihn an, und offensichtlich wurde ihre Geduld vom Lärm erheblich auf die Probe gestellt.

Caspar konnte nicht glauben, daß etwas so Kleines so laut schreien konnte. Der Spektakel bescherte nicht nur beiden schlechte Laune, sondern trug außerdem zum steten Schmerz in seinem Kopf bei. Am nächsten Tag kamen sie in die Vorberge, wo die Asche struppigem Gras und Sandstein wich, erklommen einen Steilhang und blickten von dort aus über eine Kette von Sandsteinbergen mit Seen, die dazwischen glitzerten, und Flüssen, die sich durch die breiten Täler schlängelten.

Staub wehte ihnen ins Gesicht, vom Wind aus der sandigen Landschaft aufgeweht, und Caspar blinzelte die Berge an, die dort vor ihm aufragten und seltsame Formen vor dem Himmel bildeten. Caspars Einbildungskraft schien einer wie ein Riese, der sich über seine Habe beugte, ein anderer wie ein Amboß, dann wieder einer wie ein umgestürzter Turm. Wenigstens sah diese Gegend unwirtlich genug aus, daß sie das Druiden-Ei hier zurücklassen konnten.

In mittlerer Entfernung, mitten zwischen den sandigen Gipfeln, spiegelte ein silbrig schwarzer See die Sonne. Darüber ragte ein Gipfel auf, der einem kauernden Hund glich, der die Nase in den Wind hielt.

»Der da«, sagte Caspar. »Wir schlagen hier heute unser Lager auf und machen uns morgen früh dorthin auf den Weg.« Er war müde und darauf erpicht, sich des Druiden-Eis zu entledigen, damit cr wenigstens bei Nacht Frieden finden würde und sein Kopf heilen konnte. Die wunde Stelle machte ihn müde und krank, und er mußte sich von seiner Last befreien.

May schüttelte den Kopf und sah von ihrem glucksenden Kind auf, das sofort erwachte, wenn sie stehenblieben. »Nein, nicht der Gipfel. Der See. Wir werfen es in den See«, sagte sie entschlossen. »Du denkst nur an einen Berg, weil du es auch auf einem gefunden hast. Ein See wäre besser.«

Caspar lächelte. »Wenn es dich nur glücklich macht, May.«

Noch immer drückte sie schützend ihr Kind an sich, aber sie streckte eine Hand nach ihm aus und umfaßte seinen Arm. »Ich habe alles, Spar. Ich habe Isolde, und ich habe dich ganz für mich allein.«

Er beugte sich vor, um sie zu küssen, doch in ebenjenem Augenblick fing die Kleine an zu schreien.

KAPITEL 10

Tapfer stellte sich Pip vor Brid, als ein Kreis dampfender Pferde trampelnd näher kam. Sie zogen eine enge Schlinge um die beiden, und die rempelnden Flanken ließen keinen Raum zur Flucht. Die Jäger johlten siegessicher und ließen die Peitsche knallen, um ihre Hunde zurückzuhalten.

Fünf von ihnen stürzten sich auf Pip. Er wehrte sich und biß und boxte, doch er konnte nicht verhindern, daß einer der Edelleute Brid beim Kragen nahm, so daß sie Renaud loslassen mußte. Mit einer Hand hob der stämmige Edelmann sie von den Beinen. Sie kämpfte und zappelte wie ein gefangener Hase, aber sie war klein und leicht, und der Mann hatte kaum Probleme, sie vorn über seinen Sattel zu werfen. Der Knauf bohrte sich tief in ihren Magen und nahm ihr die Luft zum Atmen.

Sie biß ihn in den Oberschenkel, konnte jedoch durch das dicke Leder seiner Reiterhosen nicht viel ausrichten, und so biß sie statt dessen sein Pferd. Es schrie und bockte, und sie biß fester zu, doch der Mann belohnte sie nur mit einem scharfen Hieb über den Hinterkopf. Ihr wurde übel vor Schmerz, als ihr Kopf an die Pferdeschulter sank. Sie biß sich in die Wange und schmeckte Blut.

Pips lautstarker Protest erstickte ihre Schreie. »Verdammte Schweinehunde!« heulte er, während die Männer ihn zu bändigen versuchten. »Wohin wir in diesem elenden Land auch kommen, setzt ihr Ceolothianer uns zu.«

»Vater, habt Ihr das gehört?« rief der jüngere Edelmann auf ceolothianisch. »Die grabräubernden Kobolde sind Belbidianer.«

Brid fragte sich, wie man Pip nur für einen Kobold halten konnte.

Da nun die Jagd vergessen war, machten sich ihre Häscher daran, Renaud auszugraben. Nachdem sie den Schreck überwunden hatten, als sie merkten, daß er noch lebte, legten sie ihn auf den Rücken eines Pferdes, und seine Entsetzensschreie ließen noch die härtesten Herzen frieren. Hardwin wurde eine ähnliche Behandlung zuteil, und während Hunde um die Hufe der Pferde hetzten, bahnten sich die Ceolothianer einen Weg durch den Wald zu einer Straße.

Mit hängendem Kopf sah Brid die modernden Blätter am Boden vorüberziehen, und schnell wurde ihr von der Bewegung übel. Schließlich wurden sie langsamer, der Boden stieg steil an, die Wurzeln der Bäume brachen hervor, krallten sich in den Waldboden, als klammerten sie sich an die Erde. Die Pferde schnauften und ächzten, wandten sich hierhin und dorthin, um bei ihrem Aufstieg festen Tritt zu finden. Kopfüber hing sie da, so daß das Blut in ihren Ohren pochte, und betrachtete den Boden. Sie merkte, daß sich die Bäume lichteten und kurzgefressenes Gras über den Wurzeln wuchs. Schließlich wurde die Erde eben, und sie spürte, daß frische Luft sie umwehte.

Sie gab sich alle Mühe, ihren Kopf zu heben. Sie standen auf einem Hügel mit weicher Kuppe, der steil aufragte und einen weiten Blick über die bewaldete Ebene ermöglichte. Der dunkle Fluß zog zwischen Bäumen dahin, die dicht an dicht an seinem Ufer wuchsen. Brid wand sich, doch sie konnte noch immer nicht nach vorn sehen, weil der verschwitzte Hals des Pferdes ihr im Weg war. Dann riß der Edelmann sie aufrecht, und sie sah eine schiere graue Mauer vor sich, über deren Falltoren ein schmaler Turm wie eine Speerspitze aufragte.

Das Vorwerk war mit einem grellfarbenen Wappen verziert. In den Stein gemeißelt war dort ein Schild zu sehen, der das Emblem von Widder und Ziegenbock zeigte, die ihre großen Hörner kämpfend ineinander verkeilt hatten. Brid fiel ein, daß der Dolch in Turquins Brust das gleiche Emblem getragen hatte. Zwar waren sie nach wie vor im Trollwald, doch das Ziegenland war nicht mehr weit, und sie vermutete, daß diese Burg ein Vorposten im Wald war, der jemandem von einiger Bedeutung in diesem Land gehörte. Der Schlund der Burg stand gähnend weit offen, und schwere, finstere Hunde trotteten ihnen entgegen, um sie zu begrüßen.

Die Hufe der Pferde klapperten auf dem glatten Pflaster, was ihr nach dem dumpfen Trappeln auf dem Waldboden nun sehr laut erschien. Das Geklapper hallte auf dem kleinen Hof inmitten der Burg nach. Bald schon wurden Schritte laut, als Diener sich eilten, die schnaubenden Pferde zu nehmen, die dringend an ihre Krippen wollten. Brid bemerkte, daß die Diener den älteren Edelmann Baron Kulfrid nannten und seinen Sohn Sir Irwald.

Der grobe Baron Kulfrid packte Brid fest, während zwei der größeren Diener Pip einfingen, der einen der Ceolothianer anstarrte, als kenne er ihn. Brid folgte seinem Blick und entdeckte einen sehr großen Mann, der sie über den Burghof hinweg beobachtete. Als sich ihre Blicke trafen, zuckte er zusammen und hastete davon.

Als sie sich umsah, merkte sie, daß der Baronensohn sie anstarrte. Sie lächelte in sich hinein und dachte, darin läge ihre Chance zur Flucht. Wie es einer jungen Dame geziemte, zwinkerte sie ihm mit Tränen in den funkelnd grünen Augen zu und bat ihn in ihrem bestem Ceolothianisch um Hilfe.

Er hielt ihrem Blick stand, und seine Augen flüsterten

von einer sanfteren Seele in jenem kriegerischen Körper. Tief blickte er in ihre leuchtenden Augen.

»Bitte«, flehte sie wiederum, doch er wandte sich ab und suchte Anweisung von seinem mürrisch wirkenden Vater, der sie nach wie vor mit festem Griff hielt.

Baron Kulfrid hob sie hoch, so daß alle versammelten Diener und Edelleute die Zielscheibe seines Zornes sehen konnten. »Ein Kobold in meinem Land!« donnerte er in seiner Sprache. »Und was machen wir mit einem so niederen Wesen? Wir gönnen uns das Vergnügen, es aus unserem Land zu tilgen!« Er zerrte an ihren Kleidern und riß ihr Hemd auf. »Ist unter dem ganzen Schmutz Fleisch oder Holz?« Er knurrte zufrieden, als er ihre weiche, helle Haut und die Rundungen ihrer weiblichen Figur betrachtete.

Brid riß ihren Kopf herum und schaffte es endlich, ihm fest in den Daumen zu beißen.

»In den Kerker mit ihnen!« knurrte er. »Ein Tag dort unten wird den Geist des Untiers zähmen, bis sie lernt, Freude und nicht Schmerz zu bereiten.«

Brid wehrte sich nicht, als man sie tief hinunter in den Bergfried führte. Sie hatte sich entschieden, was zu tun wäre. Ihre vordringliche Aufgabe bestand darin, die anderen zu finden, die wohl noch begraben waren, um dann mit Cymbeline und Renaud heimzukehren, damit sie Keridwen befreien konnten ... und Branwolf natürlich. Sie knirschte mit den Zähnen, wütend, daß sie den Zauberern entkommen war, nur um dann irgendeinem schurkischen ceolothianischen Baron in die Hände zu fallen.

Dennoch durfte sie nicht zulassen, daß sie verzagte, und auch den Luxus des Selbstmitleids mußte sie sich verwehren. Morrigwen hatte sie gelehrt, jede Gelegenheit zu suchen, Böses in Gutes zu verwandeln, und schließlich war sie nicht ohne Macht. Ihre Kräfte als Hohepriesterin mochte sie verloren haben, doch ihre weiblichen Kräfte waren ausgeprägt wie eh und je.

Sie genoß es, schön zu sein, nicht wegen der Bewunderung, die es ihr einbrachte, nicht wegen der Macht, sondern einfach wegen des Gefühls, daß die Natur in ihr ein so perfektes Gleichgewicht gefunden hatte.

Sie wurden in eine Zelle mit hoher Decke geworfen, deren Wände Spuren früherer Gefangener bargen. Hardwin krümmte und erbrach sich. Der ceolothianische Baron und sein Sohn, die darauf bestanden hatten, persönlich dafür zu sorgen, daß sie hinter Gitter kamen, funkelten ihn entsetzt an.

»Die beiden Männer sehen aus, als hätten sie die Zitterkrankheit. Aber der Junge und das Mädchen? Was ist, wenn sie seltsame Grabräuber oder teuflische Waldgeister sind, die aus der Erde geboren werden? Sollten wir nicht dafür sorgen, daß der Priester Gebete über sie spricht?« fragte Sir Irwald besorgt auf ceolothianisch.

»Pah! Die Priester würden wohl verfügen, daß man sie verbrennt, und das wird nicht geschehen. Was immer sie auch sein mögen, sind sie doch Belbidianer, und das macht sie zu Spionen. Bevor die Woche um ist, weiß ich um ihre Absichten!« knurrte Baron Kulfrid.

Sein Sohn wirkte besorgter. Er machte den Mund auf, als wollte er etwas sagen, doch er klappte ihn wieder zu, als zöge er es vor, seine Gedanken für sich zu behalten. Brid warf ihm einen Seitenblick zu, und als er ihr in die Augen sah, lächelte er sie unruhig an. Dann jedoch schreckte er voll Sorge auf, als sich Hardwin an die Mauer lehnte und dann auf den Steinfußboden sank, wobei weißer Speichel auf seine Lippen trat.

»Was ist mit ihm?« fragte Pip erschrocken, während Brid

versuchte, den Pisceraner zu beruhigen. Aber er schrie nur um so lauter, je näher sie ihm kam.

Sie zuckte mit den Achseln und zog sich zurück. »Ich weiß es nicht. Du und ich, wir sind beide langsam und gemeinsam aufgewacht und haben gemerkt, daß wir nur einen Traum erlebt haben. Hardwin haben wir herausgerissen, als er noch schlief, und es scheint, als stünde er nach wie vor unter dem Bann.«

»Er hat den Verstand verloren, oder?« sagte Pip.

Brid nickte traurig, während Hardwin furchtsam brabbelte. »Tut mir leid, Vater«, weinte er wie im Delirium, und sein verzweifeltes Ringen ließ ihn aussehen, als sei er unter Wasser und kämpfte sich nach oben. »Es tut mir leid, daß ich eine solche Enttäuschung für dich bin.«

Seine Phantastereien steckten Renaud an, der nicht schrie, sondern auf seine Füße stierte und vor Entsetzen zitterte. Brid empfand Mitleid für den Prinzen und den jungen pisceranischen Edelmann, doch in Gedanken war sie andernorts. Furcht wallte in ihr auf. Mit zugeschnürter Kehle fiel ihr das Atmen schwer. Hal war nach wie vor unter der Erde.

»Brid, was sollen wir tun?« fragte Pip.

Sie wünschte, er würde aufhören, stets bei ihr die Antworten zu suchen. Sie wußte keine.

»Kannst du nicht beten oder irgend so was?« zischte Pip sie an, als sie nicht antwortete. »Auf dich wird die Große Mutter hören.«

Sie sah ihn an und versuchte, hintergründig zu lächeln. Wenn doch die Menschen nur verstünden, daß Gebete so nicht funktionierten. Die Große Mutter war nicht dazu da, jedermann nach seinen Launen zu bedienen. Sie schenkte ihnen das Leben, und doch waren sie so undankbar zu glauben, sie könnten um mehr bitten. Es war absurd. »Nein,

Pip, so sind Gebete ganz und gar nicht. Es ist eher eine Art tiefen, ehrlichen Selbstgesprächs, in dem man seine inneren Kräfte stärkt und sich auf etwas konzentriert, das man wirklich will, damit man lernt, wie man am besten mit dem Leben fertig wird. Gebete sind ein Mittel, um der Selbsttäuschung zu entgehen.«

»Du meinst, es hat keinen Sinn zu beten?«

Brid murrte verzweifelt. »Natürlich hat es einen Sinn! Vor allem, um sich zu bedanken und uns in Erinnerung zu rufen, daß uns dieses Land nicht eigen ist, sondern wir den großen Vorzug genießen, auf Mutter Erde leben und wandeln und uns Ihrer großzügigen Gaben erfreuen zu dürfen. Wir beten, um uns in Erinnerung zu rufen, daß wir klein und unbedeutend sind.«

Mit diesem Teil hatte Brid selbst ihre Probleme, aber sie kämpfte jeden Tag damit, sich daran zu erinnern. Sie wußte, daß sie nur ein kleines Rädchen im Räderwerk des menschlichen Schicksals war, doch sie war außerdem eine der Drei Ergebenen Dienerinnen. Sie hatte hingenommen, daß ihre Kräfte im Dienst der anderen stehen sollten, zu Ehren der Großen Mutter, und nicht, damit andere sie anbeten sollten. Manchmal jedoch fiel es schwer, sich nicht an leiser Bewunderung zu erfreuen.

Aus eben diesem Grund fürchtete sie Spar. Er ließ sie in jedem Augenlick, den sie beisammen waren, sündigen. Er lehrte sie Eitelkeit. Er verehrte sie. Hal nicht. Hal begehrte sie. Hal lachte über sie. Hal rang mit ihr. Er versuchte sie zu übertrumpfen, und sie genoß die Herausforderung. Sie liebte ihn als Ebenbürtige und als Frau. Er war tapfer und kühn. Genau wie Spar ... doch nie bei ihr.

Und doch liebte sie Spar, bewunderte ihn und wünschte, Hal wäre in mancher Hinsicht mehr wie er. Doch Hal zu ändern würde ihn zähmen, und am Ende würde auch er sie anbeten. Ihre Gedanken umschlangen ihn. Sie sorgte sich schrecklich um Hal, während sie Renaud und Hardwin brabbeln sah, und fürchtete, sollte sie Hal jemals befreien können, daß auch er im selben Wahn des Schreckens verirrt wäre.

»Dieser Mann!« brach es plötzlich aus Pip hervor, was ihre Gedanken störte.

»Welcher Mann?« fragte Brid.

»Der auf dem Burghof. Jetzt weiß ich, wo ich ihn schon mal gesehen habe. Dieser große, dürre Soldat gehörte zur Eskorte.«

»Das kann nicht sein«, wandte Brid ein. »Sie sind alle umgekommen.«

»Bis auf jene, die in den Hinterhalt eingeweiht waren«, rief Pip ihr in Erinnerung. »Er muß einer von Tupwells Leuten sein, die den Räubern geholfen und Cymbeline entführt haben.«

Renaud schrie bei der Erwähnung von Tupwells Namen auf und lenkte Brids Gedanken von dem großen Soldaten ab. Stirnrunzelnd fragte sie sich, was dem Prinzen wohl so zusetzen mochte. Offenbar litten Hardwin und er unter neuerlichen, noch entsetzlicheren Ängsten als jene, die sie zuvor erlebt hatten. Anscheinend fürchtete sich Hardwin vor Wasser, was seinen Vater wohl beschämen mußte. Da der Baron von Piscera seinen Reichtum aus der stürmischen See vor der Westküste Belbidias gefischt hatte, stellte es zweifelsohne für beide ein erhebliches Problem dar. Schwerer war es dagegen, Renauds Alptraum zu erraten. Schlangen oder Feuer? In jedem Fall war es etwas zu seinen Füßen. Das war es! Höhenangst. Er dachte, daß er jeden Augenblick abstürzen konnte. Sie mußte alles tun, was in ihrer Macht stand, um ihm zu helfen.

»Renaud«, rief sie ihn sanft.

Kurz hob er den Kopf, als spürte ein Teil seines Verstandes ihre Nähe, doch dann starrte er wiederum auf seine Füße, und seine Knie gaben nach. Pip, der stets darauf bedacht war, jenen zu helfen, die Einfluß hatten, legte beruhigend eine Hand auf Renauds Schulter.

Der Prinz schrie auf. »Nein! Nicht stoßen! Laß mich!«

Es schien, als gebe es nichts, womit man ihm hätte helfen können, und Brid setzte sich in die Ecke, hoffte, ihr würde etwas einfallen. Pip hingegen wollte nicht aufgeben und wandte sich Hardwin zu.

»Ihr seid ein dummer Mensch. Ihr ertrinkt doch gar nicht. Es ist alles nur in Eurem Kopf. Wacht einfach auf!« Der Knabe schüttelte Hardwin, doch als der Edelmann ihn nicht einmal ansehen wollte, sondern sich nur an die Wand klammerte und um so lauter schrie, machte er sich wiederum an Renaud heran. »Sir, Ihr müßt mir glauben. Da ist kein Abgrund.«

»Geht fort von mir!« kreischte Renaud in Panik.

Plötzlich endete Hardwins Geschrei. Brid schreckte auf und eilte zu ihm, der dort an der Wand in sich zusammen gesunken saß, wobei sein Kinn vorn an der Brust hing. Er atmete nicht! Seine Lippen waren blau und färbten sich vor ihren Augen dunkelrot. Sie schlug ihm ins Gesicht, damit er wieder zu Sinnen kam. Wie hatte sie zulassen können, daß Pip sich einmischte? Er hatte den Alptraum nur noch so weit verstärkt, daß Hardwin ihn schließlich nicht mehr ertragen konnte.

Nachdem sie seine Kleider gelockert hatte, öffnete sie seinen Mund, drückte ihre Lippen auf die seinen und blies Luft in seine Lungen, zwang die Brust, sich zu heben und zu senken. Aber er reagierte nicht. Sein Gesicht wurde innerhalb einer Minute blaugrau, und seine Hand lag kalt und schlaff in ihrer. Entsetzt sah sie auf ihn herab. Er war tot! Er war aus Angst gestorben, weil er glaubte, daß er ertrank.

»Du Idiot!« herrschte sie den Jungen an.

»Es war nicht meine Schuld«, stieß er zu seiner Verteidigung hervor.

»Nicht?« sagte sie und wußte, daß sie nicht eben freundlich war. »Deinetwegen ist er panisch geworden.«

»Ich hab' nur versucht zu helfen!«

»Nun, versuch es nicht wieder.«

Pip zog ein finsteres Gesicht und lehnte sich an die Wand am anderen Ende der Zelle bei der Tür. Brid gab nach. Es war nicht seine Schuld, sondern ihre, weil sie die Situation nicht im Griff gehabt hatte. Sie hätte nicht erwarten dürfen, daß ein junger Bursche wie Pip das Richtige tat, und sie hätte die Konsequenzen vorhersehen sollen. Traurig sah sie auf Hardwin hinab und strich das Haar aus seinem pausbäckigen Gesicht.

»Armer Mann. Er hat es so sehr versucht, weißt du. Er war ein guter, aufrechter Belbidianer ...« Sie hielt inne. Die Wachen jenseits der Tür schrien auf.

»Sie glauben, du hättest ihn getötet!« rief Pip. »Sie denken, du hättest ihm das Leben ausgesogen. Nun, das war's dann wohl! Die denken jetzt sicher, daß du ein böser Kobold bist. Die lassen dich verbrennen, denke ich mal.« Er sagte es beiläufig, doch Brid wußte, daß echte Angst um sie aus seiner Stimme sprach.

Das Gebrüll der Männer rief Baron Kulfrid heran. Nachdem er seinen Männern befohlen hatte, Hardwins Leichnam zu entfernen, stieß er Renaud zu Boden, wo dieser heulte und sich an die Risse im Stein klammerte, als wären sie ein Kliff. Dann machte er sich über Brid her.

»Eine Hexe! Eine Hexe, eine Mörderin und Spionin!« sagte er auf belbidianisch, deutete auf sie, sprach mit ausgesprochen wohlgeübtem Akzent, und fast hätte Brid nicht geglaubt, daß die Worte aus dem Munde eines Ceolothianers kamen. »Fraglos eine Spionin. Belbidianer haben keinerlei Veranlassung, sich tief in meinen Wäldern herumzutreiben, und keinen Grund, Ceolothianisch zu lernen. Es ist allgemein bekannt, daß Belbidianer, von ein paar Gelehrten abgesehen, kaum jemals eine andere Sprache als ihre eigene sprechen. Der einzige Grund dafür wäre, daß man uns ausspionieren wollte.«

Er packte Pip beim Kragen und warf ihn beiseite, dann riß er Brid mit einer Hand hoch und drückte sie an die Mauer. Tief sah er ihr in die Augen. »Spione!« wiederholte er.

Ihre Gedanken standen kopf. Warum sollte er annehmen, daß sie Spione wären? Und warum sprach Angst aus seinen Augen? Fürchtete er, daß sie den belastenden Dolch gefunden hätten?

»Hilfe! Hilfe!« schrie Renaud und klammerte sich an die Wand. »Stoßt mich nicht hinunter, ich flehe Euch an. Setzt mich wieder auf den Boden zu den anderen, damit ich nicht abstürzen kann!«

Baron Kulfrid lockerte seinen Griff um Brid, als er Renaud anstarrte. »Die anderen. Diese Hexe und ihr Komplize müssen wohl noch mehr von denen begraben haben. Sucht sie! Ich werde in Erfahrung bringen, was diese Spione planen. Dieser geheuchelte Wahnsinn und das ganze Heidentum sollen nur bewirken, daß ich mich fürchte und sie laufenlasse. Sucht die anderen! Durchforstet den Wald«, knurrte er die Männer an.

Dort in ihre kalte Zelle eingesperrt, auf deren kahlen Boden nur ein eckiger Flecken Licht fiel, lauschten Brid und Pip trübsinnig Renauds wahnsinnigem Schluchzen. Sein Geheul schreckte Hunde am anderen Ende der Burg auf, die wegen dieser Störung böse im Chor jaulten und heulten.

Das angespannte Jaulen hob nur ihre eigenen Qualen hervor. Sie würden Hal finden, und wie Renaud würde er als verlorene Seele wiederkommen, mit verwaistem Geist.

»Renaud, bitte«, flehte sie. »Bitte, hört mich doch. Ihr habt nichts zu befürchten.«

Er zeigte keine Reaktion, und sie fragte sich kurz, ob er ein Lied hören würde. Oft genug ließ sich ein schreiendes Kind, das nicht auf die Stimme der Vernunft hören wollte, mit einem Lied ablenken und beruhigte sich dadurch so weit, daß es schließlich der Vernunft zugänglich wurde. Ihre Stimme war – das wußte sie – ganz wie ihr Gesicht entwaffnend schön. Ein Lied, das seine Mutter gesungen haben mochte ... sie dachte nach, versuchte sich an ein Wiegenlied zu erinnern.

»Singt, ho, vom Regen, der das Korn erblühen läßt,
Und, hey, von Sonne und vom Herbst.
Schlaf, Kindchen, schlaf, wenn auch die Männer mähen,
Denn hell ist der Mond, die Wölfe ...«

Die Erwähnung der Wölfe rief einen entsetzten Aufschrei von Renaud hervor. Anscheinend hatte sich sein Alptraum zu neuen Höhenflügen der Angst aufgeschwungen.

»O nein! Wölfe! Wölfe überall! Helft mir! Hilf mir irgendwer!«

»Das sind keine Wölfe, es sind Hunde«, sagte Pip verärgert. »Nur Hunde.«

Bisher hatte Brid noch nicht darüber nachgedacht, doch, ja, es schienen erstaunlich viele Hunde auf der Burg zu sein. Bei ihrer Ankunft hatte sie neben den zahlreichen Windhunden auch schwere, schwarzgesichtige Hunde gesehen, die man – nach ihrem Körperbau zu urteilen – wahrscheinlich zur Bärenhatz einsetzte.

»Pip«, sagte sie und schmiegte sich wegen der Kälte an ihn, »was sollen wir tun?«

Er schlang zärtlich seine Arme um sie. »Keine Sorge, Brid, ich werde nicht zulassen, daß dir etwas geschieht. Du bist ein Waldmädchen, ganz wie meine Schwester May, und ich würde niemals zulassen, daß Mädchen aus irgendeinem Weiler im Keilerwald etwas zustößt«, sagte er jovial und gab sich offensichtlich alle Mühe, seine Verlegenheit wegen des Alptraumes, dessen Zeuge sie geworden war, zu verbergen.

Sie hielt sich an ihm fest und fühlte sich klein, hilflos und etwas albern, da sie bei einem kleinen Jungen Kraft suchte. Die ganze Nacht über schliefen sie unruhig und lauschten furchtsam der Rückkehr des Suchtrupps, doch der kam erst im Morgengrauen. Renaud klammerte sich nach wie vor an den Boden, und seine Finger waren weiß vor Anstrengung.

»Ich kann mich nicht mehr halten! Da unten sind Wölfe, Kapuzenwölfe. Ich habe es dir gesagt, Rewik, es wird noch übel enden, wenn du die Menschen endlos mit Steuern belastest. Nun sieh dir an, was sie mit mir gemacht haben! Bruder, hör mich an. Ich habe gesagt, es seien gute Menschen, so gut wie jeder Belbidianer, doch du hast das Reich gespalten. Hilf mir, Rewik. Laß nicht zu, daß sie mich von den Mauern vor die Wölfe stoßen.«

»Er glaubt, er wäre auf Torra Alta«, seufzte Pip wehmütig. »Könnte ich doch nur einen derart wundervollen Traum haben.«

Gellend schlug ein Horn Alarm, und oben füllte sich der Burghof mit klappernden Hufen und stampfenden Schritten. Brid schlug das Herz in der Kehle. Sicher war Hal in der Nähe. Für sie war es, als bebte ein magisches Summen durch die Burg, das selbst das Mauerwerk pulsieren ließ, und die Luft kündete deutlich von der Gegenwart des Runenschwertes.

»Liebe Mutter«, sagte sie und preßte ihre Hand auf den Steinboden. »Ich danke Dir für diese Einsicht.« Sie fehlte ihr. Sie hatte gespürt, wie diese bei Morrigwens Tod aus ihr herausgesickert war. Das umfassende Wissen darum, wie die Welt funktionierte, war ihr verlorengegangen, und sie trauerte darum. Doch weder sie noch Keridwen hatten etwas gesagt. Unabhängig voneinander hatten sie instinktiv verstanden, daß die Menschen niemals vermuten durften, daß ihre Mächte verloren waren, und so hatten sie ihre gefährliche Verletzlichkeit unter dem Mäntelchen der Gelassenheit verborgen.

Aufmerksam lauschte sie allen Geräuschen, die von Hal, Ceowulf, Cymbeline oder Abelard stammen mochten, aber es war nichts zu hören. »O Mutter«, hauchte sie betrübt. »Sie haben das Runenschwert gefunden, Hal aber nicht!«

Und was war mit Hal? Sie sorgte sich so schrecklich um ihn, daß die aufgewühlten Emotionen tief in ihrer Seele sich vor Qualen wanden, und sie fiel auf die Knie und betete, daß er in Sicherheit sein mochte. Wahrscheinlich erlitt er nach wie vor die Folterqualen fürchterlicher Alpträume. Ein flüchtiges Bild von Hal bohrte sich in ihren Kopf. Einen seiner Arme hatte er fast schon verloren, so daß dieser nutzlos an seiner Seite baumelte, doch er kämpfte bis zum Letzten, blickte offen die Spitze eines Schwertes an, das ein Ritter in Händen hielt. Das Bild verblaßte, als in der Nähe Stimmen laut wurden.

Dicht auf den Hufen des ersten Trupps folgte der Donner galoppierender Pferde, und Fanfaren gellten laut. Mit hohlem Trappeln der Hufe stürmten sie über die Zugbrücke auf den Burghof, schrien wild, und Brid mußte sich konzentrieren, um sie zu verstehen.

Pip runzelte die Stirn. »Krieg?«

Sie nickte. »Sie rufen Baron Kulfrid zu den Waffen.«

»Gegen Belbidia?«

Brid nickte.

Es schien, als wären sie vergessen, während die Unruhe auf der Burg lauter wurde. Brid saß in der Ecke der Zelle und bohrte mit dem Finger in einem Loch in ihrem Lederstiefel herum. In den Bergen hielten Stiefel nie lange, und in den vergangenen Monaten war sie weit gewandert. Was sollte sie tun? Sie brauchte Hal. Sie wußte nicht mehr, wie man Entscheidungen für sich allein traf. Ihr Urteilsvermögen war nicht mehr, was es gewesen war. Als Jungfrau hatte sie Einsicht besessen, ein größeres Verständnis der Ereignisse als andere, und so hatte sie stets gewußt, daß sie diejenige war, die ihre Wahl am besten traf. Nun jedoch besaß sie nicht mehr Vorherwissen als Pip. Und sie freute sich über ihn.

Sie fragte sich, ob Prinz Renaud eigentlich wußte, wieviel er dem Holzfällersohn verdankte, der trotz aller Klagen des Prinzen alles, was in seiner Macht stand, tat, um es dem Mann bequem zu machen, und sich mühte, ihm seine Phantome auszureden. Brid war klar, daß sie es wiederum versäumt hatte, alles zu seiner Hilfe aufzubieten, und sie fühlte sich schäbig und schwach. Sie war nichts, ein Niemand. Ihr Leben lang hatte sie sich ihrer geistigen Überlegenheit gebrüstet, aber sie besaß eine solche nicht. Es war alles reine Scharlatanerie gewesen.

Gut war an ihrer Lage einzig, daß Baron Kulfried anscheinend zu beschäftigt war, als daß er sich an sie erinnerte. Tatsächlich war die ganze Burg zu beschäftigt, und einen ganzen Tag lang brachte ihnen niemand etwas zu essen. Der Hunger nagte schmerzlich. Pip rasselte an der Tür und brüllte wütend, benutzte jeden ceolothianischen Fluch, der ihm zur Verfügung stand. Brid verbrachte ihre Zeit mit dem Versuch, den Prinzen von seinen Ängsten zu befreien.

Dann endlich kam die Mahlzeit. Zu Brids Überraschung hielt Renaud inne, um seinen Teller aufzuheben.

»Rabeneier!« schrie er, als er das schlichte Brot entdeckte. Offenbar sah er sich nach wie vor oben auf den Klippen, so daß sein Verstand die Dinge durcheinanderbrachte. Selbstverständlich konnte auf den Klippen kein Teller mit Brot stehen, und so sah er es als etwas Plausibleres. Brid war froh, daß der Mann zumindest aß.

»Sie packen ein und machen sich abmarschbereit«, verkündete Pip, der wie stets ein Ohr an die Tür hielt.

»Sie wissen nicht, was sie mit uns machen sollen«, schloß Brid, »sonst hätten sie es längst getan. Sie wollen uns nicht töten, für den Fall, daß wir ihnen etwas sagen können und ...« Sie stockte und bedachte ihre Lage.

»Sie haben nicht gerade sehr nachdrücklich versucht, uns zum Sprechen zu bringen«, erklärte Pip.

»Genau das dachte ich auch gerade. Wegen der Zitterkrankheit, wie sie sie nennen, fürchten sie sich, uns nahe zu kommen.« Sie nickte zu Renaud hinüber. »Jakobskraut«, sagte sie langsam. »Natürlich! Es macht das gleiche mit dem Vieh. Es ist immerhin denkbar ...« Sie ließ ihre Gedanken unausgesprochen. Wenn Jakobskraut mehr oder weniger dieselben Symptome wie diese Ängste auslöste, welche die Zauberer hervorgerufen hatten, könnte es ebenso als Gegenmittel wirken. Die winzigste Menge mochte sie dagegen schützen und so in die Lage versetzen, den Schrecken zu überwinden. Nur war hier kein Jakobskraut zu bekommen. Sie brauchte Hilfe. Sie mußten heimkehren, und ihr wollte nur eine Möglichkeit einfallen: Sir Irwald.

Sie schlang die Arme um ihre Knie und sprach laut, als wäre Hal bei ihr. »Ich liebe dich von Herzen, Hal, das ist die

Wahrheit, und ich tue es für dich. Ich muß dich heimbringen. Tief in deinem Herzen mußt du wissen, daß ich dich mehr als alles andere liebe, mehr als mich selbst.« Tränen rannen über ihre Wangen, als sie sagte: »Verzeih mir, aber ich tue es für dich.«

»Was tust du?« fragte Pip argwöhnisch.

»Ich muß uns nach Hause bringen«, sagte Brid. »Wir müssen hier raus, und ich muß die anderen finden. Irwald wird uns helfen. Ich muß sein Vertrauen gewinnen.«

»Und wie beabsichtigst du, das zu bewerkstelligen?« fragte Pip mit schneidendem Hohn.

»Oh, auf die übliche Art und Weise«, erwiderte sie leichthin.

Pip packte sie beim Arm und riß sie aufrecht. »Das kannst du nicht machen, Brid.«

»Ich bin nicht dein Eigentum, wenn du es dir vielleicht auch wünschen würdest«, sagte sie grausamerweise in der Hoffnung, ihn derart zu verschrecken, daß er sie losließ.

Das tat er dann und wandte sich von ihr ab, verletzt und verlegen. Sie trat an die Tür und rüttelte daran, bis Tränen in ihre großen Augen traten, und ihre Stimme klang so süß, als sie den Wachmann rief. Sie haßte die ceolothianische Sprache, doch sie beherrschte sie gut genug. Sie war dem Belbidianischen nicht so unähnlich, eher eine Frage des Tonfalls und der Wortreihenfolge, doch eben diese fiel ihr schwer. Es mangelte der Sprache an Leidenschaft und Wärme. Im Ceolothianischen rannte oder ging man. Niemand stürmte oder schlenderte. Man hatte nur wenig Verwendung für präzisere Worte. Dem Wort für den Liebesakt mangelte es gänzlich an Leidenschaft, und Fortpflanzung war die engste Übersetzung, die ihr einfallen wollte. Die steifen Moralvorstellungen, die bei einem derart streitlustigen Volk doch überraschten, erlaubten nicht einmal die

Freuden der Lust. Dennoch sah sie darin keineswegs ein Hindernis. Sie mochte ihre mystischen Fähigkeiten größtenteils verloren haben, aber sie hegte keinerlei Zweifel daran, daß ihre weiblichen Reize so ausgeprägt wie eh und je waren.

Der Wachmann war ihr erstes Opfer.

Sie lächelte ihn an. »Sir, bitte, Sir«, rief sie ihn leise.

»Nicht!« Pip zog an ihrem Arm. »Hör auf damit.« Er riß sie von der Tür zurück, und sie stolperte über Renaud.

Der Prinz sah zu ihr auf. »Ein Falke, ein wunderschöner Falke. Nie zuvor habe ich einen mit grünen Augen gesehen.«

Brid spielte die Geduldige. »Pip«, zischte sie, »laß mich gehen.«

»Das werde ich nicht tun! Ich werde nicht zulassen, daß du das tust.«

»Pip, was macht es schon für einen Unterschied? Wir müssen heim, und ich muß Hal retten. Sieh es doch von dieser Warte. Für alles, was wir schaffen müssen, ist es ein sehr geringes Opfer.«

»Hal bringt mich um, wenn ich es zulasse. Das ist schlimmer als mein Alptraum«, heulte Pip verzweifelt.

»Er wird nie mehr aufwachen, um dich umzubringen, wenn ich es nicht tue«, erklärte Brid. »Jetzt laß mich los. Du hast keine Wahl. Hast du denn einen besseren Plan? Du weißt, daß ich es kann, Pip. Du hast gesehen, wie Irwald mich angesehen hat.«

Widerwillig nickte er.

Sie stieß ihn mit einem Finger an die Brust. »Nun tritt beiseite. Ich habe zu tun.« Starr kehrte sie zur Tür zurück. Es war entwürdigend genug, auch ohne daß Pip es ihr schwerer machte, indem er sie beobachtete.

»Wache«, rief sie sanft auf ceolothianisch.

Unruhig sah der Mann sie an. Sie lächelte und klimperte mit ihren langen, geschwungenen Wimpern. Er errötete ein wenig, und schon – so früh in der Schlacht – wußte sie, daß der Sieg der ihre wäre.

»Ich kann es hier drinnen nicht mehr ertragen!« Sie verzog das Gesicht und brach in theatralisches Schluchzen aus. »Ich will Eurem Herrn sagen, was er wissen will.« Brid bemerkte das triumphierende Lächeln, das die Miene des Mannes erhellte. »Nicht dem Baron natürlich«, fügte sie eilends hinzu. »Ich kann nicht mit ihm sprechen. Er macht mir angst und ist auch sicher beschäftigt mit seinen Kriegsvorbereitungen.« Sie sah, wie der Wachmann überlegte, und wartete, bis auch ihm klar wurde, daß er keinerlei Bedürfnis hegte, den Baron in einem solchen Augenblick zu unterbrechen. »Bringt Sir Irwald eine Nachricht, daß ich alles sagen will. Es wird Euch sicher nützen, wenn Ihr ihm die Neuigkeiten überbringt, habe ich nicht recht?«

Der Wachmann nickte und hastete davon. Brid vermutete, daß sie nicht allzu lange würde warten müssen, bis der Baronensohn erschien.

»Warum er? Warum Irwald?« fragte Pip.

»Das ist doch offensichtlich, oder nicht?« sagte sie und sparte sich die Mühe zu erklären, was in ihrem Kopf vorging. Er hatte diesen gehetzten Bick des Unterlegenen. Sicher wäre er leichter als der Vater zu beeinflussen, der so sehr mit seinen Kriegsvorbereitungen beschäftigt war, da stündliche neue Kuriere auf der Burg ein und aus gingen. Außerdem hatte er freundliche Augen ... für einen Ceolothianer. »Nun, ich werde deine Hilfe brauchen.«

Sie wartete, bis sie Schritte draußen auf dem Korridor hörte, dann wandte sie sich Pip zu. »Es tut mir leid, aber du wirst die Schuld auf dich nehmen müssen. Kein anderer wäre der Aufgabe gewachsen.« Sie lachte. »Obwohl du natürlich dafür noch etwas jung bist.« Sie drückte ihren Rükken an die Wand, knöpfte ihre Jacke auf und riß ihr Hemd heraus, bis die rosigen Rundungen ihrer Brüste zu erkennen waren. »Umarme mich!« wies sie ihn an.

»Aber Brid, das kann ich nicht!«

»Nun, es ist doch wohl nicht so, als hättest du davon noch nie geträumt, oder? Komm schon, es ist zu unser aller Nutzen.« Sie packte seine Hand und riß sie an ihre Brust. »Jetzt leg mal ein bißchen los. Gib dir Mühe, mich zu küssen.«

Das tat er, wenn auch ihrer Ansicht nach eher kraftlos. Dennoch schrie sie lauthals. Der Lärm wurde dadurch noch theatralischer, daß Renaud dieser Scharade sein entsetztes Heulen hinzufügte.

»Heda, Bursche, laß deine schmutzigen Finger von ihr!« rief der Wachmann, und endlich spielte Pip seine Rolle ordentlich, indem er sie fest um die Hüften packte und an sich riß, daß sie seine Küsse heiß in ihrem Nacken spürte, als er ihre Hände an die Wand drückte und seinen Schenkel zwischen ihre Beine zwang.

Brid sorgte sich ein wenig, als sie seine Kräfte spürte und merkte, daß er sehr wohl wußte, was er tat. Ihrer Ansicht nach war Pip dafür noch viel zu jung, und doch besaß er etwas Forderndes. Der Wachmann riß ihn zurück, schickte ihn zu Boden und trat ihm fest in den Unterleib.

Brid schluckte ihre Sorge herunter und konzentrierte sich auf das, was zu tun war. Die Tür stand offen. Voll Sorge sah Irwald sie an. Das war ihre Chance.

Sie lief zu ihm und warf sich in seine Arme. »Gnade!« flehte sie und blinzelte die Tränen in ihren großen, grünen Augen zurück. »Ihr könnt mich nicht länger bei diesen Männern lassen.«

Sie sah, daß seine Blicke nicht bei ihrem Gesicht bleiben

konnten, sondern an ihrem Körper auf und ab wanderten, die halbnackten Brüste umkreisten.

»Sie muß an einen sichereren Ort«, erklärte er den umstehenden Wachen. »Komm, Weib, meine Gemächer sollten genügen. Dort bist du in Sicherheit. Ich werde darauf achten, daß die Frauen gut für dich sorgen.«

Das taten sie allerdings, wuschen sie in Lavendelwasser und setzten sie ans Feuer, bis ihr langes Haar getrocknet war. Brid hatte erwartet, daß der Mann verweilen und ihr zusehen würde, doch das tat er nicht. Sie brütete über ihrem Plan und wußte, daß sie, wenn sie die Gunst dieses Mannes für sich gewinnen wollte, sich zu ihm würde legen müssen, wenn auch nicht zu bereitwillig. Sie mußte sein Interesse wahren. Ein Baronensohn hatte sicher stets die Wahl zwischen mehreren schönen Frauen, so sagte sie sich. Sie war hübsch, das wußte sie, doch nicht so atemberaubend, daß sich um ihretwillen ein Sohn gegen seinen Vater stellen würde.

Die Diener sperrten sie in Sir Irwalds Gemächern ein. Gleich fielen ihr die vielen Edelsteine auf, mit denen die Möbel verziert waren. Wohin sie auch sah, waren Juwelen. Selbst sein Hund, der dort beim Feuer lag, trug ein Halsband mit Rubinen. Interessiert schnüffelte der Hund an ihr, und sie streichelte ihn liebevoll. Da wedelte er mit dem Schwanz und machte sich wieder daran, sich in der Hitze der Glut zu aalen. Rechts vom Kamin gab es eine kleine Tür mit drei auffälligen Schlössern oben, in der Mitte und ganz unten. Sie rüttelte am Griff, doch sie war fest verriegelt. Der Hund knurrte sie an und warnte sie, es zu lassen.

Irwald kehrte später zurück, als sie erwartet hatte, ungewaschen und nach Bier stinkend, was sie sehr wohl erwartet hatte. Schließlich war er Ceolothianer und kein Belbidianer, der ihr mehr Respekt erwiesen hätte.

KAPITEL 11

Irgend etwas saß auf seinem Rücken. Caspar wand sich, um danach zu greifen, drehte sich wie ein Hund, der seinem Schwanz nachjagt, doch er bekam es nicht zu fassen. Das Ding, was es auch sein mochte, gackerte und trommelte auf seinem Kopf. Er konnte es nicht abschütteln und floh, wobei er mit der Stirn an einen Felsen schlug. Doch dann hielt das Wesen lange, schwarze Knochenfinger über seine Augen und bohrte sie hinein, geradewegs dem Hirn entgegen.

Blindlings fühlte er den heißen Rand eines Kessels unter seinen Händen und hörte das Prasseln der brodelnden Flüssigkeit. In seinem Wahn tauchte er den Kopf in die schäumende Brühe. Die Hitze versengte ihn, verbrannte seine Haut, kochte sein Hirn, und er konnte nichts mehr denken. Da erst merkte er, daß er wohl träumte.

Als er im Dunkel der Nacht schweißgebadet erwachte, legte er die Hand an seinen Kopf. Die wunde Stelle blutete. Mit einem Tuch tupfte er daran herum und ließ May, die bei ihrem Kind wachte, einen Umschlag aus Schlamm und Wasser zubereiten, um ihn auf die Wunde zu legen.

»Wir müssen das Necrönd loswerden!« erklärte er ihr, und ein Schauer lief ihm über seinen Rücken. »Ich kann es nicht mehr ertragen.« Er warf einen Blick über seine Schulter und hatte einmal mehr das Gefühl, als würde er beobachtet.

Noch vor dem Morgengrauen zogen sie weiter, machten sich auf den Weg zu jenem hundeförmigen Berg, den sie am Tag zuvor in der Ferne gesehen hatten. Die Bergluft war kühl, und es lag ihnen daran weiterzuziehen, damit ihnen warm wurde.

May sorgte sich um ihr Kind. »Glaubst du, daß ihr die feuchte Luft schadet?«

»Ich bin mir sicher, daß es ihr gutgeht. Sie scheint mir doch laut genug zu schreien, wenn sie etwas will.«

»Sie fühlt sich warm an«, gab May ihm recht, nachdem sie dreimal nachgesehen hatte.

Wehmütig sah sie Isolde an, während die Hufe der Ponys auf dem bröckelnden, sandigen Stein knirschten. Nur ausgedörrte Stengel kümmerlichen Grases und Unkraut wuchsen in den Spalten im Stein, und von Bäumen oder Blumen war weit und breit nichts zu sehen, obwohl die Luft voller Löwenzahnpollen war, die von der steifen Brise aus dem Westen herangeweht wurden.

»Ich glaube, wir werden verfolgt«, sagte er.

»Mh?« machte May, die seine Worte offenbar nicht hörte.

»Ich sagte: Ich glaube, wir werden verfolgt«, wiederholte er. »Ich spüre es, seit wir von Bord gegangen sind. Hast du nichts bemerkt?« Er fragte sich, wieso er das sagte. Natürlich hatte sie es nicht bemerkt. May sah kaum jemals von ihrem Kind auf.

Die junge Mutter warf einen Blick auf Trund, der zufrieden neben ihnen trottete und erheblich schlanker und gesünder aussah, seit sie die Heimat hinter sich gelassen hatten. »Trund scheint sich keine Sorgen zu machen. Oder, Trund?« Der Hund sah zu ihr auf und wedelte mit dem Schwanz. »Du hast dir keine Sorgen mehr gemacht, seit ...« Die Worte blieben ihr im Halse stecken, und sie hustete, um sich zu fangen. »Ich habe nicht mehr daran gedacht, daß er uns folgt, seit Runa ihr Leben gegeben hat, um mich zu retten und ihn zu vertreiben.« Scharf atmete sie ein, schniefte und drückte ihr Kind an sich. »Weißt du, Spar«, sagte sie mit gezwungenem Frohsinn. »Ich bin mir sicher, wenn wir uns erst von unserer Last befreit und dieses wüste Aschenland hinter uns gelassen haben, finden wir einen Ort mit sanften Hügeln und grünen Tälern, wo wir glücklich bis ans Ende unserer Tage leben und so viele Kinder haben können, wie wir wollen.«

Die Hoffnung machte Caspar nicht nur froh. Fast hatte er sie im Kindbett verloren. Er wollte ihr Leben nicht noch einmal aufs Spiel setzen. Dennoch war er froh zu sehen, daß sie glücklich war, und irgendwie fühlte er sich trotz ihrer Bürde und der Unbill ihrer Reise nicht mehr so einsam und erfüllter als je zuvor in seinem Leben.

»Wir könnten eine Hütte bauen«, meinte May begeistert.

»Ich habe noch nie eine Hütte gebaut«, erklärte ihr Caspar.

»Wenn du dir darum Gedanken machen würdest, bin ich mir sicher, daß du eine sehr brauchbare Hütte für uns bauen könntest.«

Caspar lächelte. Mays Lob ließ ihn dennoch nicht vergessen, daß er in solchen Dingen keinerlei Erfahrung hatte, und er wollte sich nicht in die Falle locken lassen, zu glauben, es sei einfach, nur weil so viele Holzfäller diese Kunst beherrschten. Die Kriegskunst fiel ihm leicht, weil er sein Leben lang dazu ausgebildet worden war, doch von Eheleben und Hüttenbau verstand er nur wenig.

Als sie keine Stunde mehr vom Fuß des hundeförmigen Gipfels entfernt waren, waren die sandigen Steine zumindest von rauhen Grasbüscheln umwachsen.

»Wir lassen uns in einem Eichenwald nieder. Im Wald würde ich mich heimisch fühlen«, sagte May verträumt.

»Wo reichlich Wild grast und Beeren wachsen, die man sammeln kann, und wo es einen Bach mit Forellen gibt«, freute sich Caspar.

»Und Trund wird dick und fett und spielt mit den Kindern«, fuhr May fort.

»Schscht!« unterbrach Caspar sie plötzlich. »Da folgt uns tatsächlich etwas. Ich bin ganz sicher.« Er wandte sich um und starrte eine Falte in der Landschaft hinter ihnen an. Er hatte nur ein denkbar leises Rascheln auf dem trockenen Boden gehört, was ohne weiteres auf ein Nagetier oder den Wind zurückzuführen war, der durch das ausgedörrte Buschwerk wehte, aber sein Jägerinstinkt sagte ihm, daß nicht alles so war, wie es sein sollte.

Er strengte seine Augen an, um im Schatten der zahlreichen Felsen und Täler zu suchen, doch bald lenkte ihn der Umstand von seiner Suche ab, daß das Kind aufwachte. Das kleine Gesicht rötete sich und wurde ganz verkniffen, bis ein fürchterliches Kreischen aus dem weit aufgerissenen Mund plärrte. Isolde schrie eine ganze Stunde lang, was Caspars Ärger darüber, daß er das Rätsel nicht lösen konnte, nicht eben linderte. May drehte Isolde bald hierhin, bald dorthin und bot ihr oft genug die Brust, wenn auch ohne Erfolg.

»Versuch es mit Spielzeug.« Caspar ließ einen kleinen Hornbecher am Band vor ihrer Nase baumeln. Sämtliche Töpfe und Pfannen waren nun keine Haushaltsgegenstände mehr, sondern Spielzeug, wie auch Schnallen, Riemen und Tücher. Tatsächlich drehte sich nun fast alles in seinem und Mays Leben darum, daß das Kind zufrieden war. Noch immer schrie es, und May sah Caspar an und zuckte mit den Achseln. Dann lachten schließlich beide.

»Wie kann sie nur einen so schrecklichen Krawall machen?« klagte er laut.

Das Kind hörte ebenso abrupt zu schreien auf, wie es begonnen hatte, und er lugte über Mays Arm und sah, daß die Kleine plötzlich wieder eingeschlafen war.

»Und wie kann sie nach all dem Lärm jetzt schlafen?«

»Ich weiß es nicht«, erwiderte May und sah etwas aufgelöst und gereizt aus, wenn auch zutiefst beruhigt, daß Isolde nicht mehr schrie. »Hauch sie nur nicht so an. Sonst weckst du sie noch wieder auf.«

»Ich kann mir nicht helfen«, meinte Caspar. »Sie sieht wirklich göttlich aus ... wenn sie schläft.«

Endlich kamen sie zum Fuß des langen, flachen, hundeförmigen Bergkammes und sahen auf den silbrigen See hinab. Caspar knurrte vor Enttäuschung. Es war kein sicheres Versteck fürs Necrönd. Der See war eher seicht, und sie konnten den Grund erkennen, wo große Skelette von Wild und Rindern zwischen grünen Felsen lagen.

»Sicher sind sie vor dem Feuer geflohen, das durch dieses Land gezogen ist«, mutmaßte er.

»Wenn wir das Necrönd in einen See werfen wollen, muß es ein tiefer sein.« Enttäuscht spähte May ins Wasser und hob dann ihren Kopf, suchte die Landschaft ab, die sich vor ihnen ausbreitete. Caspar folgte ihrem hoffnungsfrohen Blick. Nachdem sie sich nun auf die Idee eingelassen hatten, es in einen See zu werfen, wollten sie sich nicht mehr davon lösen.

Sie schleppten sich durch die Berge, wobei die Ponyhufe laut in der Stille hallten, und begannen den Aufstieg zu einem windumtosten Paß. Hier wuchs kaum etwas, und sie hatten keinerlei Spuren von Leben gesehen, nur endlos geborstene Felsen. Dann waren sie oben auf dem Paß, und beide blieben stehen und starrten staunend auf die außergewöhnlich dramatische Landschaft unter ihnen.

»Es sieht aus wie Glas!« rief May.

»Oder Diamanten«, meinte Caspar. »So etwas habe ich noch nie gesehen.«

Von ihrem Standpunkt aus war ihr Blick, während der Wind an ihrem Haar riß und ihnen die Atemluft nahm, auf einen weißen, glitzernden Felsenturm gerichtet, der über einem ihn umgebenden Ring aus schwarzen Felsen aufragte.

»Es sieht wie ein Kreis von schwarz gekleideten Zauberern aus, die sich vor einer weißen Priesterin in ihrer Mitte verneigen«, murmelte May. »Und sieh nur: Seen! Hier ist sicher ein magischer Ort. Einer dieser Seen muß doch für uns richtig sein.«

Caspar nickte und starrte schweigend ein ganzes Netz silbrig schwarzer Seen an, die dort am Fuß des kristallinen Felsens im Sonnenlicht glitzerten. Er sah die blassere Farbe des Bodens, und zum ersten Mal seit Tagen sah er den dunklen Fleck von Bäumen ein Stück weit südlich von ihnen. Müde lächelte er. Dieser Paß stellte das Ende des Aschenlandes dar.

Bald wurde sein Blick wieder von einem schimmernden Kristallgipfel angelockt, der die Bäche und Seen überblickte, die das Wasser sammelten, welches an ihm herunterrann. Ein See war so dunkel wie der andere, tief und unzugänglich.

Caspar war sicher, daß dort kein Leben war. Nicht einmal einen Vogel hatten sie fliegen sehen. Wenn es weder Adler noch Bussarde gab, konnten auch unten in den Spalten keine Tiere kriechen. Derart zerklüftete Felsen wären in der Heimat bevorzugter Lebensraum der Adler, und doch sah man keinen durch die Lüfte ziehen

»Wir werden warten, bis es dunkel wird, um sicherzugehen, und dann werfen wir es hinein«, sagte May und traf die Entscheidung an Caspars Stelle.

»Mmh«, machte Caspar nickend. Er war darauf bedacht, sich dieses Druiden-Eis zu entledigen, und doch fürchtete ein Teil von ihm, er drückte sich vor der Verantwortung, die ihm die Große Mutter mit dem Necrönd anvertraut hatte. Brach er sein Versprechen?

Sie schlugen ihr Lager im Schutz einiger Felsen auf und wickelten sich fest in ihre Bärenfelle, waren selbst für Trunds heißen Atem in ihren Gesichtern dankbar. Es war kalt hoch oben in den Bergen, und der Wind heulte zwischen den Zähnen der Gipfel. Unablässig fürchtete May um ihr Kind. Caspar war nicht übermäßig in Sorge. Zwar war ihre Nase etwas rosa, doch sie sah gesund und munter aus. Dann fing es an zu nieseln.

Irgendwie hatte er nicht damit gerechnet, daß es regnen würde. Bald schon wurde es dunkel, und das Blauschwarz des Sternenhimmels wurde von wehenden Wolken ganz fleckig. Der Regen war kalt, wenn er auf seiner Nase landete, die noch unter dem Bärenfellumhang hervorschaute.

»Welcher See?« fragte er, weil er die Verantwortung für die Entscheidung nicht allein tragen wollte.

»Natürlich der, in dem sich der Mond spiegelt«, antwortete May, als wäre das doch offensichtlich.

Caspar fragte sich, wieso er nicht selbst darauf gekommen war. Natürlich war es wie bei allen großen Entscheidungen besser, auf den Rat der Götter zu hören. Der Mond, der zur Geburt des Kindes voll gewesen war, hatte abgenommen und nahm nun wieder zu. Sein weißes Licht warf in alle Seen silbrige Flecken. Nur von dort aus, wo sie saßen, ruhte die dicke Mondsichel des Spiegelbildes träge auf einem ovalen Tümpel in der Mitte aller anderen. Er merkte sich den kleinen See, doch er wollte mit der Erledigung seiner Aufgabe warten, bis die Nacht noch weiter fortgeschritten war. Er nickte ein und wachte Stunden später wieder auf.

»Bereit?« fragte er May.

Sie schüttelte den Kopf. »Ich glaube, ich sollte hierbleiben. Es ist zu dunkel, zu naß und zu windig, als daß man mit einem Säugling durch die Lande stolpern sollte. Du wirst das alles ohne mich sicher schneller und leichter erledigen.«

»Ja«, gab Caspar zu. »Aber ich möchte dich nicht allein lassen.«

»Trund bleibt bei mir.« Sie lächelte beschwichtigend, während der Mond ihre Miene erhellte und durch ihr Haar schimmerte.

Isolde, deren Gesicht im Licht ganz weiß war, hob ihre Hand und griff so fest nach Caspars ausgestrecktem Finger, daß es einer Bogenschützin würdig war. Caspar war tief bewegt und lächelte sie einen stillen Augenblick lang an, dann nickte er May zu und war sicher, daß sie recht hatte, und doch unruhig, weil er sie zurücklassen sollte.

Er prüfte, ob die Ponys sicher waren, und gab jedem einen Becher Getreide, damit May sich nicht mit ihnen belasten mußte. Dann sagte er Trund, er solle »Sitz machen und Wache halten«, bevor er sanft Mays Stirn küßte und sich entschlossen auf den Weg machte.

Er blieb stehen, bevor er noch vier Schritte getan hatte, denn er hatte das Gefühl, das alles sei nicht richtig. »Ich möchte dich nicht allein lassen«, wiederholte er.

»Mir geht es hier gut. Isolde wird auskühlen, und ich würde dich nur langsamer machen.«

Caspar konnte ihr nur zustimmen. Die Haut in seinem Gesicht spannte im scharfen Wind, und zum zweiten Mal mußte er sich eingestehen, daß May recht hatte und bleiben sollte, wo sie war.

»Ich liebe dich, May«, rief er.

»Ich liebe dich auch. Eile dich nicht«, rief sie zurück.

Als er sich erst auf den Weg gemacht hatte, wuchs Caspars Entschlossenheit. Er hüpfte den Berg hinunter, hielt sein Gleichgewicht, indem er stets in Bewegung blieb, und bald war die Stelle, an der er May zurückgelassen hatte, einer unter vielen geduckten Buckeln am nächtlichen Horizont. Er eilte dem erwählten See entgegen, hielt seine Hände um das Silberkästchen und sagte sich, daß der große Augenblick nun gekommen sei. Er konzentrierte sich auf seine Aufgabe.

Nachdem er eine halbe Ewigkeit vom Paß aus den Hang hinabgestolpert war, bahnte er sich einen Weg zwischen zwei der schwarzen zerklüfteten Felsen hindurch, die dort um den Kristallturm Wache standen, der im Mondlicht glitzerte. Nachdem er sich einen Weg durch den Morast am Fuß des Hangs gebahnt hatte, watcte er durch das eiskalte Wasser. Endlich stand er am Ufer eines Sees. Von hier unten sah alles ganz anders aus, und er wußte nicht mehr so genau, welchen See sie ausgesucht hatten. Er betrachtete die dunklen Tümpel, bis er den ovalen erkannte, welcher der Mitte der Ansammlung am nächsten war, und schritt entschlossen darauf zu.

Im Dunkel der Nacht war es ihm fast unmöglich, Entfernungen einzuschätzen, und er stolperte auf dem unebenen Boden. Deutlich nahm er das Druiden-Ei wahr, das lauthals sein Lied über die Lande klingen ließ, sein Lied von Zauberkraft und Bannspruch, gellend und gespenstisch. Noch immer hielt er es für falsch, daß er ein so mächtiges Ding ohne jede Zeremonie wegwerfen sollte, und hielt inne, um darüber nachzudenken, ob es nicht ernste Worte gäbe, die er vielleicht sagen konnte.

Wind fuhr ihm ins Genick, und er schnellte herum und blickte ins Dunkel auf. Er sah nichts, fühlte aber ein Rauschen und Schlagen in der Luft, nicht sehr laut, doch immerhin so stark, daß er wußte, daß etwas sehr Großes über ihn hinweggeflogen war.

Er vermutete, daß es wohl eines der uralten Tier wäre, die das Ei anlockte, und hoffte, daß es nach wie vor nur in geistiger Gestalt existierte. Doch wußte er, daß es noch andere Kreaturen der Großen Mutter gab, die nach wie vor auf Erden wandelten, wie etwa die Wyvern in der Wüste von Glain, die Steinwichte, die so tief unter den Bergen lebten, und die Klopfer und Kraken. Das Druiden-Ei sprach zu diesen Tieren, zog sie in ihren Bann. Plötzlich wurde ihm schmerzlich bewußt, daß in einem derart abgelegenen Land sehr wohl die Möglichkeit bestand, solchen Tieren zu begegnen, wenn sie hier lebten und ihre Jungen aufzogen.

Wiederum verdunkelte sich der Himmel, und ein einzelner mächtiger Flügelschlag ging durch die Lüfte. Schwarze Umrisse segelten über die Seen und aus den Bergen fort, stiegen mühelos und bemerkenswert zügig auf. Jeder Gedanke daran, das Necrönd dort zurückzulassen, war damit verflogen. May war dort oben ganz allein. Er fing an zu rennen, und seine Schritte wühlten den feuchten Boden auf.

Nur langsam kam er den Hang hinauf. Was abwärts schnell gegangen war, dauerte aufwärts eine Ewigkeit. Schon endete die Nacht in einem gewaltigen Morgengrauen, das harte Schatten in die harsche Welt von Schwarz und Weiß warf, aber er kam nun schneller voran. Er kletterte aufwärts, entsetzt darüber, wie weit er von May entfernt war. Er konnte nichts sehen, was auf eine Gefahr hingedeutet hätte, doch die Gestalt, die er dort am See gesehen hatte, genügte ihm vollends. Er mußte so schnell wie möglich zu ihr zurück.

Dann kam es wieder, segelte dem Berg entgegen, kurz unterhalb des Passes, wo er May zurückgelassen hatte. Die

Ponys schrien, was von einem Kreischen aus der Luft übertönt wurde. Es war wie der durchdringende Schrei eines Adlers, nur viel lauter. Und es war nicht allein.

Caspar schützte seine Augen gegen das grelle Licht des morgendlichen Himmels und sah, wie immer mehr Kreaturen vom Himmel schwebten und sich zu den anderen gesellten. Jede hatte Kopf und Flügel eines Adlers und den Körper eines Löwen. Ihre Flügel waren grün, von der Farbe frischen Farns, mit einer Spannweite, die gut und gerne dreimal so groß wie die eines Adlers war. Die Löwenleiber waren von goldenem Rot. Er blinzelte, als sich die frühe Morgensonne auf ihren Rücken spiegelte, und sie funkelten in leuchtendem Gegensatz zum Schwarz der Welt weiter unten. Kein Wunder, daß es hier keine Adler gab. Alles versteckte sich vor diesen fürchterlichen Räubern. Drei von ihnen flatterten vor den Ponys. Die armen Tiere hatten ihre Leinen zerrissen und hetzten wie wilde Hasen auf dem Paß hin und her.

»May!« schrie Caspar und rannte schneller, als er je zuvor in seinem Leben gerannt war, weil er fürchtete, er käme vielleicht zu spät.

Die Greife stürzten herab, schwebten auf und kreisten, verhöhnten die Ponys. Dann stürzte eines der großen Tiere vom Himmel herab, drehte sich und hieb mit seiner Löwenklaue zu, riß eines der Ponys mit sich in den Himmel auf. Es zappelte und schrie, während der Greif mit seinen Flügeln auf die Luft einhieb und aufstieg. Caspar schoß einen Pfeil ab, doch er verfehlte das Tier, da es auswich und erstaunlich schnell flog. Ein anderes stürzte sich im Gegenzug auf ihn. Als es aus der Luft herabstach, schoß er den nächsten Pfeil ab und sah entsetzt, wie leicht der Greif ausweichen konnte.

Er war derart auf jenen konzentriert, der dort über ihm

kreischte, daß er nicht sah, wie ein dritter sich ihm von hintern näherte. Ihn rettete nur, daß dieses Tier nicht widerstehen konnte, seinen gräßlichen Angriffsschrei auszustoßen. Er ließ sich zu Boden fallen, als es über ihn hinwegflog und ihn eben noch an der Schulter traf. Er rollte auf die Beine, hatte den Bogen bereit und sah zwei Greife, die über jener Stelle kreisten, wo er May zurückgelassen hatte.

Sein Pfeil traf einen unten am langen Hals. Das Vieh schrie auf und landete neben Mays zusammengekauerter Gestalt, wobei der mächtige, gebogene Schnabel an der Wunde in seinem Löwenkörper riß und auf sein eigenes Fleisch einhackte, bis alles voller Blut war. Caspar sah, daß es in seinem Schmerz gegen May rollte, bis das Zucken langsam verging und es dort lag und kaum noch atmete. Die beiden anderen Greife stürzten sich auf ihn. Einen Pfeil nach dem anderen schoß er ab, doch sie waren schnell wie der Blitz, und er hatte schon vier Pfeile abgeschossen, bis eines der Ungeheuer kreiselnd auf die Felsen stürzte. Ein viertes Untier sprang hinter dem Hügel hervor. Er zwang sich, ruhig zu atmen, konzentrierte sich auf die Federn an seiner Brust, versuchte zu ahnen, in welche Richtung es ausweichen würde und traf schließlich mit seinem ersten Pfeil.

Das Untier fiel vom Himmel. Sein schneidender Todesschrei ließ den Fels um Caspar beben. Der letzte Greif berührte den Boden nur für den Bruchteil einer Sekunde, dann stieg er wieder in den Himmel auf und schwebte dem Gipfel des gläsernen Turms entgegen. Caspar lief zu May, daß ihm das Herz im Halse schlug, mit Muskeln wie Blei. Angst fraß an seiner Seele. Der letzte Greif hielt etwas Kleines in den Krallen, und entgegen aller Hoffnung hoffte er, es wäre nur ein Fetzen von Mays Kleidern. Trund hetzte dem Untier nach und jaulte.

Keuchend kam er bei May an, die verzweifelt versuchte, sich von dem großen Untier zu befreien, das über ihr zusammengebrochen war. Ihr Gesicht war zu einer Miene unaussprechlicher Qualen verzerrt.

»Mein Kind! Nein! O nein!« schluchzte sie wie außer sich. Er zog sie hervor, doch sie stieß ihn beiseite und deutete auf den gläsernen Felsenturm. »Mein Kind! Mein Kind! Er hat mein Kind!«

In der Ferne konnte Caspar den trägen Flügelschlag des Greifs erkennen, der das Ungeheuer mühelos über die Seen zu jenem hohen Turm aus kristallenem Fels jenseits davon trug. Über dem klaren Stein kreisten noch mehr Greife in der Luft.

Mays Schreien und Schluchzen verklang zu einem leisen Ton von kalter Furcht. »Mein Kind ...«

Caspar erwartete, daß sie sich auf die Felsen werfen und mit den nackten Fäusten darauf einschlagen würde, doch das tat sie nicht. Ihr Gesicht war kalt und hart, und sie lief auf und ab, als würde sie gehetzt. In ihren löchrigen Stiefeln, das Hemd in Fetzen, sah sie wie ein Vagabund aus, und Caspar sah in jener zerlumpten Gestalt den Willen einer Göttin.

Er trabte ihr nach, fast krank vor Übelkeit, konnte nicht glauben, daß tatsächlich geschehen sein sollte, was geschehen war. Sicher war Isolde tot.

Er versuchte, vernünftig mit May zu sprechen. »Es hat keinen Sinn. Sie wird schnell und ohne Schmerz gestorben sein. Du mußt damit aufhören. Das ist doch Wahnsinn. Sie werden auch dich noch töten.«

»Ich habe ihr Schreien gehört. Sie hat gelebt. Und ich werde sie holen.«

»Vielleicht hat sie noch einen Augenblick gelebt, aber diese Viecher sind wie Adler, sie würden ...« Er konnte es nicht sagen. Wie sollte er einer Mutter erklären, daß die Tiere ihr Kind mit in ihr Nest nehmen würden, wo sie es Glied für Glied zerrupfen und an ihre Küken verfüttern würden?

»Du kannst es mir nicht ersparen«, sagte May kalt. »Ich weiß, daß sie sie fressen. Aber manche Tiere mögen ihr Futter lebendig und noch zappelnd. Die Pferde haben sie nicht getötet. Die haben sie lebendig mitgenommen, und vielleicht sind sie noch eine Weile damit beschäftigt, bis sie sich meinem Kind zuwenden. Ich weiß nicht.« Ihre Worte klangen kalt und wie benommen, während sie gefährlich schnell an der steinigen Felswand hinunterschlitterte. »Aber wenn ich nur eine Gelegenheit hätte, sie zu retten, würde ich es tun. Sie ist mein Kind. Ich weiß jetzt, wie es für meine Mutter war. Ihr Leben galt nichts im Vergleich zu Pips und meinem. Nichts.«

Von Trauer bedrückt hielt Caspar seinen Blick auf den kristallenen Turm gerichtet, der dort über den Seen stand, und stürzte ihr nach. Er konnte Mays Hoffnung nicht teilen. Minuten würden vergehen, bis sie die schlammige Gegend durchquert hatten, während die Greife sie in Sekunden überflogen. Zügig kamen sie voran, stapften und rannten dann. May vergeudete keine Kraft damit zu sprechen, und atmete schwer. Caspar wußte, daß nichts und niemand ihrer Willenskraft gewachsen war.

Benommen vor Erschöpfung standen sie endlich keuchend am Fuß des glasigen Gipfels. Der Boden war von zermalmten Skeletten aller Art übersät, hoch oben sahen sie die mächtigen grünen Flügel eines Greifs, der dort auf seinem Nest thronte. Sie näherten sich dem Turm, hielten sich nah am Boden und suchten einen Weg über geborstene Glasbrocken, die von diesem Turm gefallen waren. Es schien, als sei die seltsame Felsenformation wohl von immenser Hitze aus der Erde geformt, als diese den Sandstein aufgebrochen hatte. Die Steine hatte sie über das Land verstreut. Aus der Nähe sah er, daß es voller Brüche und Spalten war, in denen sich das tanzende Licht fing. Sie stiegen die unteren Hänge voll feiner Kristalle hinauf, die unter ihren Füßen nachgaben. Dann sprangen und kletterten sie von einem Sims zum nächsten, bis sie schließlich vor den nackten Glaswänden des kristallinen Felsens standen.

Caspar streckte sich nach einem Halt für seine Hände, doch er glitt nur von der Oberfläche ab. Wild kratzte Trund am matten Stein, und als Caspar das hohe Piepen der jungen Greife hoch über ihnen hörte, gab er sein Ansinnen hinaufzusteigen auf, denn er war sicher, daß dieser Weg nicht richtig war. »Das schaffen wir nicht. Es ist zu glatt und rutschig. Und Isolde ist längst tot«, sagte er. »Hör sie dir an.«

May schüttelte den Kopf. »Die Große Mutter würde nicht zulassen, daß so etwas geschieht. Isolde ist zu schön, zu kostbar. Sie darf nicht tot sein.«

»Du mußt vernünftig sein.« Ganz ruhig zog er sie an sich. »Dieser Stein ist eine Festung, und so können wir sie nicht stürmen. Wir brauchen einen Plan.«

»Hal würde wissen, was zu tun ist«, brach es aus May hervor. »Hal, Hal.« Sie wiederholte den Namen, als gäbe er ihr Kraft.

Der junge Torra Altaner legte eine Hand auf ihre Schulter, und seine Gedanken rasten. May hatte recht. Sie brauchten Hal. Was hätte Hal getan? Hal hätte es gar nicht erst soweit kommen lassen, so sagte er sich. Er mußte etwas tun, und es fiel ihm nur eine Möglichkeit ein. Er griff nach dem Druiden-Ei und nahm es vorsichtig hervor.

May sah, daß er kurz zögerte. »Das darfst du nicht. Du hast gesagt ...«

»Ich weiß. Wenn es danebengeht, wäre das eine Katastrophe. Ich bin in den Tiefen des Meeres in der Anderwelt gewesen, und fast wäre ich für alle Zeiten dort geblieben.«

May entriß ihm das Ei, bevor er sie daran hindern konnte. »Du kannst es nicht. Ich kann es. Es ist mir egal. Ich tue alles, um mein Kind zu retten.« Sie schloß die Augen und konzentrierte sich so sehr, daß schon Sekunden später ein brauner, träger Drache zu ihren Füßen erschien, mit einer großen, eiternden Wunde an der Brust, aus der ein rostiger Dorn ragte. Der Untier stank. May hatte es derart schnell gerufen, daß Caspar vom Luftzug fast umgeworfen wurde, als es feste Form annahm.

Staunend blinzelte er und stellte sich neben May, doch der Ellenbogen des Drachen stieß ihn zu Boden, als dieser sich vorwärts schleppte und seine Schnauze sinken ließ, so daß May auf seine Warzenhaut steigen und sich an den Stacheln an seinem Rücken festhalten konnte. Schwerfällig hob sich der Drache in die Lüfte.

Caspar reckte seinen Hals und blinzelte zum Himmel auf, als sich die Greife in die Luft erhoben, während Trund auf und ab sprang und wild jaulte. Wie der Hund blieb auch Caspar hilflos am Boden zurück, um der Schlacht dort oben zuzusehen. Der Drache spie eine blaue Flamme aus, die zwei Greife verschlang. Die Luft war von ihrem wütenden Geschrei erfüllt. Die großen Tiere stürzten vom Himmel herab, bohrten sich beim Aufschlag tief in den weichen Boden, und ihre verkohlten Glieder brachen.

May war dort oben wie eine Todesfee. »Mein Kind! Gebt mir mein Kind!« kreischte sie.

Der Drache spie nach links und rechts die Kreaturen an, doch er verblaßte bereits, denn die Anstrengung, soviel Feuer auszuspeien, nahm ihm die Kraft. Er wand sich in der Luft, um den Krallen der Greife zu entgehen, dann stürzte er sich auf jenen, der ganz oben auf dem Felsenturm saß. May sprang von seinem Rücken und war dann auf dem Horst nicht mehr zu sehen. Dann hielt sie ein Bündel in Händen und zwängte sich zwischen gefräßigen Küken hindurch, die hackten und kreischten. Der Drache packte ihren ausgestreckten Arm, schwebte herab und landete schwer in einiger Entfernung auf dem funkelnden Hang des Kristallfelsens zwischen den Vorsprüngen und Spalten oberhalb des geborstenen Gerölls.

Sie schrie und rollte herunter, verschwand aus Caspars Blickfeld, und die Greife stießen vom Himmel herab, stürzten sich auf sie, doch sie hielten nach wie vor Abstand zu dem gespenstischen Drachen, der inzwischen beinahe verblaßt war.

Caspar schoß fünf Pfeile ab und erlegte drei der Ungeheuer. Er wußte nicht, was er tun sollte, wenn der Drache erst vollkommen verschwunden war, doch dann schnitt ein Fanfarenton durch die Luft, ein schreckliches Lied tönte vom Himmel herab. Caspar wußte nicht, welch ein Tier May herbeigezaubert hatte. Dann wurde aus einem winzigen Punkt, der aus der Atmosphäre wuchs, ein geflügeltes Pferd, das über ihm durch die Lüfte schwebte. Auf dessen Rücken saß ein goldhaariger Jäger in grüner Robe. Dieser Jäger schoß einen Hagel von Pfeilen ab und erlegte damit zwei weitere Greife, wobei das gespenstische Pferd geschickt den wütenden Krallen auswich.

»Talorcan!« begrüßte ihn Caspar erleichtert und beklommen. Talorcan! Der Förster, den er mit seinem eigenen Pfeil getötet hatte!

Caspar stieg über scharfe Steine und sprang von einem Felsvorsprung zum nächsten May entgegen, während Talorcans Geist die Greife vertrieb, indem er sie jagte und auf seinem geflügelten Pferd tänzelte. Der Torra Altaner sprang zwischen geborstenen Stacheln aus glasigem Fels herum, rutschte und schnitt sich hier und da. Als er aus einem Felsspalt kletterte und sich zwischen zwei Brocken hindurchzwängte, sah er sie endlich über einen Sims laufen, der von ihm durch einen tiefen, zehn Fuß breiten Graben getrennt war.

»May!« rief er.

»Spar!« schrie sie und hielt ihr Kind, rannte auf dem Sims entlang, bis sie ihm gegenüberstand. Während er zwischen hohen Felsen geborgen war, stand sie ungeschützt auf einem breiten Vorsprung.

Er konnte einen Greif hoch über ihnen kreischen hören, doch sein Blick blieb auf sie gerichtet. Er streckte ihr eine Hand entgegen und flehte sie an zu springen. Zögerlich sah sie auf die zerklüfteten Kristallspitzen vierzig Fuß unter ihnen hinab.

Wild wehte der Flügelschlag eines Greifs die Luft über ihnen auf, der sie trotz Talorcans wüster Gegenwehr angriff. Das Abbild wurde trübe und unberechenbar, und Caspar vermutete, daß Mays Kraft, das Druiden-Ei zu kontrollieren, nachließ.

»Komm schon, May. Komm, spring!« rief er.

Sie mußte einen Sprung von knapp drei Metern bewältigen, von ihrem Felsvorsprung zu ihm herüber. Sie sah ihn an, dann in den Abgrund, dann auf, als zwei Greife sich auf sie stürzen wollten. Starr sah sie Caspar an, mit verzweifelter Miene, die Augen geschlossen, von unsichtbaren Bändern zurückgehalten.

»Spar, versprich mir, daß du für sie sorgen wirst«, flehte May, und zu seinem Entsetzen warf sie das Kind herüber. Noch immer hielt sie an seinem Blick fest, als sie ihre Hände über den Kopf hob, in völliger Kapitulation vor den Untieren, um sie von ihrem Kind abzulenken. Caspars Blick war auf das Bündel gerichtet, das sie ihm herüberwarf. Auch May verfolgte den Flug des Kindes während jener langen Sekunde, in der sich das Bündel durch die Lüfte drehte, so daß ein kleiner Arm sich löste und flatterte und ruderte.

Er fing es auf! Das weiche Bündel schmiegte sich an seinen Leib, und seine Arme schlangen sich um Isolde, als ein dumpfer Schlag und ein Aufschrei von der anderen Seite der Kluft herüber drang.

Der Greif hatte angegriffen.

Da Caspar beide Arme um das Kind geschlungen hielt, konnte er nichts weiter tun. Der Greif packte May im Nakken und hob sie in die Luft. Er hörte das splitternde Knakken ihres Rückgrats, als sie mitgerissen wurde, dann sah er, wie der leblose Leib dem Greif aus den Krallen glitt. Er überschlug sich, die zerfetzten Kleider wehten, und es schien eine Ewigkeit zu dauern, bis sie hart auf Felsen fiel und von einem kristallenen Speer zum nächsten stürzte, in die Spalte unter ihm stürzte, dann in die Finsternis, bis sie nicht mehr zu sehen war. Das Prasseln der Steine wollte und wollte kein Ende nehmen, dann war alles still.

Caspar war zu benommen, als daß er hätte denken können. »May!« keuchte er hervor und krümmte sich, um das Kind zu schützen. Er schob die Kleine in seine Jacke, hielt einen Arm um sie, während er in den Felsspalt starrte, auf der Suche nach einem Weg hinunter. Kaum noch nahm er die Greife wahr, die nach wie vor das geflügelte Pferd umschwärmten. Seine Gedanken blieben neblig, während er versuchte, den Schrecken der Lage zu begreifen. May war tot.

Die Greife umflatterten ihren Kristallturm, krächzten und taumelten durch die Luft, als warteten sie darauf, daß er an einer Stelle wieder auftauchte, an der sie ihn sauber von den Felsen picken konnten. Dann jedoch stieß einer einen aufgeregten Schrei aus, und sie alle wandten sich um und folgten einer anderen Beute. Caspar reckte seinen Hals, um zwischen Felsspitzen hindurchzuspähen, und sah, durch den Kristall verzerrt, wie Staub vom Fuß des Felsenturms aufstieg. Die wild gewordene Herde scherte vor dem Angriff eines Greifs aus, und nun sah er sie weit deutlicher. Er erkannte die Spitzen ihrer Hörner. Im Gegensatz zu den Einhörnern im Flachland, die wie feine Pferde waren, glichen diese kleinen Ziegen und boten den Greifen eine passende Mahlzeit. Er vermutete, daß May sie gerufen hatte, als sie eben angegriffen wurde.

Er blickte ins Schwarz der tiefen Kluft, doch er beschloß, genauso hinunterzusteigen, wie er gekommen war, und dann den Fuß des gläsernen Berges zu umrunden, bis er zum Eingang der Schlucht und Mays Leichnam gelangte. Er mußte zu ihr gelangen. Sie hatte das Druiden-Ei! Er durfte nicht zulassen, daß es den Greifen in die Krallen fiel. Er bahnte sich einen Weg aus dem Spalt hervor, kletterte und rutschte, als er sich auf den Sandsteinsockel des Turms herabließ, wo der Kristall in weniger bemerkenswertes Grundgestein überging. Der Greif, der nun ein rotgrüner Strich in der Ferne war, verfolgte nach wie vor die Einhörner.

»May!« rief Caspar, als er durch einen flachen Bogen kroch, der den Eingang zur Schlucht darstellte. Trund war direkt vor ihm und wimmerte mitleiderregend, hielt den Kopf geneigt, während er aufsah.

May baumelte nur vier Fuß über dem Grund der Schlucht. Ihr Kopf war in gräßlichem Winkel am Felsen aufgehängt. Er lief zu ihr und drehte sie um, schreckte beim Anblick ihres blauen Gesichts zurück. Der Tod war schnell und doch grausam schmerzhaft gewesen. Seine Schultern bebten vor Schluchzen, als er Isolde für einen Moment auf den Boden legte, um May vom Fels zu heben und sie an seine Brust zu drücken. Ihr Kopf sackte zur Seite, und das schreckliche Gefühl, nichts als seelenloses Fleisch in den Armen zu halten, überwältigte ihn. Seine Kehle war so sehr verschnürt, daß er seine Trauer nicht herausschreien konnte, als er sich auf das eine konzentrierte, was er tun mußte ... um des Kindes willen überleben. Isolde lag schreiend am Boden, ruderte mit Armen und Beinen, doch sie war gesund und munter.

Das Ei! Wenn er das Druiden-Ei hätte, konnte er etwas tun. Er durchsuchte Mays Kleider, und dann plötzlich war alle Ehrfurcht vor ihrem Leichnam verflogen, als er wild ihr Hemd aufriß. Wo war es? Das Ei war nicht mehr da!

In Panik wandte er sich dem zappelnden Säugling zu und löste das Tuch. Das Silberkästchen war unter die Kleidung geschoben. Isolde hatte es. Erleichtert ließ er das Ding, wo es war, sicher in den Händen einer Unschuldigen. Tränen rannen über seine Wangen, als er Mays Hals umfaßte und ihren Runenbeutel nahm und um der Erinnerung willen eine Locke von ihrem Haar schnitt. Schließlich löste er das Tragetuch von ihren aufgerissenen Schultern. Er warf seinen Kopf in den Nacken und heulte seinen Schmerz heraus, dann legte er sie schweigend auf den steinigen Boden.

Es blieb ihm keine Zeit, sie zu bestatten. In der Ferne sah er, wie die Greife herabstürzten und dann ein zappelndes Knäuel um die kreischenden Einhörner bildeten. Er wußte nicht, wie lange die Greife brauchen würden, den Einhörnern das Fleisch von den Knochen zu reißen, doch darauf wollte er nicht warten.

Bäume. Er hatte sie vom Paß aus gesehen. Er mußte zu den Bäumen gelangen! Sie waren seine einzige Hoffnung.

Adler jagten nicht im dichten Wald, und er betete darum, daß es diesen Untieren mit ihren mächtigen Flügelspannen ebenso erging. Zwanzig Minuten mochte er für die zwei Meilen vielleicht brauchen, doch würden sich die Greife sicher an den Einhörnern gütlich tun und ihn vergessen.

Er hob das Kind auf und fing an zu rennen. Trund blieb ihm dicht auf den Fersen. Sie hatten keine Zeit zu verlieren. Im Augenblick waren die Greife beschäftigt, und das war seine einzige Gelegenheit, das offene Land zu überqueren. Jede Unze seiner Energie ging in das Bemühen, schnell zu laufen, und für den Moment war sein Entsetzen über Mays Tod in den Hinterkopf verbannt.

Er stampfte über weiche Erde, umrundete die Seen, spritzte durch das seichte Wasser und war dann im Freien jenseits des Felsenkreises. Das Kind behinderte ihn beim Laufen, und jeder Atemzug stach ihm in seine Lungen, die wie Blasebalge pfiffen. Der Pulsschlag hämmerte in seinen Ohren. Er hoffte, daß er Isolde sicher genug hielt, daß sie nicht erschüttert wurde, doch er mußte rennen.

Dann kam der Lärm wie ein Sturm von Pfeilen, der die Luft spaltete. Die gespenstischen Einhörner hatten die Greife nicht lange zufriedenstellen können. Er fürchtete, daß er es vielleicht nicht schaffen würde, daß seine Kräfte bald erschöpft wären, und seine Beine zitterten vor Anstrengung. Trund stolperte weit hinter ihm, doch er mußte weiter. Ihm blieb nur, sich auf die Bäume zu konzentrieren, die kaum noch eine halbe Meile vor ihm lagen. Er zwang seine Beine zum Laufen, und Angst und seine Treue zu May trieben ihn voran.

Etwas jedoch gab ihm Kraft. Jemand rannte mit ihm. Zwar konnte er nichts sehen, doch er spürte, daß ein anderer Wille ihn trieb. Etwas Goldenes sah er aufblitzen, verwaschene Umrisse von gebrochenem Licht, das stärker wurde, dichter, und dann schließlich eine flackernde Gestalt. Talorcans Geist riß ihn mit sich, verlieh ihm die ungeheure Schnelligkeit eines Försters, so daß ihm war, als flöge er über den restlichen Weg zu den Bäumen hinüber.

Als Caspar Schutz fand, wendete der Förster, hob seinen kurzen goldenen Bogen und schoß auf die kreischenden Greife, trieb sie zurück und gab Trund genügend Zeit, daß er ihm hechelnd folgen und neben ihm zu Boden sinken konnte. Talorcan schoß einen letzten Pfeil, der einen Greif taumelnd vom Himmel holte, bis der Rest verschreckt ausschwenkte und hoch in den Himmel stieg, wo sie wie riesenhafte Geier kreisten.

Der flackernde Geist schulterte seinen Bogen und wandte sich schweigend Caspar zu, dessen Beine vor Erschöpfung zitterten. Er hob die Hand zum Gruß, doch der Förster schien kaum Notiz von ihm zu nehmen. Lächelnd streckte der Geist eine Hand aus und strich seiner Tochter liebevoll über die Stirn. Freudig strampelte sie mit ihren Beinen.

Ungläubig sah Caspar den Förster an und betrachtete die große Wunde vorn an seiner Brust, wo ihn der Pfeil durchbohrt und seinem Leben ein Ende bereitet hatte.

»Sorg du für sie.« Talorcans Stimme war wie eine seufzende Brise. »Beschütze mein Kind. Das bist du mir schuldig.«

Caspar nickte, und ihm fiel ein, daß er als erstes Isolde von der schweren Last des Necrönds befreien mußte. Er griff unter die Kleider der Kleinen und nahm das Ei hervor. Wütend schrie das Kind, verzog das Gesicht zu einer roten Kugel. Als Caspar das Druiden-Ei an sich nahm, war Talorcan verschwunden.

Er schob das Kästchen unter sein Hemd und ging in die Hocke, betrachtete verzweifelt seine beiden Gefährten.

Er war so lange so schnell gelaufen, wobei jeder Gedanke und alle Kraft dem Schutz Isoldes gegolten hatten, daß keine Zeit geblieben war, Trauer für Mays Tod zu empfinden. Nun brach das alles wie eine Flut über ihn herein. May war tot. Er sank auf dem modernden Laub in sich zusammen und schluchzte und schrie seinen Schmerz heraus.

»Große Mutter, wie konntest du mir das antun? May! Du hast mir meine May genommen!«

Mit den Fäusten schlug er auf die Erde ein, bis keine Tränen mehr kommen wollten, und schließlich hörte er jemanden weinen, wie er es getan hatte, kreischend von Qual und Pein ... und Hunger! Seine eigenen Sorgen und Nöte wurden von der unmittelbaren Not des Kindes fortgeschwemmt. Aber er konnte sie nicht füttern!

Sie brüllte wie am Spieß. Was konnte er tun? Isoldes winziger Körper würde nur sehr kurze Zeit ohne Nahrung überleben. Wasser jedoch würde helfen. Er nahm seine Gurde vom Rücken und versuchte, ihr Wasser in den Mund zu träufeln, doch sie spuckte und hustete nur.

»Du mußt trinken«, sagte Caspar in seiner Sorge um das Kind und fragte sich, was er jetzt machen sollte.

Er tippte seinen Finger in das Wasser und hielt diesen dann dem Kind hin. Erleichtert sah er, daß Isolde hungrig daran nuckelte, was ihn auf eine Idee brachte. Er riß ein Stück von seinem Leinenhemd und tränkte es. So schien das Kind gut nuckeln zu können, was es auch lautstark tat, während er das Tuch mehrmals eintauchte. Doch es dauerte nur wenige Minuten, bis die Kleine wieder weinte. Der Lärm erschwerte ihm das Denken. In Panik wurde ihm klar, daß sie die Fürsorge einer Frau brauchte, doch er benötigte mindestens drei Tage, bis er wieder beim Dorf wäre. Er wußte nicht, ob sie es überleben würde. Säuglinge brauchten Milch. Aber woher?

Es war Frühling. Sicher gab es irgendwo im Wald eine

Hirschkuh, die ein Rehkitz hatte. Die Kuh hätte Milch. Er schulterte seinen Bogen, band sich das Kind vor den Bauch, ganz so wie May es stets getan hatte, und stellte erleichtert fest, daß Isolde, solange er in Bewegung blieb, nicht weinte.

Bevor er noch etwas gefunden hatte, was auf Rehe hingedeutet hätte, blieb er bestürzt vor dem riesenhaften Abdruck einer Bärentatze stehen, mindestens anderthalbmal so groß wie von einem torra-altanischen Braunbären. Er ging darum herum und wählte einen anderen Weg. Trund schnüffelte an dem Abdruck, klemmte seinen Schwanz zwischen die Beine und hastete Caspar hinterher, der schon vor Erschöpfung zu taumeln begann. Er fühlte sich wirr und müde, und alle paar Minuten fiel ihm auf, daß er schniefte und seine Tränen herunterschlucken mußte. Zwar half ihm die Sorge um das Kind, seine Trauer um Mays Tod weitestgehend zu verdrängen, doch der Schock kam nun langsam.

Schließlich sah er eine Herde Wild, und ihm fiel auf, daß drei der Hirschkühe kleine Kitze hatten. Er hob den Bogen und ließ ihn wieder sinken. Eine tote Hindin gab sicher keine Milch.

»Große Mutter, vergib mir«, murmelte er, wickelte das Kind ein und richtete ihm am Fuß eines Baumes ein Nest ein. Der Gedanke an all die alten Märchen von Wölfen, die ausgesetzte Säuglinge im Wald aufgezogen hatten, kamen ihm in den Sinn, und er wünschte, so etwas wäre wahr. Da Wölfe einen sehr ausgeprägten Instinkt besitzen, was die Aufzucht ihrer Jungen angeht, und einander dabei stets helfen, wußte er, daß manche Wölfin einen kleinen Menschen aufnehmen würde. Solch eine Wölfin brauchte er jetzt, doch er hatte nur eine Hirschkuh, und er mußte sie erst anschießen, melken und dann töten.

Vorher jedoch brauchte er einen Strick. Er sah sich um und stolperte durchs Unterholz, bis er Nesseln fand. Er zog die Hemdsärmel über seine Hände, riß einige Handvoll davon aus dem Boden, riß diese auseinander und löste die Blätter ab. Eilig flocht er sie zusammen, bis er ein anständiges Stück starres, wenn auch bemerkenswert kräftiges Seil bekam.

Er wählte die Hindin mit dem größten Kitz. Er wußte, daß es ein Verbrechen war, eine stillende Mutter zu töten, doch das Kitz sah eben alt genug aus, daß es allein überleben konnte, sein Kind, als das er Isolde sah, jedoch nicht. Er zielte auf den Hinterlauf der Hirschkuh, und das Tier fiel auf die Knie. Der Rest der Herde floh, und Caspar lief mit dem Seil hinüber, um die Beine der Hindin zusammenzubinden. Er war kein Viehtreiber, doch hatte er zugesehen, wie Bullback und seine Söhne Stiere auf diese Weise handhabten, und er wußte, daß große körperliche Kräfte dafür vonnöten waren. Das Tier trat und wand sich, traf ihn am Kinn und dann am Hinterkopf. Ihn kümmerte nur wenig, welchen Schrecken er verbreitete, sondern nur, ob er die Hinterläufe an einen Baum, die Vorderläufe an einen anderen binden konnte, um das Tier so zu melken. Er bekam nur einen Becher voll Milch, denn das Entsetzen der Hindin und seine Unerfahrenheit verhinderten den Fluß.

Als er alles hatte, was er melken konnte, nahm er sein Messer und schnitt dem Tier eilends die Kehle durch, beendete sein Elend. Nun war alles in ihm darauf bedacht, das Kind zu füttern. Wiederum nutzte er sein Hemd, um es mit Milch zu tränken, damit das Mädchen daran nuckeln konnte, und er lächelte zufrieden, als er sah, daß er das Richtige getan hatte. Das Kind trank, dann rollte es mit den Augen und schlief ein. Er baute ihr ein kleines Nest in seinem Bärenfell und wandte sich wieder der Hirschkuh zu. Er sparte sich die Mühe, sie auszuweiden, schnitt nur Fleischstücke aus dem Rumpf und erlaubte Trund, sich selbst zu bedienen. Da er ein Hund war, stürzte er sich zielstrebig auf die Innereien, an denen er sich offensichtlich mehr als an allem anderen erfreute, denn er schob seinen Kopf tief in die blutige Bauchhöhle der Hindin.

Caspar fand einen stillen Teich, wo sich ein klarer Bach auf einer Lichtung ausbreitete, und entfachte an dessen Ufer ein Feuer, damit er das Fleisch auch zubereiten konnte. Hungrig aß er, dann kaute er sorgfältig kleine Mengen Wildbret, um Isolde damit zu füttern. Sie schien ein wenig zu schlucken, wofür er von Herzen dankbar war. Als er das Kind anhob, um es an sich zu drücken, spürte er schmerzlich, daß ihm dieses hilflose kleine Wesen das Gefühl drükkender Unzulänglichkeit vermittelte. Isolde war versorgt, doch er brauchte nun Ruhe, bevor er die Reise ins Dorf zurück antreten konnte. Von Kopf bis Fuß tat ihm alles weh, und er zuckte vor Prellungen zusammen, als er sich neben dem winzigen Mädchen einrollte.

Er schlief lang am Ufer dieses Teiches, und in seinen Träumen sah er immer wieder, wie May von den Krallen des Greifs in die Luft gerissen wurde. Weinend erwachte er und blickte in den Bach, betrachtete traurig sein Spiegelbild, bis das Kind aufwachte. Er war ganz steif, weil er das Kind die ganze Nacht an sich gedrückt hatte, um es warm zu halten, und seine Wangen waren feucht vor Tränen, nachdem er im Schlaf um May geweint hatte.

Am Morgen hatte er keine Zeit für Tränen mehr. Er hatte zu tun. Unbeholfen wickelte er Isolde in frisches Tuch und wunderte sich, wie May diese Aufgabe klaglos erledigt hatte. Er konnte das Tuch nicht dazu bringen, an Ort und Stelle zu bleiben, und nach vielem Fluchen und Fummeln wikkelte er ein riesengroßes Leinenstück um Isoldes Lenden und hoffte, das wäre angemessen. Die Tücher auszuwaschen hielt ihn wenigstens beschäftigt und lenkte ihn vom Schmerz seiner Trauer ab.

In manchen Momenten dachte er, May sei dort bei ihm, beobachte und ermutige ihn.

»Ich lass' dich nicht im Stich«, sagte er dem Teich und stellte sich vor, er könne ihr Spiegebild neben dem seinen sehen. »Ich liebe dich, May. Ich habe dich von Anfang an geliebt, und es tut mir leid, daß ich dir solchen Schmerz bereitet habe. Du fehlst mir.«

Danach jagte er eine stillende Hirschkuh auf die gleiche Art und Weise wie jene am Tag zuvor, und bald schon hatte er mehr Milch für Isolde. Nun war er fast schon für die Reise durch das öde Aschenland bereit. Erst würde er sich im Wald halten müssen, um den Greifen auf ihrem glasigen Thron zu entgehen, bevor er wieder durchs Aschenland zog, um seinen eigenen Spuren zurück zu folgen. Er hielt Isolde im Arm und wiegte sie hin und her. Die Trauer in seinem Herzen war zu schwer, als daß er hätte weinen können. Trund stieß an seine Schulter und zupfte liebevoll an seinem Ohr, was weh tat. Caspar zuckte zusammen, doch er lächelte den Hund schief an.

»Ich kann die Kleine eine Weile am Leben halten, doch nicht sehr lange«, beichtete er dem Hund. »Sie wird gute Milch brauchen, sonst wird sie krank, und ich habe May versprochen, daß ich für sie sorgen will.«

Heftig klammerte sich Isolde an seinen Finger und sah mit diesen großen schieferblauen Augen auf, die nun farbig aufzuleuchten schienen. Er hatte gehört, Kinderaugen seien stets schwarzblau bei der Geburt und nähmen ihre richtige Farbe erst nach Wochen an.

»Ich lass' dich nicht im Stich«, erklärte er dem Kind.

Isolde drückte seinen Finger fest und strampelte mit den

Beinen. Er lächelte, und sie fing an zu schreien. Caspar gab ihr wieder vorgekautes Fleisch und etwas Wasser, was zumindest dazu beitrug, daß das Geschrei nicht mehr so laut war, aber sie war erst gänzlich zufrieden, als er sie vor sich gebunden hatte. Mit einem Fleischpaket, das in Leder gewickelt war, und einer schweren Wassergurde um den Rükken machte er sich auf den Weg.

Als die gläsernen Berge meilenweit hinter ihm lagen, fiel ihm am Morgen des dritten Tages auf, daß Isolde schwächer wurde, da sie offenbar nicht wirklich in der Lage war, das Rehfleisch zu verdauen. Ihr Weinen, das laut und eindringlich geklungen hatte, war nur noch ein Wimmern. Er fühlte die Tränen auf seinen Wangen und lief schneller, ließ Trund weit hinter sich zurück. Spät an jenem Abend erreichten sie das Dorf, als die Männer eben damit beschäftigt waren, eine Herde schwarzer Ziegen hineinzutreiben. Als er taumelnd zum Stehen kam, rührte sich das Kind kaum noch. Er warf die geflochtenen Korbtore auf und rief um Hilfe.

Die Leute kamen in ihren Fellkleidern aus den Hütten gelaufen und riefen aufgeregt durcheinander.

Von Schnitten und Prellungen übersät, die Kleider zerfetzt, die Augen rot von Tränen und mangelndem Schlaf, stolperte er voran und war sich seiner eigenen Schwäche plötzlich bewußt. »Ich brauche Hilfe! Das Kind«, keuchte er. »Wo ist die alte Frau? Hilfe! Im Namen der Mutter, helft!«

Eilig kam die alte Frau zu ihm gelaufen, was am Klappern getrockneter Knochen zu hören war, die oben an ihrem Stock hingen. Sie warf einen Blick auf Caspar, schnippte mit den Fingern und bellte Anweisungen. Sekunden später führte man ihn in ihre Hütte und drückte das Kind einer stillenden Mutter in die Arme, die im Schneidersitz am Boden saß und sich um Isolde kümmerte. Sie wiegte das Kind an ihrer Brust und schüttelte den Kopf. Winselnd saß ihr Trund zu Füßen.

Caspar sah zu Boden; er wußte nicht, was er denken sollte ... konnte vor lauter Qual nicht denken. Die alte Frau klopfte ihm auf die Schulter, doch er verließ die Hütte und setzte sich dem Altar zu Füßen, welchen das Blut über die Jahrhunderte eingefärbt hatte. Er sah in das Gesicht des geschnitzten Bären und fragte sich, wieso die Menschen in diesem Land leben wollten, das ihm May und nun sein Kind nehmen konnte.

»Große Mutter, ich weiß, daß dieser Tempel einem Bären gilt, nicht dir, aber ich habe keinen anderen zur Hand.« Er nahm sein Messer, und wie er es bei Brid gesehen hatte, wenn sie verzweifelt die Hilfe der Großen Mutter brauchte, schnitt er sich den Unterarm auf. Die Haut teilte sich, eine trockene Wunde, bis das Blut floß. Er hob seine Hand, dann ließ er das Blut auf den kalten Stein tropfen. »Große Mutter, hör mich an. Rette das Kind.«

Eine Menschenmenge hatte sich um ihn versammelt, summend und singend, und er vermutete, daß sie glaubten, er betete zum großen Bären und schlösse sich ihrem Glauben an. Er sagte sich, die Große Mutter würde es verstehen. Schließlich war der große Bär eine Ihrer Kreaturen.

Er konnte für Isolde nichts tun, nur warten, was die Milch der Frau bewirken konnte. Caspar saß auf dem Altar, blickte westwärts, wo die Sonne hinter den seltsam geformten Bergen unterging, welche diese Landschaft formten. Während der ganzen Nacht blieb er dort sitzen, starrte vor sich hin und betete.

Am Morgen war er zutiefst erschöpft, und er lief auf und ab und wartete auf Neuigkeiten. Einmal hörte er Geräusche aus dem Inneren der Hütte und lief dorthin, wo er die junge Frau auf ihrer Seite liegen sah. Vorsichtig schlich er sich an und sah auf sie hinab. Isolde schlief, hatte sich fest an ihre Brust geschmiegt. Er lächelte. Isoldes Wangen hatten wieder Farbe bekommen. Glücklicher, als er sich je hatte träumen lassen, lief er wieder hinaus, um der Mutter zu danken, und sank endlich in Schlaf.

Als er aufwachte, war der Tag weit fortgeschritten, und die Amme hatte sich Mays Tochter um den Rücken gebunden, während sie mit ihrem eigenen Kind plapperte und Samen im Mörser zerrieb. Trund lag in der Nähe auf dem Boden, hielt seine Augen gerade so weit offen, daß er Isolde im Blick behalten konnte.

Caspar setzte sich auf und begann ernsthaft darüber nachzusinnen, was er mit den Kind anfangen sollte. Sehr bald schon wurde ihm bewußt, daß das Kind hier sicherer und besser versorgt wäre, als wenn er es mit auf seine Mission nähme, sich des Druiden-Eis zu entledigen. Sollte er dabei ums Leben kommen, nun, dann würde sie in einer Schlammhütte leben und Bären anbeten, doch es gab sicher Schlimmeres. Es wäre nur fair, das Kind bei einer Frau zu lassen, und er redete sich ein, daß er Mays Wunsch, für Isolde zu sorgen, damit Genüge tat. Damit war der Entschluß gefaßt.

Er ruhte noch eine Nacht, wartete darauf, bis er sicher sein konnte, daß Isolde völlig wiederhergestellt war. Am frühen Morgen sah er nach ihr. Sie lag in den Armen ihrer Pflegemutter und drückte ihren kleinen Kopf an deren Brust. Plötzlich wurde Caspar eifersüchtig. Er liebte dieses Kind. Er hatte bei der Geburt mit May gelitten, hatte gelitten, um sie am Leben zu erhalten, und nun schlief jemand anderes neben ihrem warmen, hübschen Leib.

Dennoch, er war fest entschlossen. Er mußte gehen. Schwer seufzend dachte er, er müsse Isolde etwas geben, damit sie wußte, woher sie kam und wer sie war. Er griff in seine Tasche, um nachzusehen, ob er etwas hatte, das eine Bedeutung hatte und das er ihr geben konnte. Er kam zu dem Schluß, daß ihr der Mondstein aus der Anderwelt nur von anderen Kindern weggenommen würde, da er mit seinem geheimnisvollen, weichen Licht so schön war, und so schob er diesen mit seinem Ledernetz, das darum geknotet war, wieder in seine Tasche und suchte weiter unten.

Überrascht stellte er fest, daß er noch drei leere Fläschchen mit Trinoxia in seiner Brusttasche hatte. Das Glas war mit den Resten des kostbaren Heilmittels verschmiert, doch natürlich war eine Glasphiole vollkommen unangemessen. Er wählte den Runenbeutel seiner Mutter und die Locke von Mays Haar. Aber außerdem wollte er Isolde gern etwas von sich geben.

Das Bedeutsamste, was er besaß, war die Rune in seiner Tasche: die Rune des Wolfes. Er knotete ein dünnes Lederband darum und band es dem Mädchen um den Hals, bevor er es liebevoll streichelte. Nachdem er Abschied genommen hatte, erhob er sich feierlich, um das Dorf hinter sich zu lassen. Er spürte, daß die Blicke ihm folgten. Er pfiff nach Trund und ließ den Säugling hinter sich zurück.

KAPITEL 12

Caspar starrte die finstere Öffnung unter der schweren Kuppel der reetgedeckten Hütte an, spitzte die Lippen und stieß einen Pfiff aus. Diesmal war der Ton schärfer und beharrlicher, und ungeduldig wartete er, bis die flache weiße Schnauze des Hundes auftauchte. Er wartete vergebens.

Trunds Ungehorsam trug nur zur Not des Augenblicks bei. Er wollte so schnell wie möglich fort und nicht mehr darüber nachsinnen, daß er Isolde hinter sich zurückließ. Wie konnte er sie hierlassen? Sie war ihm so kostbar, und doch, was sollte er tun? Er konnte nicht richtig für sie sorgen. Er biß auf seine Unterlippe, damit sie nicht mehr bebte, dann rief er wütend seinen Hund.

»Trund, hierher!« befahl er angestrengt. »Elender, ungehorsamer Hund!«

Trund wollte einfach nicht aus der Hütte kommen, in der seine kleine Isolde schlief. Mit Tränen in den Augen wollte er sich umwenden, da hetzte Trund ihm nach.

»Nein! Aus! Sitz!« kommandierte er verzweifelt, als Trund, statt ihm zu folgen, seine Hosen packte und begann, ihn wieder zur Hütte hin zu zerren.

Caspar gab ihm eins auf die Schnauze, und der Hund ließ los, doch als er wieder weiterziehen wollte, sprang ihm der stämmige Terrier in den Weg und fletschte seine langen Zähne. Ein fürchterliches Knurren gurgelte in seiner Kehle.

Nie zuvor hatte Trund Caspar angeknurrt. Der Junge erschrak und war zu seinem Verdruß auch leicht beunruhigt. Der stupsnasige Terrier war furchtbar häßlich, wenn er knurrte, und er war sich der Kraft des Hundes voll bewußt. Oft genug hatte er gesehen, wie er Rinderknochen, mit denen ein Jagdhund stundenlang beschäftigt wäre, mühelos zermalmte.

Er richtete sich auf und marschierte voran. Trund knurrte und biß ihm in den Knöchel, aber griff nicht ernstlich an, und als sich einer der Männer im Fell hinter ihnen rührte, hetzte der Hund zur Hütte und dem Kind zurück.

»Ich lasse sie nicht im Stich, Trund«, rief Caspar ihm nach, weil er sich bemüßigt fühlte, vor dem Tier Rechenschaft abzulegen. »Ich kann mich nicht richtig um sie kümmern, die Frau aber kann es.« Er biß auf seine Lippe und legte die Stirn in Falten, wunderte sich über sich selbst, daß er sich bei einem Hund entschuldigte. Scharf wandte er sich um und eilte von dannen. Der Gedanke daran, ohne Trund zu gehen, war schrecklich, doch er konnte das Tier nicht gegen seinen Willen zwingen. Er konnte ihn mitschleifen, aber wenn Trund nicht wollte, würde er einfach wieder zurücklaufen, und so festigte Caspar seinen Entschluß und marschierte weiter.

Dann rutschte ihm das Herz in die Stiefel, als das Kind zu schreien begann, lang und laut und wütend. Es schien, als riefe sie ihn. Er konnte hören, wie die Amme sie zu beruhigen versuchte, wenn auch vergebens. Caspar ging weiter, obwohl ihm das Herz weh tat, und er sagte sich, er müsse ausschließlich auf seine dringende Aufgabe konzentriert sein, sich des Necrönds zu entledigen.

Er fing an zu laufen, wollte dem schrecklichen Geräusch entgehen und blieb erst stehen, als er schon tief im Aschenland war. Der Wind stöhnte und heulte, harkte Staub auf, der ihm an die Beine peitschte, wenn er es auch kaum bemerkte, denn er spürte nur die Last seiner Verantwortung.

Er wandte sich nach Norden. Er wollte weder den Greifen noch Mays Leichnam begegnen. Bald merkte er, daß er nur noch an sie dachte. Nachdem er nun nicht mehr für das

Kind sorgen mußte, ging ihm nichts weiter durch den Sinn. Er wollte nordwärts ins Unbekannte ziehen und eine Wildnis suchen, in der er das Druiden-Ei sicher zur Ruhe betten konnte, es vielleicht sogar begraben oder noch einen See suchen, in den er es schleudern konnte. Es fiel ihm schwer, sich auf das Problem zu konzentrieren, denn er sah vor seinem inneren Auge stets Mays Bild und ihren zerschmetterten Körper.

Nun war sie fort und er allein. Er hob den Kopf und heulte in den Wind, versuchte, sich von seinen Qualen zu befreien. Er fing an zu laufen, weil er hoffte, dem Schmerz von Einsamkeit und Verlust irgendwie zu entkommen. May war tot, weil er nicht auf den Rat seiner Mutter gehört hatte. Er fürchtete sich und war allein, trug die Last der Welt auf seinen Schultern, und doch fühlte sich diese Welt zu fern an, um von Bedeutung zu sein.

Tagelang reiste er von Trauer benommen, wanderte bis in die späte Nacht, schlief nur, wenn er vor Erschöpfung stürzte, und in seinen Träumen verfolgten ihn Mays Stimme, die ihn rief, und das Geschrei des Kindes.

»O Große Mutter, was habe ich Schlimmes getan, daß ich das verdiene? Habe ich dich enttäuscht wie alle anderen auch?« schrie er in das Morgengrauen, das ihn aus seinen Träumen riß.

Nach etwa einer Woche blickte Caspar von seinen schlurfenden Füßen auf und merkte, daß er keine Ahnung hatte, wo er war oder wie er dorthin gekommen war. Sein eigenes Elend hatte ihn schon zu lange beschäftigt, und er schien den Landstrich durchwandert zu haben, ohne mehr als den Quadratmeter Erde vor jedem Schritt zu sehen.

»May, es tut mir leid«, rief er in die Wildnis und erwartete beinahe, daß sie ihm antwortete.

Manchmal spürte er ihre Nähe, und dann wieder nahm

er nur sein Atmen wahr. Nun sah er sich in einer Marschlandschaft stehen, wo Tümpel und Sümpfe um bewaldete Inselchen schwappten. Er ließ die Schultern hängen. Haselstrauchhürden, die mit Schilf verknotet waren, bildeten Wege durch den Sumpf und verbanden die höher gelegenen Bereiche miteinander. Er neigte den Kopf und lauschte. Irgend etwas hatte ihn aufgeschreckt, und er überblickte seine Umgebung, suchte, was ihn aus seiner Trauer hatte aufschrecken lassen.

Gab es denn keinen Ort auf dieser Erde, an den er gehen konnte, ohne ständig auf Dinge von Menschenhand zu treffen? Er schalt sich dafür, daß er es fertigbrachte, durchs Aschenland zu stolpern, nur um dann in die nächste bewohnte Gegend zu gelangen. Doch genau das tat er schließlich, stolperte ziellos und trug eine Verantwortung mit sich, für die es ihm an Weisheit mangelte.

Noch immer verfluchte er sich, verirrt im Nebel des Selbstmitleids, als er wiederum jenes Geräusch hörte, das ihn schon früher aufgeschreckt hatte. Nun war es deutlicher, ein Warnschrei, unverkennbar menschlich und zweifelsohne als Reaktion auf seine Gegenwart gedacht. Er machte seinen Bogen bereit und sah sich um, fragte sich, in welche Richtung er weitergehen sollte. Er wollte sich keine Feinde schaffen. Dann tauchten aus dem Nichts vor ihm drei kleine, wenn auch breitschultrige Männer auf, gut zwanzig Meter entfernt. Sie hatten lange Bärte und trugen zerlumpte Bärenfelle. Argwöhnisch musterte er ihre Speere und Steinäxte. Sie knurrten.

Caspar drehte sich in die Richtung um, aus der er gekommen war, doch er sah nur vier weitere Männer, die ihm den Fluchtweg versperrten. Zwei hatten ihre Speere erhoben.

Er sprang in den Sumpf. Bis zur Hüfte sank er ein und

kam im Wasser nur schmerzlich langsam voran, schwamm mit einem Arm, während er den anderen hoch hielt, damit seine Bogensehne trocken blieb. Ein Speer stach ein Stück weit links von ihm ins Wasser, daß Gischt aufsprühte, dann schnitt der nächste etwas zu nah durch das Wasser, als daß ihm dabei wohl gewesen wäre. Er drehte sich um, hielt den Bogen flach über dem Wasser und schoß drei Pfeile ab, so daß zwei Männer zu Boden gingen. Die anderen waren nun nicht mehr zu sehen, und so kämpfte er sich so schnell es ging voran. Ein Speer streifte seinen Arm, als er eben im Schutz einer Weide stand, deren lange, geschwungene Äste ins Wasser hingen und ihn verbargen. Einen Moment lang stand er da und hörte das Klappern und Tappen weicher Sohlen auf feuchtem Holz und schloß daraus, daß seine Häscher parallel zu ihm auf einem der Holzwege zu laufen schienen, doch er konnte sie durch die Bäume nicht sehen.

Als er sich durch die seichten, schlammigen Fluten kämpfen mußte, hob er die Beine weit, um seine Füße aus dem Wasser zu bekommen. Er hatte Hoffnung, daß er den Männern würde entkommen können, weil die ihre Wege offensichtlich nicht verlassen wollten.

Dann blieb er stehen. Direkt vor ihm stand ein Bär, kein gewöhnlicher Bär, sondern ein riesenhafter Bär, der sich auf seinen Hinterbeinen aufstellte und mit den Krallen winkte. Er war von der Farbe dunkler Schokolade, doch das Haar an seinem Rücken hatte Silberspitzen. Langsam, mit fließenden Bewegungen, hob er seinen Bogen, bereit, einen Pfeil abzuschießen, falls das Tier angreifen sollte. Hinter sich hörte er, wie das Klappern der Schritte näher kam, und vermutete, daß seine Verfolger einen anderen Weg genommen hatten, der nun in seine Richtung führte. Er saß in der Falle.

Weiteres Knurren und schwere Schritte wurde zwischen

den Bäumen zu beiden Seiten laut, und noch drei Bären sammelten sich um den einen, der auf seinen Hinterbeinen vor ihm stand. Caspar fuhr herum und stellte sich den Männern hinter ihm. Augenblicklich sah er, daß sie mit den Bären nicht gerechnet hatten. Mit offenen Mündern standen sie da, sahen den großen, braunen Bären, der durchs Wasser wankte, und wie sie wich auch Caspar zurück, Stück für Stück in den Sumpf. Dann hielt er staunend inne.

»Flieht nicht, Meister!« sagte eine sanfte, freundliche Stimme hinter dem Bären.

»Ursula!« stieß er ungläubig hervor und spähte ins Dunkel unter den Bäumen. Drei weitere Bären wateten daraus hervor, und auf dem Rücken eines riesenhaften Tiers mit Silberrücken kam – die Beine um dessen Hals geschlungen – eine kräftige, schlanke Frau. Das Tier, auf dem sie ritt, watete in den Sumpf, schlug aufs Wasser ein und ließ silbrige Tropfen aufspritzen.

Schreie wurden unter den Barbaren laut, die Caspar hatten attackieren wollen, und sie warfen sich bis zur Brust ins Wasser, auf das sie mit flachen Händen einschlugen, bevor sie einen flehentlichen Singsang anstimmten. Mit starker, eindringlicher Stimme sprach Ursula in ihrer Sprache, und mit geneigten Köpfen heulten sie zur Antwort, dann stiegen sie aus dem Morast. Schlammtropfend, mit Schilf um ihre Beine, kletterten sie wieder auf den Holzweg und entflohen.

Ursula kam näher. Sie sah so anders aus. Ihr glattes, schwarzes Haar, das nun etwas länger war, wurde von einem Goldreif gehalten, und sie trug ein großes, langes Bärenfell an Stelle ihres Löwenfellumhangs. Ihre Augen strahlten, und sie sah machtvoll aus, herrschaftlich. Als Eskorte marschierten hinter dem Sklavenmädchen, als das er sie kennengelernt hatte, ein Dutzend Männer mit Eisenwaffen und drei weitere Riesenbären. Ursula rief den Männern Befehle zu, und Caspar wunderte sich, wie gut sie die Sprache beherrschte. Noch immer war er des Knurrens und Klikkens nicht mächtig, doch er konnte das Wesentliche von dem verstehen, was gesagt wurde.

Sie blieb vor ihm stehen, und staunend blickte er zu ihr auf, dann zweifelnd zur langen Bärenschnauze, die seinem Kopf unangenehm nah war. Sie reichte ihm die Hand herab und bot ihm einen festen, starken Griff.

»Würdet Ihr mir die Ehre erweisen, hinter mir zu reiten?« fragte sie.

Er grinste, nahm mit trauriger Miene ihre Hand und schwang sich hinauf.

»Ich bin froh, daß ich Euch unversehrt vorfinde, Meister«, sagte sie sanft und sorgenvoll.

»Ich bin nicht unversehrt. May ... May. Sie ist ...«

»Ich weiß.« Ursula unterbrach ihn und ersparte ihm die Qual, die Worte aussprechen zu müssen. »Ich weiß. Ich habe es gehört. Ich hatte versucht, früher zu Euch zu gelangen, aber alles war derart in Aufruhr. Ich hatte an alle abgelegenen Dörfer die Nachricht ausgegeben, daß sie Euch Gastfreundschaft angedeihen lassen sollten, wenn Ihr an ihre Pforte klopfen würdet. Ich habe Bären ausgesandt, um auf Euch zu achten, dennoch habe ich versagt.«

»Es war nicht deine Schuld«, versicherte Caspar ihr leicht benommen. Wollte sie ihm damit sagen, daß die alte Frau im Dorf ihnen auf ihr Geheiß hin so schnell zur Hilfe geeilt war?

Er schloß seine Arme um ihre Taille, dankbar für die Wärme eines menschlichen Körpers. Sie erstarrte bei seiner Berührung, doch er war zu müde, etwas davon zu bemerken.

Einer ihrer Leute kam zurück und sagte, er habe das

Dorf gefunden, zu welchem die bärtigen Männer geflohen seien.

»Kommt, Meister, Ihr braucht Ruhe und etwas zu essen. Und ich muß dafür sorgen, daß dieses Dorf friedlich wieder in mein Reich eingegliedert wird«, sagte sie und strich ihren roten Rock glatt, der mit den gleichen Zeichen bestickt war, die sie auch an ihren Armen trug.

Ursulas Männer gingen auf den geflochtenen Wegen voraus, die unter dem Gewicht der Bären wankten und hüpften. Die Wege führten tief in den Sumpf, verzweigten sich zu einem Labyrinth von Pfaden, die sich schließlich durch Haselstrauchwäldchen wanden und unter einem Vorhang von Trauerweiden verschwanden.

Jenseits der Bäume drängte sich ein Kreis grober Schlammhütten auf einem runden Hügel. Wie das Dorf, in dem Caspar das Kind gelassen hatte, befand sich auch hier in der Mitte ein hoher Pfahl, aus dem das Abbild eines Bären geschnitzt war. Wenn man das Wesen der Bären bedachte, die diesen wilden Kontinent durchstreiften, konnte es keineswegs überraschen, daß diese primitiven Menschen die großen Tiere verehrten, dennoch beunruhigte ihn der Empfang, den man Ursula und ihren Bären bereitete.

Als sie sich näherten, bestand das Dorf nur noch aus hysterischem Geschrei. Frauen warfen sich vor ihren Hütten zu Boden, und sechs Männer brachten eine Ziege aus dem Pferch und zerrten das schreiende Tier zu jenem Pfahl hinüber, wo sie ihm prompt die Kehle durchschnitten.

Ursula stöhnte auf. »Sie fürchten sich vor den Bären und wollen sie mit Opfern gütlich stimmen, mit menschlichen oder sonstwelchen. Wenn sie es nur ließen, würden die Bären die Dörfer meiden, aber durch diese leichte Beute bekommen sie erst Appetit auf Mensch und Vieh und lernen, daß man sich in Dörfern wunderbar satt fressen kann.«

Caspar konnte das alles kaum fassen. Ursula befahl ihren Männern, der Aufregung ein Ende zu bereiten, und bald schon saßen sie um ein knisterndes Feuer, und man bot ihnen etwas zu essen an. So hungrig er auch sein mochte, Caspar konnte sich nicht zum Essen bewegen und stocherte freudlos daran herum. Ursula beobachtete ihn.

Er lächelte schwach. »Deine neue Rolle steht dir besser.«

»Oh?« meinte sie, kaute freudig an einem Ziegenknochen, der über einem qualmenden Feuer geröstet war. Alles war ein wenig feucht, und offenbar fiel es schwer, trockenes Feuerholz zu finden.

Er zuckte mit den Schultern und machte sich nicht die Mühe, es näher zu erklären. Er dachte nur daran, wie sie das Kommando über die Männer um sich führte: ruhig, entschlossen, doch nicht barsch, und offenbar erfreute sie sich an deren Respekt. Wieso man jedoch Ursula zur Anführerin gemacht hatte, konnte er sich nicht erklären. Warum sie hier war, wie sie hierher gekommen war ... die Frage stellte er sich nicht.

»Eßt, Meister«, befahl sie.

»Ich bin nicht dein Meister.«

»Ihr werdet immer mein Meister sein«, sagte sie mit weicher Stimme. »Was glaubt Ihr, wieso ich hier bin?«

Fragend sah Caspar sie an und biß ein großes Stück aus dem teigigen Brot. »Ich weiß nicht. Ich hatte dich zurückgelassen, weil ich dachte, du würdest zu Reyna stoßen, aber vermutlich hast du beschlossen heimzukehren.«

Sie lachte, und Caspar lächelte, und er staunte, wie ihn das alles doch erfreute. Sein Lächeln ließ sie nur noch um so breiter grinsen, und auch er grinste daraufhin und sah, daß ihre großen braunen Augen vor Freude glitzerten.

»Was ist so lustig?« fragte er.

»Ihr. Ich wußte nicht, wo meine Heimat war. Ich bin nur Euch gefolgt. Ich habe mir Sorgen gemacht.«

»Um mich?« Caspar konnte es nicht glauben.

»Ja, um Euch, Meister. Ich verdanke Euch alles.«

»Unsinn!« erwiderte Caspar ein wenig argwöhnisch solcher Verantwortung gegenüber.

»Ich bin Euch gefolgt und habe ein Band aus Zeichen überschritten. Es verlief auf einem Bergkamm, meilenweit in beide Richtungen.«

»Zeichen«, wiederholte Caspar, bis sie ihm lebhaft wieder einfielen.

»Diese Zeichen.« Sie tippte an ihren Arm, drehte die nackte, feste Haut herum, bis sie deutlich zu sehen waren. »Alles, was ich von mir hatte, von meinem wahren Ich. Wißt Ihr, erst habe ich sie gar nicht gesehen. Ich habe sie gespürt. Ich stand auf ihnen und sah zu Boden, habe sie sofort wahrgenommen. Ein Prickeln ging durch mich hindurch, und ich habe mich ... na ja, es klingt absolut lächerlich, aber ich habe mich wie ein Bär gefühlt. Und dann fiel es mir ein! Ich habe mich daran erinnert, wie ich schon einmal an genau dieser Stelle in der Landschaft gestanden habe. Ich habe mich an den Wald und diesen Vulkan erinnert. Ich habe jemanden bei der Hand gehalten, und dieser Jemand hatte Angst, furchtbare Angst. Es ist merkwürdig, daß ich mich nach all den Jahren nur noch an die Hand erinnere.«

Plötzlich empfand Caspar eine machtvolle Verbundenheit Ursula gegenüber. Während seiner gesamten Kindheit hatte auch er das gleiche merkwürdige Gefühl gehabt, sich halb an etwas zu erinnern. Seine Mutter hatte er im Alter von zwei Jahren verloren, und man fand sie erst wieder, als er vierzehn war. Seine gesamte Kindheit war er mit diesem unheimlichen Gefühl der Verlassenheit aufgewachsen. Er nahm Ursula bei der Hand, denn er verstand ihr Gefühl unerklärlichen Schmerzes.

Überraschend heftig griff sie zu. »Von jeher war ich ein Niemand. Eine Namenlose aus dem Nichts. Immer hatte ich nur diese Zeichen, und dann plötzlich finde ich sie. Und ich erinnere mich! Da bin ich von Eurem Pfad abgewichen. Es tut mir so leid.« Beschämt ließ sie den Kopf hängen. »Ich war so aufgeregt, als ich den Vulkan und diese Schieferberge sah, daß ich nur an mich selbst gedacht und Euch im Stich gelassen habe. Nun schien es mir jedoch, als hättet Ihr nicht sonderlich Verwendung für mich. Ihr hattet May.«

Caspar schluckte.

»Ich weiß. Es tut mir leid.« Ursula hielt seine Hand fest und fuhr fort, ersparte Caspar, Worte durch seine erstickte Kehle zu pressen. »Ich bin nach Hause gelaufen. Die Stadt steht hoch oben in den Bergen, wo kahle Wände aus einem dichten Wald voller Bären aufragen, und ich hatte das Gefühl, als kannte ich die Pfade durch den Wald. Alles war still, als ich hindurchlief. Ich konnte die Bären überall um mich spüren, wie sie gleichmäßig atmeten und meinem Atem lauschten. Ich konnte ihre Freude riechen. Langsam haben sie sich um mich versammelt, wie es Bären mein Leben lang getan haben, nur waren diese ganz besonders. So groß und kräftig, riesenhafte Bären, göttergleiche Bären, und sie haben mich begrüßt, als hießen sie mich in der Heimat willkommen. Und als ich schließlich zu der Zitadelle marschiert bin, die aus dem Stein der Berge gehauen war, hatte ich ein Dutzend Bären an meiner Seite.«

Caspar grinste über Ursulas freudige Miene. »Du hättest ihre Gesichter sehen sollen?« beendete er den Satz für sie.

Sie nickte. »Ich habe in meinen Knochen gespürt, daß etwas nicht stimmte, als ich sah, daß die Menschen dieser feinen Stadt nur mit Fellen bekleidet waren und primitive Waffen trugen, daß die schimmernden Steine der mächtigen Bauten bröckelten und rissen, daß sie haufenweise auf den einst so gepflegten Straßen lagen. Allein die Zitadelle stand noch wie früher.«

Mehrere Minuten starrte sie ins Feuer, bevor sie fortfuhr. »Sie sprachen eine seltsam grunzende Sprache, und ich wußte gleich, daß es die meine war. Sie zitterten und warfen sich zu Boden, fürchteten, ich sei mit meinen Bären gekommen, um Rache zu nehmen. Und bevor ich noch wußte, was geschah, haben sie zwei der jüngeren Männer gepackt und ihnen die Kehlen durchschnitten, als Opfer für mich. Ich konnte nichts tun, um sie zu retten.«

»Wie schrecklich!«

Ursula nickte. Sie schien jedoch nicht so schockiert, wie es eine normale Frau vom Caballischen Meer gewesen wäre, und Caspar dachte, daß sie als Sklavin so viel Grausamkeit erlebt hatte, daß sie diese als Teil des Lebens hinzunehmen schien.

Sie fuhr fort. »Langer Rede kurzer Sinn: Irgendwie haben sie mich zu ihrer Anführerin erkoren, und somit«, sie breitete weit die Arme aus, deutete auf das weite Land von Horizont zu Horizont, »ist das hier mein Reich. Auf diesem Kontinent befiehlt allein die Kaiserin von Oran über mehr Land.«

Beeindruckt schob Caspar seine Augenbrauen in die Höhe.

»Plötzlich hatte ich ein ganzes Reich zu ordnen, aber ich habe Männer und Bären ausgesandt, nach Euch zu suchen, aber sie haben Eure Fährte in diesem Land verloren, das nichts als Asche und Schlacke ist. Es tut mir leid.«

Caspar würdigte ihr Mitgefühl mit einem kurzen Nicken.

»Ich dachte, Ihr wäret in Sicherheit, und ich war plötzlich daheim«, entschuldigte sie sich. »Hättet Ihr es nicht ebenso gemacht?«

»Hätte ich«, räumte er ein. »Was also ist geschehen?«

»Was meint Ihr?«

»Damals. Was hat dich über den großen Ozean verschlagen?«

»Anscheinend gab es eine Reihe schlechter Jahre. Der Vulkan, der seit Jahrhunderten geschlummert hatte, rumpelte und spie Rauch aus. Dann drehte der Wind, brachte eine Krankheit aus dem Osten mit, die den Bären zugesetzt und das Korn vernichtet hat. Und somit waren die Bären den Menschen eine geringere Gefahr, und daher haben die Herrscher beschlossen, daß eine Familie, die mit der natürlichen Gabe, Bären zu führen, ausgestattet war, für ihre Existenz nicht mehr von solcher Bedeutung wäre.«

»Deine Familie?«

»So scheint es«, gab sie ihm recht. »Dann kam ein Volk aus dem Südosten, wilde Männer, die unsere Leute jagten. Die Herrscher – meine Familie – waren keine großen Heerführer wie Eure, und ohne ihre Bärenarmee konnten sie die Angriffe nicht abwehren. Viele Menschen sind gefallen. Natürlich folgte eine Rebellion, und andere, die meinten, sie wüßten besser, wie man das Land vor diesen Wilden schützt, rissen die Macht an sich. Meine Familie warf man ins Verlies.« Einen Moment lang schwieg Ursula, sah zu Boden und trat mit ihrer Sandale nach einem Stein.

Sie seufzte und blickte tief ins Feuer, als erinnerte sie sich. »Um mich zu schützen, hat meine Mutter eine der Frauen, die uns Essen brachte, dazu überredet, mich in Sicherheit zu bringen, da ich noch so klein war, daß man mich in einem Bündel hinausschmuggeln konnte. Und die brachte mich zu einer Amme, die mit mir über die Berge zum Meer zog und mich auf einem Floß aussetzte, in der

Hoffnung, daß mich die Strömung nordwärts bringen würde. Die dumme Frau schien so viele Märchen von Säuglingen gehört zu haben, die in schwimmende Krippen gelegt wurden, damit sie ein besseres Leben fänden, daß sie die Geschichten wohl für wahr hielt.«

»Weiter«, drängte Caspar, als Ursula schwieg und ein grimmiger Schatten ihr Gesicht verfinsterte.

Säuerlich lachte sie angesichts dieser Ironie des Schicksals. »Der gleiche böse Wind, der die Bären krank gemacht hatte und die Barbaren westwärts ziehen ließ, hatte auch die großen Strömungen des Meeres verändert. Eine Weile wehten die Winde weiter westwärts, trugen mich über den Tethyschen Ozean. Irgendwie habe ich die lange Reise überlebt und wurde nordwärts an den Strand von Oriaxia gespült. Ein Austernfischer nahm mich an Vaters Stelle an, und als solchen habe ich ihn lieben gelernt, bis meine Liebe betrogen wurde. Er war es, der mich als Sklavin an Mamluc verkauft hat.«

»Und deine Familie?« fragte Caspar zögerlich.

»Man hat sie geopfert, um die Barbaren zu beschwichtigen«, sagte sie nur.

»Das tut mir leid.«

Sie zuckte mit den Achseln. »Bald schon drehte der Wind, und die Bären erstarkten wieder und kehrten in großer Zahl zurück, aber es gab niemanden, der sie von den Städten fernhalten konnte. Die Barbaren, die mein Volk das Opfer gelehrt hatten, machten kehrt und flohen vor den Bären. Natürlich konnten die Opfer die Bären nicht fernhalten, die das Land verwüsteten, als nähmen sie Rache für den Mord an meiner Familie. Die stolze Zivilisation, die Jahrtausende überdauert hatte, brach zusammen.«

Caspar nickte und stellte sich das Chaos vor.

Ursula fuhr mit den Fingern durch ihr Haar und seufzte

über ihre eigene Geschichte. »Aus Angst vor den Bären flohen die Menschen in die Seedörfer, in Wüste und Wildnis, doch da sie ihre Opfer fortsetzten, folgten die Bären ihnen wie einem Abfallkarren.« Sie schüttelte den Kopf, und in diesem Augenblick vergaß Caspar seine eigenen Probleme, tauchte in Ursulas Tragödie ein.

Gedankenverloren sah sie sich unter den Männern und Frauen um, die in respektvollem Abstand saßen und geduldig auf ihre Anweisungen warteten. »Nun ist mein Volk über alle Lande verstreut, und ich muß die Menschen lehren, daß die Opferungen ein Ende nehmen müssen.«

»Wie kontrollierst du die Bären?« fragte Caspar.

»Ich weiß es nicht. Und auch kein anderer weiß es. Ich habe gefragt, aber sie sagen nur, daß mein Vater und vor ihm sein Vater und davor seine Mutter die gleichen Zeichen trugen wie ich. Es scheint, als besäße meine Familie eine merkwürdige angeborene Gabe, die an ein Kind in jeder Generation weitergegeben wurde, welches dann mit diesen Zeichen auf die Welt kam. Kommt, Ihr müßt ruhen und schlafen. Ihr seht müde aus.«

Man führte ihn zu seiner Hütte, und schweigend stand Ursula da, beobachtete ihn, und er bekam den Eindruck, als wartete sie darauf, daß er etwas tun oder sagen würde. Er stand auf der Schwelle und scharrte betreten mit den Füßen.

Sie durchbrach den verlegenen Augenblick, indem sie sanft sagte: »Das mit May tut mir leid.«

Mit gesenktem Blick nickte er. »Ja, mir auch.«

Er schlief schlecht, wühlte und warf sich hin und her, lauschte dem Brummen der Bären draußen, und seine Träume kehrten immer wieder zu May zurück, die tot war, und zu ihrem Kind, das leblos auf dem Altarstein in jenem Dorf lag, während die alte Frau ihr winziges Herz in Händen hielt. Der Alptraum wurde zu einem anderen Traum, in dem die Silhouette einer Frau auf ihn herabsah, ihn betrachtete. Ihre Hand schob sich seiner Brust entgegen, an der das Necrönd ruhte.

Mitten in der Nacht wachte er auf, schwitzend, die Hand an seiner silbernen Schatulle. Schwer stand Ursulas Duft im Raum, doch er wußte nun, daß der Traum eine Warnung war, die er nicht ignorieren durfte. Er zog seine Stiefel an, wickelte sein Bärenfell um sich und schlich ins Dunkel hinaus.

Das Dorf war vom flackernden Licht der Fackeln umringt, und jenseits davon sah er die buckligen Umrisse der Bären, die wie riesige Wachhunde ums Lager lagen. Es war ein gefährlicher Ort für das Necrönd. Es war ein Ort der Krieger und des Bürgerkrieges. Ursula versuchte, einen Staat aufzubauen. Sie hätte reichlich Verwendung für das Druiden-Ei.

Eines war sicher. Er konnte hier nicht länger bleiben, doch es gab einen weiteren Grund, der so dringend wie das Necrönd war. Seine Hände schwitzten, und sein Atem ging zu schnell, als er sich fragte, was mit Isolde geschehen mochte. Wie hatte er sie zurücklassen können? Seine Trauer um May schien ihm die Vernunft vernebelt zu haben. Noch immer zitternd von seinem Alptraum, war er von einem einzigen Gedanken besessen. Er mußte zu ihr zurück. Fast schien ihn das Gefühl zu überwältigen.

Unter großer Anstrengung schlenderte er betont lässig durch das Dorf, sah zu den Sternen auf und tat wie jemand, der nicht schlafen konnte. Er nickte einer der Wachen zu, die den Gruß respektvoll erwiderte, dann machte er sich auf den Weg zum Tierpferch im hinteren Teil des Dorfes, in der Hoffnung, dort ein Pferd zu finden.

Seine Augen brannten von der Asche, die der Wind aufpeitschte und ihm ins Gesicht warf, als er endlich die blauen Berge vor sich am Horizont sah. Er strich das zottige Fell des kurzbeinigen Ponys unter sich glatt, dankbar, daß ihn das Tier mit stetiger Geschwindigkeit durch das rauhe Land trug.

Nur vier Ponys hatten in dem Pferch gestanden, den wunden Ringen um die Hälse nach zu urteilen, die zweifelsohne von falsch sitzenden Kummeten herrührten, allesamt an leichte Arbeit gewöhnt. Er hatte das schlankste unter ihnen genommen. Er ließ eine Handvoll Münzen in der Krippe zurück und hoffte, Ursula würde ihm den heimlichen Abschied verzeihen. Dann stahl er sich ins Sumpfland hinaus.

Im Grunde seines Herzens wollte er Ursula nicht verlassen, doch er wußte, daß er nicht riskieren durfte, bei jemandem zu bleiben, der solche Macht und solchen Einfluß besaß. Es mußten Ursula und ihre Handlanger gewesen sein, die er die ganze Zeit über um sich gespürt hatte. War sie die ganze Zeit dem Necrönd auf den Fersen? Er konnte es nicht glauben. Er hetzte durch die Nacht, und am Morgen war der Rauch vom Dorf, in dem er Isolde zurückgelassen hatte, als braune Säule, die dort aus der Ebene aufstieg, deutlich zu erkennen.

Nachdem er seinen Bogen gespannt hatte, suchte er das Land nach einer Herde wilder Esel ab. Eine Stunde später hatte er ein Tier erlegt und ausgenommen, bereit, es dem Stamm zu übergeben, und in weiser Voraussicht schnitt er die Blase heraus, ein Stück vom oberen Darm und einen Knochensplitter aus der unteren Rippe. Den Knochen spaltete er und schnitzte daran herum, bis er eine große Nadel hatte, die er in seine Tasche schob. Den Rest bündelte er zusammen, um es später zu reinigen.

Mit dem Esel auf dem Rücken des Ponys stand er bald am äußeren Pfahlring, der das Dorf schützte, und sein Herz tat einen Satz, als er sah, daß Trund am Tor schon auf ihn wartete. Der Hund kam gelaufen, und Caspar fiel durch die Wucht um, als sich ihm der stämmige Terrier an die Brust warf.

»Trund! Nein, tu das nicht!« Der Hund leckte ihm durchs Gesicht, was etwas Warmes, Klebriges an Nase und Wangen hinterließ. »Igitt, Trund. Warum mußt du das nur tun?« fragte er und drückte den Hund fest an sich.

Dann stieß Trund ihn abrupt beiseite, um sich über die Beute herzumachen. Er schlug dem Hund hart über die Schnauze. »Aus! Das ist nicht für dich gedacht.« Trund war auf entnervende Weise ungehorsam und machte sich nach wie vor am Sprunggelenk des Esels zu schaffen, doch Caspar hatte keine Zeit, sich darum zu kümmern. »Nun komm schon, wo ist Isolde?« wollte er wissen.

Am Zaumzeug zerrte er das Pony hinterher, als er Trund ins Dorf folgte. Kinder zeigten mit den Fingern, und die Männer und Frauen drehten sich um und starrten ihn an, als er zielstrebig die Hütte ansteuerte, in der er Isolde zurückgelassen hatte. Er warf den Vorhang beiseite, ließ mißtrauisch seinen Blick über den Kreis von Leuten schweifen, die sich um Mays Kind versammelt hatten, und stürmte hinein. Er nahm Isolde auf und drückte sie an sich.

»Ich nehme sie mit«, sagte er ganz ruhig. »Sie und eine Ziege, wenn ihr nichts dagegen habt.«

Die Dorfbewohner waren von seinem Erscheinen und der Entschlossenheit in seiner Stimme derart entgeistert, daß sie kaum ein Wort sagten und sich auch nicht beklagten, als er ihnen den Esel zeigte und feierlich im Tausch eine Ziege nahm. Er machte sich gleich wieder auf den Weg, und da ihm niemand nachlief, wähnte er sie zufrieden. Außerdem bedachte er die Möglichkeit, daß sie sich nach wie vor Ursulas Edikt, Gastfreundschaft zu zeigen, unterwarfen. Da er wußte, daß er sich ihrem Einflußbereich entziehen mußte, rammte er dem Pony seine Fersen in die Flanken und untersuchte Isolde noch beim Reiten.

Rund sah sie aus, bemerkenswert sauber und in Felle gewickelt. Die Wolfsrune hing noch um ihren Hals. Man hatte ihr sogar eine winzig kleine Mütze angefertigt, die ihren Kopf schützte, wo ein Schopf aus goldroten Locken wuchs. Er gab ihr einen Kuß auf die Stirn.

Als das Dorf außer Sichtweite war, hielt er an und reinigte Blase und Darm, die er aus dem Esel herausgeschnitten hatte, bevor er sich daranmachte, die Ziege zu melken. Da die Bewegung ungewohnt war, schmerzten ihm bald Daumen und Finger. Die Ziege hingegen ließ sich seine Berührung überraschend willig gefallen, und obwohl sie stampfte, ihn leicht in die Schulter biß und an seinem Haar zupfte, hatte er doch bald schon ausreichend Milch in seinem Kochtopf. Mit einem dünnen Streifen, den er aus dem Darm gewickelt hatte, um ihn als groben Faden zu verwenden, nähte er an der Blase herum, bis er eine Art Zitze hatte. Diese füllte er mit Milch und bewunderte sein Kunstwerk. Zwar sickerte einige Flüssigkeit durch die Löcher seiner Naht, doch tat die Zitze ihren Dienst erstaunlich gut, und das Kind nuckelte selig.

Er band sich die Kleine vor die Brust, ganz wie May es getan hatte, und ihre winzigen Hände hakten sich fest in seine Kleider. Lächelnd sah sie zu ihm auf und schenkte ihm ein gurgelndes Glucksen. Er drückte sie an sich, und sie gluckste erneut. Freudig trieb er sein Pferd an. Das Schwanken beruhigte beide, und irgendwie verging sein Schmerz zum größten Teil, sobald er Mays Kind in seinen Armen hielt.

»Es tut mir leid, Isolde. Ich dachte, ich täte das Rechte, als ich dich bei dieser Frau gelassen habe«, sagte er reumütig.

Ständig setzte Trund der Ziege zu, und bald war Caspar ehrlich böse auf den Hund. Schließlich hob er ihn auf und band ihn hinten am Sattel fest, wo er weiter jaulte und gierig die Ziege beäugte.

»Trund, hör endlich auf«, fuhr Caspar ihn böse an, da dämmerte ihm, daß es das beharrliche Klagen der Kleinen war, das ihm, obwohl er sie gefüttert, gewickelt und abgelenkt hatte, auf die Nerven ging. Es war einfach unmöglich, ihrem Geschrei ein Ende zu bereiten. Als er eben dachte, er könne es nicht mehr ertragen, schlief sie plötzlich ein. Ihm blieb ein Augenblick, sich zu entspannen und nachzudenken, obwohl die Ziege am Ende ihrer Leine zerrte, um nach Trund zu treten, was das kurzbeinige Pony dazu veranlaßte, selbst ärgerlich um sich zu treten.

Das Pony hatte einen breiten Rücken und einen dicken Schädel; es war kräftig, und Caspar hatte keine Skrupel, es zu überladen.

»Also, Isolde«, sagte er froh, daß er jemanden hatte, mit dem er sprechen konnte, »was nun?« Oft genug sprach er mit Trund, doch es war nicht dasselbe, als spräche man mit einem Menschen, selbst wenn das Kind schlief und gar nicht sprechen konnte. Wenn sie wach war, so vermutete er, verstand sie manches, was er da sagte. Wie diese Augen ihn betrachteten, diese riesig großen Kinderaugen, so aufmerksam, so einsichtig, fast beunruhigend. Die Augenfarbe änderte sich. Sie erinnerte ihn seltsamerweise an Brid, die selbst leuchtend grüne Augen hatte.

Mays Augen waren haselnußbraun gewesen, und er hatte gehofft, May in ihrem Kind zu sehen, daß ein Teil von Mays Seele ihn aus diesen Augen ansehen würde, doch die

Kleine war ganz sie selbst. Sie war so warm und weich an seiner Brust, und er wiegte ihren Kopf, sah sie nur an, während sie wanderten. Caspar überlegte nicht mehr, in welche Richtung die Reise ging, sondern überließ dem Pferd die Wahl des Weges, und so stellte er bald fest, daß sie wieder westwärts die Küste ansteuerten. Nach zwei Tagen erklommen sie eine kahle Kuppe und überquerten eine Linie aus magischen Zeichen am Boden. Sie verließen Ursulas Reich, so dachte er erleichtert, wenn auch ein Teil seiner Seele vor Bedauern aufschrie.

»Ich dachte, ich täte das Richtige, aber ich hätte dich nie allein lassen sollen«, erklärte er Isolde.

Ihr Kopf sank an seine Brust, daß sich ihre kleine Wange an ihn drückte.

»Aber ich kann es nicht einfach irgendwo lassen«, fuhr er fort und sprach dabei seine Gedanken aus, die beständig wieder bei der Bürde des Necrönd endeten.

Nach mehreren Tagen blieb er stehen und blinzelte. Dort war das Meer! Unbewußt hatte er sich einen Weg zurück an die Westküste gebahnt und stand nun vor dem großen Tethyschen Ozean.

»O Isolde, wenn ich keinen sicheren Ort fürs Necrönd finden kann, bleibt mir nur, es wieder mit heimzunehmen. Dort war es sicherer als überall sonst. Wenigstens war dort meine Mutter, die mir sagen konnte, was ich tun sollte. Meine Mutter ...«, wiederholte er und sah das Kind an, wußte augenblicklich tief in seinem Herzen, daß er ihr sein Kind bringen mußte. Allein seine Mutter war gut genug, für Isolde zu sorgen. Er mußte heimkehren.

Oben auf dem Kliff saß er, achtete sorgsam darauf, das Kind vor dem Wind zu schützen, und blickte sehnsüchtig nach Westen. Mächtige Wellen, vom steten Westwind getrieben, schlugen an die Klippen. Es mußte einen Weg hinüber geben.

»O Mutter, wie soll ich heimkehren?« fragte er die Winde, die ihm ins Gesicht schlugen. Er blickte an der Küste auf und ab und erinnerte sich daran, daß Ursula gesagt hatte, eine Amme habe sie ins Meer geworfen, in der Hoffnung, daß sie bei den Küstendörfern im Norden stranden würde. Dörfer an der Küste bedeuteten Boote, und wenn er ein Boot hatte, würde er sicher den Weg in die Heimat finden.

Eine Woche später, nachdem er mehrere Weiler umrundet hatte, entdeckte er schließlich ein größeres Dorf. Er holte tief Luft und ritt hinein, daß die Hufe des Ponys auf der festgetretenen Erde stampften, was wegen des Geschreis der Silbermöwen kaum zu hören war, die kreischend um Innereien stritten, die von einem eben heimgekehrten Fischerboot geworfen wurden.

Die Dorfbewohner waren klein, doch schienen sie besser ernährt und gebildeter als die Leute in den Bergen und Sümpfen, über die Ursula herrschte. Sie lächelten und nickten und schienen freundliche Menschen zu sein, was Caspar erleichterte, aber sie waren unendlich neugierig. Er hatte ihnen kaum etwas zu bieten, womit ihre Freundschaft zu gewinnen war, dennoch hießen sie ihn mit offenen Armen willkommen und boten ihm Speisen in großen Mengen und sogar Fischsuppe für das Kind an.

Er wunderte sich über ihre großzügige Geste, aber auch untereinander waren sie gleichermaßen freundlich und höflich. Bald schon fühlte er sich bei ihnen heimisch genug, daß er sein Ansinnen vortrug. Er wollte ein Boot. Er deutete auf ein kleines Segelschiff und griff in seine Taschen, um zu bezahlen ... mit Gold. Sie zuckten mit den Achseln und wirkten unbeeindruckt.

»Ich brauche ein Boot«, sagte Caspar sorgsam in ihrer Sprache. »Ich muß übers Tethysche Meer.« Er deutete westwärts übers Meer, dann auf sich selbst, dann wieder westwärts, um seinen stockenden Vortrag zu unterstreichen.

Heftig schüttelten sie die Köpfe, und der eine oder andere stand auf und betätigte sich als Pantomime, blies seine Wangen auf und rollte mit den Händen, zeigte die Bewegungen des Meeres und des Windes, welche ihn daran hindern würden, in jene Richtung zu reisen. Einer eilte davon und holte ein großes Stück Holz, und fasziniert sah Caspar, daß der Name *Meereskönigin von Oria* hineingeschnitzt war. Offenbar war das der Name des Schiffes, und er vermutete, daß es sich um ein oriaxianisches Boot handelte, das zerschellt war.

Die Dorfbewohner schienen von ihrer Trophäe höchst beeindruckt, die schließlich über endlose Wasser von einem fernen Kontinent gekommen war, den sie nicht erreichen konnten. Winzige Stückchen dieser Welt jedoch kamen zu ihnen, wurden von Flut und Strömung, die stets ostwärts gingen, übers große Meer gespült.

Außerdem hatten sie verschiedene Fässer, und diese waren deutlich der Quell ihrer Freude. Caspar sah sich eines der Fässer an und vermutete sogleich, daß es sich um ein Bier- oder Weinfaß handelte, das im Sturm über Bord gegangen war.

Der Dorfälteste klopfte fröhlich an das Faß, hielt eine lange, dünne Kelle hinein und brachte eine dunkelgoldene Flüssigkeit hervor. Diese schenkte er in einen hölzernen Becher, und Caspar nippte zögerlich daran. Das Gebräu war süß und feurig, so daß es sich anfühlte, als wollte es ihm die Kehle herausreißen. Dennoch schmeckte es gut.

»Oriaxianischer Met«, verkündete Caspar lauthals. »Baron Bullback importiert ihn und findet ihn wundervoll«, erklärte er den Dörflern, die offenbar kein Wort von dem verstanden, was er sagte.

Sie brachten mehr Speisen, und die Kinder kamen, um mit ihm und der Kleinen zu spielen, während Trund am Strand auf und ab lief, zwischen den Felsentümpeln schnaufte und schnüffelte und eifrig nach Seeschlangen suchte. Seine Suche war nicht von Erfolg gekrönt, was Caspar eine große Erleichterung war.

»Wir bleiben noch drei Tage hier«, erklärte er Isolde, »bis Vollmond ist.« Aufmerksam beobachtete sie ihn. Er setzte sie in den Sand, doch sie bestand darauf, diesen zu essen, und als er sie wieder aufsammelte, schrie sie vor Enttäuschung.

»Laß mich dir ein anderes Spielzeug suchen«, erklärte er ihr, während er sein Bärenfell ausbreitete, um sie vor dem Sand zu schützen. »Hier, wie wäre es mit deiner Rune?« sagte er und nahm sie ihr vom Hals.

Er sah zwar nach wie vor keine Möglichkeit, heimzukehren, doch die Kleine tröstete Caspar, und er spürte seine Bürde weniger, wenn er sie beim Spielen mit Rune und Halsband beobachtete. Sie nuckelte daran herum und drehte sie immer wieder.

Das Kind spielte eine Weile, während er herauszufinden versuchte, wie er gegen die Kraft der Winde heimkehren konnte, doch dann wurde sie verdrießlich. Er versuchte es mit allen üblichen Techniken, die May und er entwickelt hatten, um sie froh zu stimmen. Einen kurzen Moment trank sie, doch dann fing sie wieder an zu weinen, so daß er versuchte, ihr Spielzeug zu beschaffen. Die Rune gefiel ihr, doch sie brauchte offenbar Abwechslung. Er versuchte es mit Stoffstreifen und einem Löffel am Bindfaden, was er vor ihr aufhängte, aber sie blieb unbeeindruckt.

»Ich fand es eigentlich ziemlich genial«, sagte er und bewunderte sein Werk.

Das Kind ruderte mit einem Arm und ließ das Spielzeug schließlich fallen. Bevor Caspar es aufsammeln konnte, schnappte Trund danach und lief damit fort, sprang freudig herum und warf das Band hin und her, daß ihm der Löffel an den Kopf schlug, was ihm offenbar das Gefühl vermittelte, er sei in einen echten Kampf verwickelt.

Caspar wußte, daß es keinen Sinn machte, dem Hund nachzulaufen, der die Beute erst wieder preisgeben würde, wenn sie ganz und gar zerbissen war, und so wandte er sich wieder seinem Packen zu, um nachzusehen, was er sonst noch haben könnte. Ein paar Messer, die natürlich nicht geeignet waren, wie auch seine Pfeile, die leeren Fläschchen und der Bogen waren zu kostbar. Dann kehrte er seine Innentaschen nach außen und fand zwei weitere Dinge, die er May bei ihrem Tod abgenommen hatte, und den eigroßen Mondstein, den er aus der Anderwelt mitgebracht hatte.

Beim Anblick des Mondsteins wurde ihm elend zumute. Er mochte in keiner Weise an die Anderwelt erinnert werden, und kurz fragte er sich, ob ihm das Ding Glück gebracht hatte. Dann sah er, wie die Kinderaugen bei seinem Anblick leuchteten. Wild strampelte die Kleine und streckte sich danach. Nie hatte Caspar gesehen, daß sie etwas auf diese Weise mit beiden Händen hielt. Sie lachte und versuchte augenblicklich, es sich in den Mund zu stecken, doch es war glücklicherweise zu groß.

Caspar war froh, als er sah, daß sie zufrieden war. Er seufzte. »Weißt du, mir war nicht klar, wieviel Mühe es Mütter kostet, kleine Kinder aufzuziehen. Ich dachte, sie liegen nur fröhlich herum, damit man sie umarmen kann.«

Sie ließ den Runenbeutel baumeln und nuckelte am

Mondstein herum, während er nach Westen blickte und sich fragte, was er tun sollte. Bevor er es merkte, hielt er das Silberkästchen in der Hand und streichelte das kühle Metall. Eilig steckte er es weg, weil er merkte, daß er sich dazu verlockt fühlte, es auch zu benutzen. Seine Kopfhaut juckte, und argwöhnisch sah er sich um.

Trund knurrte, und das Kind gab plötzlich einen leisen Angstlaut von sich, der kleine Körper wurde starr, und sie ballte ihre Fäuste. Eilig hob Caspar sie auf, ließ Runenbeutel und Mondstein fallen.

»Ganz ruhig, Trund hat geknurrt. Es war nur Trund«, tröstete er die Kleine.

Er war nicht über Gebühr beunruhigt, denn er hatte schon einmal gehört, wie sie den gleichen explosiven Schrei ausstieß, als er sie mit seinem Niesen verschreckt hatte. Er drückte sie fest an sich, doch sie wollte erst aufhören zu schreien, als er ihr den Mondstein zum Spielen gab.

Benommen vom Met lag Caspar im warmen Sand und ließ sich vom seligen Gurren des Säuglings einlullen, doch er lauschte beständig auf das Meer und fragte sich, ob der Wind denn niemals nachließ. Es war ihm nicht vergönnt, noch lange still zu liegen.

»Nein, Trund, nicht! Aus! Das gehört Isolde«, schimpfte er, als Trund dem Kind den Mondstein aus den Fingern wand, mit dem Ding im Maul aufsprang und sich darüber diebisch freute. Platschend sprang der Hund in die Fluten, warf den Mondstein in die Luft und fing ihn wieder auf.

KAPITEL 13

Ihr Haar war offen, zu einem Fächer auf dem dicken Kissen ausgebreitet, und der Feuerschein vom Kamin ließ es roter leuchten, als es war. Die Laken waren kühl. Glatt und seidig liebkosten sie Brids nackten Leib, obwohl sie fand, daß sie unangenehm nach Sir Irwald rochen. Sie verbannte allen Widerwillen aus ihren Gedanken, lehnte sich zurück, zwang ihre Lippen zu einem verführerischen Schmollmund und wartete auf das Eintreffen des Edelmannes.

Abrupt blieb er stehen. »Sieh mal einer an!« sagte er und starrte herüber.

Zwinkernd sah sie zu ihm auf, mit großen, verletzlichen Augen. Um seine Schultern lag das Fell eines Wolfes aus den Gelben Bergen, und an seinen Händen funkelten edelsteinbesetzte Ringe, die Steine dunkelrot, wobei gelbe Blitze aus ihnen drangen. Innerlich krümmte sie sich, sank in die Kissen zurück und gab die obere Rundung ihrer Brüste preis, so daß sich die Brustwarzen durchs Laken abzeichneten, wenn sie auch nicht zu sehen waren.

Er konnte seinen Blick nicht von ihr losreißen. Langsam streckte er seine Hand nach ihr aus, doch er hielt inne, als genösse er diesen Augenblick der Vorfreude.

»In ledernen Hosen und so verdreckt konnte ich sehen, daß Ihr hübsch seid, aber ich hatte ja keine Ahnung ...« Ihm fehlten die Worte.

Die Ringe um Brids Arme schimmerten, und sie trug einen Reif um den Kopf. Sämtliche Zeichen ihres Amtes, die unter den Kleidern verborgen waren, schmückten nun ihren nackten Körper.

Der ceolothianische Edelmann kniete ihr zu Füßen.

»Man erwartet, daß ich mich mit Euch vergnüge, aber ich kann es nicht.«

Er konnte nicht? Brid war überrascht, enthielt sich jedoch jeden Kommentars. Es mochte manchen Grund für sein Verhalten geben, ein körperliches Problem, Angst vor Frauen, Liebe zu Männern vielleicht. Sie wußte es nicht.

Kurz fragte sie sich, ob sie vielleicht etwas von ihrer Schönheit eingebüßt hatte, doch sie kam zu dem Schluß, daß solche Selbstzweifel närrisch waren. Sie war jetzt schöner als je zuvor. Sie war schlank und stark, ihre Brüste waren schwer und prall, und ihr Bauch war leicht gerundet, und das waren nicht einmal ihre größten Reize. Sie wußte, daß Männer sich vor allem vom dunklen Grün ihrer Augen angezogen fühlten. Und doch wollte dieser Mann, obwohl sie nackt in seinem Bett lag, sie nicht anrühren.

»Mir ist kalt«, sagte sie leise. »Kommt, wärmt mich.« Ihre Stimme klang einladend, aus ihren dunklen Augen sprach die Leidenschaft, während ihr Herz um die Wölfe trauerte, die gestorben waren, um diesen Umhang anzufertigen.

Er verzog sein Gesicht. »Ich sagte doch, ich kann nicht«, zischte er böse und stürzte sich auf sie.

Verdutzt und bestürzt zerrte er sie aus dem Bett zur verriegelten Tür im hinteren Teil seiner Kammer hinüber. Während sie zappelte und um sich trat, fummelte er die drei Schlösser dieser Tür auf, nahm für jedes einen anderen glitzernden Schlüssel. Das Holz um die Schlüssellöcher war von heller Farbe und offensichtlich neu gefertigt. Was immer dahinter liegen mochte, war ein noch junges Geheimnis.

Irwald packte sie bei den Handgelenken, bückte sich unter dem Türsturz und trat hindurch, zerrte sie mit sich und schloß die Tür hinter ihnen. Mit Gänsehaut am ganzen Leib nahm Brid das leise Klimpern ihrer Halskette wahr, das im trüben Licht unangenehm laut klang. Vor den Fenstern waren Läden, und der holzgetäfelte Raum war mit schweren Wandteppichen behängt, die jedes Geräusch der Außenwelt dämpften. Nur ein paar Kerzen spendeten Licht. Süße Kräuter und der für ihre Nase unverkennbare Geruch von Balsamieröl konnten den Gestank des Todes nicht überdecken.

Irwald riß sie nach vorn, bis sie neben ihm stand, und seine Hand zitterte, als er sie um die Hüften faßte. Hardwins Leichnam lag am anderen Ende der Kammer auf einem flachen Holztisch. Seine Därme waren herausgezogen, und die Haut an seiner Brust war aufgeschnitten, so daß man die knochige Rundung seiner Rippen erkennen konnte. Etwas Goldenes schimmerte in seiner Brust. Drei alte und sehr häßliche Frauen saßen auf Hockern um den Tisch.

Der Boden war mit Wolfsfellen ausgelegt, und hinter einem breiten, flachen Tisch blickten fünf Wolfsschädel von Spießen herab. Ein Mann kauerte in der Ecke und hielt einen räudigen, leberfarbenen Hund an einer Kette. An seiner rechten Hand fehlten mehrere Finger, und sein Gesicht war von fürchterlichen Narben überzogen. Mann und Hund schienen fünf kleine Jungen zu bewachen, die an die Wand gekettet waren, die Mienen blaß vor Elend.

Irwald schnippte mit den Fingern nach dem Mann mit dem Hund, der an ein Regal hinkte, dahinter verschwand und mit einer verkorkten Hornflasche in seinen verstümmelten Händen wieder hervorkam. Die drei Frauen sprangen auf und packten Brid, wobei eine ihren Kopf am Haar nach hinten riß und eine andere ihre Nase packte, um sie dazu zu zwingen, ihren Mund zu öffnen. Bittere Flüssigkeit rann ihre Kehle hinab. Jemand wickelte ihren nackten Körper in ein Wolfsfell.

Benommen starrte Brid die Narben im Gesicht und an der Brust des Mannes an, und langsam dämmerte ihr, daß es der Ovissianer mit dem Namen Finger war, der Fallensteller, der Pip und Brock entführt und schwer mißhandelt hatte. Trund hatte ihn beinahe getötet, und nach dem Hinterhalt, bei dem Cymbeline entführt worden war, hatten sie ihn für tot gehalten und ihm keinen weiteren Gedanken mehr gewidmet. Benebelt kam ihr in den Sinn, daß er wie der große, dürre Soldat ebenso zu Tupwells Gefolge zu gehören schien. Doch es war ihr unmöglich, länger bei diesem Gedanken zu verweilen.

Sie war betäubt! Die Welt taumelte und schwankte um sie. Nicht einmal die kalte Furcht, die durch die dunkle Kammer ging, konnte sie wieder zu sich bringen. Alles drehte sich in ihrem Kopf, als sie offenen Mundes in die Runde sah. Die Opfergegenstände und Omen mochten allein schon schlimm sein, doch davon konnte ihr nicht so kalt sein. Etwas grauenvoll Makabres, eine kalte Ahnung des Bösen hing in der dicken Luft, aber sie war sicher, daß es nicht von den Leuten um sie herrührte.

Als die Bilder verwuschen und verwirbelten, murmelte sie schwach: »Leben. Ich lebe und verehre die Pracht und Herrlichkeit des Lebens.«

Irwald verneigte sich vor dem Altar. »Ich bringe Euch ein großes Opfer!«

Brid konnte kaum sehen, aber sie fühlte das Etwas. Es war nicht die kalte Bosheit eines kranken Gottes. Nein, was Irwald anbetete, war im Geiste menschlich. Sie fühlte Einsamkeit, Selbstmitleid und Selbstverachtung, doch auch Macht und Ehrgeiz. Jetzt verstand sie, warum er sie nicht nehmen wollte. Er fürchtete sich zu sehr vor der schrecklichen Macht, die in seinen Gemächern weilte und bessere Verwendung für Brid hatte.

Das Schwert! Hals Schwert! Brids Kopf sank zu Boden, so daß alles um sie schwarz wurde. Eine Sekunde nur hatte sie es in Irwalds Hand gesehen.

Kopfüber hängend betrachtete Brid die unwirkliche Szene vor ihren Augen. Ein Schrei hatte sie die Augen aufreißen lassen, sie aus dem Drogenschlaf geholt.

»Wir brauchen Leichen.« Irwald schlug auf den Altarstein. »Er braucht sie.«

»Gebt ihm den Lebensodem. Füttert ihn mit Energie!« sangen die drei Frauen.

»Das ist gottloses Tun!« knurrte Finger und versuchte, den Jungen an seiner Seite zu befreien, der zu benommen war, um sich zu wehren.

»Du bist der nächste, wenn du nicht den Mund hältst«, knurrte Irwald. »Genau wie dein gieriger Freund Ryder. Jetzt tu, was man dir sagt. Er braucht Leben. Die Energie des letzten Atemzugs, den man beim Tode aushaucht, wird gesammelt«, er deutete auf Hardwins Brust, »und gibt ihm Kraft.«

Brid fragte sich, was das bedeuten sollte.

Der Kopf des Jungen wurde in den Nacken gerissen, was seine Kehle langzog. Der Schnitt, den die Frau über seinen Hals zog, war klein, die Blutung schwach. Während er sich wand und wehrte, wobei er schrecklich langsam starb, hielten sie ihn über Hardwins Brust, als wollten sie seinen letzten Atemzug in den Leichnam geben. Brid konnte sich nicht erklären, wozu. Es kümmerte sie kaum, wenn sie sich auch darum bemühte. Sie konnte nur noch daran denken, daß ihr schwindlig war und Lichter vor ihren Augen tanzten. Die wirbelnden Muster rasten schneller und immer schneller, bis sie in die stille Welt traumlosen Schlafs gerissen wurde.

Im Verlauf einer schwer schätzbaren Zeit versuchte Brid das eine oder andere Mal, ihre Augenlider aufzuzwingen, doch sie waren wie das riesige Gitter eines Falltores ohne Winde. Sie rümpfte ihre Nase. Die Luft roch anders. Lange genug hatte sie den natürlichen Gang der irdischen Dinge studiert und wußte, daß Zeit vergangen war, viel Zeit. Sie hatte das schreckliche Gefühl, als wäre eine andere Jahreszeit gekommen. In ihrer Nähe waren Menschen. Sie fühlte ihre Wärme und ihre Furcht.

Schwer sanken die Lider wiederum herab, und sie konnte nur noch unzusammenhängend denken. Dann rissen ihr die Schreie eines weiteren Opfers die Augen auf. Todeskälte lag überall um sie. Sie blinzelte, konnte endlich wieder sehen.

Zwei Beinpaare streckten sich auf dem Boden neben dem ihren. Ein teures Paar Stiefel und ein schlichteres, zerlumptes, die sie als Pips erkannte. Endlich wieder klaren Geistes begriff sie, was in diesem Vorhof der Hölle vor sich ging. Die Menschen, die neben ihr in Ketten lagen, waren nicht dieselben, die in diesem Raum gelegen hatten, als sie hereingekommen war. Ihre Leben hatten einer Seele in der Anderwelt zu Kraft verholfen.

Ihr Blick zuckte zu einem Stück schimmernden Metalls. Blutig lag das große Runenschwert auf dem flachen Tisch. Noch hallte im Raum das grelle Lied des Todes. Das Schwert. Sie hatte es nicht geträumt. Entsetzen fuhr eisig durch ihr Herz.

»Sie als nächste!« rief der ceolothianische Edelmann feierlich.

Wo war Hal? Wo war er? Und warum war sie wieder klar? Sollte sie so Kraft gewinnen, damit die Energie im Tode stärker wäre? Nun also war ihre Zeit gekommen. Sie sollte das nächste Opfer sein. Jemand schüttete ihr einen

Eimer kalten Wassers über den Kopf. Sie keuchte vor Entsetzen.

Der Mann, den Brid als »Finger« kannte, riß sie aufrecht, doch ihre Beine wollten sie nicht tragen, stechender Schmerz stieg von ihren blutleeren Füßen auf, die Muskeln schwach und nicht mehr daran gewöhnt, aufrecht zu stehen. Sie kniete und wollte sich widersetzen, als man sie zu jenem flachen Tisch zog, der als Altar diente.

Sie starrte Hardwins verwesten, stinkenden Leichnam an, dessen nackte Rippen aussahen, als hätte große Hitze sie versengt. Ein Kreis von goldenem Licht sprang an ihr auf, und sie blinzelte, unsicher, was sie gesehen hatte. Dann sah sie klarer, vergaß beinahe die eigene Not, als sie einen kleinen Kelch wahrnahm, der in Hardwins ausgehöhltem Brustkorb steckte.

Es war ein goldener Kelch, eine Handbreit von Rand zu Rand, die Seiten verziert mit langen Runenreihen. Obwohl sie ihn noch nie gesehen hatte, erkannte sie ihn doch sogleich aus Morrigwens Erzählungen.

Der Kelch des Odems! Er besaß die Fähigkeit, den Lebenshauch zu sammeln und zu konzentrieren, den Odem, der die Essenz des Seins war, die Essenz des Grundstoffs der Magie. Brids Gedanken rasten. Sie erinnerte sich, daß die alte Priesterin den Kelch dazu benutzte, Kraft aus einem Quell von konzentrierter Energie auf ein einfaches Objekt zu übertragen. Man schenkte Wasser in den Kelch, welches das mächtige Artefakt aufwühlte und es dem Wasser so ermöglichte, etwas vom Odem aufzunehmen. Was dann ins Wasser kam, nahm etwas von dieser Kraft in sich auf.

Hier jedoch war der Kelch leer, am Grund durchbohrt und in einen Leichnam gegeben. Jemand mit großer Macht und Weisheit hatte eine neue Verwendung ersonnen. Diese Gedanken fegten ihr durch den Sinn, und sie kannte die

Antwort. Der letzte Hauch, die Kraft des Lebens selbst wurde kanalisiert und durch Kelch und Tod auf eine Seele auf der anderen Seite gelenkt, wo sie diese mit Leben erfüllen sollte.

Und wenn die Opfer mit dem großen Runenschwert getötet wurden, würde die Kraft des Zaubers unendlich verstärkt. Zwei große Artefakte mit magischer Kraft schufen weit Größeres als die simple Verbindung der beiden. Sie vermutete, daß der geopferte Geist, der sich auf dem Weg in die Anderwelt befand und durch die Kanäle des Lebens jagte, nun einen Eingang öffnen würde, was es dem Geist in der Anderwelt ermöglichte, auf dem Geisterwind zu reiten und so über die Kluft zu gelangen. Wer die Weisheit besaß, einen derart weitreichenden Bann zu sprechen, mußte profundes Wissen um die Zauberkunst besitzen.

Finger zerrte ihren Kopf beim Haar in den Nacken und riß ihr das Wolfsfell von den Schultern. Er drückte ihren Kopf auf Hardwin, daß der Gestank sie würgen ließ und ihr Atem in der Schale widerhallte. Drinnen leuchtete ein winzig kleiner Lichtpunkt. Auf diesen konzentrierte sich Brid, als man ihr das Haar aus dem Nacken strich und der Stahl des Schwertes an der hellen Haut in ihrem Nacken lag. Hart wurde ihr Gesicht in den Kelch gedrückt, bereit, ihren letzten Atemzug gleich aufzunehmen.

»Ich empfinde keine Furcht«, sagte sie zu sich selbst. »Ich bin Dienerin der Großen Mutter. Sie wird mich nicht vergessen. Ich bin Dienerin der Großen Mutter. Sie wird mich beschützen.« Plötzlich wandelte sich ihr Gebet. »Hal, lieber, süßer Hal«, flüsterte sie.

Irwald begann einen langen, mürrischen Gesang, und Brid spürte, wie ihr Geist tief in den Grund des Kelchs gesogen wurde, wo er immer tiefer zu stürzen schien, während der Lichtpunkt, der aus unauslotbaren Tiefen heraufleuchtete, anschwoll. Ihr Blick blieb starr darauf gerichtet, und dann sah sie in das Loch, erblickte ein klaffendes Maul, die riesenhaften gelben Zähne eines Wolfes, und die Zunge zitterte vor Freude darauf, ihren Atem zu verschlingen. Die Spitze des großen Schwertes stach sie unterhalb der Schulterblätter, suchte nach der richtigen Stelle, um sich zwischen ihre Rippen und dann durchs Herz zu bohren.

Dann war der Wolf fort. Eine Frau mit dunkelrotem Haar schrie ihren Namen. Etwas kratzte an der straff gespannten Haut in ihrem Nacken. Brid stieß einen gequälten kurzen Schrei aus, der zu einem Gurgeln und Keuchen wurde, als Blut in ihre Kehle lief. Dann kam der Schmerz, packte und verkrampfte ihre Brust. Alles ging so schnell, ihr Leben verging so schnell.

»Brid, nein, nein!« rief Pip und warf sich gegen die Ketten, die ihn hielten.

Es war das Ende, das Ende aller Hoffnung. Sie war das Leben, sie war Schönheit, sie war alles. Mit jeder Faser seines Körpers betete er sie an. »Brid, nein, bitte, nein«, heulte er, sah ungläubig und voll Entsetzen, wie die Klinge in Brids Rücken stieß und zwischen den beiden Hügeln ihrer nackten Brust hervorkam.

Von ihrem eigenen Schrei der Qualen und Verzweiflung umfangen, verkrampfte sich ihr Hirn vor Entsetzen über das, was nun geschah, und Brid schrie: »Hal! Hal, mein Geliebter ...«

Sie war noch in den Kanälen zwischen den Welten, daß ihr Haar in den Winden der Magie flatterte und sie umwirbelte. Noch konnte er sie zurückholen. Sie wollte nicht glauben, daß dieses nun das Ende sein sollte ... das Ende von allem. Ihr Ende, das Ende aller Hoffnung für die Trinität.

Ihr ersterbender Schrei hallte um sie, spiegelte sich im jämmerlichen Schreien anderer, welches den Äther erfüllte. Die ängstlichen, schrecklichen Laute jener, die früher schon gefangen waren, bevor sie bereit gewesen waren, mischten sich mit dem friedlicheren, schicksalsergebenen Seufzen jener, die unter Alter oder Krankheit litten. Das Etwas schwebte ihr entgegen, kam erschreckend schnell. Wie ein Dämon kreischend stürzte es sich beinahe auf sie, und sie ahnte, daß sie wiederum die höllischen Hauer des Wolfes erschauen würde. Doch dem war nicht so. In jenem flüchtigen Augenblick, in dem der Geist an ihr vorüberstrich, sah sie nur zwei leuchtend blaue Augen und spürte plötzlich, daß ihr jemand Kraft und Hoffnung verlieh.

»Zögere nicht! Gib nicht auf! Du kannst es schaffen.«

Was schaffen? Taumelnd in der Finsternis begriff sie nicht, was vor sich ging, und ihre einzige Erleichterung war, daß der fürchterliche Schmerz in ihrer Brust nun fort war. Rukkend kam sie zum Stehen. Das Schwarz um sie herum war zu erstickendem Qualm geworden, und der Gestank von verbranntem Fett hing beißend in der Luft. Mit blendender Vergeltung kam der Schmerz zurück, bohrendere, überwältigendere und unerträglichere Pein, tief unten in ihrem Bauch.

Sie schrie mit tiefer, animalischer Stimme, ihre Qualen die einer Frau, die ein Kind gebären will, das in ihrem Schoß festsitzt, der Schmerz so heftig, daß sie glaubte, ihr Körper müßte zerreißen.

Menschen schrien sie an ... ein Wolf heulte ... andere schrien vor Schmerz ihrer Folterqualen ... endlos schien der Schmerz. Alles war Schmerz.

»Bitte, bitte, nein! Nicht mehr! Aufhören! Ich kann es nicht mehr ertragen«, schluchzte sie.

Zu ihrem Erstaunen hörte es tatsächlich auf.

»Du bist bereit weiterzuziehen? Bereit, deinen Anspruch auf Leben hinzugeben?« fragte eine sanfte Männerstimme.

»Was?« stammelte Brid, doch ihre Stimme war nicht die eigene. Blinzelnd schlug sie die Augen auf und sah, daß sie sich in einem riesengroßen Raum befand, der so verqualmt war, daß sie die Decke nicht erkennen konnte. Ketten hingen dort von Balken und trugen Menschenleiber, die an den Armen aufgehängt waren, so daß ihre verkohlten Füße in einem Feuer braten konnten. Kleine Männer mit goldenem Haar und gelblich grünen Augen liefen zielstrebig zwischen den Körpern umher, trugen Schürhaken, Brandeisen und allerlei andere Folterinstrumente bei sich. Sie hörte das Knarren und Ächzen von Seilen an Flaschenzügen und die gequälten Schreie eines Menschen auf der Streckbank.

Sie war im Kerker unter der Burg Abalone! Sie wurde gefoltert, weil sie sich weigerte, ins nächste Leben weiterzuziehen. Sie kreischte vor Entsetzen und Trauer über alles, was sie verloren hatte. Sie war nicht für den Tod bereit. Menschen zählten auf sie. Auch sie hatte noch zuviel Liebe zu geben. Und Hal ...

Einer der Förster sah ihr in die Augen und runzelte die Stirn. »So lange hast du dich mir widersetzt, und nun plötzlich bittest du uns aufzuhören? Willigst du endlich ein weiterzuziehen?«

Brid war nicht ganz sicher. »Der Hohe Kreis! Ich muß den Hohen Kreis sprechen. Mein Tod ist ein Irrtum. Ich muß zurück. Ich werde gebraucht!«

»Wir haben dir schon gesagt, alte Frau, daß du in deinem Leben genügend Zeit hattest, deine Aufgaben zu erfüllen. Einhundertfünfzehn Jahre sind erheblich mehr, als die meisten anderen bekommen. Wenn du es in dieser Zeit nicht geschafft hast, wirst du es wahrscheinlich niemals schaffen.« Seine Stimme klang höhnisch und zugleich gelangweilt.

»Aber nein, ich ...« Brid war ganz durcheinander, ihre Gedanken in Aufruhr. »Ich muß den Hohen Kreis sprechen. Ich muß zurück. Sagt ihnen, ein böser Zauber hätte mich hierher gebracht. Eine Kreatur, eine Art geheimnisvoller Wolf, der mir den Lebenshauch genommen hat, um Leben zu gewinnen und sich wieder auf die Welt zu stehlen.«

»Alte Frau, wozu dieses Märchen?«

Noch immer nannte man sie eine alte Frau. Sah sie alt aus, da sie nun tot war? Verzweifelt rief sie nach Hal, denn ihre Seele sehnte sich nach ihm. »Hal, Hal, mein Geliebter«, weinte sie in der Hoffnung, daß ihre Stimme ihn irgendwie erreichen würde. Aber es war nicht ihre Stimme.

Wieder schnitt der grobe Schmerz durch sie hindurch. Sie krümmte sich um einen geschärften Haken in ihrem aufgeschlitzten Bauch, und der Schmerz war fürchterlich, als man ihr die Eingeweide aus dem Leib riß und diese zu Knoten verdrehte. Sie heulte vor Entsetzen.

»Eine Verhandlung! Ich muß eine faire Verhandlung bekommen! Ich darf jetzt nicht sterben!« Sie weigerte sich, ihr Leben aufzugeben. Man hatte sie fälschlicherweise getötet, und sie wollte bis in alle Ewigkeit darum kämpfen, daß sie nicht weiterziehen mußte. Sie konnte Hal nicht verlassen. Er würde doch sicher kommen, um sie zu retten. Sie mußte heimkehren. Sie kämpfte weiter, der Schmerz nun schwächer, da ihr Wille wuchs.

Man zerrte sie vom kalten Stein und riß sie aufrecht. Zwei Wesen aus Rye Errish sahen sie bestürzt an. Das eine war ein Förster von hohem Rang, im anderen erkannte sie ein Mitglied des Hohen Rates. Mit dem bösartig wirkenden

Schwarzdornstab in seiner Hand war er leicht als Straif zu erkennen.

Er trat vor und brachte sein dunkles Gesicht ganz nah an ihres. »Du wirst dich uns nicht in den Weg stellen, Weib. Dafür werden Tartarsus und ich schon sorgen.« Er grinste hintertrieben. »Er wird dafür Sorge tragen, daß mich Duir und Nuin nie mehr überstimmen, und das wird mir niemand verderben!«

Er trat beiseite, und dann sah sie es: das monströse Wolfsgesicht. Es hatte keine Augen. Diese waren nur eine pulverisierte Masse aus Gewebe, und kleine Tropfen weißer, sämiger Gelatine hingen an den beiden Spießen, die dort in den Augenhöhlen steckten. Offensichtlich nahm er sie wahr, konnte sie vielleicht riechen. Manisch heulte er: »Morrigwen! O Morrigwen, es ist die Qualen wert, die ich erdulden muß, wenn ich dein Elend höre.«

Brid sank in sich zusammen. War es Morrigwens Geist gewesen, der durch den Äther an ihr vorbeigeflogen war? Wenn sie tot wäre, lebte Morrigwen.

Pips Schrei erstarb in seinem Mund.

Irwald stand über Brids blutigen Leichnam gebeugt. »Meister, wir haben Euch hierher gerufen.« Er zog ihr das Schwert aus dem Rücken, und die Blutung endete. Brid stand auf.

Liebend gern hätte Pip den ceolothianischen Edelmann in Stücke gerissen. Brid war tot, ihr Leib besessen. »Nekromant!« schrie er.

Der Leichnam steckte seine Hände in den verwesenden Kadaver auf dem Tisch und rang darum, einen kleinen goldenen Kelch hervorzunehmen. Dann wandte er sich Irwald zu. »Befreie sie«, befahl er mit Brids singender Stimme. »Ich habe keine Verwendung mehr für sie.«

Mit einer Hand hielt sie den Kelch an ihre Brust und trat an den ceolothianischen Edelmann, packte ihn bei seiner Luftröhre, drückte mit aller Kraft, bis sie keuchte und stöhnte. Sie stieß ihn von sich und wandte sich wieder dem Altar zu, als wäre sie mit ihm fertig. Ihre Hand schwebte über dem Messer. Plötzlich nahm sie es auf und fuhr herum, hob ihre Hand an seinen Hals, um ihm die Kehle durchzuschneiden. »Du Teufel, du hast sie ermordet! Du hast meine Brid ermordet!«

Blinzelnd sah Pip Irwald an, als dieser mit offenem Mund zu Boden ging.

Dann fiel das Wesen in Brids Körper über den ovissianischen Fallensteller her, der sich dort an die Wand drückte. »Schaff diese armen Jungen hinaus«, knurrte sie und hob eine Hand, um nach ihm zu schlagen.

Er klapperte mit den Schlüsseln, während sich Brids wandelnder Leichnam wütend gegen die drei alten Frauen wendete, die bereits flüchteten. Sie ließ sie gehen, zog das Wolfsfell fest um ihren Leib, warf die Läden auf und ließ das grelle Sonnenlicht den Raum von seinem dunklen Übel reinigen. Dann hielt sie das Heft des Runenschwertes mit beiden Händen und nahm es vom Tisch. Die Spitze klapperte zu Boden.

»Wie trägt Hal es nur?« murmelte sie verzweifelt.

Pip lief ihr zur Hilfe, und widerstrebend erlaubte sie ihm, das Schwert zu nehmen. »Hüte es wohl!« fuhr sie ihn an.

»Du kannst den bösen Mann nicht gehen lassen«, keuchte Pip und deutete mit seinem freien Arm in die Richtung, die Finger genommen hatte.

»Schweig, Knabe!« schnarrte Brids Stimme mit grausamer Bestimmtheit. »Er ist kaum noch von Bedeutung, wenn Irwald tot ist. Wir müssen uns auf unsere Aufgabe konzentrieren. Wenn Brid nicht überlebt, werden Keridwen die

Kräfte verlassen. Verlassen ...«, wiederholte sie mit feiner, verlorener Stimme. »Selbst noch in der Anderwelt haben ihre ausgestreckten Lebensfäden uns verbunden.« Sie hielt kurz inne. »Doch sie ist jung und nicht immer weise. Ich muß sie zurückholen. Hal ...« Sie sah sich um, als begriffe sie ihre Umgebung nicht recht, dann starrte sie ihn an. »Wo sind wir?«

»Die Burg«, sagte er. »Erinnere dich! Die Zauberer haben uns entführt. Ceowulf, Abelard, Hal und Cymbeline schlafen nach wie vor irgendwo. Wir konnten sie nicht finden, und wir konnten auch Renaud nicht wecken.«

Ruckend sah sie zu dem dürren Mann hinüber, der ängstlich zuckte und dem ein Speichelfaden aus dem Mund hing. »Oh, Renaud«, sagte sie und nickte, als verstünde sie seinen Zustand.

»Aber Brid, was ist mit dir geschehen?« fragte Pip.

»Ach, nichts. Und nun schweig, bis wir draußen sind. Ich habe keine Zeit für dein umständliches Gehabe.« Eine Sekunde sah sie auf ihre Hände, dann zog sie den Jungen aus seinen Ketten. »Nun stell Renaud auf die Beine«, befahl sie. »Wir müssen die anderen finden und Cymbeline nach Farona bringen.«

Pip war nicht wohl zumute. »Brid, ich verstehe nicht, was mit dir geschehen ist.«

Die Frau tätschelte seinen Kopf, als wäre er ein Kind, das eben laufen lernte. »Mach dir um mich keine Gedanken, Junge, nicht in einem solchen Augenblick. Tu einfach, was ich sage.« Sie wandte sich um und packte Renauds weiße Hand. »Nun, Renaud, wir können nicht ohne Euch gehen. Hört endlich auf zu stammeln, dummer Mensch.«

Fügsam nickte er und eilte ihr nach, als sie den anderen durch die scheinbar menschenleere Burg vorausging, wobei sie ihrer Nase zu den Ställen folgte. Draußen vor dem

Bergfried schrien drei der Jungen, die man in jenem dunklen Raum festgehalten hatte, etwas von Dämonen. Brid wartete, bis die beiden Stallburschen gegangen waren, bevor sie etwas unternahm. Das Geschrei bot eine Ablenkung. Nur ein paar alte Faktoten und Dienerinnen blieben zurück. Pip bezweifelte, daß sie, nachdem Irwald nun tot war, ihnen Widerstand leisten würden.

Eilig sattelte er zwei still wirkende Tiere, während Brid Wache hielt. Einen Moment später saß Renaud hinter Brid, als sie zum Burgtor hinaus und dann weiter in den Wald ritten.

Pips Miene verknotete sich zu sorgenvollem Stirnrunzeln. Brid strahlte eine beißende Energie aus, die ihm früher nie aufgefallen war. Und auch auf Renaud hatte sie nie diese Wirkung gehabt. Irgendwas war an ihr anders. Sie war verändert, selbstbewußter. Er hatte Angst vor ihr.

»Ich ... ich kann nicht mitkommen. Ich kann nicht. Es ist ein schrecklicher Ort. Überall gibt es Untiere und Kobolde. Wir werden uns im Wald verirren!« Renaud zitterte und klammerte sich fest an Brid.

Brid strich über seine Hand, die fest ihre Taille umfaßte. »Es gibt immer auch Trost«, sagte sie sanft, als sie erst unten zwischen den Bäumen waren. »Selbst für einen stadtverwöhnten Edelmann ist der Wald der sicherste Ort. Von Natur aus! Er ist voller Magie der Bäume und wird uns schützen. Ihr müßt Euch bei mir nicht fürchten.«

Renaud schien dieser Gedanke zu beruhigen, und Pip vermutete, daß es eher etwas in Brids Haltung war, was ihn bewegte, nicht so sehr ihre Worte. Er trabte hinterher und dachte, daß sie ihm irgendwie weiser erschien.

»Pip, trödel nicht«, schalt sie ihn. »Pip – welch lächerlicher Name. Silbermond hat mir erzählt, daß deine Mutter sich für dich einen anderen Namen gewünscht hatte, doch hätte sich dein Vater geweigert und gesagt, ein einfacher Name sei das beste für einfache Leute.«

»Piperol«, meinte Pip, ohne wirklich zu meinen, was er sagte. »Sir Piperol hätte gut geklungen! Niemals kann ich Sir Pip sein.«

»Allerdings!« lachte Brid höchst amüsiert, was etwas war, das er nach ihrem jüngsten Verhalten nicht erwartet hatte.

»Hal, wir müssen Hal finden. Sonst ist sie verloren«, murmelte Brid.

»Was?« Pip wußte nicht, was sie da redete.

»Schon einmal hat er sie zurückgeholt. Er kann es wieder tun. Nun spute dich, Pip«, fuhr sie ihn an. »Halte das Pferd in Bewegung. Das ist wichtig.«

»Ich weiß, daß es wichtig ist«, sagte er trotzig, doch gleichzeitig war ihm fast unwohl. Was war, wenn der Edelmann seine Träume von der geliebten Brid gespürt hatte? Nun sah Pip die Frau mit anderen Augen, musterte ihren schlanken Leib und das wunderbare Haar, doch er fühlte sich zu ihr nicht hingezogen wie zuvor. Er konnte es nicht erklären. Vielleicht hatte die Angst seinen Überschwang gedämpft.

»Hier!« sagte er. »Diesen Bach haben wir überquert, Und dann, glaube ich, sind wir diesen Weg bei jener Eiche dort entlanggekommen.«

»Seid ihr oder seid ihr nicht?« fragte Brid steif. »Hast du nicht aufgepaßt?«

»Und du?« gab er zurück.

»Nein, natürlich nicht. Sei nicht albern. Ich hatte viel zuviel zu bedenken.«

Pip zuckte mit den Schultern, und so gut er konnte führte er die anderen durch den Wald. Er war im Wald geboren und verstand die Bäume, erkannte kleine Eigenheiten, die jemand aus der Stadt oder aus den Bergen vielleicht nicht einmal sah: ein Giftpilz hier, ein umgestürzter Stamm, geformt wie das Geweih eines Hirschen, die Spuren eines kleinen Kitzes, das seine Mutter verloren hatte. Überall gab es Hinweise, die Unterschiede in einer Welt aufzeigten, die anderen so gleichförmig erschienen wäre, Reihe auf Reihe von Eichen und Eschen und Buchen, die sich dort mischten.

»Alte Weide«, murmelte Brid beständig, aber Pip verstand sie nicht. Offenbar hatte ihr Martyrium sie verwirrt. Sie ließ die Zügel fallen und streckte die Arme in einer Geste leidenschaftlicher Freude dem Himmel entgegen. »Ich hätte nie gedacht, daß ich das hier noch einmal erleben würde«, flüsterte sie und schrie dann in den Himmel: »Diese Freude! Ein Leben ohne Schmerz!«

Als sie die Arme sinken ließ, sah sie auf die geballten Hände um ihre Taille. »Leben ohne Furcht, Renaud«, fügte sie hinzu. »Ihr müßt es nur glauben. Hört auf zu denken und fangt an zu fühlen. Fühlt das Leben um Euch. Begreift es. Versteht es. Fürchtet Euch nicht, denn wir alle sind ein Teil davon.« Sie ritt nah an eine Esche und drückte ihre Hand gegen die knorrige Rinde des Baumes, dessen anmutige Blätter in der leisen Brise zitterten. »Spürt die Kraft!«

»Hier!« sagte Pip, nachdem sie ein Stück geritten waren. »Hier ist die Lichtung. Sei vorsichtig. Die Zauberer könnten jeden Augenblick wiederkommen.«

Brid winkte ab und schnüffelte die Luft. »Dumme Göre, hat sie es denn nicht gerochen?«

Pip fragte sich, wer ›sie‹ sein mochte, doch er wagte nicht zu fragen. »Was gerochen?«

»Zauberer. Sie haben diesen chemischen Geruch an sich. Alchemistentränke. Ständig pfuschen sie mit Arzneien herum und versuchen, unnatürliche Reaktionen hervorzurufen, was gräßlichen Gestank erzeugt. Sieh dir dieses vertrocknete Blatt an.« Sie pflückte ein geschwärztes Blatt von einer Eiche. »Es ist davon berührt.«

Pip starrte zum blubbernden Kessel hinüber, von dem ihm langsam schwindlig und neblig zumute wurde. Brid folgte seinem Blick und schnippte mit den Fingern nach ihm. »Schnell, bedecke Mund und Nase und binde die Pferde abseits der Lichtung an. Dann hilf mir, diesen Rauch zu bändigen.«

Pip reagierte nur langsam, da seine Sinne bereits müde waren, doch Brid sammelte bereits ganze Arme voll feuchten Mooses ein. Sie holte tief Luft, lief mitten auf die Lichtung und warf das Moos in den Kessel. Dann nahm sie einen Stock, um die Glut zu zerstreuen und das Feuer zu ersticken. Er rieb seine Augen und schüttelte den Kopf, versuchte klar zu denken. Brid suchte den Boden ab und schnippte triumphierend mit den Fingern. »Sieh doch! Man kann ihre versengten Spuren erkennen. Sie müssen sich am Rand der Lichtung befinden, sonst hätten die Ceolothianer das Schwert niemals gefunden.«

Da nun sein Kopf nicht länger schmerzte, konnte auch Pip die verräterischen Spuren schwarzer und welker Blätter sehen, und da fiel sein Blick auf vier flache Hügel am Rand der Lichtung. Hätten Brid und er nur gleich anfangs daran gedacht, den Rauch zu ersticken, wären sie allesamt den Zauberern entkommen und wären nie in die Hände des ceolothianischen Barons gefallen. Nun war es nur eine Frage von Minuten, bis sie die vier schlafenden Körper ausgegraben hatten. Sie waren kalt und blau vom Liegen in den flachen Gräbern.

Pip versuchte, sie nicht anzusehen. Schreckliche Angst verzerrte ihre Mienen, und sie zuckten wie Hunde im Schlaf. Cymbeline weinte, und ihre Wangen waren aufgerissen, wo sie sie sich in ihrer Not zerkratzt hatte. Ceowulf ächzte, und Hal ... Hal war von trockenem Blut verkrustet!

»Sein Arm!« heulte Pip verzweifelt.

Brid beugte sich über ihn und sank auf die Knie, um den Schlafenden zu untersuchen. Eilig entkleidete sie ihn, suchte nach der Ursache der Blutung, doch die Haut war bereits verheilt. Sanft hob sie seinen Arm, um sich eine lange, knotige Narbe anzusehen; das Schultergelenk war gelb und schwarz von einer alten Prellung.

»Immer wieder habe ich geträumt, mein Gesicht sei zu Brei geprügelt, aber ich bin unverletzt aufgewacht«, sagte Pip versonnen. »Warum ist er ...«

»Um seinen Traum realistischer zu machen, werden sie ihn ausgegraben haben, damit sein vergifteter Körper den Alptraum irgendwie auslebt«, vermutete Brid.

Sie lehnte sich zurück und sah ihn an. »Es ist eine fürchterliche Wunde, aber sie scheint von allein verheilt zu sein. Allerdings zweifle ich nicht daran, daß sie noch schmerzen wird.« Sie betastete die Schulter. »Die Knochen sind verdreht, als wären sie gebrochen gewesen, aber es muß Wochen her sein, denn inzwischen ist alles verhärtet. Wir müssen sie wecken. Wir haben viel Zeit verloren, viel zuviel Zeit«, sagte sie reumütig. »Alles mögliche könnte Keridwen zugestoßen sein. Alles mögliche könnte Spar zugestoßen sein. Wie konnten wir das zulassen? Nun, Pip, sammle frisches Holz und bereite uns ein Feuer. Es gibt viel zu tun.«

Lange starrte Brid die Körper um sich an, ohne sich zu rühren. »Zauberer, die sich in die Gedanken einmischen. Das ist übles Tun. Wahrlich übel. Nun, Pip, wo ist das Feuer? Renaud, Ihr setzt Euch nur und hört auf zu jammern. Jammern hilft niemandem.« Sie sah auf die vier Schlafenden hinab und schüttelte den Kopf. »Ich kann nicht glauben, daß ich euch alle derart unvorbereitet auf die Gefahren des Lebens zurückgelassen habe. Nun, Abelard, guter Mann«, sie streichelte seine Hand, »Ihr kennt die wahre Furcht. Sorgt Euch nicht mehr. Bald schon wird alles vorüber sein. Pip!« rief sie. »Spute dich. Du mußt mir Eiche bringen, die uns vor unseren Feinden schützt, und Stechpalme für die Kampfkraft. Laßt uns die beiden zusammen mit einem Haselstrauch verbrennen, damit wir Geisteskraft erlangen. Mehr kann man nicht tun, um ihnen das Erwachen zu erleichtern.«

Sie häuften einen großen Scheiterhaufen auf, und gemeinsam schleppte sie mit Pip die Körper zu den Flammen. Sie lächelte ihn an. »Du bist mir fast eine so gute Hilfe wie die süße Silbermond.« Bedauernd seufzte sie.

»Ich dachte immer, du mochtest May nicht.«

Düster sah Brid ihn an. »Natürlich mag ich sie. So aufmerksam. Und sie liebte Märchen so sehr.« Sie deutete auf Ceowulf, dann sah sie Pip an. »Ceowulf?« fragte sie.

»Natürlich ist es Ceowulf!«

Brid lächelte. »Ich hatte ihn mir nicht so ansehnlich vorgestellt. Nun! Der feine Ceowulf. Ein großer Mann. Ein edler Mann, wenn auch ein trauriger. Sieh die Trauer in seinem Gesicht. Ich hatte nicht geglaubt, daß sie dort wäre. Wieviel ich doch versäumt habe.« Sie strich über Ceowulfs Wange. »Ich kannte einmal einen Mann wie ihn. Ach, all die verlorenen Jahre. So lang schon ist es her.«

»Brid, weißt du, was du tust? Brid ...«

»Pip«, unterbrach sie ihn. »Such mir Jakobskraut.«

»Es ist giftig«, sagte er argwöhnisch. »Du kannst ihnen kein Jakobskraut geben, Brid. Irgendwas ist mit dir geschehen, und du weißt nicht, was du tust.«

»Jakobskraut, Pip, und stell mich nicht in Frage. Ich bin eine Frau, die von der Großen Mutter gesegnet wurde. Ich trage ihre Weisheit in meiner Seele. Früher nannte man es

Taumelkraut, da es das Vieh bedenklich taumeln läßt, und nun wird es mir dienen. Hol es mir! Oder willst du zusehen, wie deine Freunde hier vor Angst umkommen?«

»Es könnte eine Weile dauern, es zu finden«, warnte er.

»Nun, dann spute dich und vergeude keine Zeit.«

Es dauerte über eine halbe Stunde, bis Pip etwas von dem Kraut mit den ausgefransten Blättern und den gelben Blüten fand. Eilig lief er durch den Wald zurück und sorgte sich darum, was in seiner Abwesenheit geschehen sein mochte. Es war beängstigender als seine Träume.

Keuchend bückte er sich unter den Ästen hindurch und war wieder auf der Lichtung. Brid hatte die starren Körper zu einem Kreuz hingelegt, die Köpfe in der Mitte, und zog am Boden einen Kreis um sie.

»Renaud, singt ein Lied! Dann wird es Euch bessergehen«, kommandierte sie.

»Die Zauberer! Kommen sie denn nicht wieder?« wimmerte Pip.

»Kind, hör auf zu jammern. So schnell kommen sie nicht mehr. Sie dürften nach dem Aufruhr in den Kanälen der Magie ausgesprochen durcheinander sein, und somit bleibt mir Zeit. Nun habe ich den Kelch!« Liebevoll strich sie über die goldene Schale in ihrer Hand. »Ich hätte danach suchen sollen, aber ich war in Sorge, weil Hal das Schwert hatte.«

Pip kam zu dem Schluß, daß sie wahrlich den Verstand verloren hatte. Der Kelch war nicht breiter als eine Handspanne, doch er bestand aus schimmerndem Metall, und die Verzierungen waren fein und detailliert. Bäume mit hoch aufragenden Laubdächern wuchsen über sich windenden Seelen, die zwischen ihren Wurzeln festsaßen. Die gequälten Mienen hungernder Menschen schrien nach Freiheit, wobei sich die Hände aus dem Boden wühlten und nach dem Himmel griffen. Runenreihen umgaben den Rand des Kelchs.

Diese betastete Brid, und ihre zarten Finger strichen darüber und erfühlten das Muster, als wäre sie blind und tastete, um ihre Bedeutung zu erfassen. »Ich war so dumm zu glauben, das wenn das Schwert in Sicherheit wäre, der Kelch des Odems für uns keine Gefahr mehr darstellt. Ich habe mich getäuscht, schwer getäuscht.« Reumütig seufzte sie. »Jetzt verstehe ich so vieles mehr. O Pip, du bist noch zu jung, als daß du ahnen könntest, was es bedeutet, sich zu täuschen. Man kann sich erst wirklich täuschen, wenn man Verantwortung trägt. Nur wenn sich deine Entscheidungen auf andere auswirken, kann man Schaden anrichten. Vorher ist alles nur Versehen oder Mißgeschick, nicht mehr als ein Welpe, der die Lieblingsschuhe seines Herrchens zerkaut.«

Sie ruderte mit den Armen. »Das ist alles meine Schuld. Weißt du, Pip, ich war die einzige, die alles, was geschehen ist, hätte verhindern können. Ich hätte es besser wissen müssen. Ich hätte es kommen sehen müssen, aber das habe ich nicht. Ich habe nicht genügend geliebt, wie es nötig gewesen wäre, und das alles nun ist das Ergebnis.« Eine Träne schimmerte in ihrem Augenwinkel, und eilig wischte sie sie fort. »Dennoch ist Selbstmitleid eine lächerliche und arrogante Empfindung. Man sollte glauben, daß ich es besser wüßte«, sagte sie naserümpfend. »Nun bereite einen Aufguß von diesem Jakobskraut.«

»Aber ich ...«

»Tut mir leid, Kind, ich vergesse stets, daß du so wenig weißt. Ich dachte, du hättest es vielleicht von deiner armen Schwester gelernt.«

»Was gelernt?« Pip war entrüstet. »Ich werde wohl kaum herumlaufen und von Mädchen lernen wollen, oder?«

Er klopfte an sein Schwert. »Ich habe viel mehr gelernt als sie.«

»Zweifelsohne nur die Kriegskunst. Alle Möglichkeiten, anderen das Leben zu nehmen. Doch deine Schwester hat gelernt, Leben zu schenken. Ich frage mich, wer von euch beiden mehr weiß.«

Finster sah Pip sie an. »Hier ist dein Jakobskraut. Mach es selbst.«

Brid roch daran und betastete es, und Pip hatte den Eindruck, daß sie sich wie jemand verhielt, der blind war, wenn sie auch offenbar gut sehen konnte. Ständig sah sie sich alles an und lächelte. Besonders merkwürdig war, daß sie sich im Übermaß um Ceowulf zu sorgen schien und Hal nicht mehr Aufmerksamkeit als allen anderen schenkte. Dennoch wußte Pip, daß er sie in ihrer Arbeit nicht drängen durfte, und so lehnte er sich an einen Baum und sah zu, wie die junge Frau zwischen den vier Leibern umherschritt.

Kurz stand Renaud auf, um ihr zu folgen. »Aber ich fühle mich ohne dich so allein«, wimmerte er, als sie ihm sagte, daß er sich setzen solle. »Es ist ... na ja, weißt du, meine Mutter war nie stark. Sie hatte viele Kinder zwischen mir und meinem älteren Bruder, doch keines hat überlebt. Sie kränkelte bei jeder Geburt, und wenn ich auch überlebt habe, so habe ich sie doch viel Kraft gekostet. Stets war ich in Angst, ich könnte sie verlieren. Ich glaube, wenn sie stärker gewesen wäre, hätte ich mich in meinem Leben nicht so oft gefürchtet.«

Pip lauschte dem Mann und der Ehrlichkeit seiner Worte und fragte sich, wie Hal je darauf hatte verfallen können, daß Renaud zu einer Intrige in der Lage wäre, seinen Bruder zu stürzen. Dennoch, so dachte er, war etwas Wahres daran, daß schwache Männer gefährlich waren, da sie sich nach Macht sehnten, um ihre eigene Unzulänglichkeit zu übertünchen. Das verstand Pip und räumte beschämt im stillen ein, daß er selbst schwach war, weil er ein Niemand war und dringend jemand sein wollte. Es gefiel ihm nicht, das Waisenkind eines gewöhnlichen Holzfällers zu sein. Eigentlich gehörte er nirgendwohin. Branwolf hatte ihn in seine Familie aufgenommen, doch das hatte ihn nur von seinesgleichen in der Baronie entfremdet.

Sie waren Edelleute. Das Volk respektierte sie. Sie hatten ihre Stellung, ihren Platz im Leben, den niemand anzweifelte. Er hatte kein Recht auf irgend etwas, das ihm nicht aus Freundlichkeit gegeben wurde. Er stand in ihrer Schuld und sah sich gezwungen, auf ewig Dankbarkeit zu zeigen.

»Pip, komm her und tu etwas Sinnvolles«, fuhr Brid ihn an und ließ von ihrem Singsang ab. Unablässig war sie eine halbe Stunde lang zwischen den Schlafenden umhergelaufen, ohne daß sich deren Zustand verändert hätte, und er sah, daß sie sich bald nicht mehr zu helfen wußte. »Mit der Gedankenwelt herumzuspielen. Dazu hatten sie kein Recht. Und dieser Mann da«, sie wedelte mit der Hand in Renauds Richtung, »stört mich und ist meiner Konzentration hinderlich. Setz dich zu ihm. Beruhige ihn. Sag ihm, daß alles wieder gut wird.«

»Was wird es schon für einen Unterschied machen?« meinte Pip säuerlich, wenn er auch froh um die Gelegenheit war, eine Weile bei Renaud zu sitzen. Selbst in diesem Zustand mochte der Prinz ihn und den Trost, den er zu bieten hatte, wahrnehmen. Die Gunst des Prinzen war nicht leicht gewonnen.

Da er sich anfangs eher närrisch fühlte, sprach er erst mal von sich selbst und den Dingen, die ihn erfreuten. »Ich mag das Bogenschießen«, sagte er und zeigte Renaud seinen Bogen. »Natürlich bin ich nicht sonderlich gut darin. Ich habe es erst zu spät im Leben aufgenommen, als daß ich jemals so gut wie Master Hal oder Master Spar sein könnte. Die beiden haben mit Bögen gespielt, als andere Säuglinge noch mit ihren Rasseln beschäftigt waren. Ich habe mit einer Axt gespielt. Hab mir mehrmals fast den Finger abgehackt, aber es bedeutet, daß ich nun weiß, wie man sie benutzt, wenn es sein muß. Hab meine Mutter früher fast in den Wahnsinn getrieben.« Seine Stimme wurde sanfter. »Sie ist von der Hand eines vaalakischen Axtkämpfers gestorben.«

»Pip!« fuhr Brid ihn an. »Freudige Dinge. Sprich nur von freudigen Dingen.«

»Meine Mutter war glücklich!« knurrte er böse. »Wunderbarer und schöner, als jede Hohepriesterin es je sein könnte!«

Zu seiner Überraschung lächelte Brid freundlich. »Natürlich war sie das, Pip. Elaine war die schönste von allen, aber im Augenblick mußt du Renaud helfen.«

Er nickte, gab sich mit ihrer Antwort zufrieden und wandte sich wieder dem bebenden Prinzen zu. »Die Kekse der Köchin!« rief er aus und versuchte verzweifelt, sich etwas Herzerwärmendes einfallen zu lassen. »Ihre Honigkekse sind die besten am Caballischen Meer. Wenn das alles hier vorüber ist, reiten wir nach Torra Alta, und sie wird Euch Kekse backen.«

»Ich könnte den Aufstieg nicht schaffen«, erwiderte der Prinz. »Ich fürchte mich, ich fürchte mich vor allem.«

»Wir haben auch die besten Pferde. Sie stehen am Fuß des Felsenturms«, sagte Pip und gab sich alle Mühe, etwas Ablenkendes zu sagen.

»Früher habe ich immer gesagt, ich mochte keine Pferde, weil es so lange dauerte, den Geruch aus den Kleidern zu bekommen, aber in Wahrheit fürchte ich mich auch vor ihnen«, heulte Renaud.

»Ihr könntet Eure Furcht ablegen, wenn Ihr Master Spar erlauben würdet, Euch zu lehren, wie man mit ihnen umgeht. Er könnte es jedem beibringen. Selbst meiner Schwester hat er es gezeigt, und die war nie sonderlich scharf auf Pferde. Und mir hat er gezeigt, wie man mit dem Bogen schießt.« Beiläufig plapperte Pip vor sich hin und merkte, daß es ihn am meisten freute, wenn er erklären konnte, wie spannend es war, die Ziele beim Schießen einzurichten und derart zu plazieren, daß es dem Baron gefiel.

Währenddessen hatte er ein Auge auf Brid, in der Hoffnung, daß sie nicht allzu genau zuhörte. Sie hatte ihre Arznei angerührt, Runenkreise gezeichnet und sang nun, rief Keridwens Namen und ihren eigenen, beschwor die Große Mutter und bat um ihre Kraft. Sie stellte den Kelch des Odems in die Mitte des Kreises, so daß die Köpfe der Schlafenden ihn jeweils berührten. Dann gab sie den Aufguß von Jakobskraut in das Gefäß und träufelte ihnen etwas von der dunkelgrünen Arznei in die Münder.

»Ein wenig von dem, was einen plagt, kann helfen, die Krankheit zu bekämpfen. Mit Gebeten und ein wenig Glück sollten sie von allein aus ihrer Ohnmacht erwachen«, murmelte sie.

Eine Viertelstunde saß sie da, während Pip allmählich die Geschichten ausgingen, und sah nur zu. Voller Entsetzen starrte Renaud die vier Körper an. Hal, Ceowulf, Abelard und Cymbeline bebten im Schlaf und schrien bisweilen in ihren Qualen auf.

Hal rief nach Brid. Böse sah Pip sie an. »Kannst du ihn nicht trösten? Kannst du nicht sagen, daß du hier bist und in Sicherheit? Vielleicht dringt es bis in sein Unterbewußtsein vor.«

»Nein, Pip, es würde keinen Unterschied machen«, sagte

sie unnahbar. »Wir können nur hier sitzen und darauf warten, daß das Jakobskraut wirkt.«

Noch eine Viertelstunde saßen sie da, wobei Pip seine Kritik an ihrem Plan herunterschluckte, bis er nicht mehr schweigen konnte. »Brid, das ist dumm. Es wird nicht gehen. Sicher kommen die Zauberer bald wieder.«

Zu seiner Überraschung gab sie ihm recht. »Das ist wahr. Meinem Zauber fehlt die Kraft.« Angewidert betrachtete sie ihre Hände, als hätten diese sie im Stich gelassen, und Pip meinte sogar, Tränen in ihren Augen zu erkennen. Eilig zog sie die Nase hoch und rief mit vor Leidenschaft bebender Stimme: »Große Mutter, nimm alles, was du von mir willst. Nur laß mich nicht scheitern!«

KRISTINE KATHRYN RUSCH

DIE BÜCHER DER FEY

Band 1: Die Felsenwächter

Band 2: Das Schattenportal

Band 3: Der Thron der Seherin

Band 4: Die Nebelfestung

Band 5: Der Schattenprinz

Band 6: Die Erben der Macht

Weitere Bände in Vorbereitung.

Excalibur

bei

Knaur